A.
B.

AXEL GORA

Der Luftspringer

LUFT- UND SEITENSPRÜNGE Augsburg, im Sommer 1570. Freiherr Marx Fugger von der Lilie feiert ein rauschendes Fest zu Ehren Prinzessin Elisabeths von Österreich. Während Marx Fugger den Darbietungen im Stadtpalast beiwohnt, treibt es seine Frau Gräfin Sybilla mit ihrem Liebhaber. In das Schäferstündchen platzt jedoch unverhofft der Hofspringer Arcangelo Tuccaro, der, mit Elisabeths Tross von Wien angereist, auf dem Fest seine Künste darbieten soll. Der Liebhaber bleibt unerkannt, der Seitensprung straflos. Auch Tuccaro geschieht trotz einer Drohung Sibyllas nichts. Erst als Tuccaro am Hof in Paris weilt, scheint ihn die Affäre der Augsburger Gräfin einzuholen …

Axel Gora, geboren 1963 in Bad Waldsee, Kreis Ravensburg, lebt und arbeitet heute in Augsburg. Seit seinem zehnten Lebensjahr betreibt er aktiv Budō seit seinem sechzehnten Lebensjahr Zen. Nach Abitur und Lehre war er drei Jahre als Fremdgeschriebener Zimmergeselle auf traditioneller Walz in Frankreich, Spanien, Portugal, USA, Mexiko und Indien. Seit 1989 betreibt er in Augsburg eine Fachschule für japanische Kampfkünste. »Der Luftspringer« ist Axel Goras dritter Historischer Roman im Gmeiner-Verlag.

Bisherige Veröffentlichungen im Gmeiner-Verlag:
Die Versuchung des Elias Holl (2012)
Das Duell der Astronomen (2011)

AXEL GORA

Der Luftspringer

Historischer Kriminalroman

GMEINER *Original*

Editorischer Hinweis

Der unterschiedliche Grauwert der Typografie bei ausgesuchten Passagen ist kein drucktechnischer Fehler, sondern Absicht, die sich dem geneigten Leser im Zuge des Romans erschließt.

Besuchen Sie uns im Internet:
www.gmeiner-verlag.de

Im Ehnried 5, 88605 Meßkirch
Telefon 07575/2095-0
info@gmeiner-verlag.de

1. Auflage 2013

Lektorat: René Stein
Herstellung: Mirjam Hecht
Umschlaggestaltung: U.O.R.G. Lutz Eberle, Stuttgart
unter Verwendung des Bildes » Trois dialogues de l'exercise de sauter et voltiger en l'air« von Archange Tuccarro 1599 (Bibliothèque nationale de France); http://gallica.bnf.fr/ark:/12148/bpt6k882581s/f295.image
und »Topographia Sueviae: Augspurg« von Matthäus Merian 1643; http://commons.wikimedia.org/wiki/File:De_Merian_Sueviae_027.jpg
Druck: GGP Media GmbH, Pößneck
Printed in Germany
ISBN 978-3-8392-1463-3

Meinen guten Freunden,
sowie all den Fliegenden Roberts
und Luftspringern zwischen den Welten
mit ihren unvollkommenen
Salti mortali

»D’autant que ce saut ne se seroit peu faire sinon que prese-
que en volant, comme si un homme avoit des aisles comme
un oiseau.«

»Diesen Sprung kann man nur beim Fliegen machen,
als hätte ein Mensch Flügel wie ein Vogel.«

Arcangelo Tuccaro, 1599

Augsburg, 12. Mai AD 1570

Geliebter G,

ich fiebere danach, Dich endlich wieder in meinen Armen, vor allem in meinem Schoß zu spüren.

Ich schreibe diese Zeilen in Eile. Die Weihe unserer Hauskapelle Sankt Sebastian durch Bischof Dornvogel steht in Kürze bevor. Pater Canisius ist schon zugegen.

Denke bitte an das Geld, es drängt!

In wenigen Augenblicken geht der Kurier zu Dir nach Wien und M darf wie immer nichts davon erfahren.

In sehnsüchtiger und
verborgener Liebe

S

Nb: Die getrocknete Kornblumenblüte von Dir bewahre ich an einem geheimen Ort auf. Es vergeht kein Tag, ohne dass ich sie mir ansehe und dabei an Dich denke.

Wien, 22. Mai AD 1570

Werte Sibylla,

seid bedankt für Eure Zeilen.

Es schmerzt mich, Euch in der monetären Verpflichtung Pater Canisius' zu wissen, da dieser Umstand mich in arge Bedrängnis bringt.

Wie Ihr wisst, benötigen meine Experimente gewisse Summen, die ich selbst aufzubringen habe. Ich hoffe auf baldige Früchte meiner Arbeit.

Nichtsdestoweniger werde ich alles in meiner Macht Stehende tun, um meine Schuld an Euch bei Eurem baldigen Fest in Augsburg zu begleichen.

*M. v. H. I. e. D.**

G

* Mit vorzüglicher Hochachtung Ihr ergebenster Diener

Augsburg, 6. Juni 1570

Stadtpalast der Fugger

Schweißperlen. Kleine und kleinste Tröpfchen. Im Schein von Fackeln und tausendundeiner Kerze glänzen sie auf Wangen, Nase und Stirn. Sie durchdringen die Brauen, machen sie schimmern wie nassen Pelz und rinnen in die Augen. Ihr Salz schmerzt, wässert den Blick, rieselt hinter den Ohren über den Nacken und bedeckt wie ein harziger Schleier Rücken, Brust und Bauch, gar Schenkel und Waden. Schweiß, dergestalt im Übermaß erfahren, bringt das Gemüt beträchtlich ins Schwanken.

Stocksteif stand Arcangelo im durchgeschwitzten Gewand und presste die Lippen aufeinander – im linken Knöchel pulsierte ein stechender Schmerz. Seit dem Sturz letzte Woche, bei der geheimen Vorführung des Sprungs am Wiener Hof, war er kaum zurückgegangen, trotz der Medikamente von Doktor Mercuriale. Wie hatte ihm da nur dieser Fehler unterlaufen können? Wie war es nur möglich gewesen, dass er an Prinzessin Elisabeth gedacht hatte in der letzten Sekunde vor dem Sprung? Wo er sich jeden Gedanken an sie verbot und durch die Missachtung die oberste Regel des Luftspringens brach:

Vor dem Sprung gibt es nur den Sprung
Während des Sprungs gibt es nur den Sprung
Nach dem Sprung gibt es nur den Sprung

Bei der Generalprobe vor der Abreise in die Fuggerstadt war nur Doktor Mercuriale präsent gewesen – einzig ihn hatte sich Arcangelo als Zeugen für den Sprung der Sprünge ausbedungen. In der Sekunde des Absprungs jedoch waren ihm urplötzlich und unverhofft zahllose Bilder durch den Schädel gefahren, hatten ihn, den bravourösen Springer, von einem Moment auf den anderen zum blutigen Anfänger gestutzt und ihn zu Fall gebracht.

Jetzt, inmitten des pompös geschmückten Innenhofs des Augsburger Stadtpalastes, musste er immer noch mit den fatalen Folgen kämpfen.

Mit dicht gestellten Beinen, die Knöchel aneinander gedrückt und fest bandagiert wie nie zuvor, stand er da, aufrecht und erhaben – nach außen eine aus Marmor modellierte Statue, geschliffen, glatt und kalt, innerlich jedoch glühte er –, in seinen Muskeln brodelte es, das Blut zirkulierte durch die Adern wie hindurchgeschleudert. Beine, Rumpf und Arme glichen einer gespannten Bogensehne kurz vor dem Zerreißen.

Acht. Arcangelo zählt stumm rückwärts bis zum Sprung. Nur noch sieben Zahlen, dann heißt es: Anlauf nehmen! Wird er jetzt nicht den Sprung der Sprünge wagen, wird er es niemals mehr. Dann hat die Angst, dieses verfluchte Gespenst, über ihn gesiegt, wie sie damals über seinen Vater gesiegt hatte und ihn zum Opfer seiner eigenen Kunst gemacht. Das darf nicht sein. Nicht jetzt. Nicht hier. Niemals.

Sieben. Er weiß, dass er diesen Sprung meistern kann, gleich den anderen Sprüngen, auch wenn er ihn nur ein einziges Mal zuvor versucht hat und dabei zu Fall gekommen ist; nicht technisches Unvermögen war der Grund gewesen – er besitzt die Sprungkraft und die Eleganz der Katzen – und auch nicht mangelnde Routine oder Erfahrung – er hat Tausende von Sprüngen absolviert; einzig der fessellose Geist war ihm für einen Wimpernschlag zum Feind geworden.

Sechs. In wenigen Sekunden wird Arcangelo sie zum ersten Mal vor Publikum demonstrieren, die neue, einzigartige und verfänglichste Sprungfigur, die es je gab. Sie ist ihm geradezu Schrecken und Faszinosum zugleich. Er nennt sie Salto mortale – Todessprung. Es handelt sich um eine aufsteigende Sprungfigur, bei der sich Arcangelo am höchsten Punkt um seine Querachse dreht und für einen Augenblick kopfüber in der Luft steht, um hernach wieder sicher auf beiden Beinen zu landen. Diesen Salto wird er nicht einfach nur springen; er wird ihn über einen mächtig großen, aufrecht stehenden Mann vollführen. Das kommt dem Fliegen gleich!

Fünf. Die Tribünen des Innenhofs sind bis auf den letzten Platz gefüllt. Ganz oben thronen die bedeutendsten Herrschaften, allen voran Kaiser Maximilian, Herrscher des Heiligen Römischen Reichs, im pelzbesetztem Seidenwams, Barett, goldener Kette und aufgebauschtem Pfeifenkragen. Rechts neben ihm sitzen der Gastgeber Freiherr Marx Fugger, kaum weniger prunkvoll ausstaffiert, und dessen Gemahlin Gräfin Sibylla von Eberstein, sich mit einem blutroten Fächer Luft zuwedelnd. Links neben Seiner Majestät thront Prinzessin Elisabeth, die Hände im Schoß verschränkt. Die Prinzessin ist keine Beliebige; sie ist Ihre Exzellenz Elisabeth von Österreich, die sechzehnjährige Tochter des Kaisers und Arcangelos Gebieterin. Sie ist der Grund seines Hierseins – Arcangelo gehört dem Kaiserlichen Tross nach Paris an, wo Elisabeth heiraten wird. Jetzt hat Arcangelo hier in Augsburg zu springen für die mächtigsten Herren des Reiches, bei diesem Fest, eigens für Elisabeths Durchreise veranstaltet.

Vier. Eine Reihe unter den Obersten haben sie Elisabeths Lehrer, den flämischen Diplomaten Ogier Ghislain de Busbecq, platziert, neben ihn den ersten der sechs Kaiserlichen Leibärzte Dottore Girolamo Mercuriale, den Hoftanzmeister Luca Bonaldi, den Kammerherren Gregorius Mayentracht und den ungarischen Festivitätsinitiator Géza Kertész.

Drumherum sitzen geladene Gäste von hohem und wichtigem Stand, wie die Stadtpfleger Heinrich Rehlinger und Paul Hainzel, der seinen guten Freund, den bekannten Astronom Tycho Brahe, bei sich hat. Sie alle warten gespannt auf die Kunstfiguren des italienischen Luftspringers.

Drei. Von den über Hundert Augenpaaren, den Blick, im Hämmern des Trommelwirbels auf ihn gerichtet, lassen ihn zwei besonders fiebern: das eine gehört Prinzessin Elisabeth, ihn hoffnungsvoll und zugleich mit Sorge ansehend. Wenn er hier auf diesem Fest versagt, ihren Ankündigungen seiner einmaligen Luftsprünge nicht gerecht wird, bedeutete dies nicht nur Schande über ihn, sondern schlimmer noch, unsägliche Blöße für sie und den Regenten.

Zwei. Das andere Augenpaar ist Marx' Ehefrau Gräfin Sibylla zu eigen. Sie scheint jede seiner Regung zu verfolgen, jeden seiner Gedanken aufzuspüren und zu sezieren wie der Medicus einen Leichnam. Nichts in der Welt lässt sie ihren Blick von ihm abwenden, immerzu mit ihrem blutroten Fächer wedelnd. Sie weiß, dass der Springer dort unten ein Geheimnis hütet; eines, das zu hüten ihm nicht ansteht.

Eins. Arcangelo rinnt der Schweiß. Ihm ist übel wie lange nicht mehr, obwohl Doktor Mercuriale ihm die Tropfen verabreicht hat. Er fühlt sich fremd und unwirklich. Keuchen und Stöhnen. Ihm scheint, als sei die Welt samt Zeit um ihn herum erstarrt, als seien all die Menschen Puppen, ihre Gesichter aus Wachs, die Körper hölzerne Rümpfe. Ein Strom von Bildern und Tönen durchdringt ihn, obwohl er sich nichts sehnlicher wünscht als Leere im Kopf. Keuchen und Stöhnen. Doch wenn er die Lider schließt, drängt sich statt tiefem Schwarz gerade die Szene in sein Inneres, die er sich aus dem Schädel schlagen will: Geöffnete Frauenlippen. Zitternde Lider. Entblößte teigige Brüste quellen hervor zwischen haarigen Männerhänden. Ein Schnauzmund schmatzt zwischen weit geöffneten Schenkeln. Keuchen und Stöhnen. An schmalem Handgelenk baumelt ein zusammengeschobener Fächer. Lasziv ins Genick geworfener Kopf. Gelöstes Haar wallt über bloßgelegte Schultern. Keuchen und Stöhnen.

Null. Arcangelo reißt die Augen auf. Schluss mit den verdammten Bildern! Jetzt ist alles in einen bläulichen Schleier gehüllt. Träumt ihm? Er sieht Katzen springen und seinen Salto schlagen, den er jetzt und hier vor den schaulustigen Blicken vorführen wird, trotz der Schmerzen im Fuß und seines eigenartigen Zustands zwischen Euphorie und Angst. Jetzt! Jetzt muss er springen. Nichts kann ihn aufhalten. Die Bilder sind fort. Gott sei Dank. Er bekreuzigt sich, erhebt die Hand zum Gruß der lauernden Menge und nimmt Anlauf. Den ersten Schritt getan, kehren die Bilder im Kopf jedoch zurück. Geschürzte Frauenlippen. Zitternde Lider. Zweiter Schritt. Entblößte, teigige Brüste. Dritter Schritt. Lasziv ins Genick geworfener Kopf. Sechs kraftvolle schnelle Schritte läuft Silhouette eines Männerkopfes. Arcangelo Grazile Hände, in Richtung beringt mit Gold und Edelsteinen. des Riesen. Den Oberkörper nach vorn geneigt, Ein Fächer, zusammengeschoben, baumelt am Handgelenk, während die Knie gebeugt, die Arme parallel, holt er sich die Kraft für den Absprung, streckt den Körper, spannt ihre andere Hand nach seinem Geschlecht greift Oberschenkel und Waden noch mehr an und springt! Wie von einer Armbrust abgeschossen, schnellt er vom Boden in die Höhe Keuchen und Stöhnen und steigt. Er steigt und fliegt geradewegs über den Kopf des Riesen hinweg. Am obersten Punkt seines Fluges angekommen, schickt er sich an, die Drehung zu vollziehen. Er drückt sein Kinn gegen die Brust, zieht die Arme und die Ellbogen ganz dicht an sich heran. Die Hände umgreifen die Knie, die Füße klappen zum Gesäß, den vorher hochsteigenden Körper Sibyllas Lippen öffnen sich, formt er zu einer Kugel um einen Namen auszustöhnen? und …

1

L'Aquila, 1565

Vier Pfoten, steingrau und kaschmirweich. In majestätischem Gleichmaß tasten sie sich voran auf dem Dachfirst der Kirche, hoch über der Stadt. Sie bleiben stehen und verharren, während zwei Augen, malachitgrün, mit schlitzförmigen Pupillen, hinabblicken in die Welt der Menschen: Kürschner, Korbflechter und Kesselflicker schieben dort unten ihre Wagen übers holprige Pflaster und schlagen mit Haselnussruten nach kläffenden Kötern, die an ihren Hosenbeinen zerren. Männer und Frauen drängeln sich vor den Schragen und feilschen um Preise für Safran und Oliven. Mütter, die Brüste groß wie Kohlköpfe, hüllen sich in Decken und stillen ihre Säuglinge. Greise, die Gesichter zerfurcht wie getrocknete Lehmpfützen, von den Qualmschwaden aus ihren Tonpfeifen umnebelt, tragen schwere Jacken und verstehen die Welt nicht mehr. Nur die Kinder, hemdsärmelig und mit kurzen Hosen viel zu leicht angezogen, jagen mit schnellen Schritten durch die Gassen – »Fang mich, wenn du kannst!« Mützen und Barette bedecken Glatzen wie schwarzhaarige Häupter. Die Kragen der Hemden, so Knöpfe vorhanden, sind bis zum Hals geschlossen. Wohl dem, der sich ein Wams, eine Schecke, gar Strümpfe und Schuhe leisten kann.

Dieser Sommer in L'Aquila, der alten Stadt in den Abruzzen, ist kein Sommer. Wo man sich sonst Kühle im Dampf der Gassen zufächelt, peitscht kalter Wind vom Gran Sasso hinunter, wirbelt Staub über die Plätze und den Menschen ins Gesicht. Das Blauleuchten des Himmels scheint vergessen. Seit Wochen liegen die Wolken wie Tüll über den Häusern und drücken den Leuten aufs Gemüt. In der Kirche Santa Maria di Collemaggio knien Bauern wie Mägde und Stallknechte auf den Bänken, Rosenkränze in den schwieligen Händen. In einhelligem Murmeln bitten sie Petrus de Murrone, ihren Schutzpatron, er möge Gott gnädig stimmen, auf dass er ihnen endlich die Sommersonne zurückschenke. Heiß und knisternd soll sie aufs Land brennen – nur ab und an unterbrochen von einem Gewitterregen – und alles hell erstrahlen lassen. Wie sonst sollten das Korn und die Feldfrüchte gedeihen, die ihnen das Essen auf den Tisch bringen?

Andrea Tuccaro, seit einem halben Jahrhundert ansässiger Seilgeher, stand aufrecht, fast erhaben, hoch oben auf dem Rähmholz, dem schenkeldicken und waagerecht von der Wand abstehenden Balken des Kornhausgalgens, der sonst für das Heraufziehen der Strohballen und Hafersäcke diente. Ihm gegenüber, gut zehn Klafter* entfernt, stand sein Sohn Arcangelo, unter ihm die Zwillingstöchter Alice und Giula – alle drei längst erwachsen und als seine Nachkommen von Kindheit an Traditionsträger der Seilgeherfamilie ›I quattro Tuccari‹.

Andreas Gesicht wirkte gelöst, aber der Schein trog – zu weit oben schwebte das Seil über dem Platz und machte das Überqueren zum nie gekannten Risiko. Zu kühn war seine Vorstellung gewesen von der grandiosen Attraktion durch eine neue, alles überragende Höhe. Doch, was hätte er tun sollen? Was unternimmt ein alternder Seilgeher gegen schwindendes Publikum und damit schwindendes Brot, wenn er nichts anderes kann?

* Längenmaß mit zahlreichen Varianten; 1 Klafter ≅ 1,80 Meter

»Wir werden das Seil nicht nur vier Ellen höher spannen«, hatte er Arcangelo angewiesen, »sondern acht! Mit sieben Klaftern über dem Boden hängt es dann höher als jemals ein Seil über der Piazza dei Poveri!«

Arcangelos Bedenken schlug Vater in den Wind. Aus seinen Zweifeln, entgegnete er ihm, glaube er Angst herauszuhören. Angst. Wie konnte das angehen? Hatte er doch bereits vor fünfundzwanzig Jahren seinen einzigen Sohn gelehrt, dass es Angst im Grunde nicht gäbe. »Sie ist nur ein Gespenst, hörst du? Ein Gespenst in deinem kleinen Kopf!«, hatte er dem damals fünfjährigen Buben eingebläut und dabei mit dem Zeigefinger auf seinen Schädel getippt. »Verjage es!«, war Arcangelo dann wie ein Befehl ans Ohr gedrungen, und Vater hatte ihn erneut hinaufgeschickt, ja gezwungen, das ›nur‹ mannshohe Übungsseil zu überqueren. Oben hatte der kleine Junge sich nicht mehr getraut, die feuchten Augen trocken zu reiben. Mit verschwommenem Blick hatte er auf dem Seil gestanden und gelernt, den erbitterten Kampf mit diesem Gespenst aufzunehmen, nicht ohne unzählige schmerzvolle Stürze in die Strohmatte.

In den Übungspausen hatte Vater ihn wieder und wieder in das gehütete Wissen über die Seilgeherkunst eingewiesen: »Die Geheimnisse habe ich von meinem Vater überliefert bekommen. Er hat mich geheißen, sie weiterzugeben und dafür zu sorgen, dass mein Nachkomme sie ebenfalls weitergibt. Nur auf diese Art können wir sicher sein, dass unsere Kunst bestehen bleibt. Die Lehre der Seilgeherkunst wird nur mündlich weitergegeben und steht nirgendwo geschrieben – die Schrift ist des Geheimnis' Feind. Sie ist jedem, der lesen kann, gleichsam Hure und Verräter. Wahre Geheimnisse gibt es nur als gesprochenes Wort, und der, der um sie weiß, wählt wohl, wem er sie anvertraut. Also, Arcangelo, höre gut zu, was ich dir zu sagen habe und merke dir alles, denn eines Tages wirst du es deinem Sohn weitergeben.« Arcangelo hatte genickt, sein Vater war fortgefahren. »Die Seilgeherkunst ist die erhabenste Gauklerkunst. Sie ist die einzige, die sich hoch in den Lüften abspielt und damit ständig den Tod in sich trägt«, hatte er ihn gelehrt und es ihm kurz darauf bewiesen: Zahlreiche Menschen hatte er unter Arcangelos Augen versuchen lassen, ein auf dem Erdboden längs gelegtes Seil zu begehen. Nicht ein einziger hatte auch nur ein Drittel der Länge ohne einen Fehltritt geschafft. Nicht ein einziger! »Was würde mit ihnen allen geschehen«, hatte Vater ihn gefragt, »wenn sie das Seil gleich uns dort oben zu überqueren hätten?« Vater hatte keine Antwort erwartet. Die geweiteten Augen und der offene Mund seines kleinen Buben waren ihm Zeichen genug gewesen.

»Der Mensch ist im Grunde ebenso wenig für das Seilgehen geschaffen wie für das Klettern«, hatte Vater das eindrucksvolle Experiment kommentiert. »Wir sind keine Katzen, die elegant die höchsten Bäume erklimmen. Dennoch …«, Vater hatte den Zeigefinger erhoben, »… es gibt eine Handvoll Auserwählter, mit der göttlichen Gabe der Balancierfähigkeit gesegnet. Sie – und nur sie – können diese Kunst erlernen, wenn sie über die Maßen fleißig sind. Nichts darf ihnen wichtiger sein, als …?«

»… ihre Kunst zu üben, zu üben und immer wieder zu üben!«, hatte Arcangelo straff geantwortet. Vater hatte es sich angewöhnt, Arcangelo Schlüsselsätze ergänzen zu lassen. Er war, wie Andreas Vater zuvor, überzeugt davon, dass sie sich auf diese Weise unauslöschlich in seinem Zögling festigten und über den eigenen Tod hinaus bewahren ließen.

Arcangelo hatte über die harten Jahre der Ausbildung nicht nur alles gelernt, was ein Seilgeher können musste, er hatte es zu wahrer Meisterschaft gebracht. Auf dem Seil vor-, ja sogar rückwärts zu balancieren, sich links- und rechtsherum zu drehen und zu wenden, wann und wo es ihm beliebte, war ihm ein Leichtes, das er mit den besten Seilgehern teilte. Darüber hinaus verfügte er über eine Fähigkeit, die sonst keiner von ihnen beherrschte: Er konnte das Seil mit geschlossenen Lidern begehen! Denn er fühlte es.

Früh hatte er begonnen, auf die speziellen Seilgeherfüßlinge, Schnürstiefel aus bestem Kaninchenleder, zu verzichten. Nur noch nackten Fußes wollte er das Seil begehen und es damit seinen ganz bestimmten Vorbildern gleichtun – Vaters damalige Worte über die Katzen waren ihm nicht mehr aus dem Sinn gegangen. Wieso sollte ein Mensch sich nicht ebenso elegant bewegen können wie diese anmutigen Geschöpfe? Seit Vater das behauptet hatte, galt Arcangelos Aufmerksamkeit einzig ihnen. Sie allein waren es gewesen, die ihn die wahren Geheimnisse der Ästhetik und der Balance in Abertausenden von Stunden des Beobachtens und Nachahmens gelehrt hatten. Es hatte ihn fasziniert, wie sie leichtpfotig Mauern und Bäume erkletterten und behände von Ästen oder Dächern sprangen. In ihm war der Wunsch gewachsen, sich die Geschmeidigkeit ihres Körpers und die Eleganz ihrer Bewegungen anzueignen.

Da er nur noch barfüßig das Seil beging, waren seine Sohlen sensibel geworden, sensibler noch als seine Hände. Er spürte jeden Schlag der Litzenbündel, mit denen es der Seilmacher verdrillt hatte. Und je nachdem, ob die Litzen sich glatt oder rau anfühlten, ob der Drill geschwungen und sanft oder sich gar kantig und grob durch das Seil zog, wusste er, ob der Seiler guten oder schlechten Hanf verwendet hatte. Immer war er damit Vaters Urteil, das auf seine Augen und Hände angewiesen war, überlegen.

Arcangelo spürte nicht nur die Qualität des Seiles. Er fühlte dessen Kühle im Morgentau ebenso wie die Wärme durch die Mittagssonne oder die Kälte durch den Nachtreif. Demgemäß wusste er seine Schritte zu setzen, mal größer, mal kleiner, und immer der Lage bestmöglich angepasst.

Das Seil bedeutete ihm mittlerweile Freiheit, nachdem es ihn nicht mehr beherrschte und er sein Meister geworden war. Zudem spürte er, wie es ihm innere Kraft verlieh: Wenn er hoch oben über der Leute Köpfe hinwegging, konnte er, der nur einen halben Klafter und eine Elle maß, hinabsehen auf all jene, die ihn für gewöhnlich auf der Erde überragten. Hier oben, in luftigen Höhen, wusste er sie allesamt als Gnome. Es erfüllte ihn mit überlegenem Stolz, sich in der Welt der Katzen ein besonderes Territorium erkämpft zu haben. Die Vierbeiner erkletterten die höchsten Bäume, bestiegen Dächer und turmhohe Mauern. Sie hielten sich an Orten auf, die unerreichbar waren für normale Menschen.

Arcangelo war nicht nur imstande, sich in ihrer Welt aufzuhalten. Im Grunde war er längst einer von ihnen. Eine Art menschlicher Katze. Er sah nicht aus wie eine – er war kein Zauberer oder Verwandlungskünstler. Er miaute oder schnurrte nicht, noch fauchte er, wenn er sich bedroht fühlte. Auch Mäusen galt nicht sein Augenmerk. Es waren ihre Bewegungen, die er sich bis ins letzte und kleinste Detail verinnerlicht hatte: Er duckte sich wie sie, um die höchstmögliche Sprungkraft zu entwickeln, wenn es galt, auf eine Mauer und von dort auf ein Dach zu springen. Dort landete er beinahe lautlos auf den Fußballen. Er duckte und schlich wie sie, wenn sie sich einer Maus zum Fang näherten. Und er reckte sich wie sie, wenn sie sich nach ausgiebigem Schlaf wieder dem Leben hingaben.

Freilich behielt er diese besondere Fähigkeit für sich. Nicht einmal Giula weihte er in sein Geheimnis ein. Er wusste, dass die Zeit noch nicht gekommen war für die Offenbarung seiner Kunst. Vorerst blieb er ein fähiger Seilgeher, der seine Fertigkeit traditions- und standesgemäß vollführte. Ohne Ausnahme benutzte er die Balancierstange. Sie war neben dem augenfälligen dreiteiligen Kostüm das wichtigste und beeindruckendste Utensil der Seilgeher. Ein Zoll im Durchmesser, bis zu zweieinhalb Klafter lang, rund und geschliffen, verjüngte sie sich an den Enden zu einer Spitze und war meist aus edlen Hölzern wie Mooreiche, Platane oder Robinie gefertigt. Er benutzte die Stange, obwohl er sie gar nicht brauchte, unabhängig von Höhe und Weite des Seiles. Das wagte er Vater bis dato nicht zu offenbaren. Ohne die Balancierstange das Hochseil zu begehen, hieße eine Grundregel der Seilgeher zu brechen. »Das beschwört den sicheren Tod herauf!«, hatte Vater ihm wieder und wieder eingebläut.

Angst? Ja, die verspürte Arcangelo. Jedoch nicht um sich. Um Vater. Die hohe Zeit des legendären Andrea Tuccaro war lange vorbei und nicht einmal mehr ein matter Schein umgab den frühen Glanz des ›Großmeisters der Seilgeher‹, wie er sich selbst nannte. Vaters Auftrittsgewänder, einst in schillernden, bunten Farben gehalten, waren allesamt über die Jahre bei Hunderten von Auftritten in gleißendem Sonnenlicht, von Wind, Wetter und mehr noch vom vielen Waschen ausgebleicht und zerschlissen – wie sein Seelenleben. Im Grunde wünschte Vater sich nichts mehr als mit dem Seilgehen aufzuhören, nur – brachte Arcangelo die Sprache darauf, dann verbat er sich jedes Wort darüber. Eher würde er elendig hinscheiden, bevor er sich nicht mehr hinauf, vor allem nicht mehr hinüber traute.

Sieben Klafter hoch also stand Vater auf dem schenkeldicken Rähm des Kornhausgalgens. Von dort aus hatten sie das Seil gute zehn Klafter weit über einen Teil der Piazza dei Poveri, des Platzes der Armen, zum schräg gegenüberliegenden Lagerhaus gespannt. Die weit ausladende Balancierstange in den Händen, sah er erst hinüber zum Lagerhaus, wo Arcangelo auf ihn wartete, um die Stange entgegenzunehmen, dann nach unten, um sich seines Publikums zu versichern. Der Anblick war demütigend. Obwohl er Alice und Giula mehrmals losgeschickt hatte, den Auftritt in der ganzen Stadt anzupreisen, hatten sich nur wenige Schaulustige eingefunden. Von denen waren wiederum nur ein paar willens, etwas zu geben für die beiden Seilgeher, die dort oben ihr Leben aufs Spiel setzten. Die meisten ignorierten die Schwestern, die sich im feuerroten Kleid und kunstvoll geflochtenem Haarturm in ihr Blickfeld drängten und die Hand für zwei oder drei Quattrini aufhielten. Die Hälse gereckt, den Kopf im Nacken, starrten die Neugierigen nach oben und an ihnen vorbei, um das Wagnis zu beobachten.

Mit einem Nicken gab Vater dem eigens für diesen Auftritt engagierten Trommler den Einsatz an. Die lautstarke Bekanntmachung der neuen Höhe hatte Vater entgegen familiärer Ankündigung fallen gelassen.

Der Trommler wirbelte mit einem heftigen Stakkato die Schlegel über das Fell. Andrea ließ Dutzende von Schlägen verstreichen, ehe er endlich den ersten Fuß auf das Seil setzte.

Ganze drei Mal hatte er sich bekreuzigt. Niemals zuvor in seinem Leben hatte er das getan.

Mehr als behutsam setzte Vater einen Fuß vor den anderen, die Balancierstange wie ein geheiligtes Zepter fest im Griff. Als eine leichte Bö, der Seilgeher größter Feind, über den Platz wehte, schwankte er und musste trotz Stange mit einem abgespreizten Bein ausgleichen. Arcangelo schlug ein Kreuz. Vater fing sich und setzte den Gang fort.

Die Hälfte der Strecke hatte er überwunden. Er brauchte doppelt so lang wie gewöhnlich. Arcangelo konnte die ungeheure Anspannung Vaters erkennen, der noch drei Klafter von ihm entfernt stand und sich mühte, keinerlei Regung zu zeigen. Arcangelo ließ sich nicht täuschen; seit Kindheit an hatte er ihn studiert, seine Gesten wie seine Gewohnheiten. Geradezu bewundert hatte er Vaters Konzentration und seinen eisernen Willen, die unnachgiebige Härte gegen sich selbst und die Disziplin, der er sich jeden Tag unterwarf, um sich mit den beschwerlichen Kraft- und Gymnastikübungen zu schinden, Woche für Woche, Monat für Monat, Jahr für Jahr.

Nur noch ein Klafter fehlte, bis Vater endlich bei ihm angekommen sein würde, dennoch schien es Arcangelo, als wolle das Seil nicht enden, als verlängere es sich gar die letzten Schritte. Er wünschte sich den Vater herbei wie noch nie in seinem Leben. Er wollte ihn in Sicherheit wissen, endlich die Stange übernehmen und den Gang zurück antreten; das war Tradition im Hause Tuccaro – der Vater ging immer zuerst, dann folgte der Sohn auf dem Rückweg.

Vater kam heil an. Arcangelo schloss die Lider und sprach ein stummes Grazie a dio. Er umarmte den Vater; ihre Wangen berührten sich. Vater ließ es, vollkommen überrascht, geschehen, einen Augenblick nur, dann schob er ihn von sich. Dieser Moment hatte ihm genügt, um alles wahrzunehmen. An Vaters schulterlangen, grauen Locken klebten Schweißtropfen und auch sein Gewand war vollkommen durchnässt, als ob er es geradewegs aus dem Waschzuber heraus angezogen hatte. Nur roch es nicht nach Seifenlauge; es stank. Und er stank. Widerlich stank er. Nach Körperschweiß und Harn. So roch die Angst. Die schiere, stumme Angst, die dem altgewordenen Seilgeher alles abverlangte, damit er ihr die Stirn böte. Wenn Arcangelo es sich bis zu diesem Moment nur zu ahnen getraut hatte, jetzt war er sich gewiss. Mit diesem Gang wusste er, dass Vaters einstige Worte von Mut und Tapferkeit sich schon lange gegen ihn selbst gerichtet hatten.

Das Gespenst im Kopf hatte sich bereits vor zehn Jahren Vaters bemächtigt, als er sich an einem Tag im Sommer 1555 beim besten Schneider der Stadt ganze sechs neue Auftrittskostüme hatte nähen lassen, und das, obwohl jeder Seilgeher höchstens eines, in den seltensten Fällen ein zweites besaß. Das hieß ein halbes Dutzend zweifarbige Tricothosen aus bestem Scharlach*, ein halbes Dutzend kurzer Pluderhosen und ein halbes Dutzend samtene Wamse. Nach jeder Vorführung hatte Vater, nachdem er sich von Kopf bis Fuß abgeschrubbt hatte, das getragene Kostüm eigenhändig gewaschen und zur nächsten Vorstellung ein neues angezogen. Nicht der Reinlichkeit wegen hatte er das getan, sondern allein in der Absicht, die Ausdünstung der Angst zu bannen. Nach der meist einstündigen Reinigungsprozedur hoffte er stets aufs Neue, nicht mehr von ihr und ihrem abscheulichen

* Scharlach war ein hochwertiges Wollgewebe. Durch eine spezielle Webtechnik wurde das Garn dehnfähig gemacht und für Strumpfhosen verwendet.

Geruch heimgesucht zu werden. Seine Hoffnung sollte sich nicht erfüllen – das Gespenst im Kopf scherte kümmerliche Versuche nicht; es kehrte wieder mit jedem Auftritt und jedem Gewand, das Vater frisch aus der Wäschetruhe zog, und breitete bereits beim Hinaufsteigen seine zersetzende Nässe in ihm aus, dass es giftig aus allen Poren schoss und er kein Mittel fand, seiner Herr zu werden.

Arcangelo übernahm die Balancierstange und machte sich daran, das Seil zu überqueren. Nach den ersten vier Schritten, leichtfüßig gesetzt, hielt er inne und öffnete die Augen. Trotz der momentanen Windstille schwankte er. Absichtlich. Er korrigierte mit der Stange. Vater rief ihm sogleich eine Anweisung zu, die er ihm mit einem Nicken bestätigte. Entgegen seiner Gewohnheit ließ Arcangelo die Augen geöffnet. Er sah hinab zur Erde, dann hinüber zum Kornhaus, von dem der Vater gekommen war und das ihm nun als Ziel galt. Arcangelo tat alles, um die Qualität seines Seilganges zu verschlechtern. Für die simple Überquerung würde er mehr Zeit beanspruchen als der Vater, selbst wenn dieser unermesslich lange dafür gebraucht hatte, und selbst wenn der letzte Zuschauer keine Geduld mehr aufbrächte, seinem Seilgang bis zum Ende zuzusehen. Arcangelo tat dies, seit Langem schon, rein dem Stolz des Vaters zuliebe. Wenn man überhaupt noch von Stolz sprechen konnte. Im Grunde waren es nur noch ein paar kümmerliche Reste davon, die Andrea noch in sich trug. Sein Vater, wie er und die Schwestern, hatten längst erkannt, dass die paar armseligen Gaben der wenigen Zuschauer nicht ausreichten, um alle vier Tuccaros über die nächsten Wochen, geschweige denn Monate zu bringen. Von Tag zu Tag nahm das Publikum ab. Und auch wenn sie das Seil noch zwei, drei oder gar vier, ja fünf

Klafter höher spannten – dazu bot sich nur noch die Kirche an, für die sie niemals eine Genehmigung bekämen – würden sich nicht viel mehr Neugierige einfinden. Zur ersten Vorführung vielleicht, bereits bei der zweiten, spätestens bei der dritten würden sie ausbleiben. Um zu überleben, hatten sie Dutzende und Aberdutzende Vorstellungen zu geben. Und ob diese noch stattfänden, war mehr als fraglich; war doch die Attraktion des bloßen Seilgehens dem Sterben gefährlich nah. Seit Längerem hegte Arcangelo den Verdacht, die Zuschauer ergötzten sich nicht mehr an der Grazie des freien Gehens, des majestätischen Schreitens in der Luft. Daran hatten sie sich satt gesehen. Sie warteten allein auf das Unaussprechliche, das wahre und teuflische Drama: den tödlichen Sturz. Als vor Jahren die Kunde vom dramatischen Todessturz eines Seilgehers aus Verona die Runde machte, hatte Arcangelo dieser quälende Gedanke heimgesucht. Er verdrängte ihn so gut es ging, doch immer wieder kehrte er zurück. Und immer war es sein Vater, den er dabei vom Seil stürzen sah. Erst sah er das Todesszenario nur in schemenhaften Bildern; mit der schleichenden Verschlechterung von Vaters Können jedoch verdichteten sich die schrecklichen Fantasien zu deutlicheren Visionen, die sich ihm immer tragischer vors geistige Auge drängten, je mehr er sich zu wehren suchte. Unblutigen, vergleichsweise harmlosen Unfällen wie Stürze in die Zuschauermenge, die Vater an einem Herzschlag sterben ließen, folgten schwerere wie Genickbruch, bei denen der Kopf rechtwinklig vom Hals abstand, und schließlich blutige, bei dem der Kopf auf gepflasterten Boden aufschlug und die Schädeldecke zerbarst. Den Höhepunkt seiner Gräuelfantasien bildete der Sturz des veronesischen Seilgehers. Man erzählte sich, dass dieser, gepackt von einer Bö, die Balance verlor, die Stange fallen ließ und kopfüber zur Erde stürzte. Der Seilgeher wurde mit weit aufgerissenem Mund von der Stange, die senkrecht im Boden stak, aufgespießt. Sie bohrte sich durch ihn hindurch und trat im Unterleib wieder aus. Gedärm, vermischt mit Körpersäften und Blut, war durch die Luft gespritzt und hatte die Kleidung und das Antlitz der umstehenden Zuschauer – zur Glotzmeute erstarrt – besprenkelt. Gekreisch und Geschrei. Hände waren über die befleckten Gesichter gefahren. Statt sich den Gräuel hinfortzuwischen, hatten sie dämonisch-scheckige Fratzen geschaffen. Minuten später erst trat kalte Stille ein und suchte sie Betroffenheit heim. Erstarrt standen sie da, mit schmalgepressten Lippen. Ohnmacht in allen Gliedern. Keiner tat etwas. Keiner rührte sich. Bis alles auseinander gelaufen und niemand mehr da gewesen war, als die aufgespießte Leiche eines Seilgehers, seine hilflosen Angehörigen und deren Weinkrämpfe über dem geflohenen Platz.

Unvermittelt hatten Arcangelo diese Bilder sowohl im Traum als auch bei Tage heimgesucht. Immer aber traten sie in Erscheinung, wenn Vater am anderen Ende des Seiles den Fuß aufsetzte. Damit musste endgültig Schluss sein! Vaters mühsamer Gang der Verzweiflung und die zum Himmel stinkende Todesangst waren Grund genug. Arcangelo wusste, dass es nur eine Frage der Zeit – morgen, übermorgen? – sein würde, bis seine Vision und damit der Familie Verhängnis sich verwirklichte. Dieser Auftritt hier und heute würde Vaters letzter Gang über das Hochseil gewesen sein. Und auch Arcangelos. Nach diesem letzten Gang würde er den Knoten des Seiles lösen, es vom Kornhausgalgen und vom Giebelhaken des Lagerhauses abnehmen, auf den Platz und anschließend in den Aterno werfen, und niemals mehr irgendwo aufspannen. Das bedeutete das Ende der Tuccaro'schen Seilgeherkunst, der abrupte Heimgang einer über hundertjährigen Familientradition; gleichzeitig die glanzvolle Geburt Arcangelos neuer Ära! Es galt, seine geheime Kunst an die Öffentlichkeit zu bringen und damit den Fortbestand des Familienunternehmens zu retten! Das würde er Vater heute offenbaren. Zehn Jahre lang hatte er darüber geschwiegen, seit dem Streit zwischen ihnen. Zehn Jahre niemandem etwas verraten von seinen großartigen Fortschritten, die er heimlich gemacht hatte und immer noch machte. Zehn Jahre hatte er vergeblich gehofft, der Vater möge etwas andeuten, ihm nur ein kleines Zeichen des Interesses geben. Nichts war geschehen bis heute. Kein Wort darüber. Keine Frage. Keine Einladung zu einer Aussprache. Stattdessen hatten sie wieder und wieder ein Dasein in lähmender Routine gelebt. Die Anziehungskraft ihrer Kunst siechte dahin. Sie hatten die Städte und Orte gewechselt – dem Seil war es einerlei, wo es aufgespannt wurde –, doch so wie ein Platz dem anderen glich, so glichen die Menschen sich in ihrem Phlegma. Nie fühlte Arcangelo das armselige Ende näher.

Er musste es Vater sagen. Heute noch. Morgen konnte es bereits zu spät sein. Nur wie? Und wann? Welche Worte wählen und welchen Zeitpunkt für eine Offenbarung solchen Ausmaßes?

Es gab nur einen Ort, nur eine günstige Gelegenheit für die Unterredung: Beim Waschen des Kostüms. Hier würde Vater ihm zuhören müssen. Eine Stunde hätte Arcangelo Zeit, ihm seine Gedanken zu unterbreiten, wie er es schon vor vielen Jahren versucht hatte. Dieses Mal würde Vater ihn nicht unterbrechen, ihm nicht dreinreden und alles schlechtmachen. Er würde ein Einsehen haben, erkennend, dass der damalige Kauf der sündhaft teuren Gewänder und das Ritual der Waschungen die Furcht nicht bezwingen konnten. Eine Dekade war seither vergangen. Vater und er waren beide älter geworden; nur, während er mit dreißig Jahren in der Blüte seines Lebens stand und sich die nächsten zehn Jahre sogar noch steigern konnte, war bei Vater mit seinen fünfundfünfzig Jahren das Ende erreicht – ein Trauerspiel, das zu beobachten Arcangelo oft genug die Nässe in die Augen trieb.

Arcangelo überquerte das Seil mühelos; seinetwegen hätte es doppelt so hoch hängen mögen, das hätte keinen Unterschied gemacht – wenn er in dunklen wie in Vollmondnächten auf dem Dachfirst der höchsten Häuser und Türme den Katzen nachgestiegen war, existierten keine Begriffe wie hoch und tief. Einsgeworden mit Mauersteinen, Dachziegeln, Traufen und Fenstersimsen, mit Überständen, Erkern und Balkonen, hatte er schwierigste und selbst für seine pelzigen Vorbilder nicht mehr zu erreichende Hausecken erklommen. Damit nicht genug; er war über Treppen und Geländer, von Mauer zu Mauer, schließlich von Dach zu Dach gesprungen und hatte dabei manch kuriose Figuren in der Luft vollbracht. Das würde er dem Vater in Kürze offenbaren und auch zeigen – mit bloßen Worten ließ Vater sich nicht abspeisen.

Die Vorstellung war vorüber, der letzte Zuschauer gegangen. Vater war verschwunden und hatte nicht wie sonst auf die heile Ankunft seines Sohnes gewartet. Regungslos stand Arcangelo auf dem Mauersims des Kornhauses und stierte auf den Knoten. Seine Aufgabe wäre es jetzt gewesen, das Seil für den nächsten Auftritt nachzuspannen, während die

Schwestern Essen besorgten; die Obliegenheiten waren seit jeher verteilt. Er wusste um seine Pflicht. Er wusste ebenfalls um seine Entscheidung, die er vor wenigen Minuten gefällt hatte. Mehrmals wischte er sich die schweißnassen Hände ab, erst an der Strumpfhose, dann am Wams. Es schien ihm, als ob sie mit jedem Reiben über den Stoff nur noch feuchter wurden. Er streckte die zitternden Finger nach dem Knoten aus und zog sie, kaum eine Handlänge davon entfernt, wieder zurück. Das war kein Seil, was da um den Pfosten geknotet war. Eine mächtige Schlange schien es zu sein, um das Kantholz gewunden, mit wachsamen Augen im Knotenkopf, bereit, sich bei der nächsten Annäherung pfeilschnell in seine Hände zu verbeißen. Schlangen waren Arcangelos Feinde. Seit seinem siebten Lebensjahr, als sie beim La Fiesta di Separi in Cocullo aufgetreten waren. Dort feierte man jedes Jahr am ersten Maisonntag das weit über die Grenzen bekannte Schlangenfest. Vater, Mutter, er und ein paar der Spielleute hatten sich zu den Einheimischen auf den Dächern gesellt, um von dort aus singend und klatschend der Prozession beizuwohnen. Unter hellem Glockengeläut wurde zu Ehren des Heiligen Abtes San Domenico Abbate dessen lebensgroße, schwarzbemäntelte Statue durchs Dorf getragen. Um die Statue hatten sich zahlreiche Schlangen gekringelt und ebenso waren viele junge Männer und Mädchen mit Schlangen um Hals und Arme behangen. »Du brauchst keine Angst zu haben«, hatte das Mädchen neben ihm versichert, um das sich ebenfalls mehrere Schlangen wanden, und ihm eine um den Hals gehängt. Als diese ihn wider Erwarten gebissen hatte, war er ohnmächtig geworden und zusammengebrochen. Sechs lange Tage hatte er trotz unverzüglicher Entgiftung gebraucht, um sich vom Fieberschock zu erholen.

So wie er die Katzen liebte, hasste er die Schlangen, diese züngelnden Kriechtiere, die sich durch Sumpf und Dreck wanden, lautlos und hinterhältig. Durch und durch unheimlich waren sie ihm und er war stets darauf bedacht, ihnen nicht zu begegnen. Bis dato war ihm das gelungen, doch hier hatte er einen Kampf mit der größten und mächtigsten Schlange aufzunehmen. Wie sollte er diesen meistern? Arcangelo trieb es trotz des kühlen Windes den Schweiß aus den Poren; er schwitzte wie noch nie in seinem Leben. Und er stank. Gotterbärmlich.

Hier und jetzt musste er die Schlange bezwingen oder es würde ihm niemals mehr gelingen. In einem Kampf mit bloßen Händen jedoch war einer Bestie von solcher Größe nicht beizukommen. Alexander der Große schoss ihm in den Kopf. Donna Rabea hatte ihm die Geschichte erzählt. Er musste das Tier überraschen, es mit einem Streich töten. Doch wie ohne Schwert? Er war Seilgeher und kein Ritter. Die Wachen! Unten am Stadttor. Von denen besaß jeder einen Degen. Die mussten her, das Biest köpfen. Nein. Er allein und niemand anderer musste es tun. Sie brauchten ihm nur einen Degen auszuleihen. Zum Teufel, niemals würden sie das tun. Kein Wachmann lieh einem dahergelaufenen Artisten seine Waffe.

Die Kirchturmuhr schlug. Der Glockenton traf ihn wie eine Maulschelle. Die Zeit war ihm davongerannt. Noch war Vater am Waschplatz. Er musste los. Sofort.

Er stieg vom Mauersims in den Speicher des Lagerhauses. Die ersten Schritte setzte er noch benommen wie ein unbeholfenes Kind, doch mit jedem Tritt, die ihn die Stiege des Lagerhauses abwärts führte, wurde er sicherer. Im zweiten Stock löste er die Hand vom Geländer und nahm die Stufen schneller.

Aus dem Tor getreten, fühlte er sich wieder kraftvoll. Jeder Schritt zum Waschplatz sollte ihn weiterhin stärken. Es war nicht mehr weit. Nur noch wenige Minuten.

Immer wieder sagte er sich die zukunftsträchtigen Worte vor. Sie würden aus ihm heraussprudeln wie Quellwasser, und Vater würde nicht umhinkönnen, die frohe Botschaft des Sohnes anzunehmen. Vater würde ihn in die Arme schließen und ihm endlich die Anerkennung zuteilwerden lassen, um die er sich seit Jahr und Tag mühte.

Von Euphorie getrieben, marschierte er den Weg entlang, nicht spürend, wie er sich plötzlich verlangsamte. An einem Mauereck, von dem aus er sehen konnte, mit welcher Inbrunst Vater den Seifenklotz übers Tuch rieb und das nasse Bündel auf dem Waschdielen ausschlug, blieb er so abrupt stehen wie auch die gedankliche Wortquelle in ihm versiegte. Staubtrocken waren ihm Mund und Hals geworden. Im Schlund steckte ein Filzknäuel. Flau wurde ihm im Magen. Dann regelrecht schlecht. Erneute Schweißanfälle suchten ihn heim und zudem ein Schüttelfrost. Hinter einem Strauch am Haus fiel er auf die Knie und erbrach sich.

Als nur noch Röcheln aus ihm hervorstieß, rieb er sich mit dem Ärmel den Schleim vom Mund und den Schweiß von der Stirn. Bis ins Mark geschwächt, setzte er sich gegen die Hauswand und vergrub das Gesicht in den Händen. Wie versteinert saß er da. Minutenlang. Der Atem schwer. Das Herz nur dumpfe Schläge. Jetzt geschah etwas, was ihm zum letzten Mal als kleinem Bub widerfahren war: Nach Stunden unablässigen Übens und Hundert von Vater mitgezählten Stürzen auf die Strohmatte hatte er einst geweint. Es war aus ihm herausgebrochen, obwohl er mit aller Gewalt – die Kiefer aus Eisen – die Lippen zusammengepresst hatte. Niemals durfte er in Vaters Gegenwart weinen. Niemals. Sein Vater hatte ihn bereits im zarten Alter von drei Jahren über die Schändlichkeit des Weinens aufgeklärt: Übermächtig war er vor ihn getreten, die beiden Titanenarme auf seine schmächtigen Schulterchen gelegt, und hatte ihn gelehrt, dass es nur eine einzige, dafür umso verabscheuungswürdigere Art unter den Menschen gäbe, die weinte: Das seien die Feigherzen und Schwächlinge. Niemals in der Geschichte der großen Tuccari habe es solche gegeben. Weder männliche noch weibliche. Deshalb sei auch niemals nur eine einzige Träne vergossen worden. Nicht aus Angst. Nicht aus Trauer. Angst gab es ohnehin nicht. Trauer war bei Unglücksfällen erlaubt, aber es hatte still und beherrscht zu geschehen.

Zwei Jahre nach dieser Belehrung war es dann doch passiert, nach diesem hundertsten Scheitern. Der kleine Arcangelo war auf der Strohmatte gesessen und heulte so jämmerlich, dass ihm rechts und links der Rotz aus der Nase rann. Andrea stand ungerührt daneben. Erst als sein Sohn sich beruhigt hatte, trat er an ihn heran und reichte ihm ein Taschentuch. »Kopf hoch, kleiner Seilgeher. Hundert Stürze sind nichts! Hörst du? Tausend Stürze sind beachtlich! Denn das heißt, tausend Mal wieder nach oben gegangen zu sein und tausend Mal den Kampf mit dem Seil von neuem aufgenommen zu haben!« Der kleine Arcangelo nickte und ging erneut nach oben. Zweihundert weitere Versuche waren nötig gewesen, bis er ohne Schwanken und Sturz das erste Fünftel der Seillänge begehen konnte. Lob hatte es dafür keines gegeben.

Hier und jetzt an die Hauswand gedrückt, heulte Arcangelo ebenso jämmerlich wie damals. Er, ein dreißigjähriger Mann, der keine Höhe scheute und alle Ängste überwunden zu haben schien, war plötzlich wieder ein schmächtiger, kleiner Junge geworden.

Die Zeit lief ihm davon. Vater würde nicht mehr allzu lange brauchen. Wenn er nicht jeden Augenblick alle Kraft zusammennahm und sich erhob, hätte er alles verdorben. Jetzt war die Zeit. Nicht Morgen. Nicht übermorgen. Morgen und übermorgen lauerte der Tod. Heute musste es sein. Jetzt musste es sein. Jetzt.

Steh auf, Arcangelo! Steh auf und geh hin! Los! Geh hin, du Feigling! Geh zu Vater und sag es ihm! Ich befehle es dir!

2

Er blieb. Steif gewordene Feigheit saß da an der Mauerwand. Hitze war ihm in den Kopf geschossen, wo vor Minuten noch kalter Schweiß die Stirn bedeckte. Er fühlte sich so matt. So schwer. Zu keiner Regung fähig. Wie sollte er jemals die Kraft aufbringen, sich vom Boden zu lösen? Wie sollte er, die Beine trockene Binsen, der Rumpf modriges Holz, auch nur einen einzigen Schritt gehen können ohne zusammenzubrechen? Wie zu Vater gelangen? Wie dem Vater beichten mit zugewachsenem Mund? Beichten? Hatte er überhaupt gesündigt? War es eine Sünde, zehn Jahre lang ohne Vaters Wissen zu üben? War es ein Frevel, das geheimnisvolle Buch der Leibesübungen, Vaters einziges Buch, das er hütete wie einen Schatz, heimlich studiert zu haben, weil Vater ihn niemals auch nur einen einzigen Blick hatte hineinwerfen lassen? War es moralisch verwerflich, dass er die Übungen besser als er erfasste, nur durch das eingängigere Studieren der Bilder – der lateinische Text unergründlich – und das intensive Beschauen jedes Details? Arcangelo hatte die Fehler erkannt, die Vater bei der Ausführung der Übungen machte; er atmete oft im schlechten Rhythmus, spannte die falschen Muskelgruppen an oder wusste wohl gar nicht um Sinn und Zweck der Übung. Doch niemals war es Arcangelo möglich gewesen, noch würde es ihm möglich sein, Vater darauf hinzuweisen. Nicht, weil er dann des schändlichen Verbrechens der Hintergehung überführt gewesen wäre, sondern weil er es niemals hätte wagen dürfen, sein Wissen und Können über das des Vaters zu stellen – hatte Vater doch all seine Energie, seinen Ehrgeiz, seine Kraft und ganze Hoffnung in den zarten Sohn gesteckt, um aus ihm einen Seilgeher zu machen, der die Tradition des Großen Andrea Tuccaro ehrenvoll weitertrüge.

Vaters Eifer bei der Ausbildung war entgegen aller Beteuerungen geschwunden, als Arcangelo den Status des einzig Geborenen verloren hatte, als seine beiden Schwestern nach schwerer Schwangerschaft der Mutter entbunden wurden und heranwuchsen. An Arcangelos fünfzehntem Geburtstag hatte seine Lehre geendet. Er habe in der zehnjährigen Schulung alles erlernt, was es zu erlernen gäbe, hatte Vater ihn aufgeklärt. Er solle nicht überheblich werden; er sei weit davon entfernt, perfekt zu sein. Wahre Perfektion werde er erst erlangen, wenn er viele Tausend Male den Gang übers Seil getan habe, hatte Vater doziert, ihn das Seil hinaufgeschickt und Alice in den Arm genommen.

»Gelo! Da bist du. Wir haben dich überall gesucht.«

»Steh auf und komm! Wir wollen essen!«

Er sah hoch. Giula und Alice standen vor ihm, Weißbrot und Rotwein in den Händen.

»Esst ohne mich. Ich habe keinen Hunger.«

»Wie du meinst. Komm Giula, wir gehen.«

»Du musst was essen, dass du bei Kräften bleibst!«

Giula reichte ihm die Hand, während Alice sich bereits abwandte. Die beiden Mädchen sahen sich bis auf Giulas handgroßes Feuermal am Hals zum Verwechseln ähnlich, doch war Alice das komplette Gegenteil von ihr, egoistisch, eifersüchtig und zänkisch. Allein Giula sorgte sich stets um Gelo. Alice hingegen kümmerte er nicht, und umgekehrt. Gelo hatte jahrelang ihr die Schuld an Mutters Tod gegeben – sie war bei Alices Geburt, Giula war die Erstgeborene, gestorben. Zudem neidete er ihr Vaters Liebe. Alice hingegen missgönnte ihm das Seilgehen – Frauen durften sich in dieser Kunst nicht üben.

Gelo erhob sich schwerfällig. Giula klopfte ihm den Staub von den Kleidern und hakte sich bei ihm ein.

»Es ist wegen Vater, stimmt's? Ich habe noch nie so viel Verzweiflung in seinen Augen gesehen wie heute.«

»Er darf nicht mehr aufs Seil. Selbst wenn sein Gang heute glimpflich verlaufen ist, morgen kann alles zu spät sein.«

»Alice meint, es sei die Sonne. Ich glaube nicht, dass es nur das ist.«

»Ich wollte am Waschplatz mit ihm reden, nur fehlte mir die Kraft.«

»Versuch es beim Essen.«

Die Tuccaros hatten mit einer Handvoll anderer Gaukler Quartier bezogen unter den Arkaden des Mercato coperto, der lang gezogenen Markthalle, unweit der Piazza del Duomo. Die Markthalle selbst war als Unterkunft tabu; über die Jahre hatten sie sich mit anderen Gauklern ihren Platz an der Rückseite der Halle erstritten, in Mauernischen und hinter Bretterverschlägen, zwischen gestapelten Kisten, Fässern und Kornsäcken. Anfangs hatte man die Künstler auch da nicht gewollt; die Händler waren in Sorge um ihren Lagerbestand. Schließlich hatte man eine Lösung gefunden: Jeder Fahrende, der um einen überdachten Platz ersuchte, musste sich offiziell mit Namen, Gauklerkunst und Dauer der Quartiernahme in eine Liste eintragen oder, des Schreibens unkundig, eintragen lassen. Nach der Inspektion des zugewiesenen Platzes durch Marktaufseher und Quartiernehmer hatte Letzterer eine Kaution zu entrichten, die er bei anstandslosem Verlassen wieder ausbezahlt bekam. Bei

Schäden oder Verlusten wurde sie einbehalten; so geschehen bei den zwei venezianischen Lautenschlägern, die im Streit um die Einnahmen alles kurz und klein schlugen, oder dem Taschenspieler aus Bergamo, dem die Unterkunft abbrannte, weil er am wärmenden Feuerchen eingeschlafen war und die Flammen die Latten des Verschlages samt Decken und Tüchern fraßen. Er kam lebend davon. Anders verhielt es sich mit den drei florentinischen Schwertschluckern, die sich einer Hure wegen regelrecht abschlachteten; mit ihren sonst stumpfen Degen, messerscharf geschliffen, tranchierten sie sich gegenseitig bis auf die Knochen. Sie blieben nichts schuldig, außer der Reinigung der blutbespritzten Bänke und dem Wegschaffen der halb zerstückelten Leichen.

Die beiden Schwestern, Gelo und Vater saßen auf den Pritschen an einem Holztisch vor Essbrett und Zinnbecher. Vater brach den Fladen, schnitt den armdicken Wurststrang in Scheiben und verteilte beides zu gleichen Teilen. Giula schenkte den Wein ein, Alice zählte die Oliven ab und gab jedem davon.

Gelo rührte nichts an.

»Iss, Junge. Du brauchst die Kraft für die nächste Vorführung. Nicht, dass dir noch einmal ein Fehltritt passiert. Diese unseligen Böen. Mich hat auch eine getroffen. Diesen Sommer hat der Teufel gesehen.«

Gelo saß unbeweglich. Er zitterte und hoffte, dass die Parade der vorigen Unpässlichkeiten nicht erneut durch ihn hindurchmarschierte. Er musste es jetzt sagen. Jetzt! Er spürte etwas Unheimliches in seinem Rachen keimen. Aus dem Zahnfleisch sprossen Sämlinge. Die wollten sich um die Zähne schlingen, die Kiefer zusammenschnüren, ihn mundtot machen. Er wusste, wenn er jetzt nicht einen ersten, einzigen Satz sprach, um dem im Munde wuchernden Unkraut Herr zu werden, wüchse es an zu dicken Ranken, die ihm aus Mund und Nase drängten, ihn umschlängen, erdrückten, die Luft zum Atmen nähmen, letztlich ihn einen wortlosen Tod sterben ließen.

»Es … es ist nicht der Sommer, Vater.«

Er hatte es getan. Doch er fühlte sich unsagbar schwach. Wie konnte ihn dieser simple Satz dermaßen entkräften? Ein hingestotterter, kümmerlicher Versuch eines Dementis? Was ihn hier so überraschend und bis ins Mark erschütternd heimsuchte war ähnlich dem Gefühl der völligen Verausgabung, wenn er während seiner Übungen bis an seine Grenzen ging. Dennoch war es anders, es waren nicht die Muskeln in Armen, Schultern und Rücken, die lichterloh brannten, es war eher ein Brennen des Herzens, das sich in ihm ausbreitete und ihn innerlich glühen machte.

Vater biss ins Brot und redete mit vollem Mund. »Seitdem die Sonne nicht mehr scheint, will keiner mehr etwas geben. Und das, obwohl wir so hoch gegangen sind wie noch nie!«

»Die Sonne trifft keine Schuld.«

Im Munde rissen weitere Stränge. Die Ranken lockerten ihren Griff. Die Kraft kehrte zurück. Ein milder Impuls. Er spürte ihn deutlich.

Vater nahm einen Schluck. Er hatte Arcangelos Worte anscheinend nicht vernommen. Den Becher abgesetzt, wandte er sich zu den Schwestern. »Es genügt nicht mehr, nur die Hand aufzuhalten. Ihr müsst die Zuschauer zum Geben auffordern!«

»Das tun wir!«, antwortete Alice, »aber sie missachten es.«

Vater spuckte einen Olivenkern durch den Lattenverschlag. »Höher können wir das Seil beim besten Willen nicht hängen«, sprach er und schob sich eine Scheibe Wurst in den Mund. »Es wird Zeit, dass der Sommer zurückkehrt. Dann wird alles gut.«

Giula stellte Gelos Portion mit einem »Iss!« näher an ihn heran. Gelo schob sie von sich. Er sah auf, schnaubte, nahm erneut alle Kraft zusammen und sprach direkt zu Vater. »Nichts wird gut! Auch wenn die Sonne endlich wieder zum Vorschein kommt.«

Die Ranken waren gerissen und fielen von ihm ab. Der Kiefer, befreit von der Fessel, bewegte sich noch schwer. Sein Mund fühlte sich hart und trocken an. Dennoch würde er die passenden Worte finden.

Vater kaute merklich langsamer und hieß mit fragendem Blick Gelo fortzufahren.

»Es liegt nicht am Wetter, Vater. Es liegt an unserer Kunst.«

Vater schluckte den Bissen hinunter. »Was sagst du?«

»Überall weht der Wind der Neuerung. Wir müssen die Segel setzen und diesen Wind für uns nutzen!«

»Sind wir Seefahrer?«

»Wir müssen dem Publikum das geben, was es haben will.«

»Was soll das sein?«

»Etwas Besonderes. Was nicht jeder kann.«

»Was redest du? Die Seilgeherkunst ist etwas Besonderes!«

»Sie hat ausgedient. Du siehst doch selbst, dass keiner mehr kommt.«

»›Keiner‹ ist gelogen.«

»Wir hausen hier unter dem ärmsten Gesindel. Wir schlafen auf nackten Pritschen und essen seit Monaten nichts anderes als Fladen, Wurst und Oliven. Früher haben wir im Gasthaus auf richtigen Strohmatten geschlafen und eine warme Mahlzeit stand auf dem Tisch.«

»Den anderen Künstlern ergeht es nicht besser. Jeder hat nur ein paar Münzen im Sack.«

»Das stimmt nicht. Man lässt uns nicht mehr wie die Spielleute auf der Piazza del Duomo auftreten, sondern hat uns mit den Zahnreißern und den Eisenstemmern auf die Piazza dei Poveri verbannt. Wir sind nichts Besonderes mehr.«

»Seit über hundert Jahren gehen die Tuccari über das Seil. Wir leben für diese Kunst!«

»Die Seilgeherkunst ist tot, Vater. Und wir tun nichts anderes, als täglich ihren Sarg zu tragen.«

Vater schlug mit der flachen Hand auf den Tisch. »Das reicht! Wie kannst du es wagen?«

Giula mischte sich ein. »Er hat recht. Es kommen kaum noch Zuschauer.«

»Es kommen immer noch genügend. Wie könnten wir sonst unser Essen bezahlen?«

»Was früher drei Tage reichte, muss es jetzt für eine ganze Woche«, entgegnete Giula.

»Schweig! Unsere Kunst lebt! Und sie wird es immerzu!«

»Wir müssen was ändern!«

»Was gut ist, soll man nicht ändern!« Vater erhob sich und strebte zum Ausgang. »Ich höre mir diesen Unsinn nicht länger an! Rede mit mir, wenn du wieder bei Trost bist!«

»Warte!«

Gelo versuchte ihn zurückzuhalten. Vater drehte sich um und sah ihn an; dieser Blick war ihm eine deutliche Botschaft: Wage nicht, mich aufzuhalten!

Vater ging.

Die drei blieben schweigend zurück.

Nach wenigen betretenen Augenblicken klatschte Alice gedämpft in die Hände. »Bravo! Hat es der Sohnemann wieder mal geschafft.«

Giula sah sie an und schüttelte den Kopf. »Du bist so töricht, Alice. Verstehst du nicht, dass Gelo recht hat? Es ist ja nicht nur, dass keiner mehr kommt, es wird zu gefährlich für Vater. Bei der nächsten Vorstellung kann das Unglück passieren. Und was dann?«

»Wir können nichts anderes. Das wisst ihr.«

»Wir werden von meiner Kunst leben!«

Alice zog die Brauen hoch. »Welche soll das sein?«

»Die Zeit ist reif dafür. Und ich bin es allemal.« Gelo erhob sich. »Ich will nicht mehr nur auf dem Seil hin- und hergehen. Das langweilt mich und bringt nichts mehr ein. Ich will weg vom Seil. Ganz weg!«

»Herrgott, sag schon, welche Kunst?«

»Ich will auf festen, blanken Boden. Und von dort aus will ich mich bewegen wie kein anderer. Mehr noch, ich will springen! Ja, fliegen! Und nicht nur das, ich will dabei Figuren in der Luft vollbringen, wie sie noch niemals ein Mensch zuvor gesehen hat!«

»Zum Donner, bist du toll geworden? Vor Jahren wolltest du wie eine Katze Mauern und Bäume erklettern. Und jetzt kommst du mit noch was viel Wilderem an. Vater wird niemals dulden, dass du wie ein Besessener durch die Luft wirbelst!«

»Sieh dir erst mal an, was ich vermag!«

»Wofür?«

»Alice! Jetzt sei halt nicht so! Lass es uns anschauen!«

Giula nahm Alice bei der Hand. Nur widerwillig ließ sie sich nach draußen führen.

»Setzt euch da auf die Fässer und seht mir zu!«

Während Alice eher ablehnend Platz nahm, fieberte Giula der Vorstellung entgegen.

Gelo schüttelte seine Hände, Arme und Beine. »Erst muss man die Muskeln lockern. Dann muss man sich recken und strecken.«

»Und wieso?«

»Das macht die Bewegungen geschmeidiger. Hast du noch nie eine Katze beobachtet?«

Gelo zog die Finger nach hinten, bog die Handgelenke in alle Richtungen und überstreckte die Arme. Er drehte den Rumpf rechts und links herum, hob die Knie bis zur Brust, kreiste mit ihnen und ging in die Hocke. Er grätschte die Beine, beugte den Rumpf nach vorn und legte den Bauch auf den Oberschenkeln ab.

Wind kam auf.

Er vergrößerte die Grätsche, stützte sich mit den Händen auf den Boden und ging mit gegrätschten Beinen in den Handstand.

Giula klatschte.

Der Wind nahm zu und trieb bleierne Wolkenklumpen vom Gran Sasso über die Stadt.

Jetzt stand er im Handstand. Er schloss die Beine, senkte und hob sich und machte auf diese Weise senkrechte Liegestütze.

Erste Tropfen fielen.

Er setzte die Beine nach hinten ab und vollführte eine Brücke.

Eine Wetterleuchte zuckte durch den Himmel. Das Tröpfeln wurde stärker.

Kopfschüttelnd stand Alice auf und ging zurück in die Behausung. Giula blieb und sah Arcangelo begeistert zu.

Er senkte sich in den Schwebestütz und hob die Beine über die Waagrechte.

»Und jetzt pass auf! Jetzt kommen die Sprünge!«

Gelo nahm Anlauf, schlug sechs Räder hintereinander auf dem sich langsam vom Regen aufweichenden Boden und schloss die Sequenz mit einer hohen Radwende und anschließender Verbeugung ab.

»Bravo, Gelo, bravo!«, rief Giula und klatschte erneut.

Ein Blitz erhellte die Szenerie. Der Regen wurde heftiger. Donner grollte. Weder den Springer noch sein spärliches Publikum störten das. Gelo schlug jetzt nicht nur Räder, er nahm erneut Anlauf und reihte sieben, acht, ja, neun Handstandüberschläge aneinander. Zum Abschluss der Serie sprang er eine mannshohe waagerechte Grätsche, bei der er mit den Händen die gestreckten Fußspitzen berührte. Er landete sicher mit geschlossenen Beinen im aufgeweichten Boden.

»Grandios, Gelo! Mehr!«, schrie Giula und schob sich die nassen Strähnen aus dem Gesicht. Der Regen war inzwischen zu einem massiven Wolkenbruch angewachsen, der Boden zu lehmigem Brei geworden. Arcangelo stand bis zu den Knöcheln im Morast.

»Mehr!«

»Nein!«, tönte es gegen den Regen, »hör auf damit! Und du, Giula, geh zu Alice!«

Vater war zurückgekommen. Er stand nur wenige Klafter entfernt und schritt geradewegs auf Arcangelo zu.

»Ist das der Dank für meine jahrelange Arbeit? Ein wildes Hin- und Hergehüpfe im Dreck?«

Gelo atmete angestrengt. Vater blieb eine Armlänge vor ihm stehen. »Ich habe dich alles gelehrt, was man für die höchste Kunst können muss! Du bist ein guter Seilgeher geworden! Und jetzt? Mein Sohn, ein Tuccaro, schlägt Kapriolen wie ein Tollwütiger!«

»Aber, Vater! Das ... das ist die neue Kunst!«

»Die neue Kunst? Wilde Verrenkungen! Keine Anmut! Keine Grazie! Das ist nie und nimmer eine Kunst!«

»Wohl! Und sie wird eine ganz große! Größer noch, als es die Seilgeherkunst je war!«

Die Tropfen schossen nieder und spritzten den lehmigen Dreck hoch bis zu den Knien. Mehrere Lidschläge verlautete kein Ton. Vater hatte, streng nach der Maxime der Tuccaros ›Zeige keine Regung offen‹, sich stets bemüht, Ärger, Gram, Schmerz, sogar Trauer zu kaschieren. Jetzt fiel die Maske ab. Nicht nur, dass Vater die Stimme gegen ihn erhoben hatte, die Vehemenz seines Blicks war an eine Grenze gestoßen, die alles Bisherige sprengte. In seinen Augen stand Ablehnung geschrieben. Vielleicht sogar Hass? Das wagte Gelo gar nicht zu denken. Hass. Als ob er seines Vaters Feind wäre. War er das geworden? Hatte er mit seinen Worten im Quartier und jetzt mit der Demonstration seiner neuen Kunst Vaters Werk zerstört? Einen Frevel an der Tradition begangen, ihr gar den Tod gebracht? Niemals war dies seine Absicht gewesen. Es sollte sich doch alles fügen. Die neue Kunst würde den Fortbestand der Familie sichern. Vater brauchte niemals mehr aufs Seil zu gehen. Die Gefahr war gebannt.

»Das Seil wird uns nicht mehr in seine Gewalt bringen, Vater! Es hat ausgedient. Wir brauchen es nicht mehr!«

»Bist du verrückt? Das Seil ist unser Leben! Wir sind Seilgeher und werden es bleiben ... bis zum Ende!«

Ein Donnerschlag, laut wie ein Kanonenschuss. In den Aterno war der Blitz eingeschlagen. Der Regen prasselte unaufhörlich aufs Land. Böen wischten ihnen Gischtfetzen ins Gesicht.

»Vater, das Seil hat keine Zukunft! Das weißt du! Und außerdem ...« Gelo verstummte.

»Außerdem was?«

Gelo presste die Lippen zusammen.

»Los, sag! Was außerdem?«

Gelo seufzte. Er wischte sich mit dem Ärmel über die Augen. Zum Glück waren die Tränen nicht von den Tropfen zu unterscheiden.

»Du willst es nicht sagen, hm? Du traust dich nicht. Du denkst, dein Vater weiß nicht, was in deinem Kopf vorgeht? Sehr wohl weiß ich das. Seit zehn Jahren weiß ich es. Du hast nie von deinem Katzenwahn abgelassen. Du dachtest, du könntest es verheimlichen? Vor meinen Töchtern ja, nicht aber vor mir. Glaubst du, ich habe dich nie beobachtet bei deinem nächtlichen Herumgeturne? Und dass du mein Buch genommen hast, weiß ich ebenfalls.«

Gelo senkte den Blick. Was sollte er darauf antworten? Vater hatte ihn entlarvt. Er legte sein Gesicht in die Hände und weinte.

Der Platz war menschenleer, bis auf einen verbitterten Vater und seinen weinenden Sohn, die Knöchel im Morast.

»Es ist besser, wenn du uns verlässt. Die Zeit ist gekommen.«

Gelo nahm die Hände weg, um Vater anzusehen. Der sah an ihm vorbei. Er starrte ins Leere.

»Was?«

»Du hast wohl verstanden. Unsere Wege trennen sich.«

»Das ist nicht dein ernst!«

»Es hat schon lange nicht mehr mit uns gestimmt. Ab jetzt ist es ganz aus. Die Welt der Seilgeher ist nicht mehr die deinige.«

»Aber …«

»Schweig. Jedes weitere Wort ist unnütz. Warum mehr Schmerzen machen als nötig. Nimm dein Zeug und geh deinen Weg, wo immer der dich hinführen mag.«

»Vater, ich …«

»Schweig! Ich wiederhole mich nicht mehr. Alles ist gesagt.«

Vater nickte in Richtung Markthalle und zog ihn am Arm. Gelo tappte wie ein Gefangener mit.

Sie stapften zu ihrem Quartier. Auf den Pritschen saßen Alice und Giula mit angezogenen Beinen und gesenktem Blick.

Kein Wort fiel. Vater deutete auf Arcangelos Habe – er konnte nur sein Auftrittsgewand, ein Essbrett mit Besteck, einen Zinnbecher und einen zwei Handteller großen Holzschnitt der ›I Tuccari‹ sein Eigen nennen. Mit wenigen Griffen waren sie in seiner Umhängetasche verstaut. Während Alice sitzen blieb, erhob sich Giula, steckte ihm noch die Reste der Wurst und des Fladens dazu und drückte ihn weinend. Worte fand sie keine.

Vater umarmte ihn kurz und schweigend. Wie sehr hatte Gelo sich immer gewünscht, von ihm in die Arme geschlossen zu werden. Diese Berührung war das Gegenteil seines Wunsches. Es war eine kalte, geradezu abweisend anmutende Geste. Gelo erwiderte sie nicht. Stocksteif stand er da, die Arme leblos herabhängend.

»Du wirst dein Glück machen, Junge. Wir machen das unsrige, auch ohne dich. Und nun geh deinen Weg! Es wird ein steiniger werden.«

Maria sitzt mit ihrer Freundin und einer Flasche Wein auf dem Vomero unweit des Castel Sant'Elmo. Von hier oben hat man den besten Blick auf die Stadt.

»Napule*«, sagt sie, »ist die größte Stadt Italiens, vor Venedig und Mailand, aber sie ist nicht die schönste.«

»Woher willst du das wissen?«, fragt die Freundin und nimmt ihr die Flasche aus der Hand.

»Ich lass mich auch mal mit Gebildeten ein. Nicht so wie du, die bei jedem dahergelaufenen Soldaten aus dem Quartieri Spagnoli die Schenkel spreizt.«

»Ich hab meinen Spaß, zu essen und zu trinken. Für unsereins ist das gut und genug.«

»Gut und genug reicht mir nicht«, sagt Maria, erhebt sich und geht ein Stück in Richtung Meer. »Ich will raus aus dieser Stadt. Mit dem Theater auf Reisen gehen. Unser Land hat noch viele andere schöne Städte. Und wenn ich die alle gesehen habe, will ich weiter reisen, nach Österreich, Deutschland und Frankreich.«

»Du bist größenwahnsinnig. Du kannst ja nicht einmal vom Theaterspielen *leben*. Wie willst du da woanders hinreisen?«

»Diana, denk doch mal nach. Weißt du, wie viel Menschen durchs Land ziehen, die nichts haben?«

»Die treibt die Not. Die rennen von einem Elend ins andere. Da bleibe ich lieber bei meinen spanischen Soldaten und weiß, was ich habe.«

»Das ist mir zu wenig. Ich will die Menschen verzaubern mit meinem Schauspiel. Zuane sagt, ich habe Talent.«

Diana reicht ihr die Flasche.

»Zuane sagt auch, wir mit unserer Gruppe *Fedeli* sind die

---

* Neapolitanische Bezeichnung für Neapel.

ersten, in der Frauen mitspielen. Es ist nur eine Frage der Zeit, bis wir uns durchsetzen. Wir dürfen nicht aufgeben.«

Gelo stapfte über den Platz. Weg? Da war kein Weg. Die heftigen Regengüsse hatten das Land in einen schmutzigbraunen Brei verwandelt. In diesem stand ein Seilgeher, der soeben seine Familie verloren hatte und damit seine Heimat. Wo lag *sein* Weg, den er machen werde?

Dennoch ging er voran.

Sollte er sich umdrehen? Ein letzter Gruß? Ein flüchtiges Winken nur?

Er unterließ es ebenso wie das Wegwischen seiner Tränen.

Wie eine Marionette schritt er durch die Straßen von L'Aquila. Er stapfte durch die Via delle Grazie, strebte zur Via San Bernadino und hielt sich lange auf der Viale Duca degli Abbruzzi.

Die Straßen waren leer. Gott, was für erbärmliche Feigherzen wohnten hier. Die flüchteten vor Regengüssen! Hatten die keine anderen Sorgen? Wenn es einen Menschen in dieser Stadt gab, der Grund zur Sorge hatte, war er es; doch er jammerte nicht. Er war ein Tuccaro.

Gelo passierte endlose Fassaden herausgeputzter Häuser. Hier lebten die Bessergestellten. Jene, die ein festes Dach über dem Kopf hatten, warme Mahlzeiten zu sich nahmen und auf richtigen Bettlagern schliefen. Ob er so etwas jemals für sich beanspruchen durfte? Würde seine Kunst wirklich groß werden, wie er behauptet hatte? Würde sie ihn groß machen, ihn, den kleinen Mann, der seine alte Welt verlassen musste und dessen dringlichste Aufgabe es war, eine neue zu finden? Er haderte mit sich. Nur wenige Straßenzüge von ihm entfernt wartete womöglich die Familie auf seine Rückkehr. Er hatte nur sie. Vielleicht bereute Vater jetzt seine Worte? Er konnte dieses abrupte Ende doch niemals wirklich ernst gemeint haben. Nach dreieinhalb Jahrzehnten gemeinsamen Lebens schickte er seinen einzigen Sohn fort. Auf Nimmerwiedersehen. Hatte er zu früh aufgegeben? Er hatte Vaters Worten kaum etwas entgegengesetzt. Das war keine Unterredung gewesen. Wo hatte er seine überzeugenden Argumente gelassen? Wieso hatten sie sich nicht zusammengesetzt unter dem schützenden Dach der Markthalle und es beim Wein von Mann zu Mann besprochen? Gelo redete mit sich selbst: Hast du wirklich geglaubt, Vater würde sich auf dich einlassen? Hast du wahrhaftig angenommen, er würde sich vom Seil verbannen lassen, um dann wie Alice und Giula den Zuschauern ein paar Münzen abzulocken, während sein Sohn Kapriolen in der Luft vollführt? Vom König der Seilgeher dazu degradiert, bei Darbietungen mit dem Klingelbeutel umherzugehen. Selbst wenn Vaters Stolz nur noch in Fetzen an seinem durchlöcherten Gewand hing, niemals hätte er eingewilligt. Seit zehn Jahren wisse er, was in seines Sohnes Kopf vor sich ginge, hatte Vater ihm enthüllt. Wusste er das wirklich? Und wenn? Wusste er auch, was in seines Sohnes Herzen vor sich ging? War das nicht im Grunde das einzig Wichtige? Wusste er es und wollte es nicht preisgeben? Traurigkeit breitete sich in Gelo aus, größer noch als die, die ihn damals heimgesucht hatte, beim Tode seiner Mutter. Er wollte weinen, sich in den Matsch am Straßenrand werfen und nicht mehr aufstehen. Er tat es nicht.

Eine Straße nach der anderen ging er entlang, den Blick nur stur vor sich gerichtet. Er wollte hinaus aus der Stadt.

Weiter gehen!, trieb er sich an. Nicht anhalten! Nicht zurücksehen! Nicht weinen! Nicht jammern! Es geht voran, hörst du! Und nur voran. Gelo, heute ist dein Tag! Auch wenn du es nicht glauben kannst, deine Kunst obsiegt! Du darfst nicht aufgeben. Niemals aufgeben, hörst du! Morgen scheint die Sonne. Morgen sieht alles ganz anders aus.

Viele Stunden war er gegangen. Die ersten Meilen hatte er ungezählte Male Selbstvorwürfe, dann wieder euphorische Zukunftsappelle mal laut, mal leise wiederholt, bis er keine Worte mehr gefunden hatte, den Kopf geradezu leergeredet. Er ging nur noch und wurde eins mit seinem Gang im Regen über die aufgeweichten Wege und Straßen.

Da er die wortlose Einsamkeit nicht ertragen konnte und er keine Worte mehr fand, die sich erneut zu wiederholen lohnten, rief er sich Bilder in seinen Kopf, die ihn begleiten sollten auf seinem schweren Weg. Schwer waren die Füße voller Lehm und Erde. Schwer waren die Beine. Schwer saß sein Haupt auf den Schultern. Schwer drückte selbst die kaum gefüllte Tasche aufs Schlüsselbein. Die Bilder sollten ihn antreiben. Er wollte voranschreiten, bis der Morgen graute oder ihm die bleiernen Beine jeden weiteren Schritt versagten. Wahllos kramte er Erinnerungen aus Kindheit und Jugend hervor, Amüsantes wie Melancholisches. Giula sah er, mit ihrer ersten Liebe, für die Vater kein Verständnis aufgebracht hatte und Alice nur Neid und Eifersucht. Er sah Ricoletta, eine Tänzerin, die ihn bereits beim ersten Anblick gebannt hatte, doch die zu seinem Kummer am nächsten Tag weitergezogen war. Donna Rabea sah er, die betagte Lehrerin, die man Ihrzen musste, und die ihm auf sein unermüdliches Drängen hin heimlich Lesen und Schreiben beigebracht hatte. Er sah Städte. Orte. Plätze. Häuser. Straßen.

Er sah Kinder. Jungen. Mädchen. Frauen. Männer. Er sah sie lachen und weinen. Essen und trinken. Singen und schweigen. Streiten und sich wieder versöhnen. Er sah Katzen. Graue, schwarze und getigerte. Er sah sie sich in der Sonne rekeln. Nach Mäusen und Vögeln jagen. Springen. Miauen. Fauchen. Einen Buckel machen oder genießerisch schnurren. Er sah sich selbst Rumpf- und Kniebeugen vollführen und sich bis zur Erschöpfung Klimmzügen und Liegestützen hingeben. Er sah sich auf Stühlen und Bänken im Handstand stehen. Über Mauern springen. Sich vorwärts, rückwärts und seitwärts rollen. Räder und Flickflacks schlagen. Und immer wieder: Grätschen und grätschen, bis er den Spagat, eines der hehren Ziele der Körperkunst, so beherrschte, wie er im Werk des großen Girolamo Mercuriale, dem *De arte ginnastica* beschrieben stand. Donna Rabea hatte unter dem Siegel der Verschwiegenheit aus Vaters geheimnisvollem Buch ausgesuchte Passagen für Arcangelo übersetzt, die er sich auf lose Blätter notierte: *Der Spagat kann erst dann als* vollkommen *bezeichnet werden, wenn die durchgestreckten Beine im rechten Winkel zum Rumpf, nach vorne und nach hinten oder aber seitlich abgespreizt eine Gerade im Vollwinkel von 180° ergeben.*

Gelo beherrschte beide Arten, den Vorwärts- und den Seitspagat, auf dem Boden sitzend, an die Wand gelehnt und, die schwierigste Variante, im Handstand stehend.

Zwischen den bunten und lebendigen Bildern traten immerzu graue und dunkle Erinnerungen hervor: Sein Hoffen auf Vaters Liebe und Anerkennung, die ihm bis zuletzt versagt geblieben waren. Dennoch wollte er an dieser Hoffnung festhalten. Es war nicht auszuschließen, dass Vater und die Schwestern eines Tages am gleichen Ort aufträten, an dem auch er seine neue Kunst vollführte. Und wenn Vater erst die begeisterten Zuschauer erlebte, würde er ihn in seine Arme schließen und sich mit ihm versöhnen für alle Zeiten.

Gelo schritt weiter. Stunde um Stunde. Klafter für Klafter. Meile für Meile.

Als der Morgen graute, wählte er einen der verwaisten Holzschuppen, die verstreut in der Landschaft standen, um sich dort im Stroh ein Bettlager zu errichten. Trotz der bitteren Trennung, die er heraufbeschworen, all der Wut, die er darüber hinausgeschrien, und den Tränen, die er vergossen hatte, schlief er sofort ein; das veränderte Tageslicht ließ die Rückkehr der Sonne erahnen.

3

IHM TRÄUMTE, EIN ENGEL WECKTE IHN mit einem Kuss aufs Augenlid. Tatsächlich war es ein Sonnenstrahl, durch ein Astloch in der Bretterwand auf ihn gefallen. Früher Vormittag. Als Gelo aus dem Schuppen trat, stiegen Dampfschwaden von den Feldern in den *blauen* Himmel. Bei seiner Erregung darüber wurde ihm bewusst, wie sehr der Mensch in Gewohnheit verhaftet war; das Blauleuchten des Sommerhimmels, das täglich und allerorts das Leben überspannte, war nach der langen Herrschaft des Bleigrauen zum Außergewöhnlichen geworden. Es würde wohl Tage seiner Anwesenheit brauchen, bis man sich seiner Selbstverständlichkeit erneut bewusst wurde und darauf vertraute, dass es auch Morgen und Übermorgen wieder erscheine.

Gelo wählte den Weg nach Montorio al Vomano, einem kleinen Ort, in dem sie einmal aufgetreten waren. Er hatte ihn in guter Erinnerung; war doch ein dankbares Publikum zusammengekommen. Dieses würde seinem Debüt ebenfalls zugetan sein.

Gegen Mittag kam er an. Der Ort schien ihm zu seiner Überraschung wie ausgestorben. Bis auf eine Handvoll alter Leute auf den Bänken vor den Häusern und ein paar schlammverdreckten Schweinen, die sich grunzend und quiekend gegenseitig die Rübenschnitze wegfraßen, zeigte sich dort keinerlei Leben. Er stieg die schmale Gasse hinauf zur Kirche San Rocco an der Piazza Orsini. Nachdem er sich am Eingang bekreuzigt hatte, betete er ein Ave Maria für seine Familie und erbat himmlischen Beistand für sich und seine Zukunft als Vorreiter einer neuen und einzigartigen Kunst.

In den Stunden, die er alleine auf dem menschenleeren Platz vor der Kirche mit Üben und Warten auf Publikum zubrachte, wurde ihm gewahr, dass hier nur ein einziges Mal im Jahr die Leute zum Feiern zusammenkamen – am Karneval. Zu dieser Zeit waren auch damals die ›I Tuccari‹ und andere Gaukler angereist und willkommen gewesen. Der Karneval lag Monate zurück. Es war Juli, überdies war die Sonne zurück; die Menschen, die er den ganzen Tag über bis zur Dämmerung vermisste, arbeiteten auf dem Feld oder fischten. Als er sie in der Dunkelheit zurückkehren sah, verschwanden sie in ihren Häusern, aßen dort zu Abend und legten sich schlafen. »Den Fischern und Bauern«, offenbarte ihm der Dorfpfarrer, »steht nach nichts anderem der Sinn als allein ihrem Broterwerb.«

Noch in der Nacht verließ Gelo enttäuscht den Ort. Ihn zog es nach Ancona. Donna Rabea, L'Aquilas große alte Dame, hatte ihm viel über die Stadt an der Adriaküste erzählt. Nach dem Tode ihres Mannes war sie oft auf Reisen gewesen und hatte in ihre Bildung investiert. Ancona gehörte zu ihren Lieblingsstädten, dort gäbe es viele schöne Dinge zu sehen.

»Vor tausend Jahren von Griechen aus Syrakus gegründet, später von Römern besetzt, erstreckt die Stadt sich über zwei Hügel, die um den Hafen wie ein Amphitheater aufsteigen«, hatte sie ihn belehrt. Im Hafen stünde der Arco di Traiano, ein marmorner Ehrenbogen, den sie bei jedem ihrer Besuche aufs Neue bestaune. Sollte Gelo jemals nach Ancona kommen, sei die Besichtigung des Bogens Pflicht. Zudem empfahl sie ihm den Colle Guasco, den hafenseitigen Hügel, zu besteigen, dort in der Kathedrale San Ciriaco zu beten und von der Piazza Stracca den Blick über Hafen und Stadt zu genießen.

Ungefähr einhundert Meilen waren es von Montorio al Vomano bis Ancona. Für diesen Weg würde er fünf bis sieben Tage brauchen. Er würde zahlreiche Städte passieren, und sicherlich würden sich dort Gelegenheiten zu einem Auftritt ergeben. Städte? Entgegen seiner Vorstellung vom umtriebigen Leben passierte er nur Kuhdörfer, in denen sich keiner an ihn herantraute, geschweige denn seiner neuen Kunst den geziemenden Respekt erbot. Seine Springerfertigkeiten waren etwas Besonderes! Es bedurfte eines bestimmten Menschenschlags, der das zu schätzen wusste. Das einfache Bauern- und Dorfvolk verstand sein Geschick nicht. Ärger noch, die tumben Dörfler machten seine Kunst ebenso schlecht, wie es Vater getan hatte. Die schlimmsten unter ihnen bekreuzigten sich, von Angstschauern getrieben, wenn er über ihre geduckten Köpfe hinwegsprang.

Am dritten Tag erreichte er den Ort Giulianova. Er nahm den ansteigenden Weg zur Chiesa di San Antonio, entrichtete Fürbitten und schaute danach lange wehmütig aufs Meer. Der Anblick der Sonnenstrahlen, die sich in der Unendlichkeit des Wellenganges spiegelten und auch der Ortsname, der ihn unweigerlich an seine Schwester erinnerte, trieben ihm Traurigkeit ins Gemüt. Er entschied, etwas gegen seine melancholische Stimmung zu unternehmen. Das beste Mittel dazu waren seine Übungen. Selbst die zähesten Gedanken an Unliebsames verflogen, wenn er sich seiner Gymnastik hingab und sich dabei in seinen Körper hineinfühlte; wenn er dem sanften Ziehen der Sehnen und Bänder nachspürte, wenn er fühlte, wie sich seine Muskeln in Armen und Beinen, Brust und Rücken mit Blut anfüllten und ihn zu Positionen wie Schwebestütz, Handstand und Spagat befähigten oder zu Kraftübungen wie einbeinige Kniebeugen, einarmige Liegestütze und zahlreiche Klimmzüge an Mauervorsprüngen, Tor- und Türstürzen oder günstig gewachsenen Ästen.

»Bist du ein Olandese*?«, fragte ihn ein Kind, als er sich auf dem mit Palmen gesäumten Platz hinter der Kirche aufwärmte.

Gelo hielt inne. »Wie kommst du denn auf die Idee?«

»Ein Italiener hat schwarze Haare. Du hast rostige. Antonio sagt, in Olanda regnet es immer, deswegen haben die Menschen dort rostige Haare. Und manche haben auch Rost auf der Nase und den Backen.«

»Ach, Antonio sagt das? Was ist das für einer, dieser Antonio?«

»Einer vom Dorf. Der war mal Seemann und hat die ganze Welt gesehen.«

Gelo schüttelte den Kopf und fuhr mit den Dehnübungen fort. Er zog seinen Oberkörper zur Seite und streckte einen Arm senkrecht in die Höhe. Der Bub sah ihn erwartungsvoll an – Gelo war ihm die Erklärung schuldig geblieben.

»Ich gebe dir einen guten Rat, Jüngelchen: Glaube nicht alles, was dir dieser Antonio erzählt. Wenn die Haare rosteten, müssten sie aus Eisen sein. Glaubst du, man könnte sie dann einfach mit der Schere schneiden, wie deine raspelkurzen Stoppeln?«

»Wieso sagst du Jüngelchen zu mir? Ich bin ein Mädchen! Ich heiße Celina. Und du?«

»Arcangelo. Freunde sagen nur Gelo zu mir. Ich selbst nenne mich mal kurz, mal lang, je nach Stimmung. Und wieso trägst du keine langen Haare, wie es sich für ein Mädchen gehört, Celina?«

---

* ital.: Holländer

»Meine Mutter hat mir den Kopf geschoren. Ich hatte Läuse.«

»Aha. Und weshalb trägst du kein Kleid, wie man es von einem Mädchen erwartet?«

»Mutter sagt, Hosen sind besser für jemanden wie mich.«

»Du bist ein Mädchen und hast kein Kleid?«

»Natürlich hab ich eines, sogar viele. Alle von Mama. Aber die trag ich nur für in die Kirche.«

»Gut, dann sind alle Fragen geklärt. Du bist kein Junge und ich gehöre zu den seltenen Italienern, die rötliche Haare haben, capisce?«

Gelo grätschte und achtete nicht weiter auf das Mädchen.

»Und warum bist du so klein? Du bist doch schon erwachsen, oder? Sonst hättest du ja keinen Schnauzbart. Meine Mutter findet Bärte hässlich.«

Gelo stöhnte. »Sag mal, müsstest du nicht in der Schule sein?«

»Das Leben und die Arbeit ist die Schule, sagt mein Vater. Warum stundenlang auf Bänken sitzen und lesen lernen? Wir haben ja nicht mal ein Buch daheim.«

»Wie alt bist du eigentlich?«

»Neun.«

Celina hielt ihm beide Handrücken mit ausgestreckten Fingern entgegen, wobei sie den Daumen der rechten Hand verbarg.

»Rechnen kannst du ja.«

»So weit meine Finger reichen.«

»In deinem Alter konnte ich auch nur mit den Fingern zählen. Für meinen Vater war es wichtig, dass wir nicht betrogen werden, wenn er uns auf den Markt schickte. Erst viel später habe ich richtig rechnen gelernt, da war ich zweimal so alt wie du.«

Celina fragte nicht nach, wie viel Jahre zweimal ihr Alter ergaben, lieber imitierte sie ihn. Die Grätsche schaffte sie bis auf gute hundertzehn Grad. Als Gelo in den Seitspagat ging und sich flach nach vorne ablegte, musste sie passen.

»Was machst du da eigentlich? So was habe ich noch nie gesehen.«

»Übungen. Das siehst du doch.«

»Und wozu soll das gut sein, ›Übungen‹? Das braucht kein Mensch.«

»Wie?«

»Mein Onkel backt Brot, das kann man essen. Meine Mutter näht Kleider zum Anziehen. Mein Vater ist Mauermann, der macht Häuser. Was bleibt bei den Übungen?«

»Oh, Kind! Musst du nicht nach Hause? Wieso fragst du mich das alles?«

»Mama sagt, wer nicht fragt bleibt dumm. Ich bin klug. Ich frage immerzu, wenn ich etwas wissen will. Gefällt dir das nicht?«

»Du gehst mir auf den Geist. Lass mich einfach in Ruhe meine Übungen machen.«

Celina zog eine Schmolllippe und verschränkte die Arme. Ohne etwas zu erwidern, wandte sie sich von ihm ab und setzte sich auf eine Steinbank, wo sie mit den bloßen Zehen Striche in den Sand zog.

Er stand eine Weile im Handstand, fiel nach hinten zur Brücke und kam über eine Nackenkippe wieder zum Stehen. Aus den Augenwinkeln sah er, wie Celina ihn beobachtete. Ihm war nicht recht wohl, wie er das kleine Mädchen abgewiesen hatte. Im Grunde hatte es recht, wenn es etwas von der Welt erfahren wollte. Er ging zu ihm. »Pass auf! Jetzt mach ich eine ganz besondere Übung, nur für dich. Sie heißt Radschlagen.«

»Was soll das sein?«

»Es wird auch Handstützüberschlag genannt. Es ist ein seitwärts ausgeführter Überschlag, wobei die gestreckten Arme und Füße wie die Speichen eines Rades sind.«

»Hä?«

»Ich denke mir eine Gerade auf dem Boden oder ich habe eine vorgegeben, wenn ich zum Beispiel auf einer Mauer Räder schlage. Das ist natürlich viel gefährlicher; wieso brauche ich dir wohl nicht zu sagen. Ich hole Schwung und stütze mich seitwärts auf meine ausgestreckten Hände, mein Körper dreht sich um die Querachse, der Bauchnabel ist der Mittelpunkt, die gestreckten Beine folgen, ich komme auf die Füße. Mehrmals hintereinander!«

Celina sah ihn an mit runden Augen. »Wie soll ich das alles verstehen? Ich hab dir gesagt, ich bin nicht in der Schule. Ich kann nicht einmal das Buchstabet!«

»Sieh her, ich zeige es dir. Ich strecke die Beine und Arme, das sind die Speichen. Ich hole aus und …«

Gelo schlug fünf, sechs, sieben Räder quer über den Platz. Celina war aufgesprungen. Sie lief neben ihm her und applaudierte unentwegt. Als er das letzte Rad geschlagen hatte, klatschte sie immer noch.

»Radschlagen! Das ist Zauberei!«

Er lachte. »Nein, Celina. Das ist Kraft und Körperbeherrschung. Das kann man lernen. Auch du.«

»Ich kann das lernen?«

»Ja, wenn ich es dir beibringe.«

»Celina!«, drang eine Stimme vom anderen Ende des Platzes herüber, »wo steckst du wieder?«

»Hier, Mama! Ich mache Übungen!«

Eine Frau mit schmalem Gesicht und einem hellen Kopftuch trat zu ihnen. Sie trug ein blaues Kleid und ein dunkelrotes Leibchen darüber.

Celina sprang zu ihrer Mutter, stellte sich direkt mit dem Rücken an sie heran, ergriff ihre beiden Hände und sah zu ihr hoch, den Kopf im Nacken. »Arcangelo wird mir das Radschlagen beibringen!«

»Was für ein Unsinn! Wagnerhandwerk ist Männersache.« Sie wandte sich zu Gelo. »Was für Flausen setzt du meinem Kind in den Kopf?«

»Das ist ein Missverständnis. Ich bin kein Wagner. Ich bin Luftspringer.«

Er reichte ihr die Hand. »Arcangelo Tuccaro heiße ich. Ich bin der Sohn des berühmten Seilgehers Andrea Tuccaro aus L'Aquila. Ich bin auf der Durchreise nach Ancona.«

»Olivia Capoetti. Ich bin die Schneiderin hier am Ort. Und das hier ist meine Tochter Celina.«

»Das weiß er schon.«

»Luftspringer?«, fragte Olivia. »Das habe ich noch nie gehört. Was ist das?«

»Na, einer, der Räder schlägt«, antwortete Celina. »Zeig's ihr mal!«

»Ich kann noch mehr als Radschlagen. Gut einhundert Gymnastikübungen, zwanzig Bewegungsformen und zehn verschiedene Sprungfiguren. Ich würde hier gerne eine Vorführung geben. Glaubst du, das ist möglich?«

Olivia zuckte etwas ratlos mit den Schultern.

»Zeig Mama die Räder!«

»Willst du sie sehen?«

Olivia schwieg.

»Mama, was ist? Sag ja!«

Erst nach mehrmaligem Flehen Celinas bat Olivia ihn um eine Vorführung.

Gelo zeigte erst einen beidhändigen Handstand, nahm dann einen Arm weg und ließ sich über den Schwebestütz in den Seitspagat sinken. Er wechselte in den Vorwärtsspagat und kam wieder über einen Handstand auf die Füße. Zum Abschluss seiner kleinen Demonstration schlug er ein halbes Dutzend Räder. Celina war wieder applaudierend neben ihm her gelaufen. Olivia hielt die Arme verschränkt vor der Brust.

»Hat es dir nicht gefallen?«, fragte er sie, noch außer Atem.

»Hm … ich weiß nicht.«

»Was soll das heißen, du weißt nicht?«

»Na, es ist seltsam, einen erwachsenen Mann so herumtollen zu sehen. Ob das recht ist?«

»Was soll daran nicht recht sein?«

Olivia zuckte erneut mit den Schultern. »Es ist seltsam.«

»Und …?«

»Bei seltsamen Dingen muss man vorsichtig sein.«

Gelo schüttelte unverständig den Kopf.

»Jedenfalls wird mein Kind das nicht lernen. Nicht einmal, wenn es ein Junge wäre.«

Gelo schluckte. Das hatte er nicht erwartet. Vaters ablehnende Worte schossen ihm in den Kopf.

»Aber Mama! Das ist eine Kunst! Das kann nicht jeder! Es ist etwas Besonderes! Und wer das kann, ist auch etwas Besonderes!«

Gelo merkte auf. Das Mädchen begriff mehr als ihre Mutter.

»Das mag sein. Du lernst es nicht, basta! Wir müssen gehen, es gibt Abendbrot.«

»Aber, Mama, ich ...«

»Basta, habe ich gesagt!«

Olivia wandte sich noch einmal an ihn – »Viel Glück in Ancona« –, dann ging sie den Weg hinab, die Tochter am Arm.

»Danke. Ich schätze, ich werde es gebrauchen können«, rief er ihr hinterher und sah den beiden zu, wie sie zum Dorf hinunter gingen. Celina drehte sich um und winkte. Nur halbherzig winkte er zurück.

Er rieb sich das Kinn. Er spürte die Bartstoppeln. Das erste, was er in Ancona machen würde, wäre zum Bader und zum Bartschneider zu gehen. Aber dazu müsste er Geld verdienen. Wie sollte er das, wenn er überall auf Ablehnung stieß? Wäre Olivia ihm anders begegnet, wenn er den Platz statt Rad schlagend auf einem Seil überquert hätte? Mit den Attributen ausgestattet, die Vater stets hervorhob – Anmut und Grazie. Ja, das hatte das Seilgehen ... Herrgott, Anmut und Grazie, war das alles? Anmut und Grazie. Todlangweilig waren sie, diese Anmut und diese Grazie. Es gab Neues, es gab Besseres: Bewegung und Biegsamkeit, Schnelligkeit und Sprungkraft. Sprünge mit bloßer Muskelkraft, so hoch und so weit, dass man es als Fliegen bezeichnen mochte. Auf dem Land verstand das niemand. Reine Zeitverschwendung, es überhaupt hier zu versuchen. Die kleine Celina hatte ihn gefragt, wofür seine Übungen gut sein sollten. Das brauche kein Mensch, hatte sie gemeint. So etwas musste er sich von einem neunjährigen Gör anhören. Nicht auf der Schule und dann so naseweis! Ein starkes Stück! Und die Mutter? Noch schlimmer. Ob das recht war? Wie kam sie auf so einen abstrusen Gedanken? Dorfmenschen, pah! Wie rückständig die waren. Die lebten tagaus tagein inmitten ihrer Schweine und Hühner, und wenn mal einer kam, der etwas Außergewöhnliches konnte, dann war das seltsam und ihnen war nicht wohl dabei. Gott im Himmel, er war weder ein Aussätziger noch ein Scharlatan! Ein rechtschaffener Luftspringer war er; das galt es zu verstehen. Hier war nicht der Platz dazu. Es wurde höchste Zeit, in die Stadt zu kommen. Dort würden er und seine neue Kunst mit offenen Armen und vor allem, mit offenem Geist aufgenommen werden. In der Stadt lebte der Fortschritt.

Warum sich weiter darüber Gedanken machen? Er wusste, dass seine Kunst sehr wohl zu etwas Nutze war. Es bedurfte nur einer gewissen Dauer, bis sie sich durchsetzte. Hatte es dereinst vielleicht eine Zeit gegeben, in der sich das Seilgehen ähnlicher Schmähungen erwehren musste? Eines Tages, sagte er sich, wird es euch gefallen!

Eine gute Weile saß er auf der Steinbank hinter der Kirche. Bald würde es dämmern, dann würde er aufs Feld gehen und sich eine Rübe holen. Die letzten Tage, seit seinem Fortgang von L'Aquila, hatte er sich nur von Rüben ernährt und Wasser aus Bächen oder Brunnen getrunken. Ihn dürstete nach Wein und dem Essen, das er zu Hause verschmäht hatte. Er würde sich, wie an den letzten Tagen auch, einen Schuppen zum Nächtigen suchen und am frühen Morgen des nächsten Tages bis nach Ancona marschieren. Er musste endlich in die Stadt. Geld verdienen. Auf Zwischenstationen war ihm die Lust vergangen.

»He, Radschläger!« Eine Männerstimme tönte aus der gleichen Richtung wie zuvor Olivias, als sie nach ihrer Tochter gerufen hatte. Ein breitschultriger Mann mit Barett und Lederschürze kam ihm entgegen. Er reichte ihm die Hand und drückte kräftig zu. Gelo erwiderte seine Geste mit gleicher Kraft.

»Ich bin Samuele Capoetti, Olivias Mann.«

»Dachte ich mir. Wer sonst hätte mich ›Radschläger‹ gerufen?«

»Hast du schon zu Abend gegessen?«

Er schüttelte den Kopf.

»Mein Töchterchen hat uns die Ohren vollgeheult. Und wenn sie nichts von dir lernen darf, hat sie diese Einladung für dich rausgeschunden. Ist dir das recht, Radschläger?«

Er nickte.

Olivia hatte reichlich aufgetischt. Es gab Passatelli und Rosso Conero, ein Wein aus den Marken. Es schmeckte gut, doch es herrschte eine befremdliche Stimmung. Nicht des spärlichen Kerzenlichtes wegen oder der vielen Kruzifixe an den Wänden. Olivia schwieg, während Celina ständig eine Melodie summte und spitzbübisch grinste. Einzig Samuele sprach. »Hast du bereits viele Vorführungen deiner Kunst gegeben? Sind die Leute spendabel?«

»Ich stehe erst am Anfang meiner Kunst. Sie ist etwas ganz Neues und muss sich erst durchsetzen.« Gelo ging nicht näher auf seinen Groll gegenüber das dümmliche Landvolk ein, er wollte kein böses Blut schüren.

Samuele schlug ihm vor, er könne zur Aufbesserung seiner Reisekasse mit ihm eine Baustelle beenden. »In drei Tagen müssen wir fertig sein. Nur, es gibt ein Problem. Der Ziegelträger ist ausgefallen. Du bist ein kräftiger Bursche. Zwar klein, aber du kannst zupacken, das habe ich beim Händeschütteln gespürt.«

Samuele bekannte, dass er ihm auf dem Kirchplatz nicht aus Verbundenheit die Hand gereicht hatte, sondern einzig, um seine Kraft einschätzen zu können. »Hättest du statt deiner Schwielen Samtpfötchen gehabt und einen Händedruck wie die Amtsschreiber in der Stadt, säßest du jetzt nicht hier.« Er gab ihm noch einen Schlag auf den Teller. »Mit deiner Hilfe können wir die Vorgabe einhalten. Was ist? Hilfst du mir?«

Nicht die Entschädigung Celinas war der Grund für die Einladung, sondern Berechnung und Eigennutz? Das stieß ihm sauer auf, so gut das Essen ihm auch schmeckte. Nein, unter diesen Umständen würde er wohl absagen. Außerdem, er war Künstler! Warum sollte er sich zu so einer niederen Arbeit wie Steine schleppen herablassen? Steine schleppen. Er hatte zwar wie alle seines Standes keine Schule besucht, und das Maurerhandwerk wollte er nicht schmähen, wie auch kein anderes; aber er konnte lesen und schreiben! Sogar rechnen! Addition, Subtraktion und das große Einmaleins. Und dann Steine schleppen? Also wirklich, das stand ihm nicht im Sinn. Natürlich konnte er zupacken – seine Hände waren bis zu den Fingerkuppen mit Hornhaut überzogen; wie könnte er sonst die Mauern erklimmen?

Samuele wartete noch immer auf eine Antwort.

»Ich helfe dir.«

Einzig Celinas Blick war der Grund seiner plötzlichen Meinungsänderung. Ein Blick aus Bitten und Sehnsucht. Wie hatten ihre Augen geglänzt, als er ihr Hoffnung auf das Erlernen des Radschlagens gemacht hatte? Wenn er drei Tage bliebe, ergäbe sich für sie die einmalige Chance dazu. Er sah sie an und nickte. Sie lächelte und bekam wieder diese großen Augen. Das gefiel ihm.

»Drei Tage kann ich bleiben.«

»Hand drauf!«

Samuele streckte ihm den Arm entgegen, Gelo schlug ein. Celina applaudierte.

»Morgen bei Tagesanbruch geht es los. Schlafen und essen kannst du bei uns.«

Gelo gab alles. Drei Tage lang schaffte er täglich sechzehn Stunden – unterbrochen nur von zwei kurzen Vesperpausen – Tausende von Steinen heran. Mehrmals lobte ihn Samuele für sein Tempo und wie gut er mit dem schweren Gewicht auf der Trage umgehe. Er verrichtete die Arbeit leichtfüßig und scheinbar mit Spaß, ab und an pfiff er sogar, wenn der Bauherr sich zeigte. Tatsächlich spielte er nur die Rolle des unbedarften Steinträgers, der ganz und gar in seiner verantwortungsvollen Obliegenheit aufging. Innerlich aber mühte er sich durch diese monotonen Stunden, in denen er nichts vollbrachte, nichts erschuf, entgegen Samuele und den anderen Maurergesellen. Während sie Ziegel auf Ziegel schichteten und diese mittels Kelle, Richtscheit, Setzwaage und Mörtel zu einer lot- und waagrechten Mauer werden ließen, hatte er nur zum Steinhaufen zu gehen, die Trage anzufüllen und sie bei den Gesellen abzuladen, um das gleiche Spiel wieder und wieder von Neuem zu beginnen. Welche geistlose Arbeit, nervtötend und stumpfsinnig, im Grunde etwas für Idioten. Um diesen üblen Auswirkungen wenigstens ein Stück weit zu begegnen und aus der bloßen Schlepperei eine Art Übung zu machen, veränderte er bei jedem Gang seine Körperhaltung, setzte die Füße mal außen, mal innen auf und verlagerte sein Gewicht einmal mehr auf die Fersen, dann auf die Fußballen. So stärkte er seine Waden und Oberschenkel noch mehr.

Obwohl die drei Tage ihm große Geduld abverlangten, war er froh, sich dafür entschieden zu haben. Es war nicht der versteckten Übungsmethoden, des guten Essens und des komfortablen Schlafens, nicht des heißen Bades und der Rasur, nicht der Entlohnung, auch nicht des schönen Anblicks Olivias wegen, sondern einzig, weil er es in der knapp bemessenen freien Zeit heimlich vermochte, der kleinen Celina das Radschlagen beizubringen. In den wenigen Minuten, die sie sich täglich für die geheimen Übungsinstruktionen mit Lügen und geschicktem Abpassen von Möglichkeiten erschleichen mussten, war zwischen dem Luftspringer und dem kleinen Mädchen eine besondere Freundschaft entstanden. Im Wissen beider, etwas von der Mutter Verbotenes zu tun, waren sie Verbündete geworden. Verbündete im Namen der neuen Künste und damit der Neuerung allgemein. Celina war mit ihrer Fröhlichkeit und ihrem Elan ein kleiner Seefahrer, der mit jedem Rad, das er schlug, ein Segel mehr setzte, um mit dem Schiff der Begeisterung fremde Ufer anzusteuern.

Bereits am zweiten Tag beherrschte sie das Radschlagen. Arme und Beine waren gestreckt, die gedachte Linie schnurgerade gezogen. Es war eine Wonne, ihr zuzusehen. Gelo wünschte sich, ihr sein ganzes Repertoire beizubringen, um mit ihr die Welt zu erobern. Doch er wusste, dass das nicht möglich war.

»Jetzt haben wir ein großes Geheimnis miteinander«, sagte Celina zu ihm, als sie beim Holzschuppen hinterm Haus standen und die letzte Unterweisung erfolgt war. Sie machte eine tiefe Verbeugung.

»Was soll denn das, Celina?«

»Ich weiß, dass man eine Verbeugung macht, wenn man jemandem großen Dank schuldet.«

»Das ist sehr lieb von dir, aber du schuldest mir nichts. Ich habe es gern getan und mich gefreut, dass du so eine gelehrige Schülerin warst.«

»Weißt du, was traurig ist?«, fragte sie ihn und setzte sich auf den Holzstapel vor der Schuppenwand, »jetzt kann ich ganz was Besonderes und niemand darf ich's zeigen.«

»Nieman*dem.*«

»Was?«

»Es heißt: Nieman*dem* darf ich es zeigen.«

»Was du alles weißt.«

»Ich hatte eine gute Lehrerin.« Gelo setzte sich zu ihr. Eine Weile schwiegen sie.

»Celina, ich habe eine Idee, wie du es doch zeigen kannst.«

»Wirklich? Erzähl.«

»Du wartest ein paar Tage, dann übst du so, dass es dein Vater zufällig sieht. Stell dich dabei so an, als könntest du es noch nicht richtig. Er wird dich ermuntern, weiter zu üben. Wenn du ihm dann nach ein paar Tagen die vollendete Ausführung zeigst, wird er stolz sein auf dich und deine Beharrlichkeit. Und deine Mutter ebenfalls.«

Celinas Augen bekamen wieder dieses Leuchten. Er fragte sich, ob er jemals dieses Strahlen in seinen Augen gehabt hatte? Und wenn, dann war es ihm niemals gesagt worden – Vater hatte es ihm wohl getreu der Tuccaro'schen Maxime verschwiegen.

»Das ist ein guter Plan!« Celina jauchzte vor Begeisterung. »So mach ich es!«

Im Morgengrauen des vierten Tages brach Gelo auf. Samuele hatte sich von ihm verabschiedet und ihm versprochen, er könne jederzeit wieder kommen. »Ein Steinträger wie du kriegt bei mir immer Arbeit.« Olivia erlaubte Celina, ihn noch bis zur Dorfgrenze zu begleiten. Sie selbst hatte außer einem »Viel Glück« nichts gesagt.

Am Ortsausgang umarmte Celina ihn. »Ich habe nicht nur gelernt wie man Räder schlägt, ich weiß jetzt, für was deine Kunst gut ist.«

»... *wofür* sie gut ist.«

Celina wiegte den Kopf. »Wegen mir ...«

»*Meinetwegen* ...«

»Jetzt ist aber gut. Ich bin keine Dame.«

»Du bist begabt. Wenn du so weiter machst, wirst du eines Tages der erste weibliche Luftspringer auf der ganzen Welt sein.«

»Meinst du das ernst?«

Er nickte.

»Wie soll das gehen?«

»Es gibt nicht nur Radschlagen. Ich kann eine ganze Menge mehr. Und du kannst es auch.«

»Ich weiß ja gar nicht, was es alles gibt.«

»Das wusste ich lange Zeit auch nicht. Also, forsche und erfinde! Das Radschlagen hat auch einmal irgendwer erfunden, und dann war es da. Sieh dich um in der Welt. Alles, was nicht von Gott geschaffen ist, ist von den Menschen gemacht.«

»Das verstehe ich nicht.«

»Sieh her.«

Gelo zeigte ihr ein paar Übungen zum Aufwärmen, dann führte er ihr einen Teil seines Repertoires an Positionen und Sprüngen vor.

Als er geendet hatte, stand ihm der Schweiß auf der Stirn und er atmete schwer. Celina hatte nicht einmal mehr applaudiert, erstaunt, ja begeistert wie sie war, völlig eingenommen von seiner Kunst. Momente lang stand sie stumm vor ihm.

»Du bist doch ein Zauberer!«

»Nein, bin ich nicht. Das ist nur Arbeit. Harte Arbeit. Und Wille; der Wille, etwas Großes zu schaffen. Ich habe Jahre gebraucht, diese Kunststücke zu beherrschen. Du hast in drei Tagen das Radschlagen erlernt. Du hast großes Talent!«

»Kannst du nicht bei uns bleiben und mir das alles beibringen, wie das Radschlagen?«

»Nein, Celina, das geht nicht.«

»Warum nicht? Gefällt es dir nicht bei uns?«

»Hm, es ist sehr schön bei euch, und deine Eltern sind gute Menschen, aber ich muss dorthin, wo ich meine Kunst zeigen kann und auch davon leben. Hier ist das nicht möglich.«

Celina zog wieder diesen Schmollmund.

»Ich muss jetzt los, kleine Radschlägerin.«

Er drückte sie noch einmal. Celina rieb sich mit dem Handballen über die Augen.

»Wir sehen uns bestimmt wieder, wenn du größer bist. Dann besuche ich *deine* Vorstellung. Bis dahin, forsche und erfinde!«

Celina erwiderte nichts darauf, sie stand nur stumm und sah ihn an.

Nachdem er eine Viertelmeile gegangen war, wandte er sich um. Celina stand immer noch dort. Sie winkte ihm und schlug dann zehn, elf, ja zwölf Bilderbuchräder. Er spürte Freude dabei und war doch traurig zugleich.

In den Tagen auf dem restlichen Weg nach Ancona übte er geradezu wie besessen. Einerseits, weil die Straße dorthin nicht enden wollte – ihm schien, je mehr er sich die große Hafenstadt ersehnte, umso ferner rückte sie. Andererseits, um sein Debüt mit der bestmöglichen Leistung zu krönen. Ancona würde die größte Stadt sein, die er bisher besucht hatte, da gäbe es Gaukler zuhauf, mit denen er um die Gunst des Publikums buhlen müsste. Hoffentlich waren keine darunter, die seine Gabe teilten.

Die Neugierde der fahrenden Händler, bei denen er sein beim Steineschleppen hart verdientes Geld gegen Wein, Brot und Wurst loswurde, und die ihn bei seinen Übungen beobachteten, ging ihm zunehmend auf den Geist. Es war etwas anderes, an den öffentlichen Plätzen als Gaukler bestaunt und für seine Fertigkeiten entlohnt zu werden, als von naseweisem Händlerpack ausgefragt und keine einzige Münze dafür zu bekommen. So waren sie, die Marketender, große Töne spucken, nichts geben wollen, sondern nur einsacken. Um sich ungestört und ganz seiner Vorbereitung hinzugeben, hielt er es für das Beste, die Landstraße zu verlassen und sich verborgene Plätze in den Dünen zu suchen.

Die abgelegenen Stellen fand er in den Ausläufern des Monte Conero, einem mehrere Meilen langen Klippenabschnitt vor Ancona. Steil zum Meer abfallende Bergflanken boten Abwechslung zum schnurgeraden und flachen Adriaufer. Auf schmalen Wegen, die sich durch dichten Buschwald schlängelten und in abschüssige Saumpfade mündeten, erreichte er menschenleere Buchten. Dort absolvierte er sein Klimmzugsoll an vorspringenden Felsen, drückte sich auf von der Gischt flach gewaschenen Felsbrocken in den Handstand und vollführte im safranfarbigen Sand die Sprünge.

Erst gegen Morgen, nachdem er in den Buchten genächtigt hatte und sich wieder zur Küstenstraße aufgemacht, kamen ihm einzelne Bauern in den Olivenhainen entgegen. Mit flüchtigem Gruß erwiderte er ihre Blicke, in Gedanken bereits auf den vor staunendem Publikum strotzenden Plätzen Anconas.

4

Ancona, 1565

Am frühen Abend stand er vor den Toren der Stadt. Als er eintreten wollte, hielt ihm einer der Wachposten die flache Hand vor die Brust. »Ein Händler ist Er nicht. Er kommt reichlich spät und trägt kein Sach bei sich? Wes' Gewerk ist Er?«

»Ein rechtschaffener Luftspringer bin ich.«

Der Wachmann wandte sich zu seinem kleineren Kameraden. »Ist das aufgeführt?«

Der Kamerad blätterte in einer Liste und fand nichts.

»Sieh unter ›Gaukler‹ nach«, riet ihm Gelo und hoffte insgeheim, dass er dort nicht fündig würde, er wollte keine Konkurrenz.

»Sehr gescheit. Glaubt Er, ich hätte bei den Handwerkern nachgesehen? ›Luftspringer‹ steht hier nirgends. Was soll das sein?«

»Was wohl? Tölpel«, antwortete der größere, »einer, der durch die Lüfte springt. Wie immer das auszusehen hat. Also gehört er zu den Artisten.«

»Früher war ich Seilgeher. Ich bin aus L'Aquila hierher gereist, um meine neue Kunst vorzuführen.«

»Hat Er Geld?«

»Ich bin gekommen, um eines zu verdienen.«

»Das beantwortet nicht meine Frage. Hat Er? Oder hat Er nicht?«

»Gewiss, ›Er‹ hat. Weshalb ist das wichtig? Ich habe meine Absicht erklärt.«

»Wenn Er kein Geld hat, liegt der Verdacht nahe, Er möge krumme Geschäfte machen oder gar stehlen, um sich fürs Erste zu versorgen. Zudem braucht Er Geld für die Gauklertaxe.«

»Gauklertaxe? Kenn ich nicht. Was soll das sein?«

»Eine Gebühr. Dafür erhält Er die schriftliche Erlaubnis seine Kunst vorzuführen. Wir sind eine ehrbare Stadt. Hier führt kein Gaukler etwas ohne die Billigung der Stadtoberen auf. Er zahlt die Taxe und erhält die Zulassungsurkunde, die auf Verlangen jederzeit vorzuweisen ist. Zudem muss Er sich visitieren lassen.«

»Ich bin kein Verbrecher!«

»Ja, ja, unverkennbar, ein rechtschaffener Luftspringer, doch weiß Er wohl um der Gaukler Stand ... Es ist möglich, dass Er Mithridat*, gar Theriak** unerlaubt mit sich führt, um sich ein Zubrot zu verdienen.«

»Ich weiß nicht einmal, wovon du redest.«

»Konzessionierte Heilsalben. Als Gaukler hat Er dafür keine Legitimation. Wir sorgen dafür, dass Ordnung herrscht. Würde Er sich freuen, wenn ein fahrender Händler Luftsprünge vollführte, um Ihm sein Auskommen abspenstig zu machen?«

Nachdem Gelo sich hatte filzen lassen – der Wachmann wurde nicht fündig –, sollte er die Taxe bezahlen. Er kramte den Rest Münzen aus der Geldkatze und hielt sie ihm entgegen. Er hätte sie dem Wachmann auch vorzählen können, das hätte diesen gewiss verblüfft, ein Gaukler, des Zählens mächtig ... Sollte der Wächter darin glänzen und seine Bildung herauskehren. Der ordnete mit dem Finger den kleinen Münzenhaufen in Gelos Handfläche und zählte.

---

* auch Mithridatium, Universalheilmittel
** erweiterte Rezeptur des Mithridats

»Mehr hat Er nicht?«

»Tut Ihm leid, seine Hand ist nicht größer.«

»Ach, ein Schelm sind wir auch noch? Patzige Antworten werden Ihm nicht helfen. Ich fragte, ob das alles sei?«

Gelo stülpte die leere Geldkatze um. Erfolglos.

»Sieht so aus.«

»Dann hat Er Pech gehabt. Er braucht das Sechsfache. Der Zutritt zur Stadt ist Ihm verwehrt!«

»Wieso das denn?«

»Ich habe es Ihm bereits erklärt. Ein zweites Mal werde ich es nicht tun. Oder ist Er schwer von Begriff?«

»Nein, verdammt! Ist ›Er‹ nicht! Du kannst mir nicht unterstellen, ich sei ein Dieb. Ich habe meinen Lebtag noch nie etwas gestohlen!«

»Das Fluchen sollte Er Sich versagen, es wirft ein schlechtes Licht auf Ihn. Wenn Er das nötige Geld hat, darf Er wieder kommen. Und nun, hinfort. Wir haben nicht die Zeit, uns ewig mit Ihm zu befassen.«

Du mieser Furz, dachte Gelo. Weit her war es dann doch nicht mit dem von ihm erwarteten städtischen Großgeist. So einfach wollte er sich nicht abweisen lassen. Noch einmal hielt er dem Wachmann die Münzen entgegen.

»Nimm es als Anzahlung. Den Rest bekommst du, sobald ich mein erstes Auftrittsgeld verdient habe.«

»Hat Er doch nicht begriffen. Er darf nicht auftreten ohne Urkunde! Andernfalls fährt Er ein.«

»Denkt doch mal nach. Wie geht das an? Ich brauche Geld für die Urkunde. Das kann ich erst erbringen, wenn ich es durch Auftritte verdient habe. Diese jedoch werden mir ohne Urkunde verwehrt. Kann es sein, dass diese Logik die sich in den Schwanz beißende Katze ist?«

»Gedenkt Er jetzt aufmüpfig zu werden? Wir haben unsere Verordnungen. Wo kämen wir hin, wenn jeder Dahergelaufene sich dergestalt aufführte? Ich habe Ihm den Verhalt erklärt. Wenn Er kein Tumber ist, hat Er mich verstanden und tut gut daran, sich jetzt fortzuscheren. Widrigenfalls sehe ich mich gezwungen, Ihn zu arretieren und zum Stadtkommissar zu bringen! Will Er das?«

»Ich kann dir hier auf der Stelle eine Kostprobe meines Könnens präsentieren. Du wirst begeistert sein!«

»Donnerunddrei! Mich interessiert Sein Rumgehopse nicht! Scher Er sich weg! Und komme Er kein zweites Mal ohne Geld!«

Gelo kniff die Lippen zusammen und ging. Es war sinnlos sich weiter mit diesem Fatzke von Wachmann auseinanderzusetzen. Aber das ›Rumgehopse‹ würde er ihm nicht vergessen.

Einen Steinwurf vom Stadttor entfernt setzte er sich unter einen Baum nahe der Stadtmauer und überlegte, wie er zu Geld kommen könnte. Ihm knurrte der Magen, das erleichterte nicht unbedingt das Denken. Sollte er Samueles Angebot annehmen, sich zurück auf den Weg nach Giulianova machen und sich erneut bei ihm als Steinträger verdingen? Dann konnte er auch der kleinen Celina neue Übungen beibringen. Der letzte Gedanke ließ Freude in ihm aufflackern, jedoch wurde diese durch nachfolgende Gedanken schnell wieder gelöscht. Giulianova hieße wieder drei Tage Marsch, ja sogar sechs, wenn er Hin- und Rückweg nach Ancona addierte, zermürbende Plackerei und mehr als skeptisches Gebaren Olivias. Das würde sich dieses Mal womöglich noch stärker zeigen, nachdem Celina ihr demonstriert haben mochte, wie gut sie das Radschlagen beherrschte. Olivia würde ihm wohl den Umgang mit ihr verbieten, und ob sie ihn weiter verköstigte, war auch nicht gewiss. Er könnte in den Olivenhainen oder in den Weinhängen als Pflücker arbeiten. Der Lohn war gering, er würde wohl einen guten Monat brauchen, um das nötige Geld zu verdienen. Einen Monat? Sieben Tage die Woche, sechzehn Stunden am Tag in der Gluthitze pflücken und sammeln? Für diesen Hungerlohn? Nein, gewiss nicht. In Ancona hätte er das Geld nach ein paar Auftritten zusammen. Das stand in keinerlei Verhältnis. Verdammt, er war ein Künstler, seit er denken konnte. Er hatte bis auf diese Steineschlepperei nie etwas anderes getan in seinem Leben. Geradezu ein Unding, sich Gedanken über Wahlmöglichkeiten zu machen. Wieso musste die Obrigkeit in den Städten auch so kleinlich und gierig sein? Weshalb wurden ehrbaren Künstlern so viele Steine in den Weg gelegt? Gauklertaxe ... Zulassungsurkunde ... In L'Aquila hatte es das nicht gegeben. Da konnte jeder Gaukler unbehelligt von diesen amtlichen Erfindungen seine Kunst vorführen. Einerlei, er musste hinein; hier galt es seine Karriere zu beginnen. Wenn er sich innerhalb der Stadtmauern erst einmal unters Volk gemischt hatte, würde sich alles fügen. Er könnte sich eine Zulassungsurkunde fälschen lassen ... Nur erst einmal einen Fälscher auftun; kein leichtes Unterfangen in einer Stadt, einem gänzlich unbekannt, ärger noch, vor dessen Toren er noch stand. Zum anderen, ein Fälscher verrichtete sein exklusives Handwerk nicht unentgeltlich. Gelo rieb sich das Kinn. Das tat er immer, wenn er angestrengt nachdachte. Ob das etwas half, wusste er nicht, zumindest täuschte es eine Art Geschäftigkeit vor, es gab dem Nachdenken einen Hauch von Dynamik. Herrgott noch mal, es ging nicht an, dass er dem Problem nicht beikam. Der Kopf war ihm ganz heiß geworden vom vielen Überlegen. Er ging zum nahe gelegenen Stadtbach, in den er den Schädel bis unters Kinn tauchte. Mehrmals tat er das und zählte dabei die Sekunden. Ihn interessierte, wie lange er es unter Wasser auszuhalten vermochte. Eines der ersten Dinge, die er in Ancona angehen musste – schoss ihm durch den Kopf, als er Wasser geschluckt hatte –, wäre schwimmen zu lernen. Obwohl durch L'Aquila mit dem Aterno ein stattlicher Fluss zog und er als Kind oft genug mit anderen darin gespielt hatte, tiefer als bis zur Brust war er nie hineingegangen. So sicher er über der Erde war, so unsicher fühlte er sich auf ihr, wenn ihn nichts umgab als Wasser. Den Fischen war er eben nicht so zugetan wie den Katzen. In Ancona mochte es wohl angehen, dass er im Hafen mit dem Wasser unliebsame Bekanntschaft machte; unterwegs hatten ihm die Händler erzählt, dass einheimische Raufbolde sich gerne gegenseitig von den Piers stießen oder Betrunkene einen Fehltritt mit dem Leben bezahlten. Dieses Los musste er in jedem Fall vermeiden.

Ist das nicht ungerecht, dachte er bei sich, als er sich erneut zum Baum begab, um in dessen Schatten zu sitzen. Nur eine läppische Viertelmeile von mir entfernt pulsiert das städtische Leben, und mich lassen sie nicht daran teilhaben. Alles, was mich davon trennt, sind ein starrköpfiger Wachmann und eine Stadtmauer. An der Wache war ein unbemerktes Vorbeikommen nicht möglich. Und die Mauer? Ein recht imposantes Bauwerk umgab die Stadt, gute fünf Klafter hoch, gemauert aus Abertausenden von Ziegelsteinen. Da war kein Durchkommen. Aber wer sprach von *Durchkommen*? Wem, wenn nicht ihm, würde es möglich sein, ohne Enterhaken, Steigeisen oder Strickleiter dieses Hindernis zu erklimmen? Ihm, der jeder Katze etwas vorkletterte. Natürlich, er würde die Nacht abwarten und hinüberklettern. Danach würde er sich ein Versteck suchen und morgen einen Fälscher ausfindig machen, den würde er dazu bringen, ihm das Honorar vorzustrecken. Den aufblitzenden Gedanken, ohne Urkunde aufzutreten, verwarf er. Eine Kunst wie die seine, spektakulär und noch nie gesehen, würde sich schnell herumsprechen, sogleich der Obrigkeit auffallen und zur Überprüfung drängen, ein sicherer Weg ins Stockhaus. Nein, die Urkunde musste sein, ob echt oder gefälscht.

Als es drei in der Nacht schlug, bestieg er die Mauer. Die Finger in den schmalen Fugen festgekrallt, die Fußspitzen aufgesetzt, zog er sich nach oben. Wie ein Eichhörnchen klebte er an den Quadern. Allein für diese Leistung musste es Geld geben. Oben angelangt, sah er zwei Wachen sich unterhalten. Er legte sich flach auf den Bauch, wartete einen günstigen Moment ab und sprang von der Mauer auf den Wehrgang. Lautlos landete er auf den nackten Fußballen, rollte sich ab und rannte ebenso lautlos zur Treppe, die vom Wehrgang nach unten auf die Straße führte.

Ancona war sein.

Im Zwielicht des Halbmonds streifte er durch die Straßen und erreichte den Hafen. Sollte er sich in einem der Fischerboote verstecken? Besser nicht; da schliefen die Fischer oft selbst, und wenn sie in Bälde in See stächen, wäre er abgeschnitten vom Land. Er brauchte etwas Besseres, ein gutes Versteck. Nur wo? Eine Weile war er im Hafen herumgeirrt, wurde aber nicht fündig. Bretterverschläge gab es zuhauf, und zahlreiche Tür- und Mauernischen dazu, mit mannshohen Pyramiden von Getreidesäcken, hinter denen er sich langmachen konnte. Doch überall schallte ihm das Gepfeife der Ratten entgegen; diese Plätze boten nicht einmal streunenden Hunden eine Heimat.

Schließlich hatte er sein Versteck gefunden. Es war genial. Geschätzte acht bis zehn Klafter hoch, lag es auf einem frei stehenden Bauwerk – dem Trajansbogen. Niemand würde ihn dort oben vermuten; man brauchte ein Gerüst, um zu ihm zu gelangen, oder musste des Fliegens mächtig sein. Ja, genau dort oben auf der flachen Plattform der Attika würde er sich schlafen legen, über allen Booten, Piers und Molen.

Gelo besah sich den Bogen sowohl von der zur Stadt als auch von der zum Hafen gerichteten Seite, um die beste Kletterstelle zu finden. Dabei erinnerte er sich an Donna Rabeas ausschweifende Vorträge: »Der Trajansbogen wurde, wie der Name sagt, zu Ehren des römischen Kaisers Trajanus im Hafen errichtet. Er sollte die Stadt mit den anderen adriatischen Städten verbinden.« Der Bogen war auf einer hohen Plinthe aus Travertinstein errichtet und erstreckte sich über die ganze Breite des Kais, von Gelo abgeschritten und auf sechs Klafter gezählt. An der Stadt zugewandten Seite prangte in großen, bronzenen Versalien eine lateinische Inschrift, die laut Donna Rabea besagte, dass Trajan den Hafen auf eigene Kosten hatte ausbauen lassen, um den ankommenden Schiffen ein sicheres Einlaufen zu ermöglichen.

Den Bogen zu erklimmen würde ihm ein bedeutsames Mehr an Konzentration und Körperspannung abverlangen als die Stadtmauer. Die beiden gigantischen Pfeiler wie die ganze Fassade waren aus Marmor gefertigt. Es gab keine daumenbreiten Mauerfugen, in die er Finger und Zehen stemmen mochte, kein raues Material, an dem seine schwieligen Fingerkuppen haften blieben. Erst am oberen Säulenabschluss sah er genügend Kanten und schmückendes

Beiwerk, um sich festzuhalten und hochzuziehen. Die Herausforderung lag im unteren Drittel des Bogens bis zu den Konsolen, auf denen neben zahlreichen kleinen Statuetten drei übergroße herausragten: Trajan, seine Frau Plotina und seine Schwester Marciana.

Gelo atmete tief, sammelte sich, machte ein paar Dehnübungen, um Sprung- und Rumpfmuskulatur zu durchbluten und nahm Anlauf. Drei Schritte lief er die Marmorsäule senkrecht nach oben und erreichte am Gipfel seines explosiven Sprungs mit dem ausgestreckten Arm die Konsole der untersten Statuette. Mit nur zwei Fingern hielt er sich dort an der runden Kante fest. Das rechte Bein stemmte er gegen die Säule, das linke Bein grätschte er im weiten Winkel zur zweiten Konsole, die etwas versetzt und höher lag. Dort Fuß gefasst, gelang es ihm, sich nach oben zu katapultieren und zu den großen Statuetten zu gelangen.

Er stieg Marciana mit dem linken Fuß auf den verhüllten, üppigen Busen, fasste Plotina zwischen die felsenharten Schenkel und stieg Trajan mit dem rechten Fuß aufs steinerne Haupt. Den Körper bis in den kleinen Zeh gestreckt, erreichte er Kapitel und Architrav. Mit einer Hundertachtziggraddrehung schwang er sich um die eigene Breitenachse über den Geison, das vorkragende Kranzgesims, und kam auf der oberen Plattform zu liegen.

Auf Stirn und Armen stand ihm der Schweiß und er fröstelte, als ihm der kühle Wind über den nassen Rücken strich. Ohne Geld und fast ohne Besitz saß er auf einem Ehrenbogen, in einer Stadt, in der er nicht sein durfte. War das verrückt oder kühn? Passte das in sein ehrbares Leben? Das hatte erste Risse bekommen mit dem strafbaren Übersteigen der Stadtmauer und dem Gedanken an eine gefälschte

Auftrittserlaubnis. Was würde Vater dazu sagen, wenn er davon erführe?

Je länger er darüber nachdachte, frierend und hungernd, umso dümmlicher kam es ihm vor, den Bogen erstiegen zu haben. Wie würde er morgen ungesehen wieder hinuntergelangen, hier im Hafen, wo es dann nur noch so vor Leuten wimmelte? Unter diesen wären zahlreiche, die ihn beim Abstieg beobachten und wegen Ehrenschmähung anzeigen mochten, vor allem, weil er den gleichen Rückweg über Kopf und Brüste der Statuetten antreten musste. In was für eine törichte Lage hatte er sich nur gebracht? Zudem gewahrte er erst jetzt, dass man ihn hier oben sehr gut von den Hängen der Stadt aus sehen konnte.

Er musste wieder hinunter. Sofort. Bald graute der Morgen, dann würde es zu spät sein.

Genauso konzentriert, wie er hinaufgeklettert war, machte er sich an den Abstieg. Er hatte sich nach einer weniger anstößigen Abwärtsvariante umgesehen, war aber nicht fündig geworden.

Nur noch wenige Klafter fehlten ihm, dann war er wieder im Reich der Menschen.

Mit einem lautlosen Katzensprung landete er auf dem Pier und bekreuzigte sich – niemand hatte ihn bemerkt –, als ihn eine Hand von hinten am Kragen packte.

»Potztausend! Ich habe schon allerhand in meinem Revier erlebt, aber ein menschliches Eichhörnchen, das unseren geliebten Trajansbogen entweiht, ist mir bis jetzt noch nicht untergekommen.«

Ein schwarzbärtiger Wachmann in heller Uniform und mit in grauem Filz gekleidetem Gefolge stand vor ihm.

»Kommst du freiwillig mit oder braucht's den Knüppel?«

»Herr Wächter, …«

»Das heißt ›Herr Hauptmann‹, du Trottel«, tönte einer aus der Gruppe.

»… ich kann alles erklären!«

»Ja, ja, ich weiß schon, es ist nicht so, wie ich denke. Es ist auch nicht das, wonach es aussieht. Trotzdem, ein Verrückter, der Trajan auf dem Kopf und Marciana auf den Brüsten herumsteigt, ist mir Erklärung genug. Abführen!«

Sie nahmen ihn rechts und links bei den Armen und schleiften ihn zum Wachhaus in die Stadt.

»Unser Hafengefängnis ist letzte Woche mitsamt vier Insassen abgebrannt«, erzählte der Hauptmann im Plauderton und steckte sich ein Pfeifchen an. »Jetzt müssen wir ständig wegen Gesindel wie dir den Gang zu unserem lieben Stadtkommissar Tremante antreten.«

Gelo hatte den ironischen Unterton bei ›lieben‹ wohl vernommen, doch was ging ihn das persönliche Verhältnis eines Hafen- mit einem Stadtpolizisten an? Er schwieg den ganzen Weg über und fand auch kein Ohr für die Behelligungen, die der Hauptmann da unentwegt ins Nachtdunkel palaverte. Er hatte sich in einen vermaledeiten Schlamassel geritten und fragte sich, wie er da wieder herauskommen sollte. Mit ehrlicher Arbeit, mit seiner ganz besonderen Kunst wollte er hier sein Glück machen, stattdessen hatte er sich das Gegenteil eingebrockt. Vielleicht war seine Begabung ja doch nicht so gut?

Der Hafenhauptmann salutierte und schlug die Hacken seiner blankgewienerten Langschäfter zusammen, als ihn der diensthabende Kommissar, ein hünenhafter Mann, empfing. Der trug eine noch schmuckere Uniform als der Hauptmann und hatte im Gegensatz zu diesem einen Orden an der Brust hängen. Nicht nur Uniform und Orden stachen Gelo ins Auge, sondern dass er gleich ihm zu den rötlichen Italienern gehörte.

»Neuer Zugang zum Verhör!«, sagte der Hauptmann scharf beim Eintreten in die Dienststube.

»Grund und Anlass?«, kam es vom Kommissar noch einen Schuss schärfer zurück.

»Ehrenschmähung. Der Galgenvogel hier hat den Trajansbogen bestiegen. Fragt nicht, welche Hindernisse er wie überwunden hat.«

»Beweismittel? Stricke, Seile, Enterhaken und dergleichen?«

»Nichts. Er hat es ohne jegliche Hilfsmittel getan.«

»Der Trajansbogen ist zwölf Klafter hoch! Ohne Hilfsmittel ist das nicht möglich. Der Bursche wird das Zeug nur unweit hinfortgeworfen haben und Ihr ward wieder zu faul, um zu suchen.«

»Signor Commissario! Ich muss doch sehr bitten! Der Delinquent hat den Bogen mit bloßen Händen erklommen. Wir haben es mit eigenen Augen gesehen! So wahr wir hier stehen. Stimmt das, Männer?«

»Jawohl«, tönte es dumpf und lax aus dem Hintergrund.

»Jawohl, was, ihr Arschgeigen?«

»Jawohl, Herr Hauptmann!«, kam es zackig zurück.

Der Kommissar schürzte nickend die Lippen, was Gelo als eine Geste der Anerkennung deutete.

»Sonst noch etwas?«

Der Hauptmann schüttelte kaum merklich den Kopf, signierte den Überlassungsschein und verließ salutierend mit seinem Gefolge das Wachhaus.

»Setzt Euch, dreister Kletterer. Wer seid Ihr?«

»Ich heiße Arcangelo Tuccaro und bin ein Seilgeher aus L'Aquila.«

Den ›Luftspringer‹ hatte Gelo bewusst verschwiegen. Er wusste nicht, wohin das Verhör führen würde; er entschied, sich fürs Erste bedeckt zu halten.

»Hauptmann Ciandese ist ein Großschwätzer und Wichtigtuer, aber kein Lügner. Ich kenne den Trajansbogen sehr genau – meine Passion ist die Malerei –, er hat mir oft Modell gestanden. Schwer zu glauben, dass Ihr ihn ohne jeglichen Behelf bestiegen haben solltet.«

Trotz seiner prekären Lage verspürte Gelo ein Gefühl der Verbundenheit gegenüber dem Kommissar. Nicht nur der gleichen Haarfarbe wegen; er war der Erste, der ihn weder duzte noch die herablassende Er-Anrede gebrauchte, wie es die Stadtwache getan hatte. Der Kommissar schien ein aufrichtiges Interesse an ihm zu haben.

»Wir haben Zeit«, sprach der Kommissar, holte Wein, Wasser und zwei Zinnbecher aus dem Schrank, geprägt mit dem Wappen von Ancona – Krone, Eichen- und Lorbeerlaub – und bat Gelo, ihm »die ganze Geschichte« zu erzählen.

Das Gespräch zwischen ihm und dem Kommissar weilte Stunden und überdauerte einige Neuzugänge, deren Inhaftierung eine unliebsame Unterbrechung der Konversation bedeutete. Gelo erzählte ihm ausführlich seinen Werdegang. Angefangen von seiner Kindheit über Jugend und Ausbildung, der schleichenden Metamorphose vom Seilgänger zum Luftspringer, bis zum Rausschmiss aus dem Familienbund und dem Vorsatz, durch eine Karriere in seiner neuen Kunst irgendwann wieder mit dem Vater versöhnt und mit der Familie vereint zu sein. Der Kommissar stellte ihm hier und da ein paar Fragen, von sich gab er nur wenig preis.

Aus dem langen Dialog zwischen den beiden Rotschöpfen erwuchs die Erkenntnis, dass sie über mehrere Dutzend Verwandtschaftszweige hinweg gemeinsame Vorfahren hatten, was die Haarfarbe erklären mochte und die unterschwellige Verbundenheit zueinander. Der Kommissar erhob sich, reichte ihm die Hand und stellte sich als Silvio Tremante vor. Er bot ihm an, ihn unter vier Augen mit ›Signor Tremante‹ ansprechen zu dürfen; in der Öffentlichkeit jedoch sei es geboten, ihn weiterhin mit ›Signor Commissario‹ zu titulieren. Er bekleide ein stattliches Amt, da gelte es, die Form zu wahren.

Tremante bat Gelo, seine Kletterkünste an der Nordwand des Zeughauses unter Beweis zu stellen. Dessen Höhe erstreckte sich über fünf Stockwerke und wies außer wenigen Erkern und Vorsprüngen nur schmale und schwer zu erreichende Gesimse auf, was dem Commissario ein einigermaßen adäquates Pendant zum Trajansbogen schien.

»Lieber noch hätte ich mir den Beweis am Bogen selbst erbringen lassen«, gestand der Commissario ein, »doch eingedenk der politischen Konsequenzen, die dieses Ansinnen nach sich ziehen möchte, verzichte ich darauf. Es wird ohnehin ein diplomatischer Kraftakt werden, die Schmähung des Bogens ungesühnt zu lassen. Lediglich der Umstand, dass der Hauptmann mehrfach bei mir in der Schuld steht, ermöglicht es mir, den Fall auf sich beruhen zu lassen.«

Nach der beeindruckenden Kletterschau, von Tremante mit einem durch das Tragen weißer Handschuhe gedämpften Applaus honoriert, führte Gelo seine Dehn-, Balance- und Sprungübungen vor, die bei dem Commissario echtes Erstaunen entfachte. Gelo fühlte Glück. Nach seiner Schwester Giula und der kleinen Celina war der Commissario der dritte, den seine Kunst für sich gewann. Das war es, was er wollte: Rührung wecken. Freude bereiten. Mehr noch, Begeisterung schaffen! Er wollte im Zenit seiner Vorführung rauschähnliche Zustände beim Publikum hervorrufen, den Zauber seiner Kunst in die Menge tragen, dadurch selbst zum Zauberer werden, zum Magier, der in den Herzen völlige Hingabe schürte.

Der Commissario, ganz benommen vom Erlebten, schickte seinen Adjutanten nach der Amtsstube des Stadtmeisters, um dort die Zulassungsurkunde für Gelo ausstellen zu lassen. Er bestand darauf, dass unter ›Gauklerkunst‹ nicht nur *Luftspringer* geschrieben stand, sondern *Extraordinärer Luftspringer / Vorreiter einer neuen Kunst.*

Die Gauklertaxe plus zusätzlichen Obolus, die der Commissario ihm vorstreckte, wollte er in angemessener Zeit in zweifacher Höhe zurückerstattet wissen. »Umsonst ist der Tod, das Leben kostet. Seid beruhigt, bei Euren Fähigkeiten habt Ihr das schnell wieder herinnen.«

Tremante verabschiedete ihn per Handschlag und deutete auf die Tür.

Glücklich stand Gelo auf festem Pflaster. Jetzt gehörte die Stadt wirklich ihm. Die Urkunde in der Tasche, die Geldkatze am Gürtel, stand ihm alles offen. Er würde umgehend die Piazza Commerciale aufsuchen. Dort waren die Gaukler zu Hause.

5

Auf der Piazza Commerciale balgten Jungen, warfen sich Mädchen Bälle zu. Männer und Frauen schwadronierten, in lebhafte Gespräche vertieft. Ausgemergelte Köter, gierend nach Brotresten, wuselten zwischen deren Beinen herum und kassierten von Fluchen begleitete Tritte. Tauben gurrten von den Dächern und flogen dicht über die Köpfe hinweg. Ab und an ließ eine etwas fallen, dann hörte man einen Aufschrei, wenn das Geschleim Haar oder feines Kleid traf, und ein schadenfrohes Lachen, wenn ein Balg aus den Kindertrauben es beobachtet hatte.

An zahlreichen Ständen, die sich in langen Reihen über den Platz erstreckten, boten Krämer, Hüter und Karrenbäcker ebenso wie Tuchmacher, Säckler und Schmiede Schnüre, Holz- und Hornknöpfe, Stoffe, Bordüren und Hufnägel zu überhöhten Preisen feil. Geizhälse und Knickersäcke schacherten um ein paar Quattrini und forderten einen kostenlosen Schluck Schnaps zum Kauf der teuren Ware. Der Duft von gebrannten Mandeln und Pistazien waberte durch die Menschenmasse und vermischte sich mit dem Brodem aus verschwitzten Achseln und sauer riechenden Geschlechtsteilen. Das Geplärre nach Muttermilch dürstender Säuglinge stach zwischen Frauenklatsch und Männergemurmel hervor und kollidierte mit Gänsegeschnatter, Schweinegrunzen und Schafsgeblöke aus den Hinterhöfen.

Mit großen Steinen gepflastert und nicht als bloßer Lehm- und Sandboden gewalzt wie die meisten Plätze, die Gelo kannte, war die Piazza Commerciale etwas Großartiges. Auch säumten schöner verzierte Häuser ihre Flanken als die Piazza Duomo in seiner Heimatstadt. An diesem Platz pulsierte mehr Leben und floss mehr Geld als zu Hause in L'Aquila, doch Gaukler sah er entgegen Tremantes Worten nicht einen einzigen.

»Verzeiht mir, ehrenwerter Mann«, fragte er einen Passanten, unstrittig ein Höhergestellter, wie es eine pelzbesetzte Schecke und dunkelrotes Samtbarett angezeigten, »dürfte ich Euch um eine Auskunft bitten?«

Der Wohlhabende musterte ihn kurz. »Nur zu, so ich sie dir geben kann.«

»Mir wurde gesagt, auf diesem Platz führten die Gaukler ihre Künste vor. Ich bin ihn hinauf und hinunter gegangen und habe nicht einen entdeckt.«

»Die Gaukler dürfen hier nur am Karneval und während der großen Kirmes auftreten. Unterm Jahr sind sie auf der Piazza delle Muse zu finden, nur wenige Minuten von hier.« Der Passant erzählte ihm, dass vor Jahren ein Kaufmann eigens für Gaukler diesen Ort der Muse hatte anlegen lassen. Der Kaufmann sei in eine Tänzerin verliebt gewesen, diese aber des Diebstahls bezichtigt worden und eingekerkert. Alle Anstrengungen, sie aus der Haft zu bekommen, scheiterten. Als der Kaufmann letztlich die Entlassung des Mädchens erwirkte, war es bereits zu spät gewesen, sie war im Kerker verstorben. Der Kaufmann, zeitlebens nicht von diesem Schmerz losgekommen, ließ den Platz zu ihrem Andenken errichten. »Der Grundriss ist nicht rechteckig wie bei den anderen Plätzen«, erklärte ihm der Mann, »er ist oval. Man mutmaßte, zur Erinnerung an die Gesichtsform der Gauklerin. Tatsächlich, so brachte es ein einst verschollener Brief ans Tageslicht, sollte er ihre Mandelaugen und seine Tränen über ihren Tod unvergesslich machen.«

Der Wohlhabende zeigte in nördliche Richtung mit dem linken Arm, den eine hölzerne, täuschend echt wirkende Handreplik zierte, möglicherweise eine unliebsame Erinnerung aus kriegerischer Zeit. »Geht da lang, dann kommt Ihr geradewegs dorthin.«

Die Piazza delle Muse übte nicht nur ihres ausgefallenen Grundrisses wegen große Anziehungskraft auf Gelo aus; hier herrschte, obwohl nur ein Bruchteil der Massen im Vergleich zur Piazza Commerciale zugegen war, eine ganz eigene Atmosphäre. Das Leben und Treiben der Spielleute und Gaukler, der fahrenden Händler, Barbiere und Quacksalber. Gelo schien es, als ob hier die jährliche Kirmes stattfände, so zahlreich war das Aufgebot. Feuerfresser, Eisenbieger und Tierbändiger waren ebenso präsent wie Monstrositätenaussteller, bemalte Zwerge und Tarbusch tragende Mohren aus dem Morgenland. Und natürlich, auch Seilgeher waren zugegen; nicht ein, nicht zwei, sondern drei Seile waren an verschiedenen Orten über dem Platz gespannt. Keines davon – er nahm es mit Genugtuung zur Kenntnis – war so lang und hing so hoch wie das der ›I Tuccari‹ bei ihrem letzten vollzähligen Auftritt.

Gelo, beeindruckt von der Vielfalt und beruhigt, keinen Luftspringerkonkurrenten entdeckt zu haben, bemerkte zu seiner Enttäuschung, dass überhaupt keine Zuschauer anwesend waren. War denn dieses Areal nur ein Übungsplatz? Was sollten dann die ganzen Händler und Quacksalber hier mit ihren Wagen und Schragen?

Er schritt über den Platz, beobachtete verschiedene Gaukler beim Üben, musterte die Seilgeher, fand Verbesserungswürdiges, und blieb vor einem Reisewagen stehen, der etwas abseits seinen Platz gefunden hatte. Der Wagen, doppelt so groß wie die anderen, war eine Attraktion für sich. Auf dem

Dach prangte neben zahlreichen bunten Fähnchen ein großes, rotes Schild mit weißer Aufschrift: RUFINO BOCCONCELLO – FILOSOFO. Die Seitenwände waren in Gold- und Silbertönen gehalten und mit großen Konterfeis bemalt, von denen er zumindest zwei – Donna Rabea sei es gedankt – als die von Sokrates und Plato erkannte.

Ein Mann saß im Kopfstand und eng verschlungenen Beinen vor dem Wagen und blickte in ein Buch. Die überkreuzten Beine bildeten den besonderen Sitz, den auch er beherrschte und der in Mercuriales *De arte ginnastica* als levantinischer Sitz bezeichnet wurde. Dieser Sitz habe bei den Sufis aus dem fernen Osmanischen Reich seinen Ursprung, hieß es dort. Die Sufis selbst nannten ihn Lotussitz, abgeleitet vom Namen einer Blume. Mercuriale schrieb darüber: *Beim Sufisitz sind die Beine so verschränkt, dass der rechte Fuß auf dem linken Oberschenkel nahe der Leistenbeuge ruht und der linke Fuß entsprechend auf dem rechten Oberschenkel, wobei beide Fußsohlen gen Himmel gerichtet sind. Nur wenige Menschen verfügen über das außerordentliche Maß an Gelenkigkeit und sind imstande, diesen Sitz auszuüben, geschweige denn, darin über längere Zeit der Versenkung zu verharren.*

Gelo faszinierte, dass dieser Mann dort den Lotussitz im Kopfstand ausführte. »Verzeiht mir, wenn ich Euch in Eurer Übung störe, werter Bocconcello – das seid Ihr doch? Dürfte ich Euch etwas fragen?«

Der Mann antwortete nicht.

Gelo wartete einen Moment und wiederholte seine Bitte. Er sprach etwas lauter. Der Mann zeigte keine Regung, zu vertieft war er in sich gekehrt. Gelo schickte sich an zu gehen, er würde ihn später erneut aufsuchen.

»Warte, Neugieriger.« Bocconcello entknotete seine Beine, kam auf die Füße, erhob sich und ging auf Gelo zu. »Du hast Glück, dass ich meine Lesestunde gerade beendet habe.« Er reichte ihm die Hand und stellte sich vor. »Rufino Bocconcello, Gelehrter und philosophischer Ratgeber für Lebensprobleme.«

Gelo erwiderte Gruß und Vorstellung. Das ›ehrbar‹ ließ er diesmal weg, war er damit bereits bei den Wachen auf Unmut gestoßen; augenscheinlich taugte das Attribut nicht, um der Gaukler Stand aufzupolieren.

»Luftspringer? Sehr interessant, erzähl mir später davon. Zuerst zu deiner Frage.«

»Mir fiel Euer Sufisitz im Kopfstand auf. Das ist außergewöhnlich.«

»Du kennst ihn?«

»Ihn kennen? Ich beherrsche ihn!«

»Wenn ich mir deine Muskelpakete ansehe, die du da an Schenkeln und Waden mit dir herumträgst, mag ich das kaum glauben. Meine Beine sind im Gegensatz zu den deinen Trommelschlegel.«

»Darf ich es Euch beweisen?«

»Nur zu, erstaune mich!«

Nach kurzem Vordehnen der Oberschenkel, Kniekehlen und Fußgelenke setzte Gelo sich problemlos in den Lotussitz. Rufino applaudierte.

»Nur im Kopfstand habe ich ihn noch nicht ausgeführt. Das ist eine kleine Herausforderung.«

»Woher weißt du von diesem Sitz? Den kennen nur Eingeweihte. Bist du etwa im Morgenland gewesen und hast ihn dir dort beibringen lassen?«

»Weit gefehlt. Mein Lehrer der Körperkunst war stumm.

Er bestand nur aus Seiten mit Buchstaben und Bildern.« Gelo erzählte vom *De arte ginnastica*, aus dem er all sein Wissen bezogen hatte.

»Respekt. Du bist der erste Gaukler, den ich treffe, der des Lesens mächtig ist. Und für Bücher interessierst du dich auch.«

»Gesehen habe ich einige. Richtig kennen tu ich nur zwei, eben das besagte und die Bibel. Mit dieser hat mich eine alte Dame in meiner Heimat das Lesen und Schreiben gelehrt.«

»Warum ausgerechnet mit der Bibel?«

»Wieso nicht? Was habt Ihr damit?«

»Sie ist zweifelsfrei ein großes literarisches Werk. Sie wird nur, gelinde gesagt, maßlos überschätzt.«

»Wie könnt Ihr nur? Sie ist das Buch der Bücher!«

»Hast du eine auskömmliche Begründung für diese Ehrfurcht?«

»Ich verstehe Eure Frage nicht.«

»Dann komm.«

Rufino nahm ihn mit in seinen Wagen, der sich als eine rollende Bibliothek enthüllte. Immer schon hatte Gelo Donna Rabea für ihre reichhaltige Büchersammlung bewundert, aber an die Ausmaße dieses Bestandes reichte sie niemals heran. Hier strotzte es geradezu vor Werken, daumendünn bis armdick, die in Regalen und als Türme dicht an dicht gestapelt vom Boden bis unter die Wagendecke lagerten.

»Meine Schatzkammer der Bildung und der Erkenntnis. Was du hier siehst, übertrifft gemessen an der Fülle von Wissen und Weisheit die Bibel und deren Verfasser um ein Vielfaches – sie hat außer Märchen und ein paar Aphorismen nichts zu bieten.«

»Nennt man das nicht ketzerisch, was Ihr da behauptet?«

»Deine Äußerung birgt ein wahres Wort – du sagtest ›man‹. Wen meint dieses ›man‹, das meine Worte als ketzerisch zu brandmarken trachten? Wer sind die Menschen, die sich anmaßen, das Geistesgut Höherdenkender zu verurteilen?«

»Ihr scheint mit der Kirche nicht gut zu stehen, aber davon verstehe ich nichts. Darüber müsst Ihr mit Gelehrten diskutieren.«

Bocconcello nickte und ging nicht weiter darauf ein. »Du siehst, die Welt ist auch eine Welt der Worte. Und dennoch sind sie Schall und Rauch. Wie heißt das zweite Buch, das du erwähntest?«

»*De arte ginnastica*, aber das ist nicht der richtige Titel. Donna Rabea hat ihn mir ins Italienische übertragen. Im Original ist er lang und kompliziert und natürlich in Latein wie alle Bücher der Gelehrten.«

Rufino schritt die Regale ab. Er fuhr mit dem Finger über die ledernen Buchrücken, zog ein Werk heraus und drückte es Gelo in die Hand. »Hier, Hieronymus Mercurialis: *Artis gymnasticae apud antiquos celeberrimae, nostris temporis ignoratae, libri sex.*«

»Ihr habt es?«

Rufino nickte großmütig. »Natürlich! Und hier, sieh!« Er schlug die Titelei auf. »Vom Autor handsigniert. Merculiale war mein Kommilitone in Bologna.«

»Ihr habt zusammen mit dem großen Meister der Gymnastik studiert?«

»Großer was? Mercuriale war steif wie ein Greis! Das Buch, ja, das hat er wohl verfasst, der Theoretiker. Von der Praxis hatte er keine Ahnung. Die war ihm zu anstrengend.

Der faule Hund wollte immer, das ihm alles in den Schoß fällt.«

»Ihr sprecht nicht gut über ihn. Kann es sein, dass Ihr der Welt gegenüber schlecht eingestellt seid? Erst gegen die Kirche, jetzt gegen Mercuriale ...

»Dein Schluss liegt nahe, birgt aber Oberflächlichkeit. Du kannst nicht aus zwei besonderen Beispielen auf meine ureigene Gesinnung schließen.«

»Und die vielen anderen Bücher?«

»Viel? Na, ja. Was heißt schon viel? Aulus Agellius, der Verfasser von ›Noctes Atticae‹, beziffert den Buchbestand der alexandrinischen Bibliothek vor dem cäsarischen Brand auf siebenhunderttausend Rollen. Das entspricht ungefähr hundertfünfzigtausend handbreiter Bände! Das ist viel. Mein Bestand umfasst gerade einmal eintausend Werke. Dennoch ist es immer noch um einiges mehr als das, was du für das Studium der Sieben freien Künste gelesen haben musst.«

»Ich habe davon gehört, nur weiß ich nichts darüber.«

»Die Studia liberalia umfasst die Grammatik, die Rhetorik und die Dialektik, beziehungsweise die Logik. Zum anderen die Arithmetik, die euklidische Geometrie, die Musik und die Astronomie mit der Astrologie.«

Gelo besaß keinen Schimmer, was Rufino ihm da erzählte. Dennoch hörte er geduldig zu, er wollte nicht durch aufdringliches Fragen einfältig und unwissend erscheinen.

Rufino schritt mit ihm die Werke ab und wies auf einzelne hin. »Ich habe die Verfasser der Zeit nach geordnet. Angefangen bei den großen, alten Denkern wie Heraklit, Parmenides, Empedokles, Sokrates, Plato, Aristoteles, Demokrit, über jüngere wie Bruni, Petrarca und Aquin, bis zu den klugen Köpfen jüngster Zeit: Kues, Machiavelli, Rotterdam. Hier stehen deren wichtigste Werke.«

Gelo versank in Ehrfurcht. Dieser Rufino musste ein überaus gescheiter Mann sein. Wer so viele Bücher besaß, verfügte über das Wissen der Welt.

»Die habt Ihr alle gelesen?«

»Mehrmals. Und damit nicht genug. Ich studiere sie, jede Seite, jedes Wort. Doch ich trachte meine Bibliothek Buch für Buch aufzulösen. Ich lerne die Werke auswendig und jedes, das ich beherrsche, verbrenne ich in einem spirituellen Ritual. Inzwischen sind 233 Bücher in den Flammen aufgegangen. So dezimiere ich meinen leibhaftigen Besitz und vergrößere den geistigen. Je mehr Reichtum ich im Inneren besitze, umso weniger benötige ich im Äußeren. Das schafft mir Raum zum Leben.«

»Es ist doch genug Raum da. Alle Bücher der Welt können den nicht ausfüllen.«

»Du verstehst nicht. Besitz besitzt! Ich eifere den Kynikern nach und will irgendwann nichts weiter besitzen als Wanderstab, Essensschale und Weisheit. Aber jetzt habe ich Hunger. Wie steht es mit dir?«

Sie besuchten eine Taverne im Ort. Bei Rotwein, Oliven und geräucherten Sardellen erzählten sie aus ihrem Leben. Gelo fasste sich dieses Mal wesentlich kürzer, als er es beim Commissario getan hatte; er brannte auf Rufinos Geschichte.

Als der Morgen graute, verließen sie die Wirtsstube. Rufino hatte Arcangelo, den er auf dessen Bitte nur noch Gelo nannte, mit seinen Erzählungen überhäuft – es schien, als habe er seit Längerem niemandem mehr zum Reden gehabt.

»In Wahrheit«, offenbarte ihm Rufino, »heiße ich gar nicht so, sondern Johann Konrad Kunstmacher. Ich bin Deutscher, wurde 1530 in Frankfurt am Main geboren, bin dort zur Schule gegangen und habe eine Lehre als Drucker absolviert. Beim Druckergesellen blieb es nicht, ich wusste immer schon, dass ich zu Höherem auserkoren war. Ich schrieb mich an der dortigen Universität ein, wo ich die Magisterprüfung mit höchster Auszeichnung abschloss, dann zwangsexmatrikuliert wurde – den rückständigen Tintenpissern von Dekanen konnte man nichts begreiflich machen. Sie kultivierten ihre Renitenz gegenüber neuen Ideen derart, dass keines meiner Worte auch nur einen Schekel wog. Ich hatte keine Wahl, ich musste an fortschrittlichere Universitäten gehen, um meinen philosophischen Ideen Gehör zu verschaffen. Nach weiteren Zwangsexmatrikulationen der Universitäten zu Köln, Mainz und Heidelberg wollte ich mein Glück in Italien versuchen. In Padua, Florenz und Bologna war ich zwar an den philosophischen Fakultäten angenommen worden, doch auch dort hatte ich es nirgends zum Doktor gebracht. Die dortigen Fakultätsvorsteher unterschieden sich keinen Deut von den deutschen. Auch hier grassierte das Renitenzsyndrom. Es war aber nicht nur die Verstocktheit der verknöcherten Dekane gewesen, die mich zur Flucht gezwungen hatte; mir war angelastet worden, die Töchter verschiedener Professoren geschwängert zu haben. Beschlafen hatte ich sie, ja, in der Tat, doch wer wie ich den Coitus interruptus beherrscht, der schwängert nicht.« Diese Vorwürfe wie sein vehementes Widersprechen und Infragestellen gängiger Lehrmeinungen zogen die Androhung eines universitätsübergreifenden Studienverbots nach sich. »Was mir nichts mehr anhaben mochte. Mein Wissen war zwischenzeitlich so angewachsen, dass es das der Professoren übertraf. Ich hatte mich nach den Rauswürfen ganz den Privatstudien der Philosophie gewidmet und in Venedig eine Praxis eröffnet, in der ich wohlhabenden Leuten eine Art philosophischer Paraklese spendete. Nachdem meine geliebte Frau und meine fünf Kinder allesamt Opfer des Schwarzen Todes geworden waren, habe ich die Stadt verlassen und mir vorgenommen, niemals mehr zurückzukehren.« Rufino zog seit Jahren durch die großen Städte mit seinem auffälligen Reisewagen, blieb Tage, Wochen oder gar Monate, wenn es ihm beliebte, und verdiente sein Geld mit der Heilung von seelischen Problemen, indem er für jedes Anliegen Ratschläge gab oder weise Sprüche zitierte.

»Denker ist mein Beruf. Dabei bediene ich mich der Kunst der Synergie und der Reduktion.«

»Das heißt was?«

»Das Erste hat unser guter alter Aristoteles von Stagiros mit ›Das Ganze ist mehr als die Summe seiner Teile‹ sehr gut umschrieben. Für mich bedeutet es im erweiterten Sinn, dass die Gesamtheit der Lehren richtig kombiniert mehr ergibt, als die einzelnen Lehren für sich genommen, quasi eine allumfassende Lehre. Das Zweite kommt zur Anwendung, indem ich wiederum die Essenz der Gesamtlehre auf das fürs praktische Leben Wesentliche eindampfe. Diogenes von Sinope hat es ebenso getan. Ich gedenke ein Werk zu verfassen, das die Quintessenz aller Weisheiten und Lehren auf einige wenige Formeln reduziert. Das Volumen dieses epochalen Werkes darf am Umfang gemessen nicht dicker sein als mein Zeigefinger. Weniger ist mehr.«

»Das heißt, statt Eurer tausend Wälzer habt Ihr dann nur noch dieses eine Büchlein?«

Rufino nickte und seine Augen blitzten. »Ja, so wird es sein. Dieses ist dann wohl in meinem Rucksack untergebracht, wenn ich mich meines weiteren Besitzes entledigt habe. Damit mache ich mich auf den Weg nach Bolzano. Dort kenne ich einen hervorragenden Drucker, der mir das Werk vervielfältigen wird. Dann kann es seinen Siegeszug über die ganze Welt antreten.«

Rufino, von Gelo nach den Hintergründen befragt, erzählte, dass das Anatomielehrbuch ›Über den Bau des menschlichen Körpers‹ des Andreas Witinck letztlich den Anstoß für eine Publikation seiner Ideenkomprimierung gegeben hatte.

»Wer ist Witinck?«

»Alle Welt kennt ihn als Andreas Vesalius. Müßig, über ihn zu erzählen. Ich mochte ihn nicht leiden. Egal, wie auch Witinck war ich erpicht, etwas Unvergängliches zu schaffen, ein Werk mit epochalem Wissen, das über die Zeit hinaus Bestand habe und zudem bei seinen Lesern ein Um- und Neudenken auslöst. Ich dachte an Martin Luthers Bibelübersetzung ins Deutsche oder Nikolaus Kopernikus' astronomisches Werk ›Von den Umdrehungen der Himmelskörper‹, das dem heliozentrischen Weltbild die Tore geöffnet hat. Ich, Johann Konrad Kunstmacher, werde alle universitären Großtuer Lügen strafen und das Paradoxon beweisen, dass der menschliche Geist sehr wohl durch die Kunst der gezielten Reduktion spirituell gewinnen und wachsen konnte. Alle betagten Gelehrten – und derer gibt es viele –, die sich täglich Stunden um Stunden mit dem Studieren schwerer Folianten zu beschäftigen hatten, sollen diese beiseitelegen und sich fortan auf die allumfassende ›Kunstmacher'sche Weltformel‹ stützen.«

Gelo taumelte innerlich zwischen Bewunderung und Skepsis – grenzten Rufinos Ziele nicht an Größenwahn oder war dieser Mann genial?

Am Wagen angelangt, hielt Rufino ihn am Arm. »Warte, ich zeige ich dir noch etwas.«

Rufino stieg in den Wagen und kehrte nach nur wenigen Sekunden zurück mit einer großen Mappe in den Händen. »Sieh, was ich geschaffen habe.«

Die Mappe barg kolorierte Federzeichnungen, in denen Rufino auf äußerst kunstvolle Weise Symbole für sein »morphologisch-mentales Modell der Tetratät von Geist-Herz-Körper-Seele« abgebildet hatte.

»Der Geist ist der Intellekt. Das Herz die Gefühle und Empfindungen. Der Körper die materiell in Erscheinung tretende Gestalt. Und die Seele das Übergreifende, alles Durchdringende, alles Umspannende.«

Rufino zeigte ihm schematische Tafeln und Schaubilder mit Darstellungen der Sternzeichen und der Planeten sowie Abbildungen von Engeln und Dämonen, diverse Varianten der Weltkugel und zahlreiche abstrakte Bildnisse, die Gelo nicht zu deuten wusste.

»Potztausend! Das habt alles Ihr gezeichnet?«

Rufino nickte. »Es ist besser als Witinck, was er mir nie zugestehen wollte.«

»Ich dachte, Ihr wolltet nicht von ihm erzählen?«

»Notgedrungen muss ich etwas ausholen. Witinck ist ein ehemaliger Kommilitone. Wir haben beide an der Universität zu Padua studiert. Er hatte sein Anatomiebuch zu zwei Dritteln beendet und damit nur Lob eingeheimst, während mein bebildertes Weltformelwerk belächelt wurde und auf Ablehnung stieß. Nur einen gab es, der es anpries, jedoch nicht der Wissenschaft, sondern rein der Güte der Zeichnungen wegen: van Calcar.«

»Wer ist das jetzt schon wieder?«

»Jan Stephan van Calcar, ein niederländischer Künstler. Wir gingen beide in seine Malschule. Witinck, der sich damals schon von allen mit Vesalius anreden ließ, war neidisch auf mich, weil van Calcar mich mehr lobte als ihn. Man hat damals gemunkelt, dass van Calcar ihm die Zeichnungen für sein Werk gegen gutes Geld anfertigte.« Rufino klappte die Mappe zu. »Ich will dich nicht weiter mit Vergangenem behelligen. Dem Hier und Jetzt gehört die Zukunft. Außerdem bin ich müde. Die Müdigkeit ist die Dämmerung des Schlafs.«

Sie verabredeten sich für drei Uhr nachmittags. Rufino versprach Gelo, ihm nach der Mittagsruhe den besten Ort auf der Piazza für seine Springerkunst zu zeigen.

Als Gelo pünktlich um drei zu Rufinos Wagen zurückkehrte, loderte davor ein kniehohes Feuer. Rufino stand in einem mit Schwanenfedern benähten Mantel vor den Flammen. Die Arme ausgebreitet, sprach er Worte. Gelo glaubte Griechisch herauszuhören.

»Ist das das Ritual, von dem Ihr mir erzählt habt?«

Rufino nickte. »Erde zu Erde. Asche zu Asche. Staub zu Staub. Das ist der Kreislauf des irdischen Seins. Auch des Wissens. Denn das Wissen kann nur aus dem Sein entstehen und wenn das Sein verfliegt, verfliegt mit ihm das Wissen.«

Rufino zeichnete ein paar Kreise in die Luft und sagte beiläufig: »Übrigens, Du darfst mich duzen.«

Gelo lächelte und hielt einen Moment inne, bis ihm wieder einfiel, was er hatte entgegnen wollen. »Wissen überdauert die Menschen. Bücher sind der beste Beweis dafür. All die alten griechischen Philosophen, die sie verfasst haben, sind lange tot.«

»Das ist richtig, Gelo. Andererseits sind Bücher ›lediglich‹ Holz für die Boote, mit denen wir auf dem Lebensstrom fahren, um zu neuen Ufern zu gelangen. Was wird sein, wenn es keine Bootsbauer mehr gibt, die das Holz zu Booten verarbeiten?«

»Man wird die bestehenden Boote nehmen.«

»Die werden mit der Zeit morsch, schlagen Leck und werden untergehen.«

»Es werden neue Bootsbauer aufwachsen. Die werden sie reparieren und bewahren. Und sie werden zudem neue Boote bauen. Du bist einer von ihnen. Dein Boot ist – wie sagtest du? – ein Paradoxon; es ist kleiner als alle anderen, fasst aber viel mehr Passagiere.«

»Gelo, du bist ein heller Kopf! Womöglich heller als ich und wer weiß, vielleicht rede ich auch nur Unsinn.« Rufino hielt einen Moment inne. »Genug des Philosophierens. Zeit, zum Schneider zu gehen, die Hose wartet! Und nicht zu vergessen, der Platz für deine Aufführungen!«

Rufino pinkelte unbekümmert in die inzwischen nur noch schwelenden Flammen und erfreute sich am Zischen und Dampfen. »Ich liebe es, Verursacher zu sein.«

Mit seinen neu erworbenen Beinkleidern, die sich als wallendender Hosenrock vollkommen von Gelos eng anliegender Strumpfhose unterschieden, schritt Rufino wie ein Fürst über den Platz. Unentwegt nickte er hierhin und grüßte dorthin. Es schien, als kenne er jeden hier.

Sie blieben mitten in der größten Ansammlung von Menschen stehen. Inzwischen hatte sich der Platz mit Leben gefüllt. Es waren nicht mehr nur Gaukler und Spielleute anwesend, fahrende Händler hatten ihre Schragen aufgestellt und zahllose Käufer sich um die Waren geschart.

»Hier ist er, dein Auftrittsort!«

»Was, mitten in dem Getümmel? Du scherzt!«

»Hier sind die Menschen. Hier ist dein Publikum. Oder willst du keines?«

»Natürlich! Nur ... hier ist kein Platz. Ich brauche Platz für meine Sprünge!«

»Zum Recken und für die statischen Übungen langt die Fläche einer Holzkiste. Wenn es so weit ist, wird Platz von ganz allein entstehen, wart's ab. Dehne erst einmal deine Glieder und vertraue mir.«

Gelo begann im schulterbreiten Stand mit dem Neigen des Kopfes, um die Halsmuskeln zu dehnen. Es folgten Schulter-, Arm- und Hüftkreisen. Während er sich erwärmte, blieben bereits einige Passanten stehen. Bevor er noch die ersten Balanceübungen darbot, hatte sich eine Menschentraube um ihn gebildet, die mit Neugier beobachtete, was der kleine rotschopfige Mann da tat.

Er begann mit den Grundübungen: Stehen auf einem Bein mit ausgestreckten Armen, dann Kreisen des ausgestreckten Fußes und der Handgelenke. Rufino stieg auf ein Fass und kommentierte, die Hände trichterförmig vor dem Mund gestülpt, die Übungen. Er bediente sich dabei dem identischen Wortlaut des Mercuriale'schen Werkes.

Es folgten Schulterstand, Kopfstand, Handstand.

Beim Handstand gab es Ah!- und Oh!-Rufe. Beim Gehen auf den Händen folgte der erste Applaus, nicht ohne Rufinos Aufforderung und dessen Bemerkung über den Schwierigkeitsgrad der Übung.

Während Gelo alle erdenklichen Spielarten des Spagats im Sitzen und im Stand vollführte, sorgte Rufino für neues Publikum: »Gute Leute von Ancona! Kommt näher! Wer den Menschen sehen will, der in Bälde durch die Luft wirbeln wird, dass man gar nicht mehr zu sagen vermag, wo hinten und vorne ist, gibt mir einen Anconetano und macht Platz für eine Gasse!«

Erste Leute drückten ihm eine Münze in die ausgestreckte Hand.

»Ich habe die außerordentliche Ehre, Euch den einmaligen und unnachahmlichen Luftspringer aus L'Aquila zu präsentieren: Arcangelo Tuccaro! Bitte begrüßt diesen Artisten und seine außergewöhnliche Kunst mit einem großen Applaus!«

Rufinos Stimme, so stark erhoben, dass sie sich zu überschlagen drohte, und die Begeisterung, mit der er die Handflächen laut zusammenführte, steckten die umstehenden Leute an, sie klatschten und manche pfiffen dabei mit den Fingern.

Eine gut acht Klafter lange und zwei Klafter breite Gasse war auf dem Platz entstanden, gesäumt von Kindern, Frauen und Männern, alle begierig, den Luftspringer aus L'Aquila zu erleben.

Gelo begann mit einer Hechtrolle über einen auf dem Boden sitzenden Mann. Er nahm einen zweiten dazu, postierte ihn hinter den ersten und sprang darüber. Ein dritter folgte und ein vierter, bis er bei acht sitzenden Männern ein mahnendes Ende fand – er streifte bei der Landung dessen ausgestrecktes Bein am Fuß.

Als zweite Attraktion folgte ein Rad, das er aus dem Handstand so langsam ausführte als bewege er sich unter

Wasser. Er wollte dem Publikum damit nicht nur den Ablauf der Bewegung demonstrieren, sondern auch vermeiden, das ganze Pulver seines Repertoires zu schnell zu verschießen. Er wusste, dass er mit einfachen Übungen beginnen musste und mit den schwierigen die Vorführung beenden.

Seine Erwartungen erfüllten sich. Mit dem gesteigerten Schwierigkeitsgrad stieg auch die Gunst des Publikums. Der Applaus stieg an, das Erstaunen wurde lauter und mehrte sich; zudem warfen ihm einige Zuschauer weitere Münzen zu, die er dankend an Rufino weiterreichte.

Als er die Vorführung mit einer Kette von Handstandüberschlägen und dem mannshohen Grätschsprung beendet hatte, entließ ihn das Publikum mit lebhaftem Beifall, der ihm größtes Glück bedeutete.

Ein paar Klafter abseits setzten sie sich auf einen Mauervorsprung und teilten die Gage auf. Ein Drittel bekam Rufino für die Ansagen, zwei Drittel gebührten Gelos Einsatz.

»Noch ein paar solcher Auftritte und ich kann dem Commissario die Schulden zurückzahlen. Ich wusste, dass ich hier Erfolg haben werde! Ich wusste es!«

»Du hattest es gehofft, allenfalls geahnt und daran geglaubt. ›Wissen‹ ist etwas anderes.«

»Ich widerspreche dir. Meine Hoffnung darauf war so stark, dass es einer Art Wissen gleichkam.«

Rufino öffnete den Mund, er wollte ihm etwas entgegnen, doch sprach er nichts und lächelte erhaben.

Gelo klopfte ihm auf die Schulter. »Ich bin zwar nur ein einfacher Luftspringer, aber ich trage nicht nur Stroh in meinem Kopf! Besäße ich deine Gelehrtheit, würden wir uns wohl wenig schenken. Mir ist es leider versagt geblieben, eine richtige Schulbildung genießen zu dürfen, geschweige denn ein Studium. Hätte ich mich nicht aus eigenem Willen um eine Privatlehrerin bemüht, und hätte mich diese nicht so viel gelehrt, wüsste ich außer meiner Körperkunst nichts. Ich könnte nicht einmal lesen und schreiben.«

»Würdest du denn einer sein wollen, ein Gebildeter? Hättest du Freude daran, dich mit den Lehren zu befassen?«

»Es würde mir wohl nicht so viel bedeuten wie meine Übungen und meine Sprünge, beim Lesen spüre ich mich nicht; ich sitze nur da und alles passiert im Kopf. Aber es würde mir gut gefallen, mehr über die Welt und die Menschen zu erfahren.«

»Ich mache dir einen Vorschlag: Wir können uns zusammentun. Zu zweit geht es im Leben meist besser als allein. Wir werden uns ergänzen, jeder hilft jedem bei seiner Kunst und verrichtet daneben weiter die seinige. Was hältst du davon?«

Den ganzen Sommer über hatten sie in Ancona Vorführungen gegeben. Die Schulden beim Commissario waren längst entrichtet, ihre Präsenz in der Stadt gern gesehen und die Zusammenarbeit fügte sich zu einer harmonischen Symbiose – während Rufino Gelos Vorführungen kommentierte, schritt er die Stadt ab, um Kundschaft für dessen Praxis zu gewinnen. Die dadurch gewonnene Zeit nutzte Rufino wiederum für die Illustrationen seines Werkes. Auch hatte er Plakate für den Springer gezeichnet, die ihn im fliegenden Spagatsprung über fünf stehende Männer zeigten. Darunter stand in großen Lettern: *IL SALTARINO*.

Während Rufino mit ausgewählten Weisheiten die Not Seelsorgesuchender zu lindern suchte, übte Gelo neue Figuren oder erledigte die Einkäufe. Die Nachmittage gehörten den Vorstellungen, die Abende dem Philosophieren. Ab und an, wenn der Tagesumsatz großzügig ausfiel, verbanden sie es mit dem ausgiebigen Besuch einer Taverne, wobei der Philosoph stets mehr trank als der Luftspringer.

Der Herbstwind nahm zu, mehr Laub zeigte sich auf den Plätzen als Zuschauer. Sie entschieden, Ancona zu verlassen und weiter gen Süden zu fahren.

Den Winter über blieben sie auf der Insel Sicilia, wo sie in den Städten Marsala, Palermo und Catania lebten und arbeiteten.

Im Frühjahr traten sie die Rückreise aufs Festland an. Ihr Ziel galt dem italienischen Norden, den sie bis zum Sommer erreicht haben wollten. Auf dem Weg dorthin gastierten sie in Neapel und Pescara, Perugia, Arezzo und Prato, schließlich in Bologna und Verona.

Fünf Jahre lang wiederholte sich dieser Zyklus.

Rufino hatte Gelo alles gelehrt, was in der freien Zeit zwischen Auftritten, Seelsorge, Nacht- und Mittagsschlaf, Essen und Trinken, Besorgungen, Illustrieren und Figuren einstudieren möglich war. Gelo, der Gefallen daran gefunden hatte, den Kopf mit unendlich viel Wissen zu füllen und ihn dennoch niemals zur Gänze ausgefüllt zu bekommen, erwies sich als überaus gelehriger Schüler. Er war jetzt nicht nur mit den Grundaussagen der großen Denker vertraut, er konnte sich gewählt in seiner Muttersprache ausdrücken und sie auch niederschreiben. Zudem sprach er mittlerweile fließend Deutsch und hatte sich einen Wortschatz in Latein erworben.

Maximilians Freude über seinen neugeborenen Sohn ist zwiespältig. Er ist das vierzehnte Kind, das ihm die Gemahlin, seine Cousine Maria von Spanien, schenkt. Maria will, dass man den kleinen Sprössling Karl nennt, nach ihrem Vater. Der Kaiser stimmt zu. Er hofft dabei, der Neugeborene möge, anders als die beiden vorigen Kinder Friedrich und Maria, das zweite Lebensjahr vollenden – nicht alle der Kinder haben die Kraft, die ersten Jahre zu überstehen, wie seine Lieblingstochter Elisabeth, die morgen, am 5. Juli 1565, ihren elften Geburtstag begeht. Bereits vor Jahren hatten erste Gespräche wegen einer Heirat mit ihr und dem französischen König Charles stattgefunden; der Abgesandte Maréchal de Vieilleville war bei Kaiser Ferdinand in Wien zu Besuch gewesen. Als ihm die gerade achtjährige Prinzessin vorgestellt wurde, sah dieser in ihr bereits die zukünftige Königin von Frankreich. Kaiser Ferdinand, Elisabeths Großvater, zeigte sich geschmeichelt und interessiert.

Maximilian wird morgen zur Geburt des kleinen Karls und zum Wiegenfest Elisabeths eine Feier mit Theateraufführung und Feuerwerk veranstalten. Géza Kertész, den Festkoordinator, hat er neuerlich gemahnt, nicht wieder über die Stränge zu schlagen mit seinen exorbitanten Ideen – Theatermaschinen, die Drachen und Dämonen über die Bühne fliegen und einstündige Feuerwerke, die den Park taghell erscheinen lassen. Der Anlass ist zwar freudiger Natur, dennoch nicht so gravierend, dass die Hofkasse deswegen über Gebühr strapaziert werden muss. Kertész hat sich zu fügen, wenngleich er seinen Unmut ausspricht darüber, dass er sich ständig monetär beschnitten sieht, während der Leibarzt Doktor Mercuriale für seine medizinischen Versuche bezuschusst werde. Maximilian schlägt für einen Moment die Augen nieder. »Wir denken darüber nach, Kertész«, sagt er und legt ihm versöhnlich die Hand auf die Schulter.

6

Bozen, 1570

An einem dunstigen Julimorgen schlugen sie auf dem Festplatz in Bozen auf. Die Talferstadt, auf der vielbereisten Handelsrute Augsburg-Venedig gelegen, veranstaltete übers Jahr mehrtägige, große Märkte, die Händler, Besucher und Gaukler aus dem ganzen Land anzogen. Rufino wusste, dass er dann und dort ergiebige Geschäfte machen konnte; auch Gelo rechnete sich gute Chancen aus.

Bis zum Beginn des großen Sommermarktes fanden nur wenige Menschen den Weg zu Gelos Vorführungen oder Rufinos Praxis, trotz der Werbung, die sie in der Stadt gemacht hatten. Kaum war der Markt eröffnet, bewahrheiteten sich Rufinos Prognosen.

Während der ersten Jahrmarktswoche wurden sie von einem Mann mit Bürstenschnitt und gezwirbeltem Spitzbart angeredet. Er roch nach Duftwasser, kaute Pfefferminzblättchen und war gekleidet in braunem Seidenwams und dunkelblauer Samtschecke. Allein die Qualität und die Farbe der Schecke wiesen ihn als wohlhabend aus – tiefes, dunkles Indigoblau kam aus dem Orient und war den Reichen vorbehalten, während sich das einfache Volk mit dem recht blassen Waidblau zufriedengeben musste.

Der Mann sprach Italienisch mit hörbar deutschem Akzent. Er stellte sich mit »Gregorius Mayentracht« vor. »Sono in viaggio su incarico di Sua Maestà Imperiale Massimiliano. Vengo direttamente dalla Corte di Vienna.«

»Ihr könnt Deutsch mit uns sprechen«, antwortete Rufino, »wir beherrschen Eure Sprache.«

»Oh, sehr erfreut. Dem will ich nachkommen.«

Mayentracht wandte sich an Gelo. »Ich habe Seine Vorstellung mit großem Interesse verfolgt und möchte Ihm ein Angebot offerieren. Hat Er Interesse?«

»Wie soll ich das wissen? Ihr habt es mir ja noch nicht offeriert.«

»Ich meine, ob Er grundsätzlich interessiert ist? Wenn nicht, kann ich mir lange Ausführungen sparen.«

Gelo schüttelte den Kopf ob dieser Logik. »Ihr müsst mir mindestens eine Andeutung machen, woran ich ›grundsätzlich‹ interessiert sein sollte.«

»Ich dachte, meine einleitenden Worte hätten dies bereits impliziert. Ich meinte, ob Er grundsätzlich Interesse habe, das Privileg entgegenzunehmen, vom Kaiserlichen Hof adoptiert zu werden, soll heißen, dort unter Kontrakt als Springer zu stehen?«

Gelo sah Rufino an. Der zog die Brauen nach oben.

»Würdet Ihr mich einen Augenblick entschuldigen? Ich müsste kurz etwas mit meinem Compagnon besprechen.«

Mayentracht nickte großmütig. Sie gingen ein paar Klafter abseits.

»Wie darf ich deine Mimik deuten, Rufino?«

»Die Offerte kommt unerwartet.« Rufino sah auf den Boden und verstummte für einen Moment. Dann erhob er den Blick. »Das ist eine echte Chance für dich, Gelo. Ein neues Leben, ein besseres. Du brauchst nicht mehr um Kundschaft zu buhlen und hast ein festes Zuhause. Das ewige Herumtingeln hat ein Ende und du wirst in eine große Familie aufgenommen.«

»Du und das alles hier ist meine Familie!«

»Nein, Gelo, ›Familie‹ ist etwas anderes.«

»Dann komm mit! An den Höfen werden ständig Ratgeber gebraucht.«

»Du weißt, dass das nicht geht.«

»Brich mit deinem Schwur.«

»Bist du des Wahnsinns? Niemals! Ich habe es meiner Frau geschworen und dabei bleibt es! Schwur ist Schwur!« Rufinos verstorbene Frau hatte damals ein Gelübde abgelegt, niemals mehr die italienische Landesgrenze zu überschreiten – man hatte sie einmal in Innsbruck und einmal in Regensburg geschändet. Aus Solidarität hatte Rufino sich diesem Gelübde angeschlossen und es selbst über ihren Tod hinaus aufrechterhalten.

»Dann schicke ich ihn fort.«

»Nein, Gelo! Das tust du nicht! Du hörst dir alles an, was er dir zu erzählen hat.«

»Was soll das groß sein?«

»Sperr dich nicht. Geh hin und höre es dir an! Wie willst du eine Entscheidung treffen, wenn du dich der Möglichkeit dazu im Ursprung beraubst? Das wäre töricht.«

Gelo wandte sich wieder Mayentracht zu, während Rufino den Wagen aufsuchte.

»Also gut, Messer* Mayentracht, sagt an!«

»Der Regent schätzt die gediegenen Künste wie Musik, Tanz und das Mysterienspiel sehr hoch. Auch den Gaukeleien ist er sehr zugetan, weshalb auch Hofspringer bei uns angestellt sind. Leider weilt der erste Mann des Springerterzetts nicht mehr bei uns, weswegen ich unterwegs bin, um einen Nachfolger zu finden.«

* ehemalige italienische Anrede für einen Herrn höheren Standes

»Und Euch dünkt, in mir einen solchen gefunden zu haben?«

»Gewiss. Ich habe Ihn beobachtet. Er ist der beste Springer, den ich je gesehen habe. Deswegen kann ich Ihm eine Anstellung als Ersten Kaiserlichen Hofspringer offerieren. Als solcher gehörte Er zu den Oberen im höfischen Gauklerensemble.«

»Was habe ich davon?«

»Meint Er das ernst? Er ist weg von der Straße, mit all ihrem Schmutz und Gesindel. Er steht in festem Lohn und Brot und bezieht Quartier am Hofe. Er weilt unter lauter Kunstgenossen und trägt Kleider, gefertigt in den Höfischen Schneidereien, Seiner Kunst und Seinem Status angemessen. Etwas Besseres kann Ihm nicht widerfahren! Es ist für Ihn eine einmalige Chance.«

»Das klingt sehr verlockend. Trotzdem glaube ich, das Hofleben ist nichts für einen Mann wie mich. Ich bin auf der Straße ›mit Schmutz und Gesindel‹ groß geworden.«

»Er lehnt es ab, Sich zu verbessern? Er will eine Existenz im Unrat dem höfischen Leben vorziehen? Mir scheint, Er weiß nicht um den gewaltigen Unterschied. Hat Er denn überhaupt in Seinem bescheidenen Dasein einmal Gelegenheit bekommen, nur einen klitzekleinen Blick hineinwerfen zu dürfen in die höfische Welt?«

»Nein, habe ich nicht.« Es war Gelo egal, ob er dieses hochgelobte Leben kannte oder nicht. Die Unwissenheit mochte sich sogar als besser für ihn erweisen, das machte ihm die Ablehnung einfacher. Kaum hatte er diesen Gedanken eingeflochten, erinnerte er sich Rufinos Worte: ›Wie willst du eine Entscheidung treffen, wenn du dich der Möglichkeit dazu bereits im Ursprung beraubst?‹ Womöglich war

Gelo ja doch töricht? Besser töricht zu sein und bei seinem Lehrmeister und besten Freund zu bleiben, als diesen zu verlassen und eine höfische Marionette zu werden.

»Höre Er, Luftspringer, ich wiederhole mich: Er springt höher, weiter und besser als die unsrigen. Die brauchen einen Anführer und Lehrer. Das kann Er sein! Ist das nicht Grund genug, ein neues Leben zu beginnen?« Mayentracht sah ihn erwartungsvoll an. »Was ist? Sagt Er ja?«

»Nein.«

»Wie bitte?«

»Er sagt Nein.«

Mayentracht stöhnte kurz auf und presste die Lippen aufeinander. Er neigte den Kopf und kratzte sich im Genick.

»Kein Nein ist ein Nein für immer, werter Herr Luftspringer. Oft ist es förderlich, der Spannung des Moments die Stärke zu nehmen, indem man die Gedanken ein wenig ruhen lässt.«

»Das heißt?«

»Ich unterbreite Euch einen Vorschlag: Ihr bekommt Bedenkzeit bis morgen Früh acht Uhr. Solltet Ihr dann immer noch abgeneigt sein, werde ich einen anderen Springer finden. Solltet Ihr Euch für den Hof entscheiden, werde ich Euch morgen pünktlich an dieser Stelle erwarten und mit Euch die Rückreise nach Wien antreten. Geht Ihr damit d'accord? Wenn ja, dann schlagt ein!«

Mayentracht streckte ihm die Hand entgegen.

Gelo zögerte.

»Weshalb hadert Ihr? Ihr habt nichts zu verlieren – seid Euch dessen bewusst. Ihr könnt nur gewinnen!«

Es verging ein Moment. Mayentracht hielt weiterhin die Hand ausgestreckt.

Gelo schlug ein. »Bis morgen an diesem Ort. Und entscheidet nicht verkehrt.«

Abends beim Feuer berieten sie sich über das Angebot.

»Gelo, selbst, wenn du jetzt mehr Gründe gegen den Hof aufgeführt hast, nutze die Chance!«

»Jede nicht genutzte eröffnet eine neue.«

»Es ist hier nicht der Ort, Wortgefechte auszutragen.«

»Ich habe kaum etwas gesagt.«

»Selbst wenn deine Erwiderungen kurz gewählt sind, es bleiben Paraden; ein guter Fechter setzt seine Finten auch bedächtig. Deine letzte war nicht einmal stichhaltig. Mayentracht hat deutlich gemacht, dass er bei deiner Absage einen anderen Springer finden muss. Also bietet sich keine neue Gelegenheit – es gibt nur einen Wiener Hof und dort wird nur ein Erster Springer gesucht.«

»Das meint?«

»Das meint, dass es wahrhaftig eine einmalige Chance ist und du statt Widerworte zu geben, die dir noch verbleibende Zeit ganz für dich allein verbringen musst, bis die wahre Antwort aus dir selbst, aus deinem Herzen heraus entstanden ist. Suche dir dazu einen Ort der Stille und der Kraft, wie es seinerzeit Aristarch, der griechische Kopernikus, getan hat. Am besten, du gehst hinunter zur Talfer und begibst dich an einem verborgenen Platz in den Sufisitz. Lass dich vom Fließen des Wassers inspirieren und in der Nacht vom Glitzern des Mondlichts darauf. Erst wenn dein Geist klar ist und dein Herz rein, wirst du wissen, was richtig für dich ist. Bleibe dort sitzen bis in der Frühe, dann gehe direkt zum Treffpunkt und unterbreite dem Wiener deine Entscheidung.«

Rufino forderte ihn auf, sich sogleich hinunter zum Fluss zu begeben, jede Minute sei kostbar. Gelo nickte verhalten. Ihm war nicht wohl bei der Sache. Im Grunde konnte er sich dieses Innere-Einkehr-Theater sparen – er wusste, dass er Rufino nicht verlassen würde. Warum sollte er sich von dem Menschen trennen, der ihm so viel bedeutete? Der ihm, zum besten Freund und Gefährten geworden, dermaßen ans Herz gewachsen war?

Das Zögern half Gelo nicht. Rufino bestand darauf. »Geh zu, Junge! Geh und finde deinen Weg! Das Wasser, der Wind und das Licht des Mondes werden dir die richtige Entscheidung zutragen. Hab Vertrauen.«

Gelo nickte erneut. Es war immer noch ein kraftloses Nicken und glich eher einer Verneinung. Er wollte gar nicht hinunter zum Fluss. Spürte das Rufino denn nicht? Wieso bedrängte er ihn so arg?

Gelo machte sich erst auf den Weg, als Rufino ihn mehrmals an der Schulter stieß. »Herrgott im Himmel! Muss man denn die Menschen immer zu ihrem Glück zwingen? Und komme ja nicht vor acht Uhr zurück!«

Als Gelo einen geeigneten Platz an der Talfer gefunden hatte, dachte er nach, ob er nicht seine Übungen machen sollte. Damit hätte er die Nacht schneller durchlebt und hätte einen Weg gefunden, dem Entschluss, dessen Ausgang für ihn ohnehin feststand, nicht in langwieriger Nabelschau ansichtig zu werden. Dann aber wurde er gewahr, dass er damit unrecht täte, ja, er beginge sogar Verrat an Rufino, wenn er die Stunden nicht zur Kontemplation nutzte. Rufino hatte ihm erzählt, dass die Trappistenmönche seit jeher sich dieser Praxis bedienten, und das oft über Tage und Wochen hinweg – was waren da ein paar wenige Stunden dagegen, vor allem für einen Luftspringer wie ihn?

Im aufgenötigten Verharren hatte Gelo die letzten fünf Jahre für sich resümiert – waren es so viele gewesen? Aberdutzende gemeinsamer Erlebnisse mit ihm hatte er sich vors innere Auge geholt und dabei erkannt, wie wichtig und bedeutsam ihm der Philosophenfreund geworden war. Rufino wusste, was sich für ihn, den aufstrebenden Luftspringer, anschickte; nur deshalb hatte er ihn zum Fluss befohlen. Manchmal bedurfte es seltener Methoden, um Erkenntnis zu erlangen.

Gelo hatte sie erlangt, in den wenigen Stunden der Einsamkeit, sowohl was seine Einstellung gegenüber Rufino anging als auch seine Fähigkeiten als Luftspringer. Zweifelsohne war er in seinen Darbietungen versierter geworden, er beherrschte fehlerfrei alle Sprünge und Figuren, nichtsdestoweniger hatte er längst nicht das Potenzial ausgereizt, wie er es sich vorgenommen hatte. Neue und schwierigere Figuren hatte er kreieren wollen; bislang hatte er sich keine einzige ersonnen. Stattdessen hatte er entgegen seiner ursprünglichen Absicht den Schwerpunkt auf das Studium der Philosophie gelegt. War er damit ehrlich zu sich selbst? Er wusste doch, dass seine Berufung im Springen lag und nicht im Philosophieren. Aber wozu gab es Worte? Geschickt genutzt, das hatte ihn die Philosophie gelehrt, boten sie ein elegantes Tuch, um Unvermögen zu verschleiern.

Als es sieben Uhr schlug, löste er sich aus seiner Position. Er streckte die Glieder. Das lange Sitzen war beschwerlich gewesen, aber er hatte durchgehalten – er war eben ein Tuccaro. Bevor er sich erhob, hielt er das Ergebnis seiner Meditation fest: Er würde bleiben und weiterhin mit Rufino durchs Land ziehen. Berufung hin oder her, höfisches Leben hin oder her, das Gesindel behagte ihm. Er wollte keine Veränderung. Eine Freundschaft, gar eine Bruderschaft wie die ihrige gab man nicht auf, auch nicht einer zweifelhaften höfischen Karriere wegen. Das hatte sein mühsames Verharren hervorgebracht, das war die Erkenntnis, derer er einsichtig wurde. Diese musste er sogleich Rufino unterbreiten. Danach würde er Mayentracht absagen.

Erleichtert, ja befreit machte er sich auf den Weg. Er pfiff sogar und grüßte alle, die ihm entgegen kamen, Bauern wie Bäcker wie Bettler.

Der Wagen war fort. Gelo blieb abrupt stehen. Die Feuerstelle geebnet, lag nur noch graue Asche vor ihm. Rufino hatte sich mit Sack und Pack aus dem Staub gemacht und ihn zurückgelassen.

Als ob er einem Trugbild unterläge, näherte sich Gelo dem Ort, an dem vor Stunden noch seine fahrbare Heimat gestanden hatte. Einzig übrig geblieben waren die Furchen der Wagenräder in der Erde und Gelos Reisesack, an einem Holzpfahl aufgehängt. Darauf ein Brief, lediglich mit ›Gelo‹ beschrieben.

Er ließ sich auf die Erde nieder, nahm den Brief, zerknüllte ihn und warf ihn fort. Was sollte er jetzt lesen? Sein Freund, sein Lehrer, sein Bruder! hatte ihn verlassen, da interessierten ihn keine möglichen Rechtfertigungen oder larmoyante Entschuldigungen. Da war jedes Wort – auch von einem Philosophen – fehl am Platz. Gelo ballte die Fäuste. Etwas steckte in ihm und suchte aus ihm herauszudringen. Ein endloser Schrei? Grenzenlose Wut? Ein Ausbruch bitteren Klagens? Er rannte los; nicht den Wagenspuren hinterher, hinunter zum Fluss lief er, sprang geradewegs hinein, tunkte seinen Kopf unter, ruderte wie wild mit Armen und Beinen, schrie und fluchte, schluckte Wasser dabei, keuchte und japste.

Erst als er vor Erschöpfung schwer atmend am Ufer liegen blieb, fand er Ruhe. Kraftlos lag er da, steinschwer, fast wie tot.

Als die Uhr viertel vor acht schlug, sprang er auf und rannte los. Geradewegs zum leeren Platz. Er holte seinen Reisebeutel, glättete mit dem Handballen den zerknüllten Brief, steckte ihn in die Jackentasche und machte sich auf zum vereinbarten Treffpunkt.

Mayentracht wartete bereits auf ihn, die Taschen gepackt.

7

Wien, 1570

In der Nacht erreichten sie die Stadt am gleichnamigen Fluss. Erst die letzten Meilen der Reise hatte Mayentracht ihn über das Nötigste des Hoflebens aufgeklärt. Bislang war er wortkarg geblieben, blätterte ständig in seinem Herbarium – »Meine große Passion!« –, eine in Schweinsleder gebundene Mappe, und zitierte lateinische Namen irgendwelcher Blumen: »Matricaria recutita, Papaver rhoeas, Centaurea cyanus.« Dabei wiederholte er Centaurea cyanus öfters und sah verträumt auf die vorbeiziehenden Felder.

Auf die Stadt zufahrend, deutete Mayentracht aus dem Wagen und minimierte seine Informationen auf einzelne Worte wie »Kahlenberg«, »Stephansdom« und »Sankt Dorothea«.

Sie passierten zur Linken einen lang gezogenen Bau, aus groben Quadern gemauert.

»Sieht aus wie ein Kloster.«

Mayentracht nickte, sagte nur: »Augustiner«, und ging nicht weiter darauf ein.

Er verwies auf zwei imposante Gebäude, die »in Bälde erscheinen« würden. Er hieß den Wagenlenker, das vordere anzufahren.

»Die Stallburg.«

»Messer Mayentracht, würdet Ihr bitte die Güte haben, in ganzen Sätzen mit mir zu reden. Ich möchte Eure getrockneten Stängel nicht gering schätzen, nur wäre mir es angenehm, etwas mehr zu erfahren.«

Mayentracht räusperte sich. »Ein Herbarium anzulegen, mein werter Herr Springer, ist mehr als nur Stängel zu trocknen.«

Mayentracht erzählte ihm, dass sich seine Berufung zum Apotheker, wie es sein Vater und Großvater gewesen war, leider nicht erfüllt hatte, er aber als Kammerherr des Regenten Protektion erfahre. »Seine Majestät ist meinen Experimenten gewogen. An guten Tagen gestattet er mir sogar unserem Gastbotaniker Aldrovandi beim Anlegen seines Medizinalkräutergartens zu assistieren.« Mayentracht klappte sein Herbarium zu. »Ganze Sätze … Na, gut. Das, werter Tuccaro, ist die Stallburg. Dort wird sich der Großteil Eures zukünftigen Lebens abspielen.«

»Ich dachte, ich lebe am Hofe. Und jetzt ist's ein Tierhaus?«

»Gemach. Die Stallburg war ursprünglich als Wohnsitz des Regenten gedacht; einen Teil ließ er für die Stallungen umbauen, daher die Bezeichnung. Ihr lebt dort immer noch sehr komfortabel.«

»Und das mächtige Gebäude da drüben ist dann wohl die Residenz?« Gelo zeigte auf einen wuchtigen Bau westlich und nur unweit des ersten gelegen.

»Die Hofburg, ja. Sie ist ausschließlich des Regenten und seines Gefolges Territorium. Für Euch ist sie tabu. Das Einzige, was Ihr davon zu Gesicht bekommen werdet, wird der Innenhof sein. Und das auch nur, wenn es Seiner Majestät beliebt, Euch dort auftreten zu lassen.«

Mayentracht erzählte ihm, wo er mit den anderen Künstlern schlafen, essen und üben werde und belehrte ihn darüber, wen er von der Hofgesellschaft frei heraus ansprechen dürfe und wann er zu schweigen habe, bis er zu reden aufgefordert werden würde. Es herrschten große Unterschiede in den Tonarten – während es sehr raubeinig bei den Gauklern zugehe, würde bei den Noblen nur die hohe Sprache geübt. Wer sich am Hofe nicht standesgemäß auszudrücken wisse, habe verloren. Neugierig, aber auch mit Skepsis hatte Gelo sich alles angehört. Das Hofleben deuchte ihm eine absonderliche Welt, deren Regeln und Gepflogenheiten dubios. Natürlich hütete auch das ungeschliffene Dasein auf der Straße seine Eigenheiten, doch schien es ihm längst nicht so viele Fallstricke zu bergen wie das höfische. Er war in der einen Welt groß geworden, während ihm die andere Neuland bedeutete; verhielte es sich umgekehrt, käme es wohl aufs Gleiche hinaus.

In der Stallburg, einem dreigeschossigen Gebäude mit Arkadenhof, führte Mayentracht Gelo in den Schlafsaal, einen kahlen und weißgetünchten Trakt, gefüllt mit Reihen ordentlich angeordneter Stockbetten. Ein Mief aus Schweiß und Käsefüßen durchdrang den Raum. An den Schlafenden vorbeimarschiert, wies Mayentracht auf ein leeres Stockbett in der vorletzten Reihe.

»Morgen um Punkt fünf wird Euch Baldur wecken. Er hat die Aufsicht über den Saal und seinen Weisungen ist zu folgen. Alles Weitere werdet Ihr nach und nach lernen. Glück zu.«

Mayentracht verabschiedete sich und schritt nach draußen. Gelo schwang sich auf die obere Pritsche, deckte sich mit einem Laken zu und versuchte einzuschlafen. Es wollte ihm nicht gelingen, obwohl er während der mehrtägigen Reise hierher kaum geruht hatte. Das penetrante Schnarchen eines Saalgenossen, der ein paar Betten weiter durch die Nacht röchelte, raubte ihm die Nerven. Gott, das war nicht auszuhalten, wie der verdammte Hund schnaufte und prustete. Nachdem jeglicher Versuch, das Geröchel zu ignorieren, fehlgeschlagen war, stieg Gelo vom Bett und schritt zum Ursprungsort des Unfriedens. Ein baumlanger und mächtiger Kerl lag da in der Pritsche. Seine Beine ragten ab den Waden über die Bettkante hinaus und das Polster unter seinem riesigen Glatzkopf mutete wie ein Nähkissen an. Gelo stand neben ihm und schlug ihn mit der flachen Hand auf die nackten Schultermuskeln, groß und prall wie Melonen.

»He, Kamerad! Hör mal auf mit dem Geschnarche! Das ist ja grauenvoll!«

Der Riese rührte sich nicht.

Gelo schlug ein zweites Mal zu. Jetzt mit der Faust und wieder auf die gleiche Stelle. Der Riese zuckte und drehte sich auf die andere Seite. Für einen Moment war Ruhe eingekehrt, wenige Augenblicke später begann das Gesäge von Neuem. Gelo biss sich auf die Lippen. Herrgott noch mal, dieses Rhinozeros von Mensch musste man irgendwie zur Ruhe bringen. Ihm kam die Idee, diesem Giganten die Nase zuzuhalten. Dazu duckte er sich in die Hocke, um einem etwaigen Fausthieb vorzubeugen, den der Atemluft Beraubte in einem Reflex ausführen mochte. Die Nase abgeklemmt, schnaubte der Koloss wie ein Erstickender und wachte auf. Rasch zog Gelo die Hand fort und versteckte sich unter dem Bett. Nur wenige Momente hielt die selige Stille an, dann setzte das Schnarchen wieder ein. Gelo, noch immer unter dem Bett, spürte, wie sein Unmut in Zorn umschlug. Das konnte nicht die ganze Nacht so gehen! Er kroch unter dem Bett hervor, versetzte dem Ruhestörer eine Ohrfeige und tauchte ab, noch ehe der Koloss ihn wahrnehmen konnte.

Das Schnarchen hatte abrupt aufgehört. Der Riese war erwacht. Gelo hielt den Atem an. Wenn der Gigant ihn ausmachte, würde er ihn wohl in der Luft zerreißen. Aus der Froschwarte sah er, wie der Kerl die haarigen Füße einzog und auf den Boden setzte. Riesenfüße waren das, gut doppelt so groß wie die seinen. Der Wuchtmann stand auf, streckte sich und ging ein paar Schritte summend durch die Bettenreihen. Es war ein beängstigendes Summen, Gelo hörte deutlich Rachegelüste heraus. Nicht fündig geworden, legte der Schnarchianer sich wieder zu Bett, war schnell wieder eingeschlafen und sägte wie zuvor. Gelo kapitulierte. Er kroch zu seiner Pritsche und versuchte sich in stoischer Geruhsamkeit, wie es ihn Rufino gelehrt hatte.

Es mochte wohl eine gute Stunde vergangen sein. Das Geröchel, mal mehr, mal weniger laut, sollte ihn nicht mehr kümmern. Längst hatten ihn Gedanken an Rufinos heimliches Verschwinden in Beschlag genommen. Der Brief, immer noch verschlossen im Reisebündel, barg wohl die Erklärung für dessen nächtliche Flucht; er konnte sich nicht überwinden, ihn zu lesen. Irgendetwas in ihm hielt ihn davon ab. Er wusste es nicht zu benennen, dennoch war es da und hinderte ihn daran.

Das Strohkissen aufgetürmt und die Arme hinter dem Kopf verschränkt, sah er über den Saal hinweg. Er zählte drei Reihen a zehn doppelstöckige Pritschen, fast alle waren belegt. Das machte an die sechzig Künstler aus. Eine gewaltige Zahl. In den nächsten Tagen und Wochen würde er wohl nach und nach mit ihnen bekannt werden. Wer von denen mochten wohl seine beiden Springerkollegen sein, denen er morgen vorgestellt werden würde? Mayentracht hatte ihn darüber aufgeklärt, dass nicht alle Gauklergewerke bei Hofe willkommen geheißen wurden. Die Mimen und Bänkelsänger wie die Quacksalber und Geschichtenerzähler seien weder beim Klerus noch bei den herrschaftlichen Autoritäten geschätzt; man unterstellte ihnen umstürzlerische Ambitionen. Mayentracht hatte weiter ausgeführt, dass bei Hofe die feinen Künste wie Tanz und Musik protegiert würden sowie, und das bereits seit Jahrhunderten, die Fecht- und die Jagdkunst. Aus diesem Grund sei sein Springen eher als zweitrangig anzusehen. Nichtsdestoweniger dürste Seine Majestät danach, und allein diesen Durst zu stillen, hieß das Gebot der Stunde.

»He, Neuling! Du sollst schlafen und nicht Maulaffen feilhalten!«

Gelo hob den Kopf und sah sich um. Auf der leeren oberen Pritsche hinter ihm saß ein Zwerg, in einer Art Uniform gekleidet, gerade mal einen halben Klafter groß.

»Ich wüsste nicht, was einen Gnom wie dich das anginge. Zudem, du schläfst ja auch nicht.«

»Natürlich nicht, sonst könnte ich renitenten Anfängern wie dir ja nicht Bescheid stoßen.«

»Hör mal zu, du Knirps. Ich liege ganz friedlich auf meiner Pritsche und behellige keines Menschen Seele. Anders der Riese da drüben mit seinem gottlosen Gesäge.«

»Der ›Riese‹ hat einen Namen. Er heißt Grobian Bobovics. Er ist unser Kraftmensch und darf sägen, so viel er will. Du aber bist hier neu und hast zu gehorchen!«

Eingedenk Mayentrachts Äußerung über die unterschiedlichen Tonarten der einzelnen Stände, war Gelo um eine adäquate Antwort bemüht.

»Wem? Dir hochtrabendem Furz? Ich bin der angehende Erste Höfische Luftspringer. Ich liege seit Stunden wach und versuche alles Mögliche, um einzuschlafen. Jetzt kommst du an und meinst du könntest mir den Schlaf befehlen? Wer bist du überhaupt?«

»Es ist an dir, dich vorzustellen!«

»Du hast mich angepöbelt, also nenn du deinen Namen zuerst.«

Dem Zwerg schoss die Röte ins Gesicht. Gelo hatte geahnt, dass es sich nur um den Saalvorsteher, diesen Baldur handeln konnte. Doch so, wie der sich aufmantelte, hatte er keine Lust, sich mit ihm gut zu stellen. Überdies war er übernächtigt und dennoch unfähig einzuschlafen.

»Verdammt, von wo kommst du hergelaufen? Kennst du nicht die einfachsten Regeln? Nummer eins: Immer derjenige, der in etwas Bestehendes hineinkommt, muss sich als Erster vorstellen! Nummer zwei: Der Höhergestellte hat das Recht, zuerst zu erfahren, mit wem er es zu tun hat!«

Natürlich kannte er die Regeln – Rufino hatte sie ihn gelehrt –, doch er wollte dem Knirps nicht das Feld überlassen. »Erstens bin ich nicht dazugestoßen, sondern war bereits da, als du kamst, also bist du auf mich gestoßen. Zweitens: Woher erschließt sich mir, dass du mir vorangestellt sein solltest? Etwa durch deine Montur? Ich kenne viele Schauspieler, die tragen imposantere als die deine, sind dennoch verkleidet und besitzen überhaupt keinen Rang.«

»Ich habe einen!«

Gelo wusste seine Mutmaßung bestätigt; es konnte nur Baldur sein. »Ich bin Arcangelo Tuccaro. Sohn des Seilgehers Andrea Tuccaro aus L'Aquila. Ich bin der beste Luftspringer in Italien, von dem Gesandten Mayentracht in Bozen aufgetan und ersucht, zu dem hiesigen Ensemble hinzuzustoßen. Was ich getan habe, wie deine Winzigkeit augenscheinlich feststellen kann.«

»Du hast ein gewaltig großes Maul, Luftspringer, dafür, dass du nur unmerklich größer bist als ich.«

»Ich messe einen halben Klafter und eine Elle. Und du?«

»Das geht dich gar nichts an!«

»Jetzt sage es halt. Mehr als einen halben Klafter wird es ohnehin nicht sein.«

Der Gnom zog einen Schmollmund wie einer, dessen Rätsel man erraten hatte und ihm damit die Gelegenheit genommen, bei der Preisgabe zu glänzen.

»Ich messe einen halben Klafter und ein Viertel Zoll!«

»Du bist Baldur, stimmt's? Mayentracht hat mir von dir erzählt.«

»Tatsächlich? Und was?«

»Du seiest ein unsympathischer Zweiwursthoch, den niemand leiden mag, weil er glaubt, überall und immer seinen Zwergenwuchs durch Dicktuerei wettmachen zu müssen.«

»Ach? Was noch?«

»Man kenne dich als Ehrgeizling und Unsympath, zudem als Ränkeschmied.«

»War's das?«

»Ja, ich glaube schon … Oder, warte, …« Gelo legte die Stirn in Falten und mimte Anstrengung. »Nein, tut mir leid, mehr war es nicht. Mayentracht war zu sehr in seine vertrockneten Stängel vertieft, da fiel ihm das Reden schwer.«

»Sagtest du seine oder seinen …«

»Macht's einen Unterschied?«

Gelo hatte Mayentrachts angebliche Schlechtmacherei ad hoc improvisiert. Eine geradezu kindliche Freude fand er daran, zu sehen, wie sich Baldur bei jedem weiteren Attribut um ein paar Grad innerlich zu erhitzen schien. Es fehlte nicht mehr viel und aus seinen Ohren würden zwei scharfe Strahlen heißen Dampfes entweichen.

»Hundsfott, verdammter!«

Gelo erschloss sich nicht zur Gänze, ob Baldur ihn oder Mayentracht damit meinte.

»He, da drüben! Maul halten! Wir wollen schlafen!«, tönte es aus einem Bett irgendwo in der mittleren Reihe.

»Halt du gefälligst deines!«, retournierte Baldur.

»Schnauze jetzt!«, kam es aus einem anderen Bett.

»Ja, haltet eure blöden Mäuler!«, wieder aus einem anderen.

»Ruhe! Verflucht noch mal!«, brüllte Baldur vom Stockbett in den Saal. Sein Kopf glühte.

»Ihr sollt schlafen!«

»Wie soll das gehen, bei deinem dummen Gebrüll?«, rief irgendwer aus einer der vorderen Pritschen heraus.

Baldur sprang vom Bett herunter, griff einen tellergroßen Gong und hämmerte wie ein Tobsüchtiger auf ihn ein.

»Alle mal herhören!«

Baldur gongte wie wild, rannte zwischen den Reihen entlang, forderte jeden auf, aus dem Bett zu steigen, hämmerte denjenigen, die sich unter der Decke verkrochen, mit dem Gong direkt am Ohr und hörte nicht auf, bis auch der letzte Mann am Bett stand.

Baldur stieg auf eine obere Pritsche mitten im Saal und zeigte auf Gelo, dort auf seinem Bett sitzend.

»Herhören, Ihr Furzgeigen! Wir haben einen Neuen! Die Oberfurzgeige! Ein Luftspringer aus L'Aquila! Dem und nur dem habt ihr die nächtliche Störung zu verdanken! Der

Springer weiß nicht, dass uns die Nachtruhe heilig ist, weil wir morgen wieder alles geben müssen, um Seiner Majestät Freude zu bereiten!«

Baldur machte eine kurze Pause und wandte sich zu Gelo. »Wie gedenkt der Herr Luftspringer das wieder gutzumachen? Was hat Er sich überhaupt zum Einstand erdacht?«

Mit dieser perfiden Masche hatte Gelo nicht gerechnet. Was jetzt Stichhaltiges entgegnen und wie die aufgebrachte Menge für sich gewinnen? Er hielt sich an der Bettkante fest und schwang sich in den Handstand. Nach mehreren Sekunden makellosem Stand grätschte er die Beine bis zum Spagat und ließ sich nach hinten von der Pritsche auf den Boden fallen, wo er mit geschlossenen Beinen aufkam. Er nahm Anlauf, sprang auf eine Pritsche, von dort auf die nächstgelegene, über die er sich nach einer Vorwärtsrolle emporschleuderte, um wiederum zur nächsten zu gelangen. An einem Sprengbalken, der sich über die ganze Breite des Saals zog, machte er einen Umschwung und setzte sich oben auf.

Unerwartet erhielt er von der ganzen Gruppe Applaus.

»Werte Meister der Künste, welche es auch sein mögen! Habt Dank für Euren Willkomm. Mein Name ist Tuccaro, Arcangelo Tuccaro. Ich bin Luftspringer aus Italien. Ich freue mich, bei Euch zu sein und entschuldige mich für die Störung, möchte dennoch kundtun, dass ich daran nicht die alleinige Schuld trage!« Kommentarlos starrte er zu Baldur, dann zu Grobian, die beide seinen Blick erwiderten.

»Baldur fragte mich nach meinem Einstand. Den möchte ich wohl geben. Ich möchte Euch alle zu Bratfleisch und dunklem Bier einladen. Das kann ich erst, wenn ich genügend Lohn gespart habe – meine Taschen sind leer. Seid Ihr einverstanden?«

Die Mannschaft nickte einhellig, manche murmelten wortkarg etwas.

»Dann lasst es uns dabei bewenden. Ich verspreche Euch, es wird keine weiteren Störungen mehr geben! Gute Nacht!«

Mit einer müden Erwiderung legten sich die Männer wieder zu Bett. Gelo schwang sich vom Balken, strebte auf Baldur zu und reichte ihm die Hand. »Was ist? Freundschaft?«

Baldur verzog die Lippen.

»Nun komm schon! Ich verzeihe dir auch den Oberfurzgeiger. Der wäre normalerweise eine Ohrfeige wert.«

»Ich sagte …geige, nicht …geiger. Und … mir eine langen, das traue dich mal, dann bist du die längste Zeit am Hof gewesen.«

»Mein Gott, bist du schwierig.«

Sie standen einen Moment schweigend beisammen.

»Du hast meine Autorität untergraben!«

»Ich habe bereits gesagt, dass es mir leid tut. Das wollte ich nicht. Aber du warst sehr unfreundlich zu mir.«

»Ich muss gucken, dass mir hier keiner quer kommt. Wir haben ein paar sehr Widerspenstige in der Truppe. Wenn ich die nicht im Zaum halte, bin ich mein Amt los.«

Baldur offenbarte Gelo, dass er gleich ihm vor fünf Jahren von Mayentracht rekrutiert worden war und zur Truppe hinzugestoßen. Ursprünglich hatte man ihn als Entfesselungskünstler engagiert. Als er einmal beinahe tödlich verunglückt wäre – er hatte sich in einer mit Ketten bewährten Kiste an einem Galgen in die Wien hieven lassen –, wurde ihm das Amt des Saalaufsehers übergeben.

Gelo entschuldigte sich ein drittes Mal, betonte dabei,

das sei jetzt der letzte Versuch, und streckte ihm erneut die Hand entgegen.

Baldur griff zu und hieß ihn willkommen.

Um fünf Uhr am nächsten Morgen passierte Baldur Gong schlagend die Bettenreihen. »Auf, auf, die Herren Tänzer, Schauspieler, Fecht- und Jagdmeister! Ein neuer Tag ist angebrochen!«

Dem müden Gähnen, das aus einzelnen Betten raunte, schoss er ein militärisches »Los! Die lahmen Ärsche aus dem Bett geschwungen!« entgegen und drohte den letzten Fünf mit der Verweigerung der Morgensuppe.

Nach dem Waschen – zwei Handvoll Wasser aus dem Holzkübel – und der Morgensuppe, einer heißen Wurzelbrühe mit Brot, begann im Innenhof der Stallburg das Üben. Die Künstler waren in Gruppen eingeteilt und hatten ihre festen Plätze, abgesteckte und nummerierte Areale. Die Jäger strebten abseits zum Bogenschießplatz oder ritten aus der Burg.

»Du kommst auf K IV zu deinen Springerkollegen Antonio Soldino und Franciscus Laro.«

Beide Springer waren gut einen halben Kopf größer als Gelo und trugen wie er, und wie überhaupt der Großteil der Männer, Bart, Heerpauken* und zwiefarbene Strumpfhosen. Als er sich mit den beiden bekannt machte, kam ein Mann auf ihn zu, dessen Kleiderordnung sofort seinen Stand entlarvte – blaugelb gestreiftes, gezacktes Gewand, gespickt mit kirschgroßen Schellen, und auf dem Kopf eine gleichfarbige Gugel mit angenähten Eselsohren und Hahnenkamm. Die Füße steckten in dazu passenden Schnabel-

* gebauschte Pluderhose

schuhen, und in der Hand hielt er eine Marotte, eine kleine Puppe an einem Stock, die sein Konterfei mit herausgestreckter Zunge darstellte. Der Hofnarr. Bis dato wusste Gelo lediglich durch Rufinos Erzählungen und Bildern aus seinen Büchern von deren Existenz; Rufino hatte ihm auch ab und an Passagen aus Brants *Narrenschiff* vorgelesen; jetzt sollte sich ihm die Gelegenheit bieten, einen solchen persönlich zu erleben.

Der Hofnarr rasselte mit den Schellen und zeigte mit der Marotte auf ihn. »Du musst der neue Springer sein, Johann Tuccaro.«

»Ich heiße Arcangelo Tuccaro«, korrigierte er ihn.

»Mag sein. Im Hofstaatsverzeichnis bist du als Johann Tuccaro aufgeführt. Das wird hier weiterhin dein Name sein. Also, Johann, richte dich danach. Wir von niederem Stand haben uns zu fügen. Ich hoffe, das bereitet dir keine Schwierigkeiten?«

»Was ist falsch an meinem richtigen Vornamen?«

»Nichts. Nur ist er für manchen schwer auszusprechen. Viele wissen nicht, wie ihn betonen; auf der ersten Silbe wie Ballast, auf der zweiten wie Arkaden oder auf der dritten wie Alabaster.«

»Du hast ihn bereits richtig betont, auf der zweiten Silbe.«

»Ich selbst bin auch kein Hiesiger. Ich heiße Francisco und komme aus Spanien.«

»Ah, und du bist dann zu Franz unbenannt worden?«

»Ja und nein. Seine Majestät ruft mich, wie es ihm beliebt. Namen sind Schall und Rauch.«

»Und weshalb, guter Franz, bist du zu mir gekommen? Solltest du nicht mit dem Kaiser Karten spielen oder ihm sonst wie zu Diensten sein?«

»Wie heißt es in der Bibel? ›Alles zu seiner Zeit!‹ Ich bin vom Hofmarschall Seiner Majestät beordert, dich willkommen zu heißen. Freu dich! Das wird nicht jedem Gaukler zuteil. Der Regent jedoch ist derzeit in einer wohlwollenden Laune und ich soll dich in deiner neuen Heimat herumführen.«

Ah, ja … entgegen Mayentrachts Worten schien es ihm also doch vergönnt, die Hofburg besuchen zu dürfen.

Sie traten aus der Stallburg.

»Gab es hier nicht einmal einen Narren, der Kunz von der Rosen hieß?«

»Heho, Johann, Chapeau! Du bist wirklich kein Gewöhnlicher. Außer den Gelehrten weiß das niemand. Von der Rosen war der Lieblingsnarr Maximilians I. Das ist fünfzig Jahre her.«

Francisco führte ihn zum höfischen Park, vorbei am Kinderstöckl, einem Pavillon, in dem des Kaisers Kinder samt Zofen untergebracht waren. An hohem Buchsbaum vorbei, schritten sie durch einen aus roten und schwarzen Ziegeln gemauerten und mit goldenem Stuck verzierten Bogen. »Das ist das Schweizertor.« Sie blieben stehen und Francisco wies mit der Marotte auf eingemeißelte Worte. »Hier stehen die Titel Kaiser Ferdinands I. und dort die Insignien des Vliesordens.« Francisco erzählte etwas über den Schweizer Hof und zeigte ihm, wo die Kunstkammer lag. Er deutete mit der Marotte auf die gegenüberliegende Seite. »Die Hofküche. Solltest du mal mehr Hunger als üblich verspüren, weißt du, wo du artig bitten kannst. Ob du was kriegst, ist eine andere Frage.«

Es folgten die Kanzlei, das Spital, die Baustelle für das neue Ballhaus und letztlich die Hofburg, die sie, an der Wache vorbei, durch ein vergoldetes Portal betraten.

Sie durchmaßen einen mit rötlichem Marmor ausgelegten Gang und betraten durch ein weiteres goldverziertes Portal einen weitläufigen Empfangssaal. Gelo bestaunte klafterhohe Teppiche mit Jagdszenen und opulente Gemälde irgendwelcher habsburgischen Obrigkeiten.

Sie stiegen eine breite Steintreppe empor. Auf dem zweiten Stock reihte sich Zimmer an Zimmer. Alle, wie Francisco ihm erzählte, für ihresgleichen tabu.

Vor einer verzierten Tür im dritten Stock blieben sie stehen. Man hörte ein Cembalo. Eine fistelige Männerstimme zählte laut und gab Anweisungen auf Deutsch, auf Italienisch, auf Französisch.

»Tanzunterricht?«

»Helles Köpfchen.«

Francisco horchte an der Tür und hieß Gelo es ihm gleichzutun. Die Ohrmuscheln ans Holz gepresst, nahmen sie erst ein zweimaliges Händeklatschen wahr, dann ein Verstummen der Musik.

»Mamma mia! Ça va pas comme ça! Das ist mehr als stümperhaft! Ich sagte es ganz deutlich: Der Schritt erfolgt auf den ersten Schlag, das Senken und Heben der Fersen auf den zweiten! Wieder alles auf Anfang!«

»Das ist Luca, der Hoftanzmeister. Lass uns ihn besuchen.«

Sie schlichen sich in den hell erleuchteten Saal, den ein glänzender Holzboden zierte. Hofnarr voran, den Finger vor den Mund gehalten, der Springer hinterher. Sie setzten sich in die letzte eines Dutzends leerer Stuhlreihen und beobachteten den Tanzmeister, wie er Männer und Frauen instruierte; allesamt wesentlich jünger als er und auch eleganter gekleidet. Während sich die Schüler bis ins Detail herausgeputzt hatten, bot der Tanzmeister, von hagerer Statur, eine eher groteske Erscheinung. Sein Gesicht war über die Maßen blass, fast weiß; es ließ deutlich erkennen, dass er Puder aufgetragen hatte. Das kannte Gelo nur von Donna Rabea, wenn sie auszugehen beabsichtigte. Während sie den Puder eher dezent aufgetragen hatte, schien dem Maître wohl das Gefühl für die rechte Dosierung zu fehlen. Sein silbernes Haar hatte er mit Öl nach hinten gestrichen und im Nacken zu einem kleinen Zopf zusammengebunden. Der Bart war etwas schief rasiert. Gekleidet war er in einem dunkelroten Gewand aus Samt, aus dessen Ärmeln weiße Manschetten lugten. Die Beinkleider saßen schlecht. Er hielt ein feines Stöckchen aus Elfenbein in der von Altersflecken übersäten Hand – die Finger dünn wie Spinnenbeine –, mit dem er den Takt der Musik geradezu weibisch anmutend begleitete.

»Allunni! Bitte en position! Ich möchte eine würdevolle Reverence sehen! Was mir hier geboten wird, entbehrt nicht eines bäuerlichen Charmes.« Der Tanzmeister schritt von Schüler zu Schüler und korrigierte die Posituren. »Mon dieu, zu Staken! Wie oft soll ich es Euch denn noch sagen? Das *rechte* Bein wird gestreckt nach vorne gebracht, nicht das linke! Und Ihr, van Leuenbak, bei der Verneigung den Kopf oben lassen! Ihr steht da, als entstammtet Ihr dem Pöbel. Seid Ihr von Adel oder nicht?«

»Sehr wohl, Maître!«

»Dann zeigt es gefälligst, zut!«

Der Tanzmeister wandte sich zu den Eleven. »Schon mal etwas von der Pavane gehört?« Er deutete auf van Leuenbak. Der zuckte mit der Schulter. Der Tanzmeister verzog die Lippen. »Und Ihr, zu Staken? Ihr wisst es doch bestimmt.«

»Die Pavane ist ein geradtaktiger, einfacher Schreittanz spanisch-italienischer Herkunft.«

»Sehr schön. ›Er dient den Königen, Fürsten und großen Herren dazu, sich aufzublähen und sich prunkend zu zeigen‹, so hat es mein geschätzter Kollege Tabourot, besser bekannt als Thoinot Arbeau, sehr gut auf den Punkt gebracht. Doch auch die werten jungen Damen: Nutzt jede Gelegenheit, Euren Charme und Eure Grazie dabei zur Schau zu stellen! Wer das nicht beherrscht, hat am Hof verloren!«

»Bravo, Luca! Sag den geilen Jungböcken und Ricken, worauf es ankommt im Leben! Der Tanz ist zweifelsfrei die kultivierteste und doch bigotteste Form des Vorspiels!« Francisco klatschte Beifall und ließ die Schellen rasseln.

Das war deutlich. Was Gelo über die Narrenfreiheit gelesen hatte, schien sich hier zu bestätigen.

Francisco wies mit dem Kopf in Richtung Tanzmeister. »Los, komm, ich stelle euch einander vor.«

Der Tanzmeister verabschiedete hastig seine Schüler, als er die beiden auf ihn zukommen sah. Ihm war wohl nicht daran gelegen, sie als Zeuge einer Verulkung zu wissen, in der er des Hofnarren Opfer würde. Gelo fühlte sich unangenehm berührt, er durfte jetzt wohl beobachten, wie Franciscos Privilegien sich ausnahmen.

»Lucilein, mein warmes Tänzerchen. Etwas derangiert siehst du aus! Sage nur nicht, du hast heute schon einen Jüngling vernascht, so blass um die Augen?«

Der Tanzmeister biss sich auf die Lippen. Er ignorierte Francisco und wandte sich geradewegs an Gelo. »Ihr müsst Johann sein, der neue Hofspringer. Des Regenten Kammerherr Gregorius Mayentracht hat mir bereits von Euch erzählt … Er hat mir verschwiegen, wie atemberaubend muskulös Ihr seid.«

Gelo ging nicht auf dieses ungewöhnliche Kompliment ein. Es war ihm nicht geheuer, wie dieser Luca sprach, sich bewegte und ihn immerzu anstierte. Nein, da wahrte er besser Distanz.

»Johann hat bestimmt einiges mehr zu bieten als durch die Luft zu springen, meine liebe Lucienne. Doch alles zu seiner Zeit. Wir müssen weiter.«

»Ich denke, wir werden uns gut verstehen, Messer Johann. Ich darf Euch doch beim Vornamen nennen?«

»Wenn, dann nur bei meinem richtigen.«

»Wieso hast du ihn Lucienne genannt? Das ist ein französischer Frauenname«, fragte Gelo, nachdem sie den Tanzsaal verlassen hatten.

»Wohl, aber passend.«

»Wie?«

»Bist du blind oder weißt du nicht Bescheid?«

Erstes konnte er verneinen, das Zweite traf zu. Doch Francisco ging nicht weiter darauf ein.

Nach der Führung begab sich Gelo mit den anderen Künstlern zum Mittagsmahl. Platz genommen und den ersten Bissen im Mund, setzte sich Grobian Bobovics, der Koloss von Mensch und Oberschnarcher, neben ihn, machte sich breit, fraß wie ein Schwein und stank auch entsprechend. Mit vollem Mund sprach er zu Gelo: »Dir nicht gefallen wie ich schlafen?«

Es verging ein Moment, bis Gelo antwortete, er wollte dem Riesen den gleichen Anblick ersparen, wenngleich er mutmaßte, dass dieser wenig empfindlich gegenüber kauwerklichen Innenansichten war.

»Ich weiß nicht, was du meinst.«

»Ich schnarchen tu. Das dich regen auf.«

»Wer sagt das?«

»Baldur mir hat erzählen. Du komisch gegucken mich bei deiner Sprach heut Nacht. Ich hab gesehen genau. Dann ihn ich haben fragen. Er mir sagen. Jetzt ich böse sein zu dich!«

»Nichts für ungut, Popowitsch. Es war nicht so gemeint. Und außerdem, jetzt, wo ich einer von Euch bin, macht mir dein penetrantes Röcheln gar nichts mehr aus.«

Gelo schlug Grobian plumpvertraulich auf die Schulter, als der gerade den vollen Löffel Suppe zum Munde führen wollte. Die Suppe spritzte auf sein Hemd.

Grobian warf den Löffel fort, packte Gelo an den Schultern und hob ihn mit gestreckten Armen hoch.

»Popowitsch! Lass mich sofort runter!«

Das scherte ihn wenig. Die Männer an den Tischen hörten auf zu essen. Erstes Gelächter kam auf, aber auch mahnende Worte.

»Ja, Bobovics, lass den Springer in Ruh!«

»Er ist neu bei uns!«

»Hörst du? Sie sind auf meiner Seite!«

Noch bevor Grobian irgendetwas mit ihm anstellen konnte, zerplatzte ein rohes Ei an seinem kahlen Hinterkopf.

»Grobian, verdammt! Du streitsüchtiger Hund! Lass sofort den Luftspringer los!«

Baldur rannte herbei, zwei weitere Eier in den Händen, die er ihm entgegenhielt. »Die bekommst du voll in die Fresse! Und obendrein gibt es sieben Tage Bau bei Wasser und Brot. Also?«

Grobian senkte Gelo auf den Boden, fuhr mit seiner Bärenpranke ins Genick, strich sich den Eiglibber aus der Nackenfalte und schmierte ihn Gelo ins Haar. »Ich dich kriegen, kleine Mann!«

Ein »Drecksau!« lag Gelo auf den Lippen, doch er wusste, ein Hieb von Grobian und er läge irgendwo im Eck, womöglich mit ausgeschlagenen Zähnen oder einem zerschmetterten Kiefer. Mit gespielt freundlicher Miene ignorierte er den Schlonz auf seinem Kopf und leerte den hölzernen Teller, als ob nichts vorgefallen wäre. Seine Beine zitterten immer noch. Der Streit mit Grobian hatte ihm mehr zugesetzt, als er sich eingestehen mochte. Überhaupt war er sich seit gestern Nacht so fremd vorgekommen; so angriffslustig und patzig hatte er sich noch nie verhalten. Auch das Herausposaunen von Kraftausdrücken entsprach nicht seiner Art. Während der Zeit mit Rufino hatte er sich ganz anders gegeben, er war freundlich und zuvorkommend gewesen, hatte seine Worte mit Bedacht gewählt und stets ausgesuchte Begriffe benutzt. Fußte das allein auf Mayentrachts Rat?

Nach dem Mittagessen dösten die Gaukler eine geraume Zeit auf den Pritschen und widmeten sich dann wieder der Vervollkommnung ihrer Fertigkeiten. Gelo, das Ei aus dem Haar gewaschen und einige Übungen getan, saß gerade im Spagat und machte Atemübungen, als der Tanzmeister in gekünstelter Pose vor ihm stand.

»Messer Arcangelo, verzeiht mir meine Störung. Ich hatte heute Morgen versäumt mich Euch vorzustellen. Dieser Fauxpas macht mich untröstlich, selbst wenn er allein Franciscos Impertinenzen zu verdanken ist. Ihr gestattet mir, das jetzt nachholen zu dürfen? Mein Name ist Bonaldi, Luca

Bonaldi. Ich komme wie Ihr aus Italien und bin seit sechs Jahren hier Hoftanzmeister.«

Gelo erhob sich aus dem Spagat über eine Rückwärtsrolle. Er verneigte sich und stellte sich ebenfalls förmlich mit seinem richtigen Namen vor.

»Messer Arcangelo, ich will offen zu Euch sein. Ich bin ein hoffnungsloser Gutmensch, stets bedacht, den Erdenbürgern, die mein Leben queren, zu helfen. Ihr seid frisch zugereist und ohne höfische Erfahrung. Ich biete Euch an, Euch in die hiesigen Gepflogenheiten einzuweihen, zudem Euch zwei oder drei der bedeutsamsten Tänze zu lehren.«

»Oh, das ist ein nobler Zug von Euch. Nur, ich bin lediglich ein Gaukler. Mayentracht hat mir bereits den Dünkel unseres Standes aufgezeigt. Ich glaube nicht, dass ich jemals in die Verlegenheit käme, Eure zweifelsfrei makellose Unterweisung zu gebrauchen.«

»Ja, Ihr habt nicht ganz unrecht. Ihr seid keinem noblem Stand angehörig und der Schluss liegt nahe, Ihr mögt niemals in den Genuss höfischer Privilegien kommen. Das ist leider nur die halbe Wahrheit. Immer schon gab es Ausnahmen. Die Regenten sind nicht berechenbar, was die Wahl ihrer Günstlinge angeht. Was denkt Ihr selbst? Welcher von zwei Edelsteinen wird mehr Beachtung erheischen, der Rohling oder der geschliffene?« Bonaldi lächelte. »Ihr braucht nicht zu antworten.«

»Was macht Euch glauben, ich könnte ein Günstling des Regenten werden? Er hat ja noch nicht einmal eine Darbietung meiner Künste diktiert.«

»Gemach, werter Springer, gemach. Ihr seid gerade den zweiten Tag hier und der Kaiser hat bereits Francisco nach Euch schicken lassen. Das ist nicht Usus. Mein Vergleich mit dem Edelstein kam nicht von ungefähr, Ihr sprecht so ausgesucht, wie ich niemals einen Gaukler habe sprechen hören und Ihr gebt Euch wie ein Gebildeter.«

»Mir war die Gunst beschieden, fünf Jahre von einem deutschen Gelehrten unterrichtet zu werden. Und ich lerne schnell. Dennoch, werter Bonaldi, Tanz ist etwas für dünnbeinige Höflinge und nichts für Leute mit meinen Maßen. Seid bedankt; ich glaube, ich werde auch so vorankommen.«

Der Tanzmeister fuhr mit den Zähnen über die Lippen. »Hm, wenn Ihr meint … Ich kann Euch nur versichern, ohne die Etikette und die Tänze werdet Ihr am Hofe niemals wirklich reüssieren.«

Gelo zuckte mit den Schultern. Das hatte er schon von ihm bei der Tanzstunde sagen gehört. Trotzdem hatte er keine Lust auf höfische Phrasen, adelige Manierismen und das weibische Heben und Senken der Füße. »Nichts für ungut, Maestro.«

Bonaldi zog die Unterlippe über die Schneidezähne und ging.

Er war einige Klafter geschritten, als ihm Gelo hinterherrief. »Maestro!« Er eilte ihm nach. »Ich glaube, Ihr habt recht.«

»Ach? Woher der plötzliche Wandel?«

»Ich sagte doch, ich lerne schnell.«

»Dann nehmt Ihr mein Angebot an?«

»Ja. Bis auf den Tanz.«

»Das freut mich. Wenngleich ich Euch mit einem Gegenwunsch behellige – bei Hofe ist nichts umsonst.«

»Der wäre?«

»Ich wünsche von Euch unterwiesen zu werden. Ich habe festgestellt …«

»Maestro! Ihr wollt von mir das Springen erlernen? Seid mir nicht böse, Eure Beine gleichen Rohrkolben und Eure Arme sind dünn wie Pappelzweige. Ein Sturz und Ihr würdet zerbrechen wie Porzellan.«

»Danke für diese fundierte Expertise ... Wenngleich Ihr meine Festigkeit unterschätzen mögt, bin ich geschmeichelt, dass Ihr mir den Wagemut zuschreibt, Eure Springerkunst zu erlernen. Es verhält sich jedoch anders, ich hatte nur noch nicht ausgeredet – angebracht und hilfreich ist es, seinem Gegenüber nicht ins Wort zu fallen. Das zum Beispiel, mein lieber Signore Luftspringer, werdet Ihr von mir erlernen, wenn Ihr Euch in den höfischen Gepflogenheiten übet.«

»Entschuldigt, ich wollte Euch nicht unterbrechen.«

»Ihr habt es aber getan und es wäre nicht passiert, hättet Ihr bereits eine erste Lektion von mir erteilt bekommen. Nun denn, ich habe festgestellt, um mich zu wiederholen, dass meine Gliedmaßen dazu neigen, immer steifer zu werden, was ja letztlich nur bei einem einzigen wünschenswert ist ... haha! Oh, Scusi, ich hoffe Ihr versteht diesen kleinen Scherz – am Hofe sind Frivolitäten das Salz in der Suppe. Im Ernst, ich wünsche natürlich nicht von Euch im Springen unterrichtet zu werden, lediglich in der Gymnastik. Und auch dort nur in den Grundübungen.«

»Das ist etwas anderes. Was macht Euch glauben, dass ich ein guter Lehrer bin?«

»Ein besserer als Mercuriale allemal.«

»Habt Ihr ›Mercuriale‹ gesagt?«

»Ich wüsste nicht, was an diesem Namen besonders wäre.«

»Ich meine, Ihr habt von Girolamo Mercuriale gelernt?«

»Nein, eben nicht. Der interessiert sich nur für den Kaiser, dessen Frau und derer Kinder Wehwehchen.«

»Girolamo Mercuriale ist der Hofarzt?«

»Signore Johann, nun kriegt Euch wieder ein. Er ist es, ja. Aber das ist jetzt nicht wichtig! Es geht um die Gymnastik und nur darum. Nach der Lektüre seines Buches dachte ich, er sei darin eine Koryphäe.«

»De Artis gymnasticae?«

»Ihr kennt es?«

»Alle meine Übungen sind daraus! Dieses Buch hat mir neue Horizonte erschlossen! Ihr glaubt ja gar nicht, was dieses Buch für mich bedeutet.«

»Horizonte erschlossen … Ich dachte immer, ich sei pathetisch. Übertreibt Ihr nicht ein wenig mit Eurer Inbrunst? Dann beherrscht Ihr sogar das Latein? Das ist mehr als ungewöhnlich.«

»Ich habe fast alles aus den Bildern gelernt.«

»Mercuriale hat abgelehnt, mich in der Ausführung einiger Übungen zu unterweisen, was ich wohl oder übel akzeptieren musste, mich jedoch grämte. Jetzt, wo das Schicksal Euch hierher verschlagen hat, sehe ich eine neue Chance!«

»Ich habe mir immer ein eigenes Exemplar gewünscht. Und jetzt hätte ich sogar die Gelegenheit eines vom Verfasser persönlich zu erhalten. Maestro, wenn Ihr mir ein Buch von ihm beschafft, beginnen wir unverzüglich mit dem Gymnastikunterricht!«

»Morgen habt Ihr eines.«

»Ehrlich?«

Bonaldi nickte. Großmut machte sich über sein weißes Gesicht breit.«

»Mit Signatur?«

Bonaldi wiegte gönnerisch den Kopf. »Natürlich. Was dachtet Ihr denn?«

»Dann ist morgen Eure erste Stunde.«

»Wohl?«

Gelo nickte.

»Dann um sechs Uhr abends bei mir im Tanzsaal.«

»Abgemacht.«

Bonaldi lächelte und schritt davon.

Gelo sah ihm hinterher, nahm ihn jedoch nur verschwommen wahr. Vor seinem geistigen Auge schwebte das Buch.

8a

»Was? Ein Exemplar für den neuen Springer?«

Girolamo sah Bonaldi scharf an, bis ein durch die Luft surrendes Brummen seinen Blick ablenkte, dann – Patsch! – klatschte seine Hand blitzschnell auf die Stirn.

»Erwischt, du Biest!«

Er klaubte den parierten Angreifer vom Boden auf und betrachtete ihn zwischen seinen Fingerspitzen. »Tabanus sudeticus, die gemeine Pferdebremse«, erwähnte er nebenbei und schnippte den Insektenleichnam weg. Nachdenklich schritt er zur Waschschüssel und badete seine Finger; Blut war durch die Ohrfeige aus dem Netzflügler herausgequollen. Die Wassertropfen abgeschüttelt, zog er ein weißes Tuch aus der Schublade des Kammerschranks und rieb sich mit geradezu akribischer Hingabe jeden einzelnen Finger trocken.

»Für einen Gaukler?«

Er warf das Tuch auf die Sitztruhe und schritt ans Fenster, aus dem er in den Park hinausgesehen, bevor der Tanzmeister ihn mit seinem penetrantem Klopfen aus einem Tagtraum gerissen hatte.

»Noch dazu mit Signatur?«

Bonaldi stand ihm gegenüber und gab wie eh und je ein bizarres Bild ab – die Puderquaste über Gebühr aufs faltige Gesicht getupft, zu viel Schmalz im streng nach hinten gebundenen Haar, und die schlecht sitzenden Beinkleider geradezu eine Heimsuchung, was Schneiderkunst anlangte.

»Werter Dottore, ich verstehe gar nicht, warum Ihr solch ein Aufhebens davon macht.«

»Messer Bonaldi! Auch ohne das Buch gelesen zu haben, müsstet Ihr wissen, dass dieses mein Werk niemals für Gauklerhände bestimmt war.«

»Ich habe es gelesen, Doktor! Zumindest in Auszügen. Darum weiß ich, dass Ihr das Springen sehr wohl schätzt!«

»Ich habe es der *gymnastica medica* zugeordnet, das ist richtig.«

»Der ersten und höchsten der drei Kategorien, in die Ihr die Gymnastik einteilt. Das will was heißen!«

»Gemach, Maître! Der zweiten Kategorie, der *gymnastica bellica*, ist es nicht zuzuordnen, weil nicht militärisch. Der *gymnastica atletica* eher, doch es finden keine Wettkämpfe im Springen statt. Also kann ich es dort auch nicht beheimaten. Zudem empfinde ich die dritte Kategorie als ehrenrührig – die Adepten stellen nicht die Gesundheit in den Vordergrund, sondern ihre Physis und ihre körperliche Kraft als Mittel zum Sieg. Damit ist einer verwerflichen Hybris gedient.«

»Wie dem auch sei. Das Springen ordnet Ihr der ersten zu. Grund genug, Tuccaro eines Exemplars würdig zu erachten. Es wäre auch ein Willkommensgruß.«

»Das Springen ist gut, weil es der Förderung der Gesundheit dient. Einzig deswegen habe ich es angehoben. Der Dünkel, der ihm anhaftet, wiegt schwerer: Die Springer bedienen sich ihrer Kunst, um auf den Jahrmärkten den unbescholtenen Bürgern das Geld aus der Tasche zu ziehen. Sie sind damit keinen Deut besser als die selbstverliebten Muskelprotze.«

»Was habt Ihr gegen gut gebaute Athleten? Lieber bräche mir die Bettstatt unter dem rasenden Stakkato eines muskulösen Herkules zusammen als …«

»Maître, bitte! Verschont mich mit Euren schmutzigen Fantasien! Meine keuschen Gedanken werden ohnehin allerorten damit durchkreuzt. Es scheint, als ob ich der einzige fromme Christ am Hofe bin. Na, ja, lassen wir das. Ihr wisst, dass die Gaukler als Fahrende außerhalb jedweder Standesordnung stehen?«

»Das ist mir bekannt.«

»Dann wisst Ihr auch, dass sie somit keine rechtliche, keine kirchliche oder sonst eine soziale Geltung innehaben.«

»Auch das ist mir geläufig.«

»Dann ist alles gesagt.«

»Nein, ist es nicht. Tuccaro ist kein Fahrender mehr. Er gehört jetzt zum höfischen Ensemble. Das ist eine Auszeichnung, werter Dottore!«

»Gaukler bleibt Gaukler. Was sollte ein gemeiner Mann von der Straße mit meinem Buch? Des Lateinischen nicht mächtig, ist jener überhaupt nicht imstande, die immense Tragweite des Werks zu erfassen.«

»Tuccaro ist alles andere als ein gewöhnlicher Gaukler. Er verfügt über ein hohes Maß an Bildung und Intelligenz. Wenn er das Latein lernte und er …«

»Maître! Redet Ihr jetzt dem Pöbel das Wort? Die Gaukler der Gelehrtensprache mächtig? Das hieße die Ketzer auf die Kanzeln tragen!«

Bonaldi zog einen Schmollmund. »Es war nur ein Gedanke, ganz unvermittelt ausgesprochen. Vergesst ihn.«

»Warum seid Ihr so erpicht darauf, dass der Springer das Werk von mir persönlich erhält?«

»Er sagt, Euer Buch – und damit auch Ihr als sein Verfasser – seid wegweisend für ihn gewesen. Alle seine Übungen habe er daraus. Ihr seid quasi sein stummer Mentor. Es wäre für ihn die größte Ehre, ein signiertes Exemplar von Euch zu erhalten.«

»Wenn es ihm so wichtig ist, warum wird er nicht selbst bei mir vorstellig und bittet mich darum?«

»Mercuriale, mich dünkt, Ihr weilt bereits zu lange bei Hofe. Sonst hättet Ihr nicht vergessen, dass sowohl die Stände zwischen uns und den Niederen stehen, als auch, dass die wenige Zeit, die Tuccaro erst bei uns weilt, es ihm noch gar nicht ermöglichte, Kontakte anzubahnen.«

»Wozu auch? Seine Aufgabe ist allein das Springen. Dazu braucht es keine Kontakte; schon gar nicht zu Höhergestellten. Ihr habt ihm dahin gehend ja bereits ein Stück das Feld bestellt, wenn Ihr mich mit seiner unverfrorenen Bitte behelligt.«

»Seine Majestät ließ ihm von Francisco den ganzen Hof zeigen … Das wurde hier noch nie einem Gaukler zuteil.«

»In der Tat, das ist außergewöhnlich. Aber der Regent überrascht uns doch ständig. Heute werden wir gelobt, morgen droht uns seine Ungnade. Die Zeiten sind schwankend. Wenn Tuccaro Seiner Majestät abhold werden sollte, ist er die längste Zeit am Hof gewesen.«

»Politische Überlegungen sind nicht mein Metier. Ich suchte Euch auf wegen eines Exemplars Eures Buches. Was ist jetzt? Bekomme ich eines?«

»Was war noch mal der Grund?«

Bonaldi schnaubte und erwiderte nichts darauf. Natürlich ging es Girolamo nicht um das Exemplar, davon stapelte sich ein gutes Dutzend hier in seiner Kammer. Ihm gefiel nicht, wenn sich jemand – in diesem Fall Bonaldi – für einen – in diesem Fall Tuccaro – verwendete, ohne dass dieser sich diese Gunst durch Leistung oder langjährige Treue wie – in diesem Fall er selbst – erworben hätte. Noch weniger gefiel es ihm, wenn einer wie Bonaldi sich zu glauben anmaßte, seine Position erlaube es ihm, den Medicus dafür benutzen zu können. Sicher, Bonaldi weilte weit länger als Girolamo am Hof und hatte sich einige Verdienste erworben. Doch wofür? Für höfisches Rumgetanze und manieriertes Balzen! Pah, seine Medizinkunst war weit höher anzusiedeln als ein paar possierliche Schrittchen im Takte der Musik. Im Grunde war sie die höchste Kunst, die gebildete Menschen überhaupt verrichten konnten. Sie galt dem Erhalt des Menschen. Das hieß es zu erkennen und zu würdigen.

Bonaldi faltete die Hände vor dem Mund und suchte, im Zimmer herumstaksend, nach passenden Worten. »Dottore, Ihr seid kein einfacher Mensch, doch schlägt in Euch ein ehrliches Herz. Ich will aufrichtig sein … Ich habe Tuccaro ein Exemplar von Euch versprochen.«

»Aha! Daher weht der Wind. Versprochen … Ihr dachtet, der gute alte Hieronymus Mercurialis ist ja ein ganz wohltätiger, hm. Da geht man mal eben hin, spricht für den Gaukler auf, zieht hernach mit einem signierten Buch und einem heimlichen Siegerlächeln von dannen und glänzt bei dem Frischling. Ich möchte mir nicht vorstellen, was Ihr Euch dafür als Belohnung von ihm ausgemalt habt … Nein, mein Lieber, da habt Ihr Euch leider geschnitten. Der Gaukler bekommt keines. Erst einmal muss er am Hofe reputieren.«

»Ist das Euer letztes Wort?«

»Ihr kennt mein standhaftes Naturell, Maître.«

»Dann seht mir nach, dass ich Euch verständiger dachte. Ich habe mich geirrt.«

Bonaldi biss sich mit den gelben Zähnen auf die blutleeren Lippen. Das tat er stets, wenn ihm etwas auf der Leber lag. Er setzte noch einmal an, wandte sich dann aber schweigend ab.

Die Hand an der Klinke, drehte er sich um. »Dottore, Ihr habt Eigelb am Wams kleben …«

»War es das, was Euch im Munde stak?«

»Ihr wisst, ich bin ein Menschenfreund, und selbst wenn ich ein wenig gram über Eure abschlägigen Worte bin, will ich Euch nicht der Brüskierung Dritter aussetzen.«

Girolamo eilte zum Spiegel, um den Makel zu verifizieren – ein beflecktes Kleid bei Hofe? Das ginge niemals an! Nicht bei seinem Stand.

»Seid bedankt. Im Gleichzug möchte ich Euch über Eure zu langen Nasenhaare aufmerksam machen. Hat uns Ovid im *Liber primus* seiner *Ars amatoria* nicht gemahnt, dass niemals eines hervorstünde? Aber das ist wohl der Preis für nachlassendes Augenlicht.«

Es klopfte. Girolamo bat einzutreten. Ein Diener trat ins Zimmer, verbeugte sich und setzte sie davon in Kenntnis, Seine Majestät heiße die Herrschaften, sich in einer halben Stunde vor dem Pavillon im Park einzufinden; der neue Erste Luftspringer gebe im engsten Kreis des Hofstaats eine Kostprobe seines Könnens. Man sei angehalten, für die Einnahme eines Augenscheines aufzuwarten und ein Urteil über Qualität und höfische Eignung zu fällen. Die Herren versprachen pünktliches Erscheinen.

Der Diener und Bonaldi verließen das Zimmer.

Girolamo wechselte das Wams, parfümierte sich und strebte zum Pavillon. Er zwang sich, die ihm Entgegenkommenden anzulächeln – sah er der Vorstellung doch mit mehr als Skepsis entgegen. Seinem Gefühl nach hatte der

Luftspringer, kaum am Hof disponibel, schon zu viel Raum eingenommen. Das verhieß nichts Gutes. Aber, man sollte den Teufel nicht vorschnell an die Wand malen. Gefühle trogen beizeiten.

Pünktlich nahm Girolamo auf seinem Stuhl in der ersten von zwei vor dem Pavillon aufgestellten Reihen Platz. Er fuhr sich mit dem Finger den Kragen entlang, um sich etwas Luft zu machen. Er wusste, warum er auf die sperrige Halskrause verzichtet hatte. Für das Beiwohnen eines Gauklerdebüts empfand Girolamo Auswahl von Ort und Zeitpunkt äußerst unpassend. Was für einen Genuss sollte es bereiten, sich dabei von der Mittagshitze braten zu lassen? Bereits beim Gang hierher war ihm der Schweiß hinter den Ohren entlanggeronnen. Warum hatten sie die Stühle nicht *im* Pavillon postiert? Oder dort hinten unter den Linden? Da säße man im Schatten und wäre nicht unnötig dem gleißenden Sonnenlicht ausgesetzt. Seine Majestät wünschte eine Beurteilung der Darbietung ... Dass diese allein der widrigen Umstände wegen nicht lobend ausfiele, hatte er wohl nicht bedacht. Girolamo zog ein Spitzentüchlein aus der Wamstasche, tupfte sich die Stirnglatze und bedauerte sich selbst ein wenig, just keine Dame zu sein – ein Fächer ziemte sich nicht für sein Geschlecht.

Zur Linken saßen Luca Bonaldi, Gregorius Mayentracht und Géza Kertész. Zur Rechten Ogier Ghislain de Busbecq, wie immer in feinstem Tuch gewandet, mit Mühlsteinkragen und pelzbesetztem Wams. Kein Schweißtröpfchen bedeckte seine Stirn. Wie konnte es nur angehen, dass er in dieser Staffage nicht schwitzte wie ein Ochse? War das seiner flämischen Fischblütigkeit zu verdanken? Busbecq war in Comines-Warneton noch zu Zeiten Karls V. geboren und seit jeher den Habsburgern verbunden. Hier am Hofe beriet er für teures Geld den Regenten in politischen Angelegenheiten und lehrte Seiner Majestät Kinder.

In der zweiten Reihe und erhöht thronten der Kaiser mit seiner Gemahlin Maria von Spanien und ihre Nachkommen. Von den insgesamt noch lebenden zehn waren die ältesten längst aus dem Haus – Anna war von Prag nach der prokuratorischen Hochzeit mit ihrem leiblichen Onkel Philipp II., König von Spanien, in Begleitung von Albrecht und Wenzel nach dessen Hof gereist, wo im September die richtige Vermählung stattfinden sollte. Ihre Brüder Rudolf und Ernst lebten bereits dort. Zugegen waren noch Elisabeth, Matthias und Maximilian sowie die dreijährige Margaretha und zuletzt Eleonore, mit zwei Jahren die jüngste und einzig in den Armen einer Zofe. Girolamo kannte sie alle; keinen gab es, den er nicht behandelt hätte.

Die anderen Zofen und die drei Hofnarren Francisco, Lorenz und Raúl saßen abseits auf einer eigenen Bank. Dass der Kaiser sie ebenfalls herbefohlen hatte, gefiel Girolamo nicht. Er fand ohnehin, dass der Kaiser den Narren zu viel Bedeutung beimaß. Vor allem dem Zwerg Lorenz war er zugetan, nur weil dieser ab und an ein vermeintlich kluges Wort sprach und ihn glauben machte, er beherrsche das Kartenspiel, weil er den Regenten stets gewinnen ließ.

Girolamo sah sich um. Nur wenige Klafter entfernt wärmten sich die Springer auf. Soldino und Laro, ihm längst gut bekannt, und auch Tuccaro, der neue, bedienten sich dazu der Grundübungen seines Buches. Das erfüllte ihn mit Stolz. Tuccaro war von ihnen zwar der kleinste, doch mit Abstand der kräftigste. Auch besaß er die beste Dehnung – während bei Laro und Soldino zum perfekten Spagat noch eine gute Faustbreit fehlte, saß er topfeben auf der Erde.

Kertész wies das Springerterzett an, mit der Vorstellung zu beginnen. Zuvor hatte er aufspielen lassen: Drei lähmend langweilige Madrigale von Giaches de Wert wurden gegeben – der Komponist aus Antwerpen hatte vor vier Jahren in Augsburg den Kaiser dermaßen fasziniert, dass er seither dessen Musik lancierte. Sehr zum Leidwesen Bonaldis, der sich seit jeher für Andrea Gabrieli stark machte; dieser sollte ihn angeblich persönlich in die Magie der Dur- und Mollharmonik eingeweiht haben.

Die Springer postierten sich in einer Linie und in gebührender Distanz vor der Gesellschaft. Nach einer gemeinsamen Verbeugung trat Tuccaro einen Schritt hervor und begrüßte mit gewählten Sätzen zuerst den Kaiser und dessen Gemahlin, dann Bonaldi als Hoftanzmeister. Im Gleichzug entschuldigte er sich bei den restlichen Anwesenden, jene nur unpersönlich anreden zu können, da er weder von deren Namen noch Rang Kenntnis habe. Girolamo wäre ihm gerne über den vorlauten Mund gefahren – es stand einem Gaukler nicht an, mit vielen Worten aufzuwarten, noch dazu mit einer Qualität, die seiner niederen Herkunft nicht entsprach. Er sollte endlich springen und nicht noch mehr Gunst zu erschleimen suchen.

Den Anfang machten Soldino und Laro mit ein paar Hebefiguren aus der Akrobatik. Sie stellten sich in den Handstand, grätschten die Beine und Tuccaro sprang mit einem Hechtsprung hindurch. Er rollte sauber auf dem Boden ab und kam perfekt zu stehen. Zweifelsfrei gute Arbeit, kein Wackler, keine Korrektur. Es würde sich zeigen, wie der Neuling aus L'Aquila mit den schwereren Sprüngen zurechtkäme.

Es folgten hohe und weite Rollen, Gehen im Handstand, Nackenkippen und Spagatsprünge. Den Springern gelang alles; kein Fehler unterlief ihnen, zumindest keiner, der den Anwesenden, Girolamo eingeschlossen, als solcher aufgefallen wäre.

Obzwar sechzehn Jahre alt und damit eigentlich dem Stadium kindlicher Verzückung entwachsen, begeisterte sich Elisabeth von allen hohen Anwesenden am meisten. Während der Kaiser sein Wohlwollen mit Nicken bezeugte und das Gefolge die gebotenen Leistungen mit dezentem Applaus honorierte, klatschte sie geradezu frenetisch, rief »Bravo, Bravo!« und hieß die anderen einzustimmen.

Als Tuccaro zum Abschluss gut ein Dutzend Handstandüberschläge aneinanderreihte, standen ihr Mund offen und die Hände nicht mehr still. Girolamo sah zu Busbecq. Den schien die übertriebene Erregung der Kaisertochter ebenfalls zu irritieren.

Nach der Vorstellung hatten der kaiserliche Anhang und alle unteren Stände den Park zu verlassen. Busbecq, Bonaldi, Mayentracht, Kertész und Girolamo sollten bleiben, um ihr Werturteil über den neuen Ersten Springer abzugeben. Auch Elisabeth war noch geblieben. Sie sagte, sie habe dem Kaiser etwas Wichtiges mitzuteilen.

Tuccaro, mit Kollegen und Musikern unterwegs zur Stallburg, wurde auf Elisabeths Wunsch zurückbeordert und musste in manierlicher Entfernung warten. Die Kaisertochter hatte den neuen Springer nicht nur über alle Maßen gelobt, sondern sich überflüssigerweise auch gewünscht, ihn persönlich kennenzulernen. Der Regent willigte ein – was niemanden erstaunte – und hieß ausgerechnet Girolamo die beiden einander vorstellen.

»Eure Majestät! Er ist ein Gaukler!«

»Und?«

»Das höfische Protokoll erachtet dies nicht als statthaft.«

»Mercuriale, Ihr wisst, wir schätzen Euch Eurer Beflissenheit wegen. Justo es ist nicht an Euch, uns die Etikette zu diktieren. Ihr seid unser Hofmedicus und allein Unserer Gesundheit verpflichtet.«

»Sehr wohl, Sire. Dann sollte das Messer Mayentracht tun. Administrative Angelegenheiten sind meine Sache nicht.«

Der Kaiser lächelte milde und ließ sich nicht von seinem Ansinnen abbringen. »Doktor, Ihr seid der Bewandertste in der Kunst der Gymnastik, zumindest was deren Theorie angeht. Überdies steht die Reise unserer Tochter an. Ihr wisst, was das bedeutet.«

Ja, er wusste es. Er wusste es wohl besser als die meisten anderen am Hof. Letztlich war er es, der Elisabeth ständig Beruhigungstropfen zu verabreichen hatte, und sogar zur Ader ließ, weil sie mit dieser ›Reise‹ so haderte. Was der Kaiser so bedächtig umschrieb, war nicht einfach nur ein Ausflug der Tochter, nicht einfach nur ein unbekümmertes Fortfahren. Es war weit mehr und seit vergangenem Winter unumkehrbare Tatsache: Elisabeth würde in Bälde Wien verlassen und für immer nach Paris gehen, um dort ein neues Leben zu beginnen – als Königin von Frankreich. Im Januar bereits hatte Seine Majestät den Heiratsvertrag zwischen ihr und dem Franzosenkönig Charles unterzeichnet. Der Kaiser sprach wenig darüber. Womöglich grämte es ihn immer noch, dass die ursprünglichen Heiratspläne mit Elisabeth nicht aufgegangen waren und im Zuge dessen seine Lieblingstochter als Notnagel herhalten musste. Die Vermählungsanbahnungen mit dem portugiesischen König Sebastian waren ebenso gescheitert wie die mit dem dänischen König Friedrich. Frankreichs inoffizielle Herrscherin, die Königinmutter Caterina de' Medici, nahm Elisabeth notgedrungen, nachdem ihr Elisabeths ältere Schwester Anna, die sie ursprünglich für ihren Sohn auserwählt hatte, von Philipp von Spanien weggeheiratet wurde. »Die de' Medici hat Elisabeth nur deshalb akzeptiert, weil sie eine katholische Heirat braucht, um gegen die Hugenotten vorgehen zu können«, hatte Busbecq Girolamo erklärt. Busbecq musste es wissen. Nur wenige kannten sich in politischen Verstrickungen dermaßen gut aus wie er.

»Mercuriale? Wir warten!«

»Oh! Verzeiht, ich war in Gedanken.«

Girolamo vermied ein Räuspern. Er wollte seiner Abneigung gegen das Vorstellen nicht noch mehr Gehör verschaffen. Er würde den Wohlwollenden geben. Was des Regenten Wunsch war, dem durfte er nicht auch nur mit einem Hauch von Versagung entgegentreten. Sollte das geschehen, und wurde es nicht von Seiner Majestät gebilligt, ›erzte‹ der Kaiser seinen Untergebenen, auch und gerade wenn von höherem Stand, um ihm dessen Ohnmacht gegenüber seiner Herrschaft zu verdeutlichen. Tat er das gar im Beisein Dritter, bedeutete diese Schmähung für den Betroffenen ein zäh zu bereinigendes Übel.

Girolamo biss sich auf die Lippen. In derselben Sekunde, als er sich dieser misslichen Gestik gewahr wurde, dachte er an Bonaldi und seine gelben Zähne, und daran, wie er die üble Angewohnheit des Tanzmeisters verurteilte. Er haderte einen Moment. Wie sollte er den Springer der erlauchten Kaisertochter vorstellen? Bei seinem richtigen Namen oder

der deutschen Entsprechung, wie er sie im Hofstaatsverzeichnis gelesen hatte?

Girolamo wandte sich zu Elisabeth und machte eine Verbeugung. »Eure Exzellenz, darf ich Euch den neuen Ersten Hofspringer vorstellen? Johann Tuccaro aus L'Aquila.«

Dass er bei Tuccaro jedwede Ehrbekundung unterließ, war selbstredend. »Hofspringer Johann, Ihre Exzellenz Prinzessin Elisabeth von Österreich, wohlgeborene Tochter Seiner Majestät Maximilian, Erzherzog von Österreich und Kaiser des Heiligen Römischen Reiches.«

Girolamo hatte sich bemüht, dem Springer zwar nicht geringschätzig, dennoch mit der gebührlichen Distanz zu begegnen.

Tuccaro verbeugte sich noch tiefer als Girolamo, was dieser sogleich bemerkte und insgeheim als Anbiederung tadelte.

»Es ist mir eine große Ehre, Eure Exzellenz.«

»Springer Johann, seit Langem hat mein Herz nichts mehr so sehr erquickt wie Seine Luftsprünge. Dafür danke ich Ihm.«

Tuccaro wollte etwas erwidern. Doch bevor er mit irgendeinem müßigen Kommentar ein Quäntchen Eindruck bei Elisabeth hätte schinden mögen, bedeutete Busbecq ihm mit fuchtelnder Hand zu schweigen und wegzutreten.

Tuccaro verstand, verbeugte sich und ging.

Nur wenige Augenblicke später wandte sich Elisabeth an Seine Majestät. »Herr Vater, gestattet mir, von Springer Johann zu lernen.«

Der Regent legte die Stirn in Falten.

Busbecq hob die Brauen.

Girolamo schluckte.

Mayentracht öffnete den Mund.

Kertész blieb ungerührt.

Und Bonaldi … biss sich auf die Lippen.

Seine Majestät neigte sich zu seiner Tochter. »Mein Kind, was du Uns hier als Wunsch anträgst, ist von heikler Natur. Dies zu erlauben oder zu verwehren bedarf es der Unterredung mit Unseren Beratern. Begib dich in die Hofburg zu den anderen. Wir werden dich von Unserer Entscheidung wissen lassen.«

Elisabeth schlug die Augen nieder, machte einen Knicks en arrière und ging. Der Kaiser lehnte sich zurück und sah fragend in die Runde.

Keiner wollte den Anfang machen. Zweifellos handelte es sich hier um eine prekäre Angelegenheit – des Kaisers Tochter wollte sich nicht, wie üblich, allein mit dem Anblick einer fragwürdigen bis anrüchigen Gauklerkunst begnügen, sondern diese beigebracht bekommen, obendrein vom ausführenden Gaukler in persona. Das bedeutete einen Affront in zweierlei Hinsicht, zum einen gegen das höfische Etikett vom Standesbewusstsein, zum anderen gegen die allgemein gültigen Ideale von Anmut und Grazie. Das Springen war etwas Grobschlächtiges. Es barg gar Animalisches. Andererseits war Elisabeth des Regenten liebstes Kind, das er in wenigen Wochen nicht mehr bei sich haben sollte. Das schmerzte ihn. Wohl mehr als alles andere. Elisabeth war nicht nur die schönste seiner Töchter, sondern auch die intelligenteste und obendrein eine Frohnatur. Keine vermochte ihn so aufzuheitern bei seinem schweren Amt und kränkelndem Befinden, wie sie es tat; letztlich war es nicht nur sein Herzleiden und die schwelende Bedrohung durch die Osmanen – erst vor zwei Jahren hatten sie den letzten

Krieg beigelegt –, die ihm zusetzten, es waren die dauernden Zwistigkeiten zwischen den Geschlechtern und den Konfessionen, an deren Befriedung er sich aufrieb. Seine Majestät erzählte Girolamo immerzu während der täglichen Behandlungen von all den Nöten, die ihm als Regent widerführen. Er war, obwohl ›nur‹ der Kaiserliche Leibmedicus, bestens im Bilde, selbst wenn ihn politische Angelegenheiten im Grunde nicht interessierten; die waren Busbecqs Ressort. Erst gestern hatte Girolamo Seine Majestät zur Ader gelassen, nachdem ein heftiger Disput mit Georg Eder ihm arg zu Herzen gegangen war. Georg Eder war nicht nur Rektor an der hiesigen Alma Mater Rudolphina Vindobonensis, sondern bekleidete als Jurist auch das hohe Amt eines Reichshofrats und beriet den Kaiser in Religionsfragen. Der eifernde Advocatus hatte dem Kaiser Entwürfe eines Manuskriptes vorgelegt – eigens in Deutsch verfasst, da Seine Majestät des Lateins nicht sonderlich mächtig war –, in dem er die Rückkehr zum alten Glauben zu proklamieren suchte. Er betitelte das laut Seiner Majestät über die Maßen geharnischte Werk mit *Evangelische Inquisition wahrer und falscher Religion. Wider Das gemain unchristliche Claggeschray, Daß schier niemands mehr wissen künde, wie oder was er glauben solle*. Der Regent bezeichnete die Schrift als ein Fanal wider die Lutheraner, denen Seine Majestät, wie jedermann wusste, mehr als den Katholiken zugetan war. Der Kaiser hieß Eder die Schrift zurückhalten und gründlich bearbeiten, ansonsten sähe er sich zu Restriktionen gezwungen. Eder musste mit leidlich gezügelter Wut das Audienzzimmer verlassen haben. Der Regent hatte sich derart in den Nachklang des Disputs hineingesteigert, dass sich eine Behandlung durch Girolamo als unabdingbar zeigte.

Der ursprüngliche Anlass, dem Debüt des Springers beizuwohnen, war unverhofft einem delikaten Fall gewichen – die höfische Eignung Tuccaros stand nun außer Frage –; welcher der Herbeizitierten wollte sich die Verantwortung aufhalsen für das Befinden über Elisabeths überraschendes Ansinnen? Girolamo würde Bonaldis, Mayentrachts und Busbecqs Meinung abwarten (Kertész durfte sich enthalten, der war einzig und allein für die Festlichkeiten zuständig), er hatte sich bereits mit dem Herausstellen des Protokolls in die Nesseln gesetzt; je nachdem wie Seine Majestät auf deren Ratschläge ansprach, ließe sich ihren Worten beipflichten oder entgegentreten.

Seine Majestät trommelte mit den Fingern auf der verschnörkelten Stuhllehne. Busbecq kratze sich am Kinn und Mayentracht fuhr mit der Zunge im Mund umher, als gelte es einen zähen Fleischklumpen zu zermalmen.

Girolamo stupfte Bonaldi an, der schwuchtelige Tanzwurst sollte als erster seine Meinung kundtun. Man würde sehen, was daraus erwüchse.

Bonaldis Kiefer flatterte. Girolamo stupfte erneut. »Los jetzt!«, zischte er mit zugekniffenem Mundwinkel, »fangt an!«

Bonaldi hüstelte und tupfte mit den Fingerspitzen übers Schmierhaar. »Eure Majestät seid wahrhaftig ein Vater, der seinen Kindern nicht nur die beste Erziehung angedeihen lässt, sondern sie auch mit all jener Liebe bedenkt, die eines Regenten würdig ist. Eure Tochter Elisabeth war immer schon etwas Besonderes; was nicht heißen soll, dass es die anderen Nachkommen nicht waren oder sind.«

Girolamo, hinter Bonaldi stehend, zwickte ihn – »HUCH!« – ins Gesäß, und zischte erneut. »Keine Phrasen! Kommt auf den Punkt!«

Bonaldi hüstelte.

»Mir, der ich seit 1551 hier weile, war es vergönnt, Eure Tochter bereits mit drei Jahren die ersten Tanzschritte zu lehren …«

Bevor Girolamo Bonaldi ein drittes Mal bedrängen mochte, unterbrach ihn der Kaiser persönlich. »Maestro, ja oder nein?«

»Ich … äh … also, ich glaube, dass, … Ich meine …«

»JA oder NEIN?«

»Nein, Eure Hoheit.«

Seine Majestät hob das Kinn. Augenscheinlich hatte er diese Antwort nicht erwartet.

»Ach? Und weshalb nicht?«

»Ohne Umschweife gesagt: Das Missbehagen, das eine Billigung heraufbeschwöre, stünde wohl nicht im Verhältnis zum Nutzen. Die Springerkunst ist viel zu grobschlächtig für einen grazilen Menschen wie Eure Tochter. Zudem viel zu gefährlich! Ein Sturz, und wer weiß, ob unser werter Medicus dessen Folgen zu heilen vermag.«

»Wir haben Ihn verstanden!«

Da war es, was Girolamo befürchtet hatte. Der Regent hatte Bonaldi geerzt. Es war richtig, sich im Hintergrund zu halten.

»Mayentracht, was denkt Ihr?«

»Verzeiht Eure Majestät, es steht mir nicht an, darüber zu befinden. Ich möchte Euch darum bitten, mich außen vor zu lassen.«

»Aha! Glaubt Ihr, Ihr kommt mir so leicht davon?«

»Keineswegs Eure Majestät. Ich gebe zu bedenken, dass mein Auftrag gewesen war, Euch den besten Springer aus dem Reich zu besorgen. Ich bin durch ganze Ländereien gereist, um die Obliegenheit zu bewerkstelligen. Es scheint mir zweifellos gelungen, wie man an der überschwänglichen Resonanz Eurer Tochter sehen kann. Ich bitte Euch untertänigst, es dabei bewenden zu lassen.«

Der Regent seufzte kaum merklich, dann lächelte er.

»Mayentracht, begebt Euch eine Weile zu Aldrovandi. Er hat ein paar Blumen aus Bologna mitgebracht.«

Seine Majestät drückte Mayentracht freundschaftlich die Schulter. Diese Geste hatte sich Girolamo immer für sich gewünscht, wo er sich dem Regenten doch stets mit seiner ganzen Kraft widmete.

»Dann zu Euch, Busbecq. Ihr könnt Euch der Meinung nicht entziehen!«

Girolamo atmete auf. Dass der Kaiser Busbecqs Standpunkt vor dem seinigen hören wollte, war ihm Glück.

»Sire, ich weiß, Ihr schätzt meine bedingungslose Loyalität. Niemals würde ich mit meiner Aufrichtigkeit hinter dem Berg halten. Und selbst wenn auch ich justo Euer Missfallen wecken sollte: Ich schließe mich Maître Bonaldis Meinung an! Dem Springen beizuwohnen, mag uns zur Zerstreuung dienen, wie es all die anderen Gaukeleien tun. Trotzdem kann und darf es nicht angehen, dass Frankreichs zukünftige Regentin eine wenig reputierliche Gauklerkunst erlernt! Zudem vom Gaukler daselbst.«

Seine Majestät nickte schweigend. Man sah die Enttäuschung in Maximilians Gesicht. Immerhin hatte er sich so weit im Zaum – beziehungsweise zollte er Busbecq mehr Respekt als Bonaldi –, ihn ob der negativen Einschätzung nicht auch zu erzen.

»Zu guter Letzt, unser werter Doktor Mercurialis. Wie denkt Ihr darüber?«

»Wollen Eure Majestät nicht noch Kertész anhören?«

Kertész schüttelte den Kopf. Er würde sich nicht dazu äußern, was Seine Majestät wusste. »Nun, denn, hört meine Meinung, Sire. Ihr seid der Kaiser! Gibt es etwas Höheres im ganzen Sacrum Romanum Imperium? Wer sollte sich über Euch stellen? Wer über des Kaisers Liebe zu seiner Tochter? Ihr allein habt die Macht, Euch über herzlose höfische Ordnungen hinwegzusetzen. Diese sind nicht wie Gottes Gebote in Stein gemeißelt. Wollte Eure Majestät die Liebe eines Regenten für seine Tochter über die Regularien stellen, gäbe es nur eines: Erlaubt es Eurer Tochter. Erlaubt es Ihr für die wenige Zeit, die sie noch am Wiener Hof weilt …«

Der Regent war ergriffen. Girolamo fühlte sich gut. Mayentracht, Kertész und Busbecq schauten kritisch. Und Bonaldi? Der biss sich …

»… aber: Eure Majestät, Ihr wisst, dass Ihr es dennoch nicht gestatten dürft! Bonaldi und Busbecq haben recht. Es ist nicht nur der Gefahr wegen, und des Fehlens von Anmut und Grazie. Es durchbräche jegliche herrschende Moral! Etwas Derartiges Eure Tochter lernen zu lassen, würde wohl nicht nur im Weltlichen für böses Blut sorgen, sondern auch beim Klerus für mehr als heißwangige Gesichter. Und das, wo Eure Majestät um einen Ausgleich zwischen den Lehren bemüht ist. Selbst wenn wir den Unterricht auf die gymnastischen und ungefährlichen Grundübungen beschränkten, wäre das Erlernen für die zukünftige französische Königin nicht möglich, da es kein züchtiges weibliches Kleiderwerk gibt, das die zum Teil häretischen Bewegungen zuließe. Und das Schlimmste: Bei vielen Übungen bedarf es der Hilfestellung. Wollte Eure Majestät, dass ein Gaukler Hand an die

Kaiserliche Tochter legt? Es sind Griffe am Torso und an den Oberschenkeln vonnöten, die gefährlich nahe an den Schritt gehen. Bei manchen Übungen, wie zum Beispiel der Brücke, ist ein Unterstützen des Podex unumgänglich.«

»Mercuriale! Es genügt! Allein die Vorstellung droht Uns rasen zu machen!«

Der Kaiser presste die Lippen aufeinander. Ein schmaler blutleerer Streifen. Er rieb sich die Hände, als gelte es, sich für einen Faustkampf zu präparieren. Dann ein deutliches Schnauben.

»Die Entscheidung ist gefallen! Doktor, setzt Unsere Tochter davon in Kenntnis, ihrem Wunsch wird nicht stattgegeben. Der Springer darf im Beisein der Diener und Zofen unserer Tochter die Übungen und Sprünge vorzeigen und erklären, anschauliche Theorie quasi. Mehr nicht. Mayentracht, lasst Tuccaro wissen, dass Amt des Ersten Hofspringers ist ihm sicher. Und gebt Baldur Bescheid.« Der Regent hielt inne. »Hat einer der werten Herren etwas zu ergänzen?«

Die Stimme des Kaisers klang wie immer souverän, jedoch glaubte Girolamo einen missmutigen Unterton mitschwingen zu hören, und fühlte sich augenblicklich unwohl. Er hätte es vermocht, das Ruder herumzureißen, sich für Tuccaro stark zu machen – er hatte das Gegenteil getan. Jetzt mochte Seine Majestät auch auf ihn schlecht zu sprechen sein. Kein guter Umstand. Wie konnte er das mildern?

»Sire, ich biete an, dem Springer höchstpersönlich ein von mir signiertes Exemplar meines Werkes *De arte gymnastica* zu überreichen, welches zwingend zur ›anschaulichen Theorie‹, wie Eure Majestät es vortrefflich genannt hat, hergenommen werden soll. Auf dieses Weise erhalten die Darbietungen den Nimbus eines wertvollen Unterrichts und wir begegnen der Gefahr einer Verunglimpfung durch flatterhafte Zuschauer.«

»Ihr meint böse Zungen neidvoller Beobachter.«

»Ja. Solche, die um die Hintergründe nicht wissen, allein ihren begrenzten Standpunkt als den einzig wahren erachten und demgemäß den Liebesdienst an Eurer Tochter diffamieren möchten.«

Der Kaiser honorierte Girolamos Einfall mit einem wohlwollenden Augenaufschlag. »Das ist eine gute Idee, Doktor. Tut das. Am besten stante pede. Und habt weiterhin ein wachsames Auge auf Elisabeth. Wir wollen, dass König Charles sie als gesunde Frau empfängt. Das bedeutet, dass Ihr ab und an Tuccaros Lehrstunden beiwohnt.« Der Regent erhob sich. »Weitere Ergänzungen?«

Die Umstehenden schüttelten den Kopf. Der Kaiser bedankte sich und schritt in Kertész' Begleitung davon. Girolamo sah zu Bonaldi. Der erwiderte verächtlich seinen Blick, enthielt sich jeglichen Kommentars und verließ ebenfalls den Platz.

Übrig blieben Girolamo und Busbecq, der sich ihm zuwandte. »Was haltet Ihr von dem neuen Ersten Luftikus, Doktor?«

»Hm. Ich hadere noch mit meinen Gefühlen. Ihr wisst ja, Gefühle sind trügerisch. Womöglich ist er gar ein guter Mensch. Nicht alle Gaukler sind schlecht.«

»Oha! Das aus Eurem Munde? Woher der jähe Wandel? Vorhin habt Ihr noch ganz anders geklungen … Um Eure These zu verifizieren, solltet Ihr Tuccaro, wie Euch von Seiner Majestät angetragen, im Auge behalten.«

»Ich bin Medicus und keine Anstandsdame. Tuccaro ist ein Mensch von geringer Bedeutung. Was sollte er mich kümmern? Einzig wichtig ist mir das Wohlergehen Elisabeths.«

Stante pede, wie es Maximilians Wunsch gewesen war, hatte Girolamo Tuccaro das Buch nicht überreicht. So wichtig war der Springer beileibe nicht. Er hatte bis zum Abend gewartet, um ihn in sein Behandlungszimmer zu zitieren, den Sachverhalt darzulegen und ihm letztlich das große Werk zu übereignen.

Tuccaros Augen hatten geleuchtet, als er das Buch in Händen hielt, die Signatur las und vor dem lateinischen Text kapitulierte.

Girolamo spürte einen Anflug von Beschämung – solche Ehrfurcht, gar Demut hatte er noch selten erlebt –, den er sogleich verdrängte. Hier am Hofe, vor allem unter seinesgleichen, pflegte man derlei Schwächen nicht. Demut. Vor wem denn? Nicht einmal vor dem Regenten spürte man sie. Das Gegenteil war eher der Fall.

»Springer Johann, Euch wurde mit der Erlaubnis, Ihrer Exzellenz Elisabeth Anschauungsunterricht zu geben, ein einmaliges Privileg zuteil, zumal sich die Springerkunst nicht zu den höfischen Künsten wie dem Tanz und dem Musizieren einreihen darf. Ihr habt Euch durch diesen Umstand Konkurrenz zu den anderen Meistern geschaffen. Das sollte Euch bewusst sein.«

»Konkurrenz zu schüren war nie meine Absicht. Ich bin lediglich als Erster Springer engagiert. Woher sollte ich auch nur erahnen, dass Ihre Exzellenz solchen Gefallen an meiner Kunst findet?«

»Stellt Euer Licht nicht unter den Scheffel. Die Springerkunst ist nicht allein die Eurige; Soldino und Laro stehen Euch kaum nach. Ergo, es mögen nicht nur die Bewegungen sein, die der Prinzessin Gefallen schaffen …«

»Wollt Ihr etwa behaupten, des Kaisers Tochter habe Gefallen an mir gefunden?«

»Allein der Gedanke sollte mit dem Galgen geahndet werden. Dass Ihr diese ungeheuerliche Mutmaßung so ungeniert aussprecht, mag einzig ungestraft bleiben, weil Eure schändlichen Worte diesen Raum niemals verlassen werden. Begeht niemals, ich sage, niemals den Fehler, sie einem Dritten kundzutun!«

»Werter Doktor, ich habe lediglich Eure Worte übersetzt.«

»Ihr versteht Euch nicht in der höfischen Konversation. Die lautere Wahrheit liegt hinter den Worten. Manchmal liegt sie zwischen ihnen; niemals *in* ihnen. Merkt Euch das.«

»Ihr sagtet wortwörtlich: ›Es mögen nicht nur die Bewegungen sein, die der Prinzessin Gefallen schaffen.‹ Das heißt für mich …«

»Tuccaro!« Girolamo schlug mit der flachen Hand auf den Tisch. »Es ist gut jetzt!« Drei Schritte gehend und tief atmend fügte er wieder etwas ruhiger hinzu: »Die Psyche der Frauen ist ein schwer zu durchschauendes Mysterium. Das gilt für die jungen wie für die älteren. Ungeachtet dessen, dass Ihr als Gaukler im Grunde eine nichtige Person darstellt, seid Ihr von kleinem Wuchs und habt durch Eure unnatürliche, wie nenne ich es … Muskulosität einen völlig unproportionierten Körper. Ihr verfügt schon rein von Eurer Erscheinung her nicht über jene Qualitäten, die bei Hofe und überall anderswo maßgeblich für gesellschaftliche Selektion sind! Damit lassen wir es bewenden. Faktum ist, Ihr dürft der Prinzessin bis zur Reise nach dem Reichstag täglich eine Stunde Eure Kunst darbieten und sollt – das ist die Auflage – ihr unter Zuhilfenahme meines Werkes die Übungen und Sprünge erklären.«

»Es ist mir eine Ehre.«

»Ich bin von Seiner Majestät angewiesen, mich um die Gesundheit Ihrer Exzellenz nach allen Kräften zu kümmern. Die Prinzessin durchsteht gerade eine schwere Zeit und bedarf der besonderen Fürsorge. Da sie geradezu vernarrt in Eure Kunst zu sein scheint, hat mich Seine Majestät beauftragt, Eurem Unterricht beizuwohnen, um etwaigen schädlichen Erregungen, ihres Temperaments wegen, zu begegnen. Ihr seid angehalten, stets eine Distanz von mindestens einem Klafter zur Prinzessin zu wahren. Außer konzisen Erklärungen, die jeweilige Übung betreffend, habt Ihr kein unnötiges Wort zu verlieren.«

»Gestrenge Weisungen ... Sie machen mir in der Tat deutlich, von zweifelhaftem, wenn nicht gar nichtigem Wert zu sein.«

»Seid Euch bewusst, dass Ihr erstens an dem hochnobelsten Ort der Welt zu arbeiten und zu leben die Ehre habt, dass zweitens dort die erlauchtesten Menschen Euch ihre Aufmerksamkeit schenken, und letztlich, dass drittens Ihr zwar in Amt und Würden eines Ersten Hofspringers steht – was sich, wie Ihr wohl zu schätzen wisst, in der Art der Anrede niederschlägt, untere Stände werden von uns sonst ausschließlich geerzt –, Ihr dennoch nach wie vor dem Gauklerstand zugehörig seid. Ihr habt keine Rechte. Nur Pflichten. Vergesst das nicht!«

»Das ist sehr einseitig.«

»Tuccaro, mich dünkt, Euer Selbstbewusstsein treibt Euch zu aufwieglerischer Gesinnung. Die solltet Ihr besser schweigen machen, ansonsten könnte Euch Übles widerfahren. Euer Metier ist allein das Springen!«

»Ich denke darüber nach.«

»Eure erste Stunde mit der Prinzessin beginnt morgen beim zehnten Glockenschlag vor dem Pavillon.«

Girolamo verabschiedete den renitenten Springer. Morgen würde er ebenfalls zugegen sein. Es galt möglichen Anfängen zu wehren.

»Bravo! Bravo!«

Elisabeth klatschte nach wie vor frenetisch, wenn Tuccaro vor dem Pavillon Räder für sie schlug. Für Girolamo, der regelmäßig jeder der einstündigen Darbietungen beiwohnte, war dies ein unergründliches Rätsel; der Eifer der Prinzessin, die die Übungen und Sprünge über Wochen täglich ungezählte Male gesehen hatte, ließ nicht nach. Sie saß im Park mit dem üblichen Aufgebot von Zofen und Dienern sowie zweier Mohren, die ihr an heißen Tagen mit großen, aus Schilfrohrblättern geflochtenen Wedeln Luft zufächelten, und beantwortete Fragen nach Sinn und Zweck einer Übung, die Girolamo vorab den Springer zu stellen geheißen hatte. Elisabeth konnte alle Übungen kommentieren – nicht zuletzt mithilfe des Mercurialischen Werkes – und wenn sie etwas nicht wusste, fragte sie Tuccaro, der in knapp gesetzten Worten die Wissenslücke zu schließen hatte.

Am ersten Mai, einen Monat vor der Abreise zum Reichstag nach Speyer, wo die Vorabtrauung stattfinden sollte, hatten sie alle Übungen und Sprünge durchexerziert.

Zeitgleich traf per Depeschenboten eine schriftliche Einladung von Freiherr Marx Fugger von der Lilie zum Besuch der Freien Reichstadt Augsburg ein. Der Freiherr und kurbayrische Rat begründete die Offerte zum dreitägigen Fest mit der langjährigen gesellschaftlichen und geschäftlichen Verbundenheit der Augsburger Kaufleute mit dem Habsburger Geschlecht. Zudem läge Augsburg auf der Reiseroute nach Speyer, wo Seine Majestät dem Reichstag vorsaß.

Der Kaiser hatte die Einladung angenommen.

Die Vorbereitungen für die große Reise nach Speyer begannen. Es hieß, Seine Majestät ließe dafür einen Tross von über sechshundert Personen zusammenstellen.

Girolamo suchte Mayentracht auf, bei dem er die Liste des Gefolges einzusehen wünschte. Tatsächlich fasste sie, fingerdick, gar siebenhundertachtzig Personen. Zuvorderst standen Seine und Ihre Majestät. Dazu die hiesigen Kinder Elisabeth, Eleonore, Margarethe, Maximilian III. und Matthias sowie die auswärtigen wie Anna, Albrecht und Wenzel, die von König Philipps Residenz Real Sitio de San Lorenzo de El Escorial zureisten. Neben den engsten Vertrauten und den Beratern wie Ogier Ghislain de Busbecq, Gregorius Mayentracht und Géza Kertész sah er neben Girolamo Mercuriale die Namen weiterer fünf Leibärzte aufgeführt, darunter seinen früheren Studenten aus Padua Theodore Zwinger und die Kollegen Johann Crato von Crafftheim und Johannes Pannonicus Sambucus. Mussten es gerade diese sein? Zwinger, der flatterhafte Sohn eines Kürschners, war ein Theoretiker, der gerne und viel faselte, aber weder etwas gegen Wetterfühligkeit noch gegen Blasenschwäche zu unternehmen wusste. Crafftheim hatte sich des Regenten Vertrauen nicht als Arzt erworben, sondern durch seine religiösen Machenschaften mit den Calvinisten. Er sorgte dafür, dass es den Hofjesuiten nicht gelang, den Kaiser für die Bekämpfung des Protestantismus zu gewinnen. Wohl dafür hatte Seine Majestät ihn nobilitiert, wo doch der Adelsstand für ihn, Girolamo, längst ausstand … Wie lange wollte der Kaiser ihn denn noch hinhalten? Sambucus? Der verschanzte sich hinter den Wälzern der Hofbibliothek und versuchte sich an griechischen Handschriften und brach sich an Jamben und Trochäen die Zunge ab. Girolamo wischte über die Seiten. Er hegte die Hoffnung, dass der Tross keinen Platz mehr für das Springerensemble barg und Tuccaro in Wien bleiben musste. Wenn der in Augsburg spränge, stärkte das nur seine Protektion durch die Prinzessin – wer hätte das gewollt?

Neben seitenweise aufgeführten Honoratioren und Funktionären standen an exponierter Stelle der Astronom und Astrologe Gaudenz Waynzierl, der Handleser Gideon Sjøberg und die sieben Hofnarren. Nach einer Leerzeile waren aufgeführt: Fünf Tanz- und zwölf Fechtmeister sowie zweiundvierzig Diener und Zofen, achtzehn Mägde, sechsunddreißig Küchenhilfen, zwanzig Waschfrauen und allein dreihundertachtzig kaiserliche Soldaten. Girolamo zählte unter anderem siebenundzwanzig Falkner und Jäger, einen Dompteur, einen Leopardenwärter, einen Mahout, zwei Tapezierer, vierzig Bäcker, zehn Huf-, drei Nagel- und zwei Gold- und Silberschmiede, vier Zeugschmiede, fünf Klingen- und einen Zirkelschmied, acht Strumpfwirker, drei Tuchbereiter und zwei Tuchscherer, einen Uhrmacher, sechs Seidensticker, vier Schuhmacher und zwei Riemenschneider, zwei Nadler, einen Papierer, zwei Knopfmacher, einen Münzmeister, drei Modelstecher, einen Briefmaler, zweiundachtzig Metzger, drei Büchsenschäfter, zwei Bürstenbinder, vier Hut- und einen Kammmacher, vier Töpfer, sieben Möbeltischler und drei Zinngießer. Bei der Kaiserlichen Orchestrierung fand Girolamo unter anderem einen Orgelmacher, einundzwanzig Trompeter und Heerpauker, einen Kapellmeister mit zwölf Bassisten, einem Kammerbassisten, neun Tenören, dreizehn Altisten, sieben Diskantsängern und sechszehn Sängerknaben aufgelistet. Bei den Gauklern las er neben den Possenreißern und Mysterienspielern, den Jongleuren und Tierbändigern von Bauchrednern und Schlangenmenschen. Selbst das Rudel Jagdhunde und Soliman II., der weiße Elefant, den Seine Majestät von König Johann von Portugal als Geschenk und Ersatz für den ersten Soliman nach dessen Tod bekommen hatte, stand auf der Liste.

Drei Mal hatte Girolamo die Papiere durchgeblättert. Er zögerte sich zu freuen – sollten Tuccaro und seine Hüpfkumpane wirklich nicht aufgeführt sein? Konnte das angehen oder hatte er sie tatsächlich übersehen? Ein viertes Mal noch ging er die Liste durch.

»Sucht Ihr etwas Bestimmtes?«

Mayentracht lugte ihm über die Schulter.

»Die Springer. Sie sind nicht aufgeführt …«

»Unsinn, wo denkt Ihr hin? Glaubt Ihr, Seine Majestät ließe seine Tochter ohne die Springer ziehen?«

Mayentracht griff sich die Liste und blätterte darin. »Hier stehen sie: ›Johann Tuccaro, Erster Springer, Franciscus Loro, Zweiter Springer, Antonio Soldino, Dritter Springer.«

»Ah, tatsächlich! Habe ich sie glatt übersehen. Das erspart mir den Weg zu Kertész. Ich wäre untröstlich gewesen, sie nicht aufgeführt zu wissen, allein Prinzessin Elisabeths wegen.«

Nachdem Baldur den ausgesuchten Gauklern im Lager Bescheid gegeben hatte, schwelte anfangs unter den Nichterwählten Neid, der sich allerdings beim Beobachten des nervösen Übens zur Schadenfreude wandelte. Auch Tuccaro übte länger, härter und mehr als die beiden anderen Springer; während diese längst Feierabend machten, schlug er immer noch Hunderte von Rädern.

Tuccaro war an Girolamo herangetreten, um ihm einen neuen – noch geheimen – Sprung zu zeigen, den er sich eigens für die Augsburger Festlichkeiten ausgedacht habe.

»Es handelt sich dabei um die verfänglichste Sprungkunstfigur, die es gibt, werter Doktor. Sie ist mir geradezu Schrecken und Faszinosum zugleich. Ich nenne sie ›Salto mortale‹. Den Todessprung.«

»Um was für eine Figur handelt es sich?«

»Es ist eine aufsteigende Sprungfigur, bei der ich mich am höchsten Punkt um meine Querachse drehe, dann für einen Wimpernschlag kopfüber in der Luft stehe, um hernach wieder sicher auf beiden Beinen zu landen.«

Tuccaro blitzten die Augen, als er Girolamo davon erzählte. Er sagte, er würde diesen Salto mortale nicht einfach nur springen; er wolle ihn in Augsburg höchstmöglich angesetzt, über einen mächtig großen, aufrecht stehenden Mann vollführen …

»Doktor, versteht Ihr? Das kommt dem Fliegen gleich!«

Girolamo schluckte. Dem Fliegen gleich … Gott, dieser vermessene Gnom! Girolamo musste an sich halten. Wie konnte ein Mann aus dem Plebs dermaßen hochtrabende Gedanken hegen und sich damit einen sicheren Weg in die Ketzerei pflastern? ›Dem Fliegen gleich …‹ Tuccaro wusste nicht einmal, dass diese Sprungfigur längst existierte, selbst wenn man sie nirgends präsentiert bekam. Girolamo hatte bereits während seiner Professur in Rom in der *Histoire de Saint Louis* von Joinville aus dem Jahre 1251 von Überkopffiguren gelesen und bei Homers Ilias waren sie unter dem Begriff der Kubistik verankert. Der Springer aus L'Aquila mochte gebildet sein, dem Latein geschweige denn dem Griechischen war er nicht mächtig; gelesen konnte er darüber nicht haben. Höchstwahrscheinlich war er einem anderen Springer begegnet, der ihm den Salto mortale anvertraut hatte.

Ungeachtet oder gerade wegen Tuccaros blasphemischer Worte konnte Girolamo nicht umhin, dessen Bitte um ein konspiratives Beiwohnen der Darbietung nachzukommen.

Sie verabredeten sich bei Morgendämmerung im Kaiserlichen Forst. Tuccaro hatte einen Baum entdeckt, aus dem ein einzelner waagerechter Ast in der angestrebten Höhe herausragte. Bevor er den Sprung der Sprünge, wie er ihn idealisierte, vorführen sollte, wärmte er sich für Girolamos Geschmack viel zu lange auf – so viel Hochachtung war die Figur nun auch wieder nicht wert – und sprang fast sein ganzes Repertoire, das Girolamo durch die Anwesenheit bei den zahlreichen Übungsstunden mit der Prinzessin mehr als auswendig kannte.

»Genug der Vorübungen, Tuccaro. Ich habe nicht ewig Zeit. Springt die Figur!«

Mit erhitztem Kopf, der Schweiß im Gesicht und durchs Gewand gedrückt, postierte sich Tuccaro gute sechs Klafter vor dem Baum. Er bekreuzigte sich, atmete tief durch und lief los. Den Oberkörper nach vorn geneigt und die Schritte so schnell gesetzt, als gelte es, einem wilden Keiler zu entfliehen, rannte er auf den Ast los. Einen halben Klafter vor dem Baum beugte er die Knie und schwang die Arme parallel nach oben, um die Kraft für den Absprung zu mobilisieren. Wie von einer unsichtbaren Armbrust abgeschossen, schnellte er vom Boden in die Höhe. Er stieg und flog in der Tat geradewegs über den Ast des Baumes hinweg! Am obersten Punkt seines Fluges angekommen, direkt über dem hohen Ast, schickte Tuccaro sich an, die Drehung zu vollziehen. Dazu drückte er das Kinn gegen die Brust und zog Arme und Ellbogen ganz dicht an sich heran. Die Hände umgriffen die Knie, die Füße klappten zum Gesäß, den vorher aufrechtsteigenden Körper formte er zu einer Kugel, um eine kreisrunde Bewegung zu vollführen. Während der Drehung offenbarte sich das fehlende Geschick, ein Verkalkulieren der Höhe und der dafür benötigten Sprungkraft – Girolamos Skepsis hatte sich zum Glück bestätigt – Tuccaro schlug sich am Ast den Hinterkopf an. Durch dieses Missgeschick geriet er wenige Grade aus der idealen Sprunglinie.

Er landete nicht senkrecht exakt mit gebeugten Knien und beiden Beinen gleichzeitig, sondern erst mit dem linken Fuß, den er verkantet aufsetzte, bevor der rechte nur einen Lidschlag später folgte. Dieses kaum sichtbare Malheur genügte, um ihn stürzen zu lassen.

Tuccaro rollte ab und erhob sich. Die Arme nach oben gestreckt – eine verzweifelte Siegerpose –, das Gesicht jedoch schmerzverzerrt, stand er nicht bewegungslos, sondern wackelte und fiel abermals zu Boden.

Girolamo eilte heran. Tuccaro erhob sich erneut, hinkte zum Baum und setzte sich auf einen beindicken Wurzelstrang. Er streifte den linken Füßling ab und rieb sich den blau angelaufenen Knöchel. Girolamo kniete sich nieder und befühlte den Fuß.

»Ihr habt Euch das Sprunggelenk gestaucht! Wartet.«

Ein paar Klafter ins Dickicht gelaufen, schaufelte Girolamo dort mit den Händen feuchtes Moos von der Erde, das er um Tuccaros geschwollenen Knöchel packte. »Das lindert die Schwellung.«

Tuccaro stöhnte. »Ist es schlimm, Doktor?«

Girolamo befühlte Tuccaros Kopf. »Keine offene Wunde, nur eine Beule. Glück gehabt.«

»Doktor! Ich meine den Fuß. Ist es schlimm?«

»Es könnte schlimmer sein.«

»Das ist keine Antwort. Sagt mir was Genaues.«

»Mit Springen wird es die nächste Zeit nichts werden.«

»Was soll das heißen? In drei Tagen springen wir in Augsburg!«

»Wenn überhaupt, werden Soldino und Laro springen. Ihr mit Sicherheit nicht!«

»Doktor! Nur ich kann den Salto mortale springen!«

»Dass dem nicht so ist, habt Ihr gerade nachdrücklich demonstriert. Zudem habt Ihr Euch eine Erschütterung des Zerebrums zugezogen. Ich werde das nicht verantworten.«

»Ich war nur für eine Sekunde unkonzentriert. Das hätte mir nicht passieren dürfen.«

»Ist es aber! Das Resultat ist offensichtlich.«

»Ich habe noch drei Tage. Bis dahin ist wieder alles in Ordnung.«

»Weit gefehlt! Schaut ihn Euch an, Euren Knöchel.«

Girolamo schob das Moos beiseite. Der Knöchel war blauer und dicker als zuvor. »In drei Tagen könnt Ihr vielleicht wieder gehen, so Gott will, von springen kann nicht die Rede sein.«

»Das ist eine Mutmaßung.«

»Was für eine Unverfrorenheit, meine medizinische Kompetenz in Frage zu stellen! Ich sage Euch als einer, der es weiß, es braucht gute drei Monate, bis Ihr den Fuß wieder für so einen gewaltigen Sprung belasten könnt.«

»Ein Vierteljahr? Niemals!«

»Bedenkt den enormen Druck, den das Gelenk bei diesem starken Aufschlag abzufangen hat.«

»Ich muss bei den Fuggern springen! Ich habe es Ihrer Exzellenz versprochen.«

»Nicht jedes Versprechen im Leben kann eingelöst werden. Die Prinzessin wird darüber hinwegkommen. Außerdem sind Soldino und Laro auch hervorragende Springer.«

»Sie sind leidlich gut. ›Hervorragend‹ ist etwas anderes.«

Tuccaro stand auf und humpelte ein paar jämmerliche Schritte im Wald umher. »Seht Ihr, Doktor, es geht schon wieder!«

»Es geht nicht, es hinkt! Und zwar gewaltig! Steckt es auf, Tuccaro und bleibt hier sitzen! Ich lasse Euch mit einem Wagen holen.«

»Wozu denn? Mir fehlt nichts!«

»Wie Ihr meint. Es macht Euch wohl nichts aus, wenn ich voraus gehe? Ich muss den Vorfall Ihrer Exzellenz berichten. Ich kann nicht auf Euch warten.«

»Geht nur, geht! Ich komme bestens zurecht!«

»Träumt weiter!« Girolamo wandte sich ab und ging. Er war einige Klafter geschritten, als Tuccaro ihm hinterherrief: »Doktor, Eure Expertise! Was haltet Ihr denn jetzt von meinem Salto mortale? Ist er nicht genial?«

Der Sprung ja, der Springer nicht. Das würde Girolamo ihm jedoch nicht anvertrauen. Er tat, als höre er ihn nicht und schritt weiter. Seine Hoffnung hatte sich auf wundersame Weise erfüllt.

8b

Die letzten vier Wochen vor der Abreise rannten Gelo davon. Zeitweise wusste er nicht, wo ihm der Kopf stand. Bonaldi passte ihn ständig ab und bedrängte ihn wegen des Unterrichts; letztlich habe er sein Versprechen gehalten, wenn auch indirekt, denn er habe das Überreichen des Mercurialischen Werks lanciert. Außerdem habe Gelo bestimmt die Resonanz seiner Schwächen hinsichtlich höfischen Brauchtums erfahren und daraufhin erkannt, wie wichtig die Edukation kultivierten Gebarens sei. Sie hatten sich auf zwölf Stunden geeinigt. Die Zahl Zwölf war seit jeher für Gelo von Bedeutung gewesen, noch bevor er um deren mannigfaltige Bedeutung in der Mystik und Religion, der Philosophie und der Mathematik gewusst hatte. Jedenfalls wies Bonaldi ihn wie versprochen in die wichtigsten Gepflogenheiten bei Hofe ein und durfte dafür ein Dutzend Lehrstunden in den Grundübungen der Artis Gymnasticae erfahren, wenngleich es Gelo – entgegen Bonaldis Wünschen – vermied, ihm jene Übungen beizubringen, die einer Hilfestellung bedurften. Den Sicherheitsabstand von einem Klafter, den er bei der Prinzessin nur schweren Herzens einhielt, war ihm bei Bonaldi ein willkommenes Maß.

Prinzessin Elisabeth. Gelo wünschte sich zeitweise, wenn sich Melancholie in ihm breitmachte, er hätte niemals den Auftrag für ihren Unterricht erhalten. Bereits während der ersten Lehrstunde, eigentlich schon bei der ersten Demonstration vor dem Pavillon, hatte er sich in sie verliebt. War das das richtige Wort? Er wusste es nicht. Oft hatte er mit Rufino über diesen vielsagenden Begriff diskutiert – außer grauer Theorie kam nicht viel dabei heraus. Bislang war während seiner Reisen noch keine Frau in sein Leben getreten, die in ihm dieses unsägliche Gefühl wachgerufen hätte. Rufino meinte: »Liebe geschieht. Man kann sie nicht verhindern!« Konnte man sich in eine Frau verlieben, die man nur einmal am Tag und jeweils nur für eine Stunde sehen durfte? Der man seine ureigenen Gefühle und Gedanken zu verheimlichen hatte, die von und in einer anderen Welt zu sein schien? Einer Welt, die Gelo fremd war und ewig bliebe. Und obendrein heiratete diese unerreichbare Frau in Bälde einen König und würde selbst Königin werden. Er war nur ein kleiner Springer von Gottes und des Regenten Gnaden. Klein im wahrsten Sinne des Wortes. Er war kein Zwerg wie Baldur und Hofnarr Lorenz, doch war er nicht größer als ein Junge, nur viel muskulöser. Das genügte nicht, um Staat zu machen. Also was brachte das Sinnieren? Wozu das stundenlange Wachsein in der Nacht, während die anderen schliefen und Grobian nach wie vor sägte wie die kaiserlichen Forstwirte? Und dennoch, es gab Zeichen und Botschaften, Geständnisse gar. Die Prinzessin hatte es erst zwei Wochen vor der Reise nach Augsburg arrangiert, Arcangelo unter vier Augen zu sprechen. Sie hatte ihm bekannt, dass sie ihn im Beisein Dritter stets mit »Springer Johann« und in der dritten Person Singular anzureden habe, obwohl sie das gar nicht wünschte. »Johann, Ihr müsst wissen, dass dies Uns arg widerstrebt. Das Protokoll schreibt es vor und Wir haben Uns daran zu halten. Es wäre alles viel einfacher, wenn Ihr kein Gaukler wäret und von höherem Stand.«

»Eure Exzellenz, wenn es so sein sollte, wäre ich wohl jetzt nicht hier. Nur wie ich war und bin, konnte und kann ich Euch jene Freude bereiten, für die Ihr mich schätzt.«

»Ja, das ist richtig und Wir schätzen Euch sehr. Das ist manchen von Euren Gauklerkameraden nicht genehm. Doktor Mercuriale hat von Baldur erfahren, dass sich wegen des Unterrichts Neid unter den anderen Gauklern breitmacht.«

»Ihr habt noch andere Lehrer. Auf die ist auch niemand neidisch.«

»Ihr täuscht Euch. Neid und Missgunst existieren nicht nur bei den Gauklern. Wir hörten, selbst Eure Springerkollegen Laro und Soldino seien nicht mehr gut auf Euch zu sprechen.«

»Ich bin vorher ohne die beiden zurechtgekommen und werde es auch weiterhin. Es sind nicht meine Brüder, nicht meine Schwestern, und selbst wenn, auch diese musste ich verlassen.«

»Springer Johann, wie Ihr wisst, haben Wir verfügt, dass Ihr dem Gefolge nach Augsburg und Speyer angehörig seid. Und Wir verraten Euch noch etwas, eine große Überraschung: Wir haben mit Seiner Majestät verabredet, dass Ihr mit nach Paris kommt und dort Unser Springer bleibt.«

Gelo war überglücklich; seine Hoffnung hatte sich erfüllt. Bevor er ihr das mit ungezügelter Wucht offenbaren konnte, legte die Prinzessin den Finger auf ihre Lippen und machte ihm deutlich, dass es diese Unterredung offiziell nie gegeben habe und er niemals und niemandem davon erzählen durfte. Darauf wollte sie sein Ehrenwort. Er gab es ihr mit einem Kniefall.

Die letzte Woche vor der Abreise hatte Gelo sein Übungssoll verdoppelt. Laro und Soldino lagen längst in den Pritschen, da sprang er immer noch über den Platz und hielt sich minutenlang im Handstand. Ihm träumte mehrmals von einem neuen Sprung, den steingraue Katzen über den

Dächern vollführten. Sie sprangen hoch und weit und drehten sich kopfüber um ihre Querachse. Sie forderten ihn auf, es ihnen gleichzutun. Und es gelang ihm; leider nur im Traum. Dieser famose Sprung war nichts für die wirkliche Welt. Es war einfach unmöglich, sich in der Luft um die eigene Breitenachse zu drehen und einen Moment lang kopfüber in der Luft zu schweben. Kein Springer hatte je zuvor so etwas vermocht. Dass er noch nie einen in seiner ganzen Gauklerlaufbahn diese Figur springen gesehen hatte, war ihm eindeutiger Beweis. Man müsste eine dermaßen starke Absprungkraft entwickeln, um eine gewaltige Sprunghöhe zu erreichen, die diese Drehung zuließe – das käme dem Fliegen gleich. Das war unmöglich! Fliegen konnten nur Vögel und Engel, das wusste jedes Kind. Aber hatten nicht immer wieder Zuschauer von ihm behauptet, dass er flöge, wenn er über sechs, sieben Mann seine Hechtrolle und seinen Spagatsprung vollführte? Jede Nacht lag er wach, im Kopf stets dieselben Gedanken, die Prinzessin und der Katzensprung, den er Salto mortale, Todessprung nannte. Dieser Begriff schien ihm passend – sollte man mitten in der Drehung stürzen, fiele man mit dem Kopf zu Boden und wäre auf der Stelle tot.

Drei Tage vor der Abreise konnte Gelo nicht mehr an sich halten. Der Katzentraum verfolgte ihn jetzt nicht mehr nur in der Nacht, sondern auch am Tage. Er konnte an nichts anderes mehr denken. Zudem hatte sich Elisabeth in die Träume mit eingeschlichen. Sie und die Katzen forderten ihn ohne Unterlass auf, den Salto mortale zu wagen. Es gab kein Zurück. Er musste es tun. Dazu brauchte er einen Verbündeten. Einen, der sich mit dem Springen auskannte und ihm die Möglichkeit oder Unmöglichkeit des Sprunges bestätigte. Laro oder Soldino? Nein, keiner von beiden.

Die waren ihm Neider geworden und eher Konkurrenten. Es gab nur einen am Hof, der zwar nicht immer freundlich gestimmt, doch loyal und aufrecht ihm gegenüber war: Girolamo Mercuriale. Der Doktor kannte seine Fähigkeiten. Er war der einzige der Großen am Hof, der sich mit ihm abgab. Gut, Busbecq gab es noch, der auch hin und wieder den Übungsstunden beiwohnte und ein paar Worte mit ihm wechselte. Auch Mayentracht und selbst Kertész sahen ab und an vorbei und sprachen ein zwei Sätzchen mit ihm. Keiner von denen hatte jedoch Ahnung vom Springen.

Gelo hatte sich entschlossen. Er würde Mercuriale fragen, ob er seinen fantastischen Sprung der Sprünge begutachten wollte. Er brauchte seine Meinung, mehr noch, eine Expertise, die ihn bestärken mochte; denn von der halsbrecherischen Unmöglichkeit dieser Sprungfigur überzeugt, hatte er ihn bislang noch niemals in der wirklichen Welt gewagt.

Mercuriale hatte sich einverstanden erklärt. Sie trafen sich im nahe gelegenen Wald, wo Gelo einen Baum ausfindig gemacht hatte, an dem er ihm den Salto mortale demonstrieren konnte. Es würde ihm gelingen, war er sich sicher. Diese Sicherheit steigerte sich von Augenblick zu Augenblick zu einer Art kosmischer Sicherheit, wie Rufino immer sagte und erklärend hinzufügte: »Das kann man nicht mit der Ratio begründen.«

Der Sprung misslang. Trotz gründlichster Vorbereitung, trotz ausgiebigem Erwärmen und Einspringen. Gelo erreichte nicht die nötige Höhe, stieß sich den Kopf am Ast, geriet daraufhin ins Taumeln, landete schräg auf den Beinen und stürzte. Ausgerechnet jetzt musste er scheitern. Jetzt, wo Mercuriale sich eigens zu dieser geheimen Demonstration herbegeben hatte, um ihm sein Urteil über den Sprung der Sprünge mitzuteilen. Wie konnte ihm das nur passieren? Ihm, dem großen Tuccaro, dem besten Springer im Reich? Keiner hatte mehr Räder geschlagen, mehr Überschläge gesprungen und mehr Spagatsprünge über lebende Menschen riskiert. Er beherrschte alle, ausnahmslos alle Übungen des Mercurialischen Werkes, dazu Sprungfiguren, die der Doktor nicht in seinem fulminanten Buch aufführte, weil er, der Große Tuccaro, sie selbst entworfen hatte! Möglicherweise war er ja gar nicht der beste Springer im Reich? Vielleicht war er nicht einmal gut? Womöglich litt er unter manischer Selbstüberschätzung, einer Geißel, die Künstler wie Fürsten wie Geistliche heimsuchte. War er das Gegenteil? Ein Stümper? Ja, so war es. Ein gottverdammter Versager war er, einer, der nicht einmal eine anspruchsvolle Figur zuwege brachte, sondern an dieser scheiterte wie ein blutiger Anfänger bei seinem ersten Sprung. Gelo hatte sich in den Erdboden vergraben möchten, wie ein Maulwurf, blind und hässlich, dass ihn niemand mehr sähe, den Versager, den Stümper. Vaters Worte hatten sich bewahrheitet. Er war dem Scheitern anheimgefallen. Mercuriale war sein Zeuge. Einen glaubhafteren für diese Schmach hätte es nicht geben können. Nur wenige Sekunden hatte es bedurft, um dieser tragischen Erkenntnis einsichtig zu werden, und ebenso schnell hatte er die Konsequenz erkannt, die er daraus zu ziehen genötigt war: Es war Zeit zu gehen, Zeit, den Dienst bei Seiner Majestät zu quittieren und den Hof zu verlassen. Er hatte eine große Chance bekommen. Eine größere würde sich ihm wohl nicht mehr bieten in seinem Leben. Die jedoch hatte er leichtfertig verspielt. Das hieß wieder zurück auf die Straße, wo er hergekommen war. Zurück zum Gesindel. Gelo wischte sich die Augen. Gott, schon wieder Tränen! War er ein Tuccaro oder nicht? Die Antwort blieb er sich schuldig. Was sollte jetzt dieses müßige rhetorische Gefrage, mit dem Vater ihn damals schon gelenkt hatte? ›Ein Tuccaro zeigt keine Regung.‹ Dreck! Waren die Tuccaros leblose Puppen aus Holz?

Vor zwei Monaten erst hatte er sein Debüt gegeben, hier am Wiener Hof, hatte sich erst gegen Baldur gestellt, der ihm zum guten Freund geworden war, und sich dann mit Grobian angelegt. Grobian. Dieses Problem hatte sich von selbst gelöst. Nachdem es Gelo zweimal erfolgreich gelang, sich der Umsetzung von Grobians Morddrohungen zu entziehen, wurde der Riese Opfer seiner eigenen Kraft: Die Hantel glitt ihm beim Bankdrücken, dem über die Brust Stemmen auf der flachen Liege, aus den schwitzenden Fingern und drückte seinen Kehlkopf ein; er erstickte. Die Leiche wurde im Wald beigelegt. Drei Worte aus der Bibel – mehr gab es nicht – und Schluss. Wie gekommen so gegangen; die Welt bot noch genügend andere Grobiane.

Nichtig wie des Kraftmenschen Existenz war auch die seinige als gescheiterter Springer. Laro und Soldino würden sein klägliches Versagen und sein darauffolgendes Verschwinden begrüßen, ach was, feiern würden sie es, mit den anderen, sich besaufen und grölen in der Stallburg. Mangels Ersatz stiege einer von ihnen zum Ersten Springer auf; womöglich Soldino, der war zwar der jüngere, aber der bessere von den beiden. Vielleicht würden sie auch würfeln um das Amt? Offiziell war das Würfelspiel am Hof verboten, das hatte er von Bonaldi im Etiketteunterricht gelernt; niemand schien sich danach zu richten. »Verbote am Hof«, lehrte Bonaldi ihn, »sind letztlich dazu da, sie zu untergraben.« Gelo schnaubte. Und die Prinzessin? Hatte er diesen fantastischen Sprung nicht für sie erfunden? Waren die Katzen ihm nicht jede Nacht für sie erschienen? War sie ihm nicht die wichtigste Person am Hof? Und jetzt wollte er sie verlassen? Wegen eines verstauchten Fußgelenks? Wegen der Diagnose eines Quacksalbers? Gelo rieb sich den Knöchel. Was interessierte ihn Mercuriale? Es ging hier nicht um den Medicus und dessen Worte. Es ging auch nicht um das tragische Scheitern eines großen Springers. Scheitern. Wer redete von Scheitern? Ein einziger Versuch, ein Verschätzen der Distanz um einen Zoll und damit der Kraft für den Sprung. Er hatte nur neunundneunzig Prozent gegeben. Das fehlende Prozent hatte die Verkettung der Missgeschicke in Gang gesetzt und ihn stürzen gemacht. Mehr war es nicht. Im Grunde eine ganz einfache Sache, mit zurückgeholter Klarheit im Kopf plausibel gemacht und ins rechte Licht gerückt. Er würde bleiben! Die Prinzessin hatte ihm seinen Wert offenbart – das zählte. Sie hatte ihm gestanden, dass er ihr mehr bedeute, als es einem Gaukler zustehe. Sie hatte ihn auf die Trossliste stellen lassen und verfügt, dass er sowohl an den Festlichkeiten bei den Fuggern springen sollte als auch beim Reichstag in Speyer. Letztlich hatte sie ihm beteuert, ihn auch an ihrem zukünftigen Hof in Paris haben zu wollen. Und Seine Majestät hatte zugestimmt.

Mercuriale hatte längst den Wald verlassen, als sich auch Gelo auf den Weg zurück machte. Er versuchte den Schmerz mit Singen und Pfeifen zu unterdrücken, mit Fluchen und mit Schreien. Es gelang ihm nur schmählich. Der Schmerz war präsent, da half nichts. Auch die zusammengebissenen Zähne brachten keine Linderung. Der Schweiß stand ihm im Nacken, obwohl es bewölkt war, und ein leichter Wind sich anschickte durch die Blätter zu streichen.

Als Gelo die Stallburg erreicht hatte, wusste Baldur bereits Bescheid. »Mercuriale hat es mir schon erzählt, du kannst nicht springen. Ich sollte es Kertész sagen und der sollte dich von der Liste streichen. Die Prinzessin hat es erfahren und gesagt, darüber wolle sie selbst befinden. Wir sollen zum Pavillon kommen.«

Im Beisein Mercuriales und Baldurs besah sie sich den Fuß. Er sah schrecklich aus, wie die Elefantenfüße bei den Monstrositätenausstellungen.

»Er glaubt wirklich, dass Er in Augsburg springen kann?

»Ausgeschlossen, Eure Exzellenz!«

»Die Frage war nicht an Euch gerichtet, Doktor.«

»Ich brauche nur ein paar Tage Ruhe, dann ist der Fuß wieder in Ordnung.«

»Und wenn dem nicht so ist?«

»Dem wird so sein!«

»Was macht Ihn so sicher?«

»Ich kenne meinen Körper. Seit meinem fünften Lebensjahr hat mein Vater mich gelehrt, in ihn und auf ihn zu hören. Ich kenne jede seiner Regungen und weiß, wie er auf Verletzungen anspricht. Ich habe sehr starke Selbstheilungskräfte. Mit Doktor Mercuriales Hilfe werde ich mich noch schneller erholen.«

»Ist Er sich da gewiss?«

Gelo nickte.

»Keinerlei Zweifel?«

»Nein, Eure Exzellenz!«

»Nun gut. Wir haben Ihn vernommen und vertrauen Ihm.«

Mercuriale trat hervor. »Eure Exzellenz, ich bitte Euch, das ist unmöglich!«

»Springer Johann bleibt auf der Liste.« Die Prinzessin fixierte den Arzt. »Doktor, Ihr verpflichtet Euch, alles in Eurer Macht Stehende zu tun, um die Heilung voranzutreiben.« Dann sprach sie zu Gelo. »Springer Johann, Er verpflichtet sich, alles in Seiner Macht Stehende zu tun, um Sein lückenloses Repertoire zu präsentieren. Es wird in jeder Beziehung und in jeder Hinsicht nur das Beste und nichts anderes geben. Das wollen Wir von beiden geschworen wissen!«

»Eure Exzellenz, ich wiederhole mich, ein dermaßen geschwollener Knöchel braucht Zeit!«

»Wir reisen in drei Tagen ab. Vor dem Fest werden Wir uns persönlich von den Fortschritten überzeugen. Ihr wisst, dass ein Scheitern der Minderung Unsrer Reputation gleichkommt, gerade bei Freiherrn Marx Fugger, der viel Wert auf pompöse Darbietungen bei seinen Festlichkeiten legt. Das bedeutet, sollte Springer Johann wider Erwarten seine Aufgabe nicht erfüllen, wird er seines Amtes enthoben und Hofspringer Soldino tritt an seine Stelle. Auch für Euch, werter Doktor, wird es Konsequenzen haben – Wir verfügen über fünf weitere, ganz ausgezeichnete Ärzte, von denen jeder gerne Euren Platz einnähme.«

Ihre Hoheit sah Mercuriale und auch Gelo ins Gesicht.

»Wir warten.«

Beide hoben die Finger.

9

Augsburg, 6.6.1570

Am dritten Juni erreichten sie die Freie Reichsstadt. Der Regent und seine Familie mit einem Gefolge von zweiundfünfzig Auserwählten, darunter Busbecq, Mayentracht, Mercuriale, Kertész und Bonaldi, zogen in den Stadtpalast; der Tross hatte am Lech vor den Stadttoren zu kampieren.

Gegen Mittag des dritten und letzten Festtages wurden, wie in Wien abgesprochen, Gelo und Kollegen nach dem Fuggerpalast zur Generalprobe vor Ihrer Exzellenz und Doktor Mercuriale geholt. Bereits in der Früh hatte Mercuriale Gelo im Lager aufgesucht und ihm ein Fläschchen Anodynum specificum, ein Schmerzmittel, verabreicht. »Schließlich haben wir geschworen alles zu tun, was in unserer Macht steht.« Auf Gelos Frage, was es enthalte, hatte er ihm erst »Das interessiert Euch nicht« geantwortet, dann, um wohl nicht illoyal zu erscheinen, es ihm doch verraten: »Wilder Lattich, gefleckter Schierling und Venuswagen. Zusätzlich verabreiche ich Euch ein Stimulans aus Bibergeil, Muskatnuss und Echtem Löffelkraut, da Ihr mit der bloßen Einnahme des Anodynums Gefahr lauft, die nötige Kraft für die Sprünge zu verlieren. Und das wollen wir ja wirklich nicht.«

»Ihr sprecht mir aus der Seele.«

»Nehmt stündlich von jeder Mixtur. Mehr kann ich nicht tun.«

Die Generalprobe verlief reibungslos. Zwar spürte Gelo trotz Mittel und Bandage immer noch das Stechen im Fuß, doch hatte er ein Stückchen Birkenholz zum Festbeißen im Munde behalten … Ihre Exzellenz war überglücklich. Sie umarmte Mercuriale sogar, was Gelo mit gemischten Gefühlen wahrnahm.

»Wir freuen Uns auf den krönenden letzten Tag des Festes«, verabschiedete sie sich und schritt davon mit Dienern und Zofen.

Mercuriale wartete, bis Ihre Exzellenz sowie Laro und Soldino gegangen waren. »Das ging zum Glück gut. Ich hoffe schwer, dass Ihr es beim Fest ebenso macht. Tuccaro, enttäuscht mich nicht! Ich für meinen Teil habe mein Bestes gegeben und werde es weiterhin. Unser beider Zukunft liegt jetzt allein in Eurer Hand.«

»Ich bin mir der Bürde bewusst.«

»Solltet Ihr etwas brauchen, sucht mich im Fuggerpalast.«

»Der ist riesig.«

»Ihr werdet mich finden.«

Über die ersten beiden Festtage hatte Gelo, befohlen, im Lager zu bleiben, nur vom Hörensagen erfahren; von Schauturnieren und Ritterspielen war die Rede, von Ringelrennen und Maskenfesten in allen vier Höfen. Seine Majestät habe jeden der vierundfünfzig Falken auffliegen lassen und den Augsburger Freiherrn mit dem Vorführen des weißen Elefanten Soliman II. zutiefst beeindruckt.

Jetzt durfte auch er den Festivitäten beiwohnen. Diese mochten für alle Beteiligten erbaulich sein, Gelo jedoch fühlte sich schlecht. Trotz der Mixturen, trotz der gelungenen Generalprobe und trotz oder gerade wegen Elisabeths

Begeisterung. Er hatte ihr nur das Standardrepertoire präsentiert ... Den Sprung der Sprünge hatte er – das Feigherz – unterschlagen.

Nur wenige Stunden verblieben Gelo noch bis zum Auftritt. Er hätte sich in dieser Zeit zu den anderen Gauklern gesellen können; man hatte ihnen einen eigenen Saal zugewiesen, in dem sie essen und trinken konnten und sich für ihre Demonstrationen vorbereiten. Gelo verspürte weder Hunger noch Appetit, nicht einmal Durst, obwohl es ein heißer Sommertag war. Ihm war flau, eigentlich regelrecht übel. Ihn plagte sein Gewissen. Der Schwur. Die Forderung der Prinzessin nach dem lückenlosen Repertoire. Lückenlos. Warum hatte Ihre Exzellenz darauf bestanden? Schloss dieses Schlüsselwort den Salto mortale mit ein? Sollte er ihn springen? Musste er ihn springen? Oder durfte er ihn abermals so perfide unterschlagen? Wie stünde er da vor Mercuriale, dem großen Meister der Arte Gymnasticae, dem er den Sprung der Sprünge anvertraut hatte? Natürlich war diesem die Tilgung der Figur bei der Nagelprobe aufgefallen, sein Blick hatte es verraten. Wie konnte Gelo eine abermalige Verheimlichung und damit einen Betrug an Elisabeth, wie mit seinem Liebesbeweis für sie vereinbaren? Wie mit seinen Träumen, den Katzen, die ihn zu diesem genialen Sprung geführt hatten? Wenn er den Salto nicht spränge, wäre sein weiteres Leben besiegelt. Dann konnte er sich mit seinem Vater auf eine Stufe stellen. Der Stufe des Versagens und der Angst. Letztlich war es immer die verdammte Angst, das Gespenst im Kopf, das einem den Mut entriss, wie ein Erzfeind die Geliebte, und in seine Gewalt nahm.

Gelo stand an der Tür zum Saal für die Gaukler. Er sah in die Menge der Künstler, die entweder nüchtern übten oder nach gelungener Vorstellung fraßen und soffen, als gäbe es kein Morgen. Gab es für ihn ein Morgen? Natürlich. Es gab immer ein Morgen. Bis zum letzten Tag. Nur wie das für ihn ausfiele – hell und warm oder dunkel und kalt – das oblag einzig ihm. Und nur ihm. So gerne er sich mit anderen Gauklern ausgelassen gab, hier und jetzt spürte er Gegenteiliges. Er brauchte Stille. Nur, wo diese hier finden? Im ganzen Palast zeigte sich kein ruhiger Ort. In allen Stockwerken gefüllte Zimmer. Schreien. Gelächter. Gelage. Eine ruhige Kammer nur war alles, was er sich erhoffte, seinetwegen auch schäbig und düster, Hauptsache abgeschieden. Er musste allein sein. Allein mit sich und seinen Gedanken. Es galt, einen klaren Kopf zu bekommen.

Er schritt an den Zimmern vorbei.

Die langen Gänge entlang.

Die Treppen nach oben.

Stock für Stock.

Je höher er kam, umso stiller wurde es.

Im obersten Geschoss war niemand mehr. Alles leer. Die Stimmen, das Gelächter drangen nur noch wie durch dickes Tuch an ihn heran. Am Ende des Ganges fand er eine angelehnte Tür. Aufgezogen und durchgegangen, stand er in einem schmalen Seitenflur. Und dort, noch eine Türe. Ganz unscheinbar. Kaum zu sehen in der Wand. Was verbarg sich dahinter? Die ersehnte Kemenate! Das war Fügung. Hier würde er die Antwort finden. Die in Ruhe gewogene Sicherheit bekommen, die er für seine Entscheidung – Salto oder nicht? – brauchte, trotz der Schmerzen, trotz der Angst – oder gerade deswegen.

»Was? So viel? Wie geht das an?«

Er kniet vor ihr und sieht sie an mit ungläubigem Blick, statt das zu tun, worauf sie wartet.

»Sie brauchen es dringend. Für wichtige Restaurationen und Anschaffungen.«

»Es ist nicht gut, wie Canisius in deinem Kopf herumspukt. Seit deiner Konversion scheinst du ihm hörig.«

»Es ist neun Jahre her, dass ich zum rechten Glauben zurückgefunden habe. Und ›hörig‹ bin ich allein dir …« Sie greift seine Arme. »… mit deinen magischen Händen und deiner Zunge … Vor allem, was du damit anstellst. Lass den Pater in Frieden. Er ist ein strebsamer Mann.«

»Es kann nicht angehen, dass er immer noch mehr Geld für Sankt Salvator aus euch willigen Weibern herauspresst. Du bist ja nicht die einzige«, sagt er, während sie seine Hand unter ihren Rock führt. »Die Ilsung und die Schwarzenberg, alle drei Helfenstein und nicht zu vergessen die Königseggerin und die Madruzzo. Ich kenne sie alle und weiß, wie Canisius sie aussaugt.«

»Womöglich tun sie das auch mit ihm, nur anders …«

»Verkommenes Stück!«

»Gleich euch bigotten Mannsbildern! Ihr seid keinen Deut besser! Eure Geilheit, die zu befriedigen ihr euch herausnehmt, wenn ihr euch ein bisschen Macht erworben habt, stinkt zum Himmel. Weil ich ebenso bin, begehrst du mich.«

»Es ist nicht nur des Fleisches wegen. Du bist eine Frau nach meinem Geschmack. Trotzdem, das eine ist nicht das andere. Fakt ist, ich kann dir momentan kein Geld mehr geben. Schon gar nicht die Summe, über die du diesmal die Donationsurkunde ausgestellt hast. Wie konntest du dich nur so eklatant über deine Verhältnisse verpflichten?«

Ein roter, zusammengeschobener Fächer hängt an einer Kordel um ihre Hand, mit der sie ihm über die Schamkapsel seiner Strumpfhose streicht. »Liebling, sei nicht so streng mit mir. Pater Canisius braucht uns! Und er weiß, dass er auf uns zählen kann! Mehr als auf unsere Männer. Du findest sicher einen Weg, mir das Geld zu beschaffen. Bis jetzt hast du immer einen gefunden.«

Sie öffnet die Schamkapsel und greift nach seinem Geschlecht. »Du musst einen Weg finden! Ansonsten komme ich in arge Bedrängnis. Ich kann nicht mehr zurück. Ich habe unterzeichnet. Pater Canisius ist dahin gehend sehr stringent!«

»Ich unterstütze dich immer und überall, wo ich kann, Sibylla, das weißt du. Aber es geht beim besten Willen nicht mehr. Ich selbst warte brennend auf längst überfällige Außenstände.«

»Du meinst die Schulden deines speziellen Freundes?«

Er nickt. »Außer Versprechen und Bitten um Aufschub höre ich nichts von ihm. Er stehe kurz vor dem Durchbruch, beteuert er immer wieder und macht ein Experiment nach dem anderen. Er beschwichtigt und beschwichtigt mich. Lange werde ich das nicht mehr mitmachen.«

Er wirkt sichtlich ungehalten. Bevor sich seine Stimmung wendet und die Gunst der Stunde zu zerstören droht, schlägt sie alle Röcke hoch, ergreift seinen Kopf und führt ihn zu ihrem Schoß.

»Findest du einen Weg? Für mich?«

»Ja«, sagt er und vergräbt sich schmatzend zwischen ihren Schenkel.

Gelo trat in die Kemenate. Ein beindicker Lichtstrahl, durch eine Dachluke hereingebrochen, fiel auf ein Frauengesicht. Geschlossene Lider. Ein nach hinten geworfener Kopf. Stöhnen. Beringte Finger graziler Frauenhände – an einer hing ein zusammengeschobener roter Fächer – hielten einen Männerkopf zwischen gespreizten Schenkeln. Keuchen und Schmatzen. Der Frauenkopf schnellte nach vorn. Die Frau wollte zwischen ihrem Stöhnen etwas ausrufen – womöglich den Namen ihres Mannes –, als sie die Augen aufriss und zur Tür sah, in der Gelo stand, mit offenem Mund. Ihre Blicke trafen sich. Sekunden nur, jedoch lange genug, einander zu erkennen und nicht mehr zu vergessen. Gelo stahl sich rückwärts aus der Kammer. Kaum aus der Tür, ein Aufschrei der Frau. »Los! Ihm nach! Er muss weg!« Gelo rannte aus dem Flur. Durch die Tür. Den Gang entlang. Die Treppen nach unten. Der dritte Gang. Die dritte Treppe. Der zweite Gang. Die zweite Treppe.

Im Erdgeschoss, wo es vor Leben nur so strotzte, drosselte er sein Tempo und schritt, als ob nichts gewesen wäre, geradewegs zu den Gauklern in den Saal.

Er atmete auf.

Die letzte Stunde vor dem Auftritt verbrachte Gelo notgedrungen unter den Gauklern. Nur schwer und immer nur für Sekunden gelang es ihm, sich die Szenerie in der Kemenate aus dem Kopf zu schlagen. Die Worte der Frau waren aus dem Affekt herausgeplatzt und gar nicht ernst zu nehmen. Oder wohl? Dann hatte er sich in heftige Schwierigkeiten – schlimmstenfalls in eine lebensbedrohliche Lage – gebracht. Er nestelte Mercuriales Fläschchen aus der Wamstasche. Leer. Sein Atem stockte. Das Herz schlug mit einer eigenartigen Arhythmie. Die Schmerzen im Fuß nahmen zu. Er wischte sich den Schweiß aus dem Nacken und eilte durch den Palast. Wo war der Doktor? Der hatte versprochen für ihn da zu sein; und er würde ihn finden, hatte er ihm beteuert.

In einer halben Stunde musste Gelo in den Innenhof. Die Vorführung. Soldino und Laro wärmten sich bereits auf und sprangen sich ein. Er hatte noch nicht eine Erwärmungsübung gemacht. Im Magen ein Rumoren. Die Muskeln eisenschwer. Er musste Mercuriale finden. Er brauchte ein neues Mittel, unbedingt. Gelo strebte zum Reiterhof, wo die Vorführungen stattfanden. Menschen über Menschen saßen auf den Tribünen und sahen Jongleuren, Tierbändigern und Feuerfressern zu. Er schoss mit den Augen durch die vollen Reihen. Irgendwo musste der Doktor sitzen. Sein Blick sprang von Konterfei zu Konterfei. Dort! Da war er. Inmitten der Haupttribüne. Er saß zwischen Busbecq und Mayentracht, daneben saßen Bonaldi und Kertész. Über ihm thronten Elisabeth, Seine und Ihre Majestät, und daneben? Die Gastgeber? Gelo stieß einen Diener an und fragte nach. Natürlich, wer denn sonst? Freiherr Marx Fugger von der Lilie und daneben seine Gemahlin Sibylla Gräfin Fugger-Eberstein. In diesem Moment wandelten sich Gelos Mutmaßungen über die Worte der ertappten Frau zur Gewissheit, dass das Beobachtete nicht ein legitimes Ausleben erotischer Gefühle unter Eheleuten gewesen war, sondern dass die wenigen Sekunden in der Kemenate ihn zum Mitwisser eines Seitensprungs gemacht hatten. Allein das entsetzte Gesicht der Überführten, der Befehl an den Liebhaber, ihn zu verfolgen, ja, *auszulöschen*, zeigten ihm eindeutig, dass der Preis einer möglichen Denunziation für ihn als Verräter ein hoher sein würde, beziehungsweise die Konsequenzen für den preisgegebenen Ehebruch für die Täter keine geringen. Den Mann hatte er nicht erkennen können, verborgen in der Scham der Frau – das Gesicht der Frau jedoch war zweifelsfrei das der Gräfin. Diese Erkenntnis ließ ihn sich noch schlechter fühlen. Was bedeutete das für ihn? Die Antwort darauf – wenngleich er sie insgeheim erahnte – musste er sich wenigstens für hier und jetzt schuldig bleiben; in wenigen Minuten stand die Vorstellung an. Er sah nach oben auf die Tribüne und konnte seinen Blick nicht von der Gräfin lassen. Sie bemerkte ihn nicht, dort unten inmitten zahlreicher Diener, Gaukler, Wachen und Spielleute. Gelo sah zu Elisabeth. Auch sie war ganz vom Geschehen gefangen. Er suchte Mercuriales Blick, hoffte, der Arzt würde den seinen erwidern. Mercuriale unterhielt sich mit Busbecq, als ob sie das Geschehene nicht sonderlich interessierte. Dann endlich, Mercuriale blickte hinab und sah ihn, wie er ihm winkend bedeutete, zu ihm zu kommen. Mercuriale verstand. Sich mit einer Geste entschuldigend, verließ er die Tribüne und eilte hinunter.

»Tuccaro, meine Güte! Ihr seid kreidebleich!«

»Mir geht es nicht gut, Doktor. Ihr müsst mir helfen.«

»Ihr kommt gleich dran!«

»Ich glaube, ich schaffe es nicht.«

»Dann sagen wir ab! Noch können wir. Ich gebe der Prinzessin Bescheid.«

»Nein, um Gottes willen! Unser Schwur! Dann hätten wir beide verloren. Gebt mir ein Mittel. Ihr habt doch so viele in Eurer Tasche.«

Mercuriale wühlte sich durch Verbandszeug und Instrumente. Er zog verschiedene Fläschchen hervor und warf sie wieder zurück. »Herrgott, Tuccaro, Ihr kostet mich meine letzten Nerven!«

Mercuriale kramte in der Tasche. Schweiß tropfte ihm von der Stirn. Seine Souveränität, in der kurzen Zeit das richtige Mittel zu finden, schien an seine Grenzen gestoßen. »Verdammt, was gebe ich Euch?«

Vier Fläschchen zog er zuletzt hervor – auf den Etiketten standen nur Kürzel wie *La. Vi.*, *A.B.*, *D.* und *Hyo.* – und mischte mit zitternden Händen die Inhalte in ein leeres fünftes. »Trinkt das in einem Zug aus! Das löst alle Probleme!«

Gelo stürzte die Medizin in sich hinein.

»Ich danke Euch, Doktor.«

Mercuriale kniff die Lippen zusammen, drückte ihm die Schulter – »Lebt Glück, Springer!« – und eilte zurück auf seinen Platz.

Gelo hetzte zu Soldino und Laro. Sie bekamen Zeichen, in den Hof einzulaufen.

Die drei Springer zeigten das ganze Repertoire. Ohne einen einzigen Fehler. Die Darbietung war identisch mit der Generalprobe. Nach Gelos letztem Sprung, dem Spagatsprung über sechs halb gebückte Männer, für den sie den größten Applaus bekamen, nickten Laro und Soldino einander zu, um sich für die gemeinsame Verbeugung aufzustellen. Gelo jedoch verneinte. »Eine Figur kommt noch!«, rief er ihnen zu. »Die beste. Die schwierigste!« Er holte sich dazu den höchstgewachsenen Mann aus der Menge, den er finden konnte, einen baumlangen Kerl, und postierte ihn vor das Schrägbrett. Mit vor dem Mund gehaltenen Zeigefinger bat er das Publikum um absolute Stille.

»Erlauchte Herrschaften! Die Sprungfigur, die ich jetzt darbieten werde, ist noch niemals in der Öffentlichkeit gezeigt worden! Es handelt sich um eine Figur, die so einmalig und so schwierig ist, dass sich noch kein Springer an sie herangewagt hat! Ich widme sie … meinem Vater Andrea Tuccaro!«

Stille auf allen Plätzen. Stille im ganzen Hof. Für Gelo war die Stunde seines Lebens gekommen. Stunde? Es ging nur um Minuten. Im Grunde nur um Sekunden. Sekunden, die die Welt bedeuteten.

In Position gegangen, brach plötzlich ein dumpfes Gefühl über ihn herein. Er fühlte sich mit einem Mal nicht mehr als Mensch. Alles schien ihm entwichen. Er schwitzte gotterbärmlich. Sein Atem ging schwerer als je zuvor. Ihm war, als hörte er Stimmen, dabei lag Schweigen über dem Hof. Starr stand er da. Gelähmt. Angewurzelt. Wie sollte er hier jemals von der Stelle kommen? Das bedurfte übermenschlicher Anstrengung. Das Gelenk. Er spürte es pochen; er hörte es in seinem Kopf, wie Hammerschläge auf einen Amboss. Er versuchte sich die Sprungregel vorzuflüstern: »Vor dem Sprung gibt es nur den Sprung. Während des Sprungs gibt es nur den Sprung. Nach dem Sprung …« Gott, was war nach dem Sprung? Was gab es da? Sein Gedächtnis verließ ihn. Was sollte er auch jetzt mit Sprüchen? Mit Regeln und Geboten? Einzig der Salto zählte. Einzig der begnadete Sprung. So hoch. So weit. Dem Fliegen gleich.

Er drückte die Beine fest aneinander. Sein Körper glühte. Es schien ihm, als verbrenne er innerlich. Er zählte rückwärts von zehn bis eins. Bei null würde er springen. *Neun.* Während er zählte, sah er auf die Tribüne. *Acht.* Er wusste, dass er das nicht durfte – er hatte sich zu konzentrieren – *Sieben* – und nur zu konzentrieren –, dennoch, irgendetwas in ihm zwang ihn dazu, nach oben zu sehen. *Sechs.*

Zur Haupttribüne. *Fünf.* Zu Elisabeth. Zu Mercuriale und Busbecq. Zu Kertész und Mayentracht. Mayentracht – der Kammerherr mit dem gezwirbelten Bart, der Möchtegernbotaniker mit der Kornblumenverliebtheit. *Vier.* Er war im Grunde an allem schuld. Er hatte ihn angeworben. *Drei.* Gelo starrte zur Gräfin und sah ihren Blick auf ihm haften. Zwei. Sofort rückte er den Kopf nach vorn und schloss die Augen. Eins. Die Bilder. Herrgott immer wieder die Bilder. Die Gräfin lustvoll. Der Liebhaber schmatzend. *Null.* Gelo riss die Augen auf – ›Schluss jetzt!‹ Die Bilder waren verschwunden! Doch jetzt sah er die Welt in einem bläulichen Schleier.

Er bekreuzigte sich.

Erhob die Hand zum Gruß der lauernden Menge.

Und nahm Anlauf.

Die Bilder kamen zurück. Er rannte schnell wie nie. Gegen die Bilder an. Er streckte den Körper und schnellte vom Boden in die Höhe. Er flog geradewegs über den Kopf des Riesen hinweg. Am obersten Punkt seines Fluges angekommen, vollzog er die Figur: Er zog Kinn, Arme und Ellbogen ganz dicht an sich heran, die Knie von den Händen umschlossen, die Füße bis zum Gesäß herangezogen, formte er sich zu einer fliegenden, sich drehenden Kugel.

Der Sprung der Sprünge obsiegte! Gegen die Bilder im Kopf. Er, der Große Tuccaro obsiegte! Gegen die Angst. Gegen den Schmerz.

Er flog.

Alles war gewonnen.

Was passierte jetzt? Sein Schädel prallte gegen den Hinterkopf des Hünen. Abermals geriet er nur ein paar Grad aus der idealen Linie.

Abermals verkantete er den rechten Fuß bei der Landung. Diesmal konnte er sich fangen, obwohl sich alles in seinem Kopf drehte. War er noch von und in dieser Welt? Er nahm wahr, dass er wackelte, wie beim Abfangen einer Bö, die ihn unverhofft auf dem Seil traf, aber er fiel nicht. Er stand.

Applaus.

Er stand tatsächlich aufrecht.

Applaus und Pfeifen. Gelo erhob die Arme. Das Toben der Zuschauer nahm er wie ein waberndes Etwas wahr. Soldino und Laro eilten herbei und nahmen ihn in die Mitte. Die Arme über den Schultern, verbeugten sie sich gemeinsam und verließen, die Schritte rückwärts, den Innenhof.

Kaum im Saal angekommen, brach Gelo zusammen.

Nur kurze Zeit später lag er wie tot auf einer Pritsche in den Stallungen des Reiterhofes. Der Kübel Wasser, über ihn ergossen, half nichts. Erst als der eilig herbeigerufene Mercuriale ihn rechts und links heftig ohrfeigte und ihm den Finger in den Hals steckte, regte er sich – Backpfeifen, Erbrechen und eine Arznei brachten ihn zurück ins Leben.

Mercuriale ließ ihn zur Ader und löste den Verband.

Die missglückte Landung hatte dem gestauchten Fuß noch ärger zugesetzt.

Das Gelenk war gebrochen.

Der Doktor ließ Leisten holen, legte einen Salbenverband an und schiente den Fuß. Man fuhr Gelo ins Lager vor die Stadt und stellte einen Diener ab, der die Nacht über bei ihm zu bleiben hatte.

»Morgen«, klangen Mercuriales Worte in ihm nach, »werden wir weitersehen. Jetzt wird tief und fest geschlafen.«

Tiefer und fester Schlaf ließ sich trotz seines erschöpften Zustands und entgegen Mittel und Weisung nur schwer finden. Tausend mal Tausend Gedanken durchzuckten Gelos Schädel. Er war gesprungen. Er hatte seinen Schwur gehalten. Er war den Salto mortale gesprungen. Dennoch war er erneut gescheitert. Nun zum zweiten Mal. Er wusste, ein drittes Mal würde es nicht geben. Nicht geben können. Nicht mit diesem Fuß. Er war – buchstäblich – an seine Grenzen gestoßen. Der Salto mortale war nicht zu meistern. Und künftig auch keiner der anderen Sprünge mehr; es schien, als ob er sich nicht nur von dieser magischen Figur verabschieden musste, sondern vom Springen allgemein. Ein Springer mit einem Hinkebein war so wertvoll wie ein blinder Kutscher. Er würde nicht nur den Dienst bei Ihrer Exzellenz quittieren müssen, sondern auch seine Laufbahn. Dabei träumte er davon, der beste Springer in der ganzen Welt zu sein.

Die Quintessenz seines Grübelns war die Erkenntnis, er könne eigentlich hier verschwinden, hinkend das Lager verlassen. Es war an der Zeit, Gedanken Taten folgen zu lassen – »Du denkst zu viel«, hatte Rufino ihn öfter getadelt. Ausgerechnet Rufino, der ein Verfechter des angestrengter Kontemplation war. Das Denken war nicht per se schlecht, es ging allein um Ziel und Richtung und um dessen Qualität. Die beiden Schlüsselfragen lauteten: Worüber denkst du nach? Und: Wie denkst du darüber nach?«

Dachte er schlecht, wenn er sich vornahm, sein Bündel zu schultern, die Achselstützen untergeklemmt, aus dem Lager fortzukommen? Den Sold bekäme er erst morgen ausbezahlt. Zurzeit besaß er keinen einzigen Gulden. Konnte er darauf verzichten? Konnte er auch auf Mercuriales ärztliche Hilfe verzichten, ohne bleibenden Schaden? Würde er Elisabeths Verständnis bekommen, für seine feige Flucht?

Die Fragen, die er sich stellte, beantwortete er alle mit Nein. Er wäre ein grandioser Schwachkopf, wenn er jetzt ginge und obendrein die lebende Bestätigung für alles, was er je über Hasenfüße proklamiert hatte.

›Morgen werden wir weiter sehen.‹ Erneut rief er sich Mercuriales beruhigende Worte ins Gedächtnis. Es gelang ihm Ruhe zu finden. Er trug sich sogar mit dem Gedanken, Rufinos Brief endlich zu lesen. Es musste ein besonderer Moment sein, hatte er sich immerzu gesagt, wenn er der Versuchung kaum noch widerstehen konnte.

Er tat es nicht.

Mit sich versöhnt, gelang es ihm, die letzten Stunden der Nacht mit Schlaf zu füllen. Ihm erschienen wieder die grauen Katzen, nur dass sie keine Salti schlugen, sondern ihm unentwegt etwas zu sagen schienen, dass er jedoch nicht zu dechiffrieren wusste.

Als am Morgen das Lager aufgelöst wurde und die ersten Leute nach der Domstadt am Oberrhein aufbrachen, erschienen die Prinzessin und Mercuriale im kaiserlichen Reisewagen im Lager. Gelo erhob sich und stand aufrecht, den rechten Fuß leicht über dem Boden schwebend. Er machte eine tiefe Verbeugung und begrüßte die Prinzessin standesgemäß.

»Respekt, Springer Johann. Wüssten Wir nicht aus zuverlässiger Quelle von seiner Verletzung und sähen Wir dort nicht die Krücken, glaubten Wir gar, Er erfreue sich bester Gesundheit, so wie Er sich gibt.«

»Eure Exzellenz, ich bin nicht krank. Nur verletzt.«

»Das ist doch im weiteren Sinne eine Krankheit. Oder, Doktor? Was sagt Ihr dazu?«

»Springer Johann hat ein Unglück ereilt, das uns bei einer derart riskanten Sprungfigur, wie er sie uns gestern demonstriert hat, nicht verwundert.«

Ein Einspänner fuhr heran.

»Doktor, sagt Uns nur drei Dinge: Wird Springer Johanns Fuß wieder gesund? Wenn ja, wie lange wird es dauern? Und was ist die beste Vorgehensweise für eine zügige Genesung?«

Der Einspänner hielt direkt vor den Dreien. Der Wagenlenker stieg vom Sitz herab und öffnete die Tür. Ein Frauenschuh zeigte sich unter einem schwarzen Samtkleid, dann drängte sich ein gespreizter roter Fächer ins Blickfeld, letztlich trat ein fürstliches Gesicht hervor, eingerahmt von zwei zu großen Schnecken eingerolltem Haar.

Mercuriale eilte an den Wagen und streckte den Arm hervor, noch bevor der Wagenlenker es tun konnte. »Frau Gräfin? Welche Überraschung! Darf ich Euch aus dem Wagen geleiten?«

Gelo schluckte.

Die Gräfin schob den Fächer zusammen, ließ ihn am Handgelenk pendeln und reichte Mercuriale den Arm.

Gemeinsam schritten sie auf die Prinzessin zu. Die Gräfin löste sich und machte einen angedeuteten Knicks.

»Gräfin? Wir hatten uns bereits ausgiebig verabschiedet. Was führt Euch hierher?«

»Eure Exzellenz, Wir haben vom tragischen Unfall Eures Springers gehört. Wir wollten wissen, wie es ihm ergeht.«

»Wer hat etwas von einem tragischen Unfall erzählt? Habt Ihr Unseren Springer etwa stürzen sehen?«

»Womöglich haben Wir in der Wortwahl etwas zu hoch gegriffen. Einem geübten Auge entging nicht, dass er nach diesem spektakulären Salto mortale unsauber aufkam.«

»Bei einer derart schwierigen Sprungfigur fällt das nicht ins Gewicht.«

»Wie dem auch sei, Faktum ist, er hat sich schwer am Fuß verletzt.«

»Wir hatten davon kein Aufhebens gemacht. Woher wisst Ihr darüber?«

»Es ist die Runde über die Gaukler zum Gefolge gegangen und letztlich ist es zu Uns gedrungen. Bei Uns ist es wohl nicht anders als bei Euch am Hof. Man kann im Grunde kein Geheimnis bewahren. Alles kommt irgendwann einmal ans Licht … Es sei denn, man weiß es vorher zu löschen.«

»Das Licht oder das Geheimnis?«

Die Gräfin lächelte und schwieg.

»Woher rührt Euer Interesse? Es ist unüblich, dass eine Angehörige aus dem Reichsgrafenstand sich über die Befindlichkeiten eines höfischen Gauklers aufgeklärt wissen will.«

»Das ist zweifellos richtig, Eure Exzellenz. Normalerweise darf Uns das nicht bekümmern. Es ist Unsere christliche Seele, die Uns dazu bringt. Zudem dürfen wir Euch gestehen, dass Uns die gestrige Begegnung mit Eurem Springer sehr wertvoll ist. Es ist nicht übertrieben, wenn wir Euch offenbaren, dass er überraschend in Unser Leben getreten ist und etwas Überwältigendes bewirkt hat.«

»Springer Johann ist unter den Gauklern ein außergewöhnlicher. Ihr habt mir Ähnliches von Pater Canisius erzählt. Ihr scheint mir angezogen von außergewöhnlichen Menschen.«

»Bei Pater Canisius verhält es sich ganz anders. Er hat Uns zum rechten Glauben zurückgeführt und Uns damit etwas Gutes getan. Wir möchten Eurem Springer etwas Gutes tun.«

»Das wäre?«

»Er darf seinen Fuß bei uns in Augsburg auskurieren. Ihr habt eine anstrengende Reise vor Euch, die Eurem Springer bestimmt nicht gut bekommt.«

»Was haltet Ihr davon, Doktor?«, fragte die Prinzessin.

»Augsburg verfügt über hervorragende Kollegen. Und im Stadtpalast bei der Familie Fugger wäre er wahrlich bestens aufgehoben.«

»Wir denken nicht, dass die Reise beschwerlich für ihn sein wird. Er hat sich lediglich den Fuß verletzt, er ist nicht lebensgefährlich verwundet.«

»Mit einem gebrochenen Fuß ist er Euch nicht nützlich, im Gegenteil. Schmerzte es Euch nicht, Euren Springer durch den Hof hinken zu sehen? Stellt Euch vor, er träte gesund und wohlauf wieder in Eure Dienste. Lasst ihn eine Weile in Unsrer Obhut und er wird Euch gesund nach Paris folgen.«

»Ein grandioser Einfall«, fügte Mercuriale bei, »zudem eine ehrenvolle Geste, die ihresgleichen sucht.«

»Ja, es ist ein überaus nobles Angebot, das Wir zu schätzen wissen.«

»Stimmen Eure Exzellenz zu?«

Gelo trat hervor. »Ich bitte um Vergebung, ist es nicht auch an mir, mich dazu zu äußern?«

»Er ist kein Leibeigener und das Wort ist Ihm nicht verboten. Lediglich hat Er einen Kontrakt mit Unserem Haus unterzeichnet, dass Er in Unseren Diensten steht. Spreche Er.«

»Ich weiß die wohlwollende Güte der Gräfin ebenfalls zu schätzen und möchte ihre christliche Nächstenliebe beileibe nicht schmälern, doch erbete ich untertänigst, unter Eurer und unter Doktor Mercuriales Obhut zu bleiben. Der Doktor kennt mich wie kein Zweiter; niemand könnte mich besser zur Genesung führen als er. Zudem muss ich die Ausbildung der anderen Springer vorantreiben. Wie könnte ich das, wenn ich von ihnen getrennt wäre? Auch weiß ich, wie sehr Euch der Unterricht im Springen erfreut. Ich bitte Euch daher, mich mit nach Paris zu nehmen.«

Die Ratsglocke schlug von der Stadt herüber. Die Prinzessin sah zu Gelo, zu Mercuriale und zuletzt zur Gräfin. »Zeit zu fahren!«

»Eure Antwort, Exzellenz?«

»Wir bedanken uns für die Offerte, lehnen jedoch ab. Springer Johann kommt mit nach Paris. Die Gründe wurden genannt und sind stichhaltig. Weitere Worte darüber sind müßig und nicht mehr erwünscht.«

Die Prinzessin verabschiedete die Gräfin, die mit gequältem Lächeln nickte, wies Gelo ein Pferd im Tross zu und hieß Mercuriale zu ihr in den Wagen steigen.

Gelo sah ihnen hinterher. Er atmete auf. Das hatte er in der letzten Zeit öfter getan. Er wünschte sich, sein Leben verliefe in Zukunft etwas ruhiger.

Wünsche jedoch besaßen ein Eigenleben.

10

»CHARLES, LIEBLING, willst du mich wirklich nicht mitnehmen nach Mézières?«

»Wozu?«

»Ich könnte dir bei der schicksalsträchtigen Begegnung deiner Zukünftigen beistehen, Cherie.«

»Das lautet edelmütig, Marie. Doch dich treibt wohl eher die Neugier.«

»Du tust mir unrecht. Ich interessiere mich wie keine andere Hofdame für deine Angelegenheiten – deshalb wäre ich gerne in Mézières dabei.« Als Charles ungläubig den Kopf zu seiner Mätresse Marie Touchet dreht, ergänzt sie: »Natürlich auch wegen des Pläsiers. Allein die Idee mit der Soldatenverkleidung ist zu extraordinär, als dass du sie für dich allein behieltest.«

»Ich fahre nicht allein. D'Anjou wird mich begleiten.«

»Dass du überall und immerzu deinen kleinen Bruder mitschleppen musst.«

»Wenn, dann ist Alençon mein ›kleiner‹ Bruder. D'Anjou und ich sind nur ein Jahr auseinander.«

»Nimmt er dann auch seine Püppchen und Hündchen mit, unser ›Prince de Sodome‹?«

»Rede nicht so abfällig über ihn. Er ist immerhin Oberbefehlshaber meiner Soldaten …«

»… und hat unsereins niedergemetzelt.«

»Die Kämpfe bei Jarnac und Moncontour sind Marshall Saulx' Teufelswerk.« Charles stöhnt kaum merklich. »Der alte Eiferer hat bereits unter meinem Großvater gegen die Habsburger gehauen und gestochen. Jetzt sind es die Hugenotten.«

Marie streckt die Hände aus dem Bett und greift die beiden mit Clairet gefüllten Kristallgläser vom Nachttisch. Sie ist ganz vernarrt in diesen Wein aus Bordeaux. »Margot und ihr Henri könnten uns begleiten«, schlägt sie vor und stößt mit Charles an, »es könnte sehr unterhaltsam werden.«

»Margot wird im Louvre bleiben. Zudem täte sie besser daran, ihm die Freundschaft zu kündigen.«

»Es ist wohl mehr als Freundschaft; sie erzählte mir, er wolle um ihre Hand anhalten.«

»Ausgeschlossen! Ein Fanatiker wie Henri de Lorraine ist das Letzte, was wir brauchen können.«

»Sie sagt, er liebe sie.«

»Liebe? Der Duc de Guise mag meine Schwester besteigen, wie es wohl auch der Schönling Joseph tut, aber er liebt sie nicht und wird niemals ihr Ehemann werden.«

»Er ist Katholik, einer von Euch.«

»Ja, das ist er. Er ist zudem ein fanatischer Hetzer und Kriegstreiber. Ihm geht es nicht um unsere Sache, er ist von Hass zerfressen und will den Tod seines Vaters rächen.«

»Dann wird Margot also doch Henri de Bourbon heiraten.«

»Du redest über Dinge, die dich nichts angehen. Es sind Angelegenheiten zwischen Mutter und mir. Woher weißt du darüber?«

»Sagte ich nicht, ich interessiere mich mehr als jede andere für deine Angelegenheiten?«

»Antworte auf meine Frage!«

»Ich weiß es eben.«

»Antworte!«

Marie steigt aus dem Bett. Charles sieht ihr nach, starrt auf ihre nackten Schultern, den Rücken, ihr Gesäß und fährt sich mit dem Hemdsärmel über den Mund. Marie geht zum

Tisch, zieht ein beschriebenes Papier aus einer Mappe, dreht sich zu Charles und liest ihm vor.

»Einigung zwischen Katholiken + Hugenotten – Offerten Aufhebung aller seit 1559 ausgesprochenen Verurteilungen // Bürgerliche und religiöse Gleichberechtigung // Wiedereinsetzung der Hugenotten in ihre Rechte und Ämter // 4 Sicherheitsplätze für 2 Jahre: La Charité, Montauban, Cognac und La Rochelle // …«

Charles, eben noch an die pompösen Kissen gelehnt, lehnt sich vor. Achtsam hört er zu, während er auf Maries entblößte Scham stiert.

»… 2 Städte in jedem Gouvernement für reformierten Gottesdienst // Paris und jeweilige Königliche Hoflager bleiben katholisch // …«

Er stellt sein Glas ab.

»Es reicht, Marie.«

»König Charles übernimmt Zahlung des rückständigen Solds der protestantischen Truppen // …«

»Marie! Ich sagte, es reicht!«

»Un moment! Ich bin noch nicht fertig. Der letzte Punkt:
›Marguerite de Valois oo Henri de Bourbon‹.
CMRdM«*

Charles springt aus dem Bett und reißt ihr das Papier aus der Hand. »Das ist nicht für dich!«

Sie sieht ihn streng an. »Wieso traust du mir nicht?«

Er wirft das Blatt auf den Boden, lässt sich ins Bett fallen und vergräbt seinen Kopf unter den Kissen.

Marie steigt zu ihm, schiebt die Kissen beiseite und streichelt den weinenden König.

---

* Caterina Maria Romula de' Medici

»Cherie. Ich weiß, dass es nicht einfach ist. Ich weiß, dass du unter deiner Mutter leidest, ich wei…«

»Hör auf! Ich liebe meine Mutter! Ich liebe sie, hörst du! Ich liebe sie wie auch Margot, Henri und Alençon! Sie sind meine Geschwister. Sie sind wie ich Katholiken!«

»Und ich? Was ist mit mir? Du liebst auch mich! Ich bin Hugenotte! Sie haben nicht nur Männer erstochen …«

»Dieses grausame Gemetzel muss ein Ende haben! Wir werden Frieden schließen. Mit Coligny! Ich vertraue ihm. Es ist für mich wie mein Vater. Er ist klarsichtig. Und versöhnlich. Nicht wie Tavannes und de Lorraine. Sie sind Teufel. Sie zerstören alles. Mein Reich. Meinen Frieden. Darum das Papier. Es sind unsere Zugeständnisse. Wir werden uns einigen und Frieden schließen.«

»Und Margot?«

»Ja, es stimmt. Sie wird den Hugenotten heiraten … müssen. Da führt kein Weg vorbei.«

Marie steigt aus dem Bett und holt eine Schüssel mit Marzipanherzen vom Fensterbrett. Sie setzt sich neben Charles, jetzt angelehnt an den aufgebauschten Kissen, und schiebt ihm eines in den Mund.

Momente vergehen. Ohne Worte.

Sie schenkt nach und reicht ihm erneut sein Glas. »Bald hast du eine Ehefrau und wirst mich verlassen.«

»Mir ergeht es nicht anders als meiner Schwester. Die Heirat mit dieser Isabella ist ein rein dynastisches Thema.«

»Sie ist fünf Jahre jünger als ich …«

»Jünger heißt nicht besser. Sie ist noch ein Kind. Du bist eine Frau und weißt, was mich glücklich macht. Du bist Balsam für meine Seele.«

»Und für deine Lust.«

Sie nimmt seine Hand und führt sie an ihre Brust. »Vielleicht ist sie ja hässlich.«

»Das wird sich zeigen, wenn ich in Mézières-en-Champagne bin, meine ›Je charme tout‹.«

»Selbst wenn sie hübsch sein sollte, sie macht mir keine Angst.«

Charles nickt zufrieden.

»Und wenn ich doch mitführe? Ganz allein, ohne Margot?«

»Nein, mon Bijou. Du fährst morgen zurück nach Saint-Germain-en-Laye. Ich bleibe noch hier auf Fontainebleau. Wir werden uns in ein paar Wochen wieder sehen.«

Marie kippt ein paar Tropfen des Clairets über Charles Brust, Bauch und Unterleib. Sie folgt den Tropfen mit ihrer Zunge und leckt sie auf. Charles genießt.

Er wirft sich auf sie und gräbt seine Zähne in ihren Alabasterpo. Sie schreit erst auf, dann folgt ein Stöhnen. Nachdem sie sich im Bett und auf dem Fußboden geliebt haben, sieht sie ihn an. »Du weißt, dass ich es nicht so lange ohne dich aushalte.«

»Sei tapfer.«

»Cherie! Was ist bloß los mit dir? Immer nur die Jagd. Das ist doch todlangweilig. Wenn ich bei dir wäre, könnten wir uns verwöhnen, nachdem du das borstige Geschwein durch den Wald gehetzt hast.«

Marie bedeckt ihn abermals mit Küssen von der Brust hinab bis in den Schoß und wiederholt wie nebenbei ihre Bitte.

Charles willigt ein.

Breitbeinig stand Girolamo im Speyerer Auwald am Ufer des Runkedebunk, einem Nebenarm des Rheins. Er trieb Tuccaro an, der bereits zum fünften Mal – mehr recht als schlecht – hinüber zur kleinen Horninsel und wieder zurückgeschwommen war.

»Noch eine Bahn, Springer, dann ist das Pensum geschafft! Und denkt verdammt noch mal an die Fußhaltung! Ihr lasst schon wieder nach!«

Girolamo hatte – auf wiederholtem Geheiß der Prinzessin – Tuccaro ein tägliches Übungspensum zur Rekonvaleszenz des gebrochenen Fußes auferlegt. »Doktor Mercuriale, Ihr sorgt jetzt noch mehr dafür, dass Unser Springer wieder jene Form erreicht, für die Wir ihn schätzen lernten«, hatte sie ihn bei der Abreise von Augsburg in die Pflicht genommen. Seine Majestät hatte ihr beigestimmt: »Zur Hochzeit springt er besser denn je. Wir wissen, dass Ihr das vollbringen könnt!«

Girolamo beteuerte, alles in seiner Macht Stehende zu tun, scheute sich jedoch nicht, die Schwierigkeiten des Heilungsprozesses herauszukehren. Dabei streute er geschickt die Notwendigkeit ein, hierzu seine Experimente mit den seltenen Heilpflanzen aus dem Morgenland zu forcieren; doch deren Besorgung sei naturgemäß sehr kostspielig, und er zahle diese aus eigener Tasche …

»Für die Wünsche Unserer Tochter ist Uns kein Preis zu hoch. Wenn Ihr die Pflanzen für Eure Wundermittelchen braucht, sollt Ihr sie bekommen.« Der Kaiser sicherte ihm eine Aufstockung seiner Vergütung zu und machte ihm zudem neue Hoffnung auf den lang ersehnten Adelstitel. Allerdings hinge alles vom Behandlungserfolg ab. Dieser Vorbehalt schürte eine subtile Hassliebe Mercuriales zu Tuccaro. Ein Landsmann zwar, doch ausgerechnet ein Vertreter des niederen Stands der Gaukler, sollte in sein Leben getreten sein und bewirken, was bislang weder Adeligen, Weggefährten noch Verbündeten gelang – die Aufstockung seines Honorars und: die Lancierung des Titels! Girolamo wusste oft nicht, was ihm mehr ans Herz gewachsen war, das Geld, das er so dringend für seine Experimente brauchte, oder dieser verdammte Titel, um den er all jene beneidete, die seiner bereits habhaft waren. Grund genug, nicht abzulassen von dem Springer, dessen Glück auch das seinige bedeutete, und umgekehrt.

»Tuccaro! Der Fuß! Anziehen, verdammt! Schwimmt verflucht noch mal wie ein lebender Frosch, nicht wie ein halb toter!«

Schwer atmend stand Tuccaro im Fluss. Die letzte Bahn war geschwommen. Girolamo reichte ihm ein Tuch.

»So souverän Ihr Euch in der Luft bewegt, so miserabel durchquert Ihr das Wasser.«

»Könnt Ihr es besser? Euch habe ich noch nie schwimmen gesehen.«

»Das habe ich auch nicht nötig … im Gegensatz zu Euch. Es ist für Euren Fuß das beste Therapeutikum. Außerdem dient es Euch, Euer Potenzial zu erhalten.«

Girolamo zog sein Maßband hervor, schlang es um Tuccaros massige Schenkel und Waden, und notierte die Umfänge in ein kleines Buch. »Ihr habt bereits an Muskulatur verloren. Jetzt seht Ihr zwar nicht mehr ganz so aus wie ein watschelnder Kubus, andererseits bedeutet das auch Kraftverlust. Und was dieser wiederum für Eure Sprünge heißt, wisst Ihr selbst. Ergo: Das Pensum wird erhöht! Bis zur Hochzeit müssen wir Euch wieder vollständig hergestellt haben.«

Tuccaro schlüpfte in die Kleider und schnallte die Knöchelschiene um, die Girolamo eigens für ihn von Waffenschmied und Sattler hatte anfertigen lassen.

Gemeinsam fuhren sie mit dem Wagen zurück. Girolamo ließ ihn beim Zeltlager vor den Speyerer Stadttoren absetzen und fuhr weiter in die Stadt hinein, wo er mit dem höchsten Kreis des Gefolges bis zur Weiterfahrt nach Frankreich wohnte.

Nach der Eröffnung des Reichstages, mit deren Prunk Kertész einmal mehr mit kostspieligem Firlefanz seinen Geltungsdrang herausgestellt hatte, blieb Seine Majestät mit ausgesuchten Häuptern vor Ort, um die Verhandlungen zu führen. Die Prinzessin zog mit dem Großteil des Gefolges – darunter Girolamo Mercuriale, Ogier Ghislain de Busbecq und Gregorius Mayentracht wie auch Luca Bonaldi und Géza Kertész – weiter nach Frankreich. Maximilian hatte verfügt, dass Kertész und Bonaldi gleich nach der Inthronisation seiner Tochter zurückreisen sollten; für Girolamo, Mayentracht und Busbecq allerdings hatte er sich ein ganzes Jahr Beistand für die Prinzessin ausbedungen.

Géza Kertész wurde beauftragt, zusammen mit dem dortigen Künstler Nicolò dell'Abbate die Hochzeitsfeiern wie die Krönung Elisabeths zu inszenieren. Dell'Abbate stand seit fast zwanzig Jahren dem französischen Königshaus zu Diensten. Er stattete Schloss Fontainebleau wie auch Saint-Germain-en-Laye mit Skulpturen, Fresken und Stuckarbeiten aus. In höfischen Kreisen hatte er sich bereits einen großen Namen als Künstler gemacht, eine Ehre, die Kertész noch nicht für sich beanspruchen konnte.

Luca Bonaldi war von Seiner Majestät beauftragt worden, die Choreografien der Tanzfeste einzustudieren, die eine nicht unerhebliche Rolle gerade am französischen Hof spielten.

Gregorius Mayentracht sollte nicht nur gemeinsam mit dem Kammerherren des französischen Königs in Diensten der Prinzessin stehen, sondern sich vom französischen Hofgärtner Claude Mollet zu neuen Ideen für die Wiener Parkanlagen inspirieren lassen.

Ogier Ghislain de Busbecqs Aufgabe war es, ein Auge auf die standesgemäße Integration der Prinzessin in die politischen Angelegenheiten Charles' und dessen Königinmutter Caterina de' Medici zu haben.

Girolamo war wie stets für die Gesundheit Ihrer Exzellenz verantwortlich und zusätzlich für die vollständige Genesung des Springers.

Bevor sie zur Residenz des französischen Königs reisten, fuhren sie nach Mézières-en-Champagne, einer Festungsstadt an der Maas. Es hieß, der Prinzessin zukünftiger Gemahl wolle sie dort empfangen. Entgegen der Aussage geschah dies nicht durch ihn, sondern durch seinen jüngeren Bruder Heinrich, dem Herzog von Anjou. Und das auch nicht in besagter Festungsstadt, sondern ein paar Meilen entfernt, auf der Burg von Sedan, die sie bei strömendem Regen und schlammigen Straßen erreicht hatten. Als die Prinzessin tags darauf bei Sonnenschein mit Girolamo und Busbecq im Burghof spazieren ging, schritt der adelige Franzose mit einem kleinen Gefolge auf sie zu, stellte sich mit »Henri de Valois, Duc d'Anjou« vor, entschuldigte die Abwesenheit des französischen Regenten und lud sie zum gemeinsamen Mahl nach Mézières-en-Champagne ein, wo

Ort und Zeit sowie das weitere Prozedere der beiden Hochzeiten und der Krönung besprochen werden sollten.

Man einigte sich darauf, dass bereits nächste Woche der inoffizielle Einzug der Prinzessin in das Schloss Saint-Germain-en-Laye stattfinden sollte, und der prunkvolle, offizielle Empfang nach ihrer Inthronisation, die für März des kommenden Jahres anberaumt war. »Hohe Festlichkeiten bedürfen intensiver Planung und langer Vorbereitung«, hatte Kertész die großen Zeitspannen kommentiert und abermals von seiner Experimentierlaune geprahlt, die manche Verzückung bei Seiner Majestät Kaiser Maximilian hervorgerufen hatte.

Am dritten Tag der ersten Augustwoche zogen sie in den französischen Hof ein. Es gab Konzerte, Tänze, Festessen und in der späten Nacht ein petit Feu d'artifice, das – obwohl als klein bezeichnet – dem Fugger'schen Bombastfeuerwerk in nichts nachstand.

Zahlreiche Bedienstete wurden abgestellt, um der Prinzessin und dem Gefolge die Wohnstätten zuzuweisen. Ihre künftige Majestät hatte sich bis zur offiziellen Krönung in den Gemächern im ersten Stock des Château vieux, im südlichen Schlossflügel aufzuhalten. Nach der Inthronisation zöge sie in die königlichen Gemächer im nördlichen Teil des Ostflügels, gegenüber denen des Königs im östlichen Teil des Nordflügels. Girolamo, Busbecq und Mayentracht als engste Vertraute der Prinzessin bekamen Appartements ebenfalls im alten Schloss zugewiesen, während Kertész und Bonaldi, in der Hierarchie unter ihnen stehend, weniger exklusiv im Château neuf, einer eigenen, unterhalb des Château vieux gelegenen Schlossanlage, einquartiert wurden.

Dort wurde auch der Rest des Gefolges gemäß absteigender Rangordnung in kleinere Einzelappartements, dann in Doppel- und letztlich in Mehrbettzimmern untergebracht. Die Musikanten wie die Gaukler fanden ihre Bleibe in einem eigens für sie vorgesehenen Trakt, wie er auch am Wiener Hof gebräuchlich war.

Am Tag nach der Unterbringung führte sie ein Männerquartett auf Geheiß des Königs durch Schloss- und Gartenanlagen – er meinte, es gelte sich zeitig zu orientieren, um heimisch zu werden. Es bestand aus den Architekten Guillaume Marchant, Jean Gallia, Hieronymus Corda und André Cuarda, renommierten Kollegen des großen, erst kürzlich verstorbenen Baumeisters Philibert de l'Orme.

Mit einem Zweig zog Gallia ein paar Striche in den Sand. »Der Grundriss des Château vieux. Er ist extraordinär; ein unregelmäßiges Fünfeck.«

»In drei seiner Ecken hat der Hof runde Türme. Die nordwestliche Ecke allerdings schließt ein viereckiger Donjon ab«, ergänzte Marchant.

»Und diesem wiederum fügt sich die Chapelle Saint Louis an«, setzte Cuarda hinzu. »Den Donjon und die Kapelle werden wir ein andermal besichtigen.«

Sie passierten ein weitläufiges kahles Areal und gelangten zum Château neuf. »Das Château neuf wurde im Auftrag von Henri II. errichtet. Es liegt östlich des Château vieux«, dozierte Cuarda und zählte dabei eine Liste von Details auf, die Girolamo gar nicht mehr vernahm, seine Aufmerksamkeit wurde von Busbecq gestört, der bereits Langeweile verspürte. »Dieses unsägliche Umhergehatsche geht mir gewaltig auf den Geist. Außerdem kriege ich davon dicke Füße«, gestand er Girolamo hinter vorgehaltener Hand.

Nach den Schlössern folgten die ausgedehnten Gartenanlagen, zu deren Führung sich Hofgartenmeister Mollet anschloss. Inzwischen zeigten nur noch Ihre Exzellenz und Mayentracht lebhaftes Interesse – die Prinzessin erfreute sich an den kunstvoll angelegten Beeten, und Mayentracht fragte ständig nach den Kornblumen, um enttäuscht zu erfahren, dass er diese eher niedere Pflanze hier nicht finde.

Girolamo hatte sich Busbecqs Stimmung angeglichen. Er hörte gar nicht mehr auf die ermüdenden Erklärungen der Architekten. »… in der Gartenkunst bezeichnen wir ein flaches, nur niedrig bepflanztes Gelände als Parterre. Die Parterren sind durch Terrassen verbunden, die …«

»Sagt an, Maître Marchant, wie weit ist es vom Château vieux bis hinunter zur Seine?«, unterbrach Girolamo ihn.

»Äh … circa ein Fünftel Lieue, also einer Französischen Meile«, antwortete Marchant.

»Ich meinte, wie lange zu gehen?«

Marchant wiegte den Kopf. »Eine Viertelstunde, vielleicht etwas mehr. Das kommt ganz auf Ihren Schritt an, Monsieur.«

Girolamo überlegte, wie viele wertvolle Minuten allein der tägliche Gang dorthin und retour in kostete, um Tuccaros Schwimmen zu überwachen. Die Gesundung des Fußes schritt schleppend voran; das kam ihm schlecht zupass – er wollte keine Zeit mehr mit dem Springer verplempern, gerade jetzt, wo sich ihm hier am Hof und unweit im viel gerühmten Paris neue und ungeahnte Möglichkeiten für seine medizinischen Experimente boten. Es war angezeigt, die Überwachung des Pensums einzustellen. Im Grunde brauchte Tuccaro ihn dazu auch nicht mehr. Der Springer hatte bereits in Speyer gezeigt, dass er den Willen besaß, konsequent das auferlegte Streckenquantum zu absolvieren. Es schien sogar, dass das Wasser, ihm anfangs eher feindlich gesonnen, zusehends zum Freund wurde.

Schon in der zweiten Woche fand Girolamo einen Weg, Tuccaros Begleitung an die Seine einzustellen: er versprach Mayentracht und Mollet Hilfe beim Anlegen eines Medizinalkräutergartens; überdies benötige er Zeit, um neue Mixturen – hauptsächlich für Tuccaros Fuß – zu kreieren. Die Prinzessin zeigte sich verständig und befreite Girolamo von der Aufsichtspflicht. Ihm oblagen lediglich noch die dreitägliche Beschau des Fußes und das Verabreichen weiterer Salben und Mixturen.

Von nun an hatte Tuccaro allein hinunter an den Fluss zu gehen.

11

Den Vollmond traf keine Schuld – Gelo lag hoffnungslos wach. Er tat es, wie jede Nacht seit der Ankunft. Angezogen lag er auf der Pritsche und stierte an die Decke, die Hände hinter dem Kopf verschränkt. Nichts schien hier im Reinen. Die Verpflegung, zwar reichlich, schmeckte komisch. Soldino und Laro übten lax, stattdessen schäkerten sie mit den französischen Frauenzimmern, zugegebenermaßen weitaus hübscher als die österreichischen. Bonaldis Sprachunterricht, ihm bereits in Speyer angeboten, ließ zu wünschen übrig; gerade mal einhundert Vokabeln hatte er ihm beigebracht, und ein Dutzend Redewendungen – Bonjour, comment ça va? Je suis un saltarin de rois ... Gelo hörte zwar nicht mehr nur Laute aus der neuen Sprache heraus, mitunter verstand er Zusammenhänge, doch für eine ordentliche Konversation, wie er sie in seiner Muttersprache und auf Deutsch führte, reichte das niemals. Natürlich konnte er sich mit den Angehörigen aus dem Wiener Tross austauschen, doch darum ging es ihm nicht. Er wollte die Hiesigen kennenlernen. Wie sollte er das anstellen, ohne die Sprache? Ärger noch war ihm, dass er die Prinzessin nicht mehr zu Gesicht bekam. Eine Flut an Pflichten stürze über sie herein, da sei an Unterricht nicht zu denken, hatte Mayentracht ihm auf seine Anfrage hin geantwortet. Zudem könne er mit dem kranken Fuß ohnehin nicht akzeptabel unterweisen. Wenn er wieder ganz gesundet sei und sich die Obliegenheiten Ihrer Exzellenz verringert hätten, werde man die Lehrstunden wohl fortsetzen. Der Fuß. Alles lag an ihm. Bereits in Augsburg war es Gelo bewusst geworden. Und hier dachte er ebenfalls unentwegt daran: Wenn der Fuß nicht vollständig heilte, würde er nie wieder springen können. Dann wäre nicht nur seine höfische Karriere zunichte gemacht, sein Ende als Luftspringer und Vorstreiter der neuen Kunst wäre besiegelt. Ein Mann, der nicht mehr imstande war, seinen Beruf auszuüben, wozu taugte der? Ein Springer, der seine Berufung nicht mehr leben durfte, wessen Sinn hatte dessen Dasein? Sollte er enden wie Baldur? Der Gaukler Schlaf bewachen, ihnen in den Arsch treten und neidisch mit ansehen, wie sie ihre Künste ausübten? Wohl hatte er Fortschritte gemacht; die bläuliche Färbung war längst verschwunden, die Schwellung fast weg. Doch ohne die Knöchelschiene konnte er sich nur hinkend bewegen, was ihm, wenn nicht über ihn gelästert wurde, Mitleid einbrachte. Beides grämte ihn. Und natürlich war da noch Mercuriale, dessen Unterstützung er zu schätzen wusste. Der Doktor laborierte mit diversen Mixturen und experimentierte an neuen Medikamenten. Er sprach von einem Wundermittel. Es mangele ihm lediglich an den Zutaten. »Die exakten Dosierungen und die richtigen Ingredienzien sind das A und O.« Die ersten Tage begleitete Mercuriale ihn noch regelmäßig hinunter an die Seine – das obligatorische Schwimmpensum … Dann ließ er davon ab. Er meinte, Gelo brauche ihn dazu nicht mehr, er schwimme inzwischen tadellos. Er solle das Pensum weiter erhöhen und so lange schwimmen, bis der Fuß geheilt sei. Viel fehle nicht mehr. Die vollständige Heilung könne jeden Tag, quasi über Nacht eintreten. Also schwamm er. Jeden Tag. Mehrmals. Stunden und Stunden in der Seine. Mit der Strömung, gegen sie anzukämpfen war unmöglich. Er spürte Besserung, doch die echte, wahre Heilung, von der Mercuriale sprach, blieb nach wie vor aus.

Gelo erhob sich – wie in Wien hatte er eine obere Pritsche der Stockbetten gewählt – und sah in den Saal der Schlafenden. Der Mondschein, ein diffuses Licht durch die Fensternischen, hüllte den weitläufigen Raum in metallisches Blau. Gelo schien, als leuchte es ihm. Er starrte in den matten Schein. Minuten vergingen. Sein Starren war mehr als nur ein Blicken ins Leere, es öffnete ihm jenen Spalt in seinem Geist, den es brauchte, um neue Erkenntnis zu erlangen: Er wusste jetzt, dass er sich nicht weiter an Mercuriale festklammern konnte, an seine medizinischen Künste und an die Hoffnung auf deren Wirkung. Des Doktors Künste waren begrenzt. Die Heilung und die Zukunft oblagen einzig ihm, Gelo, und keinem Dritten. Er war sein eigener Meister, und nur sich selbst hatte er zu folgen. Rufinos Brief. Jetzt, entschied er, war der Zeitpunkt gekommen. Viel zu lange hatte er es hinausgezögert. Aus dem Reisebündel genommen und eingesteckt, schnallte er sich die Schiene um den Fuß und hinkte nach draußen in die laue Nacht. Im Park setzte er sich auf eine der Bänke und zog ihn hervor.

Bozen, im Juli 1570

Mein lieber Gelo,

ich bin mir sicher, dass Du diesen Brief, solltest Du ihn nicht im Zorn fortgeworfen haben, erst spät lesen wirst. Dann nämlich, wenn Du begriffen hast, dass mein Fortgehen die einzige richtige Entscheidung für Deinen weiteren Lebensweg war. Du selbst hättest die Trennung nicht vollzogen. Ich muss es tun, was mir, aufrichtig bekannt, sehr schwer fällt.

Lange habe ich überlegt, was ich Dir zum Abschied schreiben könnte. Ich habe mich für die Worte Kohelets entschieden. Den Grund wirst Du selbst erkennen.

Ich weiß nicht, wann und wo Du diese Zeilen lesen wirst. Sei gewiss, diese Kohelets Worte gelten für jeden, zeitlebens und allerorten. Lese sie und lasse sie wirken.

Für Deinen weiteren Lebensweg wünsche ich Dir alles Gute und den Erfolg als Luftspringer, den Du Dir immer ersehntest.

Es war mir eine große Freude, diese lange Zeit mit Dir verbracht zu haben. Du bist mir ein wertvoller Schüler gewesen und ein noch wertvollerer Freund.

Rufino

Gelo wischte sich mit dem Handballen über die Augen, wendete das Papier und las das Zitat.

Alles hat seine Stunde. Für jedes Geschehen unter dem Himmel gibt es eine bestimmte Zeit:

eine Zeit zum Gebären / und eine Zeit zum Sterben, / eine Zeit zum Pflanzen / und eine Zeit zum Abernten der Pflanzen,

eine Zeit zum Töten / und eine Zeit zum Heilen, / eine Zeit zum Niederreißen / und eine Zeit zum Bauen,

eine Zeit zum Weinen / und eine Zeit zum Lachen, / eine Zeit für die Klage / und eine Zeit für den Tanz;

eine Zeit zum Steinewerfen / und eine Zeit zum Steinesammeln, / eine Zeit zum Umarmen / und eine Zeit, die Umarmung zu lösen, eine Zeit zum Suchen / und eine Zeit zum Verlieren, / eine Zeit zum Behalten / und eine Zeit zum Wegwerfen,

eine Zeit zum Zerreißen / und eine Zeit zum Zusammennähen, / eine Zeit zum Schweigen / und eine Zeit zum Reden,

eine Zeit zum Lieben / und eine Zeit zum Hassen, / eine Zeit für den Krieg / und eine Zeit für den Frieden.

Buch Kohelet 3,1–8

Mehrmals las er den Spruch. Welche Zeit war jetzt gekommen? Ganz allein für ihn herangebrochen? Es war nicht die Zeit des Weinens oder des Wegwerfens, nicht die des Hassens oder gar des Tötens. Es war die Stunde des Heilens. Diese Nacht war sie gekommen. Er spürte es. Er spürte deutlich, dass diese Nacht etwas Besonderes barg. Ein Zauber wohnte ihr inne, dem er zu folgen hatte.

Es zog ihn hinunter zum Fluss. Sorgsam setzte er die Schritte ins Halbdunkel. Die Knöchelschiene schmerzte.

Momente lang stand er am Ufer und stierte ins fließende Wasser. Das Mondlicht spiegelte sich wider. Der Fluss ein silbernes Band. Er dachte an Rufino und an eine seiner Weisheiten – *Wie die Reflexion des Mondes auf dem Wasser nicht der Mond selbst ist, zeigt dein Bild im Spiegel auch nicht dein wahres Ich.*

Bislang hatte er diesen Spruch nicht verstanden. Er hatte wohl darüber nachgedacht, zu einem wahren Verständnis war er aber nicht gekommen. Jetzt, wo er sein verschwommenes Konterfei im Wasser als schemenhafte Maske erblickte, wurde ihm bewusst, was diese Worte auszudrücken versuchten. Er hatte immer nur Rollen gespielt. Rollen, die ihm das Leben aufdrängten. Was jedoch in ihm war ureigen? Seine Wünsche und Begierden? Sein Stolz? Sein Bedürfnis nach Anerkennung? Die Genugtuung des Applauses? War das alles er oder war es nur ein Spiegelbild? Eine Illusion seines Selbst?

Er löste die Schiene vom Fuß, warf sie in weitem Bogen in den Fluss und ging einen ersten Schritt ins Wasser. Einen zweiten. Er schloss die Augen und spürte die Strömung des Flusses. Erst stemmte er sich dagegen. Dann folgte er einer inneren Stimme. Sie sprach zu ihm. Sie sprach in ihm. Lass dich fallen, hörte er. Lass dich treiben. Du bist in Sicherheit. Alles wird gut.

Gelo ließ es geschehen. Er lag auf dem Wasser und gab sich dem Strom hin. Er ging nicht unter. Es war, als ruhe er auf einem Bett aus sanften Wellen. Er lag auf dem Rücken, ließ sich vom Strom tragen und sah hinauf ins sternengesprenkelte Schwarz. Er versuchte sich auf seinen Fuß zu konzentrieren. Schmerzte er noch? Er konnte es nicht sagen. Er spürte ihn nicht. Er spürte seinen ganzen Körper nicht.

Er war ein Teil des Flusses geworden. War Körper und Strom zugleich. Dieses Gefühl kannte er. Er hatte es erlebt, wenn er in ebensolchen Vollmondnächten in höchsten Höhen mit den Katzen die Dächer bestiegen hatte. Da war er selbst zu einer Katze geworden, war nicht mehr nur geklettert und gesprungen, sondern war das Klettern selbst, das Springen selbst geworden. Es hatte keine Trennung mehr gegeben zwischen seinem Körper und den Mauern, die er bestieg. Es hatte auch keine Trennung mehr gegeben zwischen ihm als dem Springenden und dem Sprung, den er ausführte. Er war eins geworden mit dem Sprung. Körper, Geist, Herz und Seele waren der Sprung selbst gewesen. Spiegel und Bild waren eins geworden. Mond und Wasser waren eins geworden. Wieder und wieder hatte er diese

Erlebnisse gehabt, bis … Bis der Sprung der Sprünge sie ihm genommen hatten. Seit dem Scheitern in Wien und dem zweiten, verhängnisvolleren darauf in Augsburg, der seinem Fuß noch mehr Schaden zugefügt hatte, schien sein Glück ihn verlassen zu haben. Seit zwei Monaten tat er keinen einzigen Sprung mehr, nur noch halbherzige Handstände und Schwebstütze führte er aus. Doch er war kein Balançeur, balancieren tat er nur nebenbei. Er war Springer und wollte nichts anderes sein, und nichts anderes tun. Er wollte springen. So hoch, so weit, dass es dem Fliegen glich. Das hatte er bereits vollbracht! Ungezählte Male. Und das würde er wieder tun! Er wusste, dass es so sein würde. Er spürte es. Hier und jetzt. Alles hat seine Stunde …

Gelo trieb mit dem Fluss. Wie ein Stück Holz im Wasser. Er wusste nicht, wie viel Zeit verflossen war und immer noch verfloss. Es war auch nicht von Bedeutung. Zeit und Raum waren eins geworden. Er trieb im Strom von Raum und Zeit. Er trieb mit der Zeit. Mit dem Fluss. Der Fluss war die Zeit und umgekehrt.

Der Morgen kam ihm entgegen. Das Sonnenlicht erhellte den Horizont. Am Fluss erwachte das Leben. Er trieb vorbei an windschief gezimmerten Hütten, die Dächer moosbewachsen; vorbei an ausladenden Weiden, die Zweige ins Wasser gesenkt; vorbei an schaukelnden Fischerbooten, die Leinen an Bojen festgezurrt. Auf krummen Stegen türmten sich Taue, Raben saßen krächzend darauf, die Schnäbel gegen die Sonne.

Landmänner sah er durchs Morgengras schreiten, weiße Tonpfeifen im Mund, die Sensen geschultert.

Blökende Schafe. Grunzende Schweine. Krähende Hähne. Die Felder verloren sich. Mehr Backsteinhäuser drängten sich in die Landschaft. Die Sonne schien über schiefergedeckte Dächer hinweg. Erdiges Flussufer wich gebauten Wänden, Treppen und Anlegestellen.

Es häuften sich die Boote, die Mauern, die Menschen.

Er trieb geradewegs auf eine große Stadt zu. Sein Geist war erwacht. Die eigenartig hypnotische Stimmung, die ihn durch die Nacht getragen hatte, war Klarheit gewichen. Er wechselte seine Lage und begann zu schwimmen wie ein ›lebender Frosch‹. Von fern schlug eine Turmuhr. Er zählte die Schläge – sage und schreibe acht Stunden war er in der Seine getrieben. Wie war das möglich? Hatte er dabei auch geschlafen?

Gelo trieb auf eine Brücke zu, gezimmert aus mächtigen Balken. Darunter führten gemauerte Stufen von einem Kai bis ins Wasser. Hier würde er ans Ufer gehen, seiner Flusspartie ein Ende bereiten.

Kaum die Stufen erreicht, hörte er die Hilfeschreie einer Frau. »Au secours!«, rief sie, »Au secours!«

Ein Erlebnis aus Kindertagen schoss ihm in den Kopf, als er von zwei Männern überfallen worden war, die ihm die Einnahmen eines ganzen Tages rauben wollten. Ein Unbekannter war ihm zu Hilfe geeilt und hatte beide Räuber in die Flucht geschlagen. Gelo war seitdem mit sich übereingekommen, jedem in Not Geratenen zu helfen. Das schien hier angezeigt.

Er sprang die Treppen hoch, ohne auf die Tritte zu sehen. Nur von den Schreien geleitet, nahm er zwei Stufen auf einmal. Oben auf dem Kai bedrängten zwei schwarzhaarige Männer – ein Hagerer, in brauner und ein Dicklicher in waidblauer Tracht – eine ebenfalls schwarzhaarige, dunkelhäutigere Frau in rotem Kleid. Gelo rannte auf die drei zu. Er machte einen gewaltigen Sprung, gut anderthalb Klafter weit und einen hoch, und streckte den Dicken mit einem seitlichen Fußtritt in der Luft zu Boden. »Non!« Den Hageren traf er mit einem Halbkreistritt am Kopf, packte ihn am Wams … »Non! Ne fais pas ça!« … und stieß ihn in den Staub. Im tropfnassen Gewand, souverän posierend, rieb er sich klatschend die Hände, obwohl er sich gar nicht staubig gemacht hatte. Er hatte gesiegt, der Held! Und wie! Mit zwei artistischen Fußtritten, die ihresgleichen suchten, hatte er in Windeseile zwei Männer niedergestreckt! Das war wohl einen Deut Bewunderung der schönen Mademoiselle wert.

Gefehlt. Sie sah ihn gar nicht an, sondern kniete sich zu Gelos Erstaunen hinab zu den beiden Angreifern, streichelte ihre Köpfe und redete ihnen zu. Ihre Stimme klang mal sanft, dann wieder roh.

Als die junge Frau auf Gelo einredete – sie sprach französisch, mit hörbarem Akzent – entschuldigte er sich, dass er sie nur schlecht verstehe, er sei Italiener.

»Ach, ein Landsmann! Trotzdem kein Grund meine Kollegen zu verdreschen!«

»Kollegen?«

»Schon mal was von Commedia degli Zanni gehört?«

»Natürlich! Auch gesehen! Ihr seid aber nicht verkleidet. Und hier ist keine Bühne.«

»Vielleicht haben wir gerade geprobt? Da braucht es weder das eine noch das andere.«

»Und vielleicht hast du gerade diese Probe gestört?«, ergänzte der Dicke und rieb sich mit dem Handballen die Beule auf der Stirn.

»Um nicht zu sagen, regelrecht zunichte gemacht!«, der Hagere.

»Auf sehr unsanfte Art!« Wieder der Dicke.

»Das tut mir leid, das wusste ich nicht. Ich dachte, es sei eine ernste Bedrängnis.« Gelo strich beiden den Staub aus den Kleidern.

»Das spricht für uns«, sagte die Frau, »wenn du gemerkt hättest, dass dem nicht so ist, wären wir wohl unser Geld nicht wert.«

Sie sah ihn an; ein versöhnlicher Blick. »Es spricht auch für dich. Nicht jeder beschützt heutzutage eine Frau gegen zwei Männer. Dafür Dank.«

»Jetzt mal zu dir, nasser Mann. Wo kommst du her, direkt aus der Seine? Und was führt dich in die große Stadt?«

»Ich bin gestern Nacht beim Schloss Saint-Germain-en-Laye in den Fluss gestiegen, habe mich treiben lassen … Und jetzt bin ich hier.«

»Du bist die ganze Strecke die Seine entlang geschwommen?«

»Nein, ich sagte doch, ich habe mich treiben lassen.«

»Ah, ja, … Natürlich … Wie ein Stock Holz … In der Seine … Die ganze Nacht.«

Hier war weder Ort noch Zeit über seine Erfahrung zu erzählen. »Wo bin ich eigentlich gelandet?«

»Direkt in Paris.«

»Was?«

»Genauer auf dem Rive Gauche, dem linken Ufer der Seine«, antwortete ihm die Schwarzhaarige. »Hier ist das Quai Nesle und die Brücke da ist die Pont Saint-Michel.«

»Wie weit ist Paris vom Schloss weg, weiß das einer?«

»Gute fünf Lieue.«

»Also vier Stunden zu Fuß. Wenn ich mich gleich aufmache, bin gegen Mittag wieder zurück.«

»Du willst uns schon wieder verlassen?«

»Ich arbeite auf dem Schloss. Ich bin Springer. Und heute ist mein Glückstag! Mein erster Tag, an dem ich wieder springen kann! Mein Fuß war zwei Monate lang lädiert.«

»Und die Seine hat ihn wieder gesund gemacht«, sagte die Schwarzhaarige im Tonfall zwischen Frage und Feststellung.

»Der Fluss besitzt magische Kräfte, ob Ihr es glaubt oder nicht.«

»Willst du nicht noch ein bisschen bleiben? Nach einer ganzen Nacht im Wasser hast du bestimmt Hunger. Komm mit zu uns, du kriegst trockene Klamotten und es gibt Pomodori ripieni.«

»Das ist sehr freundlich von Euch, doch lieber nicht. Ich muss zurück, meine Sprünge üben.«

»Du hast zwei Monate nicht geübt. Glaubst du, es kommt da auf eine Stunde an?«

Gelo wiegte den Kopf. Der Hagere klopfte ihm auf die Schulter. »Maria hat recht. Lass dich noch länger bitten, dann wollen wir auch nicht mehr. Also was ist?«

»Ich komme mit.«

Sie passierten nur wenige Straßen, bis sie ein mehrstöckiges Backsteinhaus erreichten. Durch ein Eichentor hindurch betraten sie einen Innenhof, an dessen Ende eine Theaterbühne stand. Die Schwarzhaarige breitete die Arme aus. »Voilà! Unsere Heimat. Willkommen im Theater der Comici Confidenti!«

Sie streckte Gelo die Hand entgegen. »Ich bin Maria Malloni.« Sie wies auf die beiden. »Der Dicke hier ist Bernadino Lombardi, der Theaterleiter. Und der lange Schlacks Fabrizio de Fornaris. Wir kommen alle drei aus Neapel.«

Sie reichten einander die Hände.

»Arcangelo Tuccaro, Luftspringer aus L'Aquila.«

Aus einer Stunde wurden zwei, dann drei, letztlich vier. Sein Gewand war längst getrocknet. Noch am frühen Nachmittag saß Gelo bei der Truppe, die aus insgesamt zehn Schauspielern bestand. Nur zwei davon waren weiblich, Maria und Lidia di Bagnacavallo. Von den acht Männern, die ältesten unter ihnen Cantù und Martinelli, waren die meisten verheiratet. Ihre Frauen kochten für die Truppe, nähten die Kostüme und kassierten das Eintrittsgeld.

Gelo erfuhr während des Essens und anschließend beim Wein, dass die Truppe wie er von Italien über Deutschland nach Frankreich gekommen war, bereits seit einem Jahr in Paris im Hôtel de Cluny wohnte, und hier im Hôtel de Bourbon auftrat. Maria, die ihm am großen Tisch im Innenhof gegenüber saß und überraschend gut von dem Tropfen vertrug, erzählte ihm, wer aus der Truppe welche Rolle spielte. Dabei fielen Figurennamen wie Arlecchino, Brighella und Pantalone, oder war von einem Dottore und einem Capitano die Rede. Letztlich führte sie die Innamorati, die Liebenden, und die Zagne, die Dienerinnen auf, die abwechselnd von Lidia und ihr gespielt würden. Maria erklärte ihm den Aufbau eines Stückes, die Requisiten und Kostüme, verlor sich im Überschwang in Details und überhäufte ihn mit Angaben und Hinweisen, dass er am Ende gar nichts mehr behielt. Zudem verlor er sich viel zu oft in ihrem Blick und vergaß darüber das Zuhören.

Gelo erzählte Maria von seiner Gauklervergangenheit. Von L'Aquila, der Zeit mit Rufino, von Wien und seinem Unfall, wobei er Einzelheiten wegließ und den Salto verschwieg.

»Diesen Sonntag ist Premiere unseres neuen Stücks. Du bist herzlich eingeladen. Kommst du?«

»Sehr gerne. Wenn ich nicht verhindert bin.«

»Wieso solltest du?«

»Ich habe zwei Monate aufzuholen. Zudem bin ich der künftigen Königin persönlicher Lehrer.«

»Oh, là, là! Das klingt hoffnungsträchtig … Am Sonntagabend wird wohl kein Unterricht stattfinden.«

»Ich stehe unter Vertrag und muss abkömmlich sein.«

»Ah, ein Leibeigener …«

»Bitte? Ich kann jederzeit kündigen. Es ist eher so, dass ich trotz meiner Verletzung am Hof bleiben durfte. Das ist nicht selbstverständlich.«

»Also ein Günstling.«

»Weder das eine noch das andere. Der Hof erfreut sich meiner Kunst und hat mir eine Chance gegeben. Die heißt es zu nutzen.«

»Bernadino versucht seit geraumer Zeit, ein Arrangement am Königshof zu bekommen, aber die Confrérie de la Passion treibt quer. Die alten Säcke klammern sich fest an ihre Macht.«

»Confrérie de la … was?«

»… de la Passion. Eigentlich nennen sie sich ›Confrères de la Passion et de la Résurrection de Notre Seigneur Jésus-Christ‹, aber das interessiert hier kein Schwein. Die Confrères haben hier das Monopol für Theateraufführungen, verstehst du? Ich meine, wenn du schon Günstling bist, dann kannst du doch was ausrichten …«

»Ich bin nur ein Springer, ein kleines Licht am Hof.«

»Du bist der persönliche Lehrer der künftigen Königin. Wie kannst du da nur ein kleines Licht sein?«

»Seit der Ankunft habe ich die Prinzessin nicht einmal mehr zu Gesicht bekommen. Ich muss erst vorsprechen und mitteilen, dass ich wieder gesund bin. Das geht auch nur über Dritte.«

»Ganz schön vertrackt das Leben da am Hof, hm?«

»Ich bin ein recht unbedeutender Teil davon. Die Großen leben drüben, die Kleinen hüben.«

»Kannst du nun etwas ausrichten oder nicht?«

»Du bist sehr direkt … und eigennützig.«

»Als Schauspieler ist es nicht leicht. Wir müssen sehen, wo wir bleiben, und jeder tut für den anderen, was er kann. Das Leben als Gaukler ist doch nicht anders. Schon vergessen? Sei's drum. Ich würde mich jedenfalls freuen, wenn du kämest.«

Er nickte.

»Du kommst also?«

Er nickte wieder.

»Versprochen?«

»Versprochen!«

»Hand drauf!«

Er schlug ein.

Am Abend war er nach dem vierstündigen Marsch wieder zurück. Es wäre auch schneller gegangen, Bernadino hätte ihm ein Pferd besorgt, im Stall des Hôtels standen vier Rappen. Gelo ging lieber zu Fuß. »Ich bin kein guter Reiter«, hatte er die Offerte ausgeschlagen. Tatsächlich war er erstmals bei der Reise von Augsburg nach Speyer auf einem Pferd gesessen, und das auch nur, weil die Prinzessin ihm eines wegen seines gebrochenen Fußgelenks zugebilligt hatte. Reiten konnte man das nicht nennen, er wurde mit dem Pferd im Schritt von einem Knecht an der Leine geführt.

Laro und Soldino brachten nur ein träges Nicken hervor, als er ihnen von seiner Gesundung erzählte und davon, mit dem morgigen Tag das Übungspensum wieder aufzunehmen. Recht glücklich war er mit den beiden nicht, manchmal hatte er sogar ein düsteres Gefühl bei ihnen.

Die Nacht lag er wieder wach. Diesmal ließen ihn die Gedanken an die magische Heilung durch den Fluss und die Erinnerung an die Schauspieler, vor allem an Maria, nicht schlafen. Konnte er sie mit der Prinzessin vergleichen? Keinesfalls. Gemessen an ihr war Maria aus grobem, dunklem Holz geschnitzt, der Vater Korse, die Mutter Neapolitanerin. Sie führte anscheinend ein recht leichtfertiges Leben und dafür, dass sie eine Karriere als Schauspielerin anstrebte, kam sie ihm viel zu undiszipliniert vor. Sie trank sogar. Wie ging das zusammen? Er wusste, dass man sich den Erfolg hart erarbeiten musste. Sein Vater hatte ihn gelehrt, was Perfektion hieß. Diese – wenn auch strenge – Schule hatte er bis heute nicht vergessen. Sie hatte ihn dorthin gebracht, wo er jetzt war.

Zwei Stunden vor dem allgemeinen Wecken war Gelo aufgestanden und hatte alle hundert Übungen und die zwanzig Sprünge absolviert. Erst zaghaft, dann heftiger und letztlich mit solcher Kraft, wie sie ihm in besten Zeiten innegewohnt hatte. Er musste Gewissheit haben ob der vollständigen Gesundung. Vor Laro und Soldino wollte er sich keine Blöße geben, sollte er nur bei einem einzigen Sprung scheitern. Nichts dergleichen. Seine alte Qualität war tatsächlich wiedergekehrt, und er fühlte sogar, dass er sich steigern konnte – in ihm schlummerte noch Größeres.

Während der Mittagspause suchte er Mercuriale auf und demonstrierte ihm das Resultat der vollständigen Genesung.

Den Verlauf jedoch verschwieg er. Mercuriale zeigte sich nicht überrascht, im Gegenteil, er habe es gewusst, schon immer gesagt und letztlich recht behalten. Ein Hoch auf die Medizin! Vor allem auf ihn und die Souveränität, mit der er sie anwendete. Er führte den Erfolg auf seine außergewöhnlichen Mixturen zurück, die zwar kostspielig seien, jedoch äußerst ergiebig. Sogleich sah er in seinen Niederschriften nach, welche Heilmittel er Gelo zuletzt verabreicht hatte.

»Doktor, würdet Ihr die Güte haben, Ihrer Exzellenz mitzuteilen, dass wir den Unterricht wieder aufnehmen?«

»Das muss mit Mayentracht besprochen werden. Als Kammerherr obliegt ihm die Aufgabe. Ihr müsst seine Sprechstunde bei Madame Truière erfragen, oben im Château vieux. Sie ist für die Vergabe und Zuordnung der Audienzen zuständig.«

Marias Worte über die höfische Vertracktheit flammten auf. »Mit Verlaub, geht es nicht weniger kompliziert? In Wien war es auch nicht so umständlich.«

»Tuccaro, vergesst Ihr da nicht eine Kleinigkeit? Ist Euch nicht bewusst, dass Ihr es mit der zukünftigen Regentin von Frankreich zu tun habt? Der höchsten Dame im Staat? Da geht man nicht einfach hin – vor allem nicht als Gaukler – und kündigt seine Wiedergenesung an. Ihr könnt von Glück sagen, dass Ihre künftige Majestät so viel Geduld mit Euch hatte und Euch die Kosten für Euren Müßiggang nicht vom Salär abgezogen werden.«

»Müßiggang? Ihr habt Euch wohl in der Wortwahl vergriffen.«

»Ich diskutiere nicht. Zudem muss ich an die Sorbonne, mein Vortrag wartet.«

Den Unterricht würde sie liebend gerne wieder aufnehmen. Diese frohe Botschaft erhielt Gelo weder von Mayentracht noch von Mercuriale. Er bekam sie von Ihrer Exzellenz höchstpersönlich. Sie hatte Gelo zu sich ins Audienzzimmer im südlichen Schlossflügel des Château vieux kommen lassen. Ihr Gesicht war schön wie nie, und kostbarer gekleidet, als er es je in Wien gesehen hatte, saß sie auf einem schweren Lehnstuhl in einem saalähnlichen, gut zwei Klafter hohen Raum mit goldumrahmten Bildern und mannshohen Quecksilberspiegeln. Sie war umgeben von vier Zofen, von denen zwei gleichzeitig die linke und die rechte Hand manikürten. Zu ihren Füßen lagen zwei Hunde mit kurzem, schwarzem Fell.

»Er ist tatsächlich wieder gesund! Das freut Uns aufrichtig, lieber Springer! Dann kann Er an Unserer Hochzeit allen zeigen, dass Er der Beste ist!«

»Ja, Eure Majestät!«

»Vorsicht! So weit ist es noch nicht. Rede Er mich bis zur Hochzeit weiter nur mit Eure Exzellenz an.«

Gelo bat um Verzeihung und versprach der Prinzessin, alle Sprünge und womöglich sogar neue Figuren in noch nie dagewesener Qualität zu präsentieren.

»Wird Er auch wieder den Salto mortale springen?«

Er räusperte sich. »Mit Verlaub, Eure Exzellenz, ich glaube wohl eher nicht. Kopfübersprünge werden hier nicht gerne gesehen. Ich habe gehört, sie würden gar als blasphemisch verurteilt.«

»Woher weiß Er das?«

»Es wird viel geredet und man fängt da und dort das ein und andere auf.« Dass er es von den Theaterleuten gehört hatte, wollte er nicht preisgeben, zu viele Erklärungen wären damit einhergegangen.

»Wir werden das nachprüfen lassen. Wenn dem nicht so ist, wünschen Wir den Salto mortale. Unbedingt. Es ist der großartigste Sprung, den Wir je in Unserem Leben gesehen haben. Des Weiteren ein Symbol für die Stärke Unseres Heimatlandes – Wir glauben nicht, dass Frankreich mehr bieten kann. Sollte Er allerdings recht haben, darf Er ihn unter keinen Umständen präsentieren. Es kann nicht angehen, bei den höchsten Ereignissen Unfrieden zu stiften.«

Gelo nickte.

»Lasst uns vom Günstigeren ausgehen und nehme Er den Sprung in Sein Repertoire.«

»Sehr wohl, Eure Exzellenz. Ich werde ihn wieder einüben, wenngleich ich …« Gelo verstummte.

»… wenngleich was, werter Springer?«

»Nichts, Eure Exzellenz. Ich wollte abschließend nur noch fragen, ob Ihr mir einen genauen Zeitpunkt für die erste Unterrichtsstunde nennen könnt?«

»Vor der Hochzeit wird es wohl nicht mehr möglich sein. Wir haben viel zu reisen und Uns zu präsentieren.«

Die Prinzessin sprach vom Louvre und den Schlössern Fontainebleau, Charleval und Nogent-le-Roi. Sie erwähnte Amboise, Azay-le-Rideau und Chaumont. Letztlich erzählte sie von der Touraine, wo der König zu jagen gedenke, und nannte weitere Schlösser. Es fielen die Namen Blois, Chenonceau, Chinon, Loches und Villandry.

Nicht nur mit jedem weiteren Schloss, das die Prinzessin aufzählte, wurde es Gelo trüber im Gemüt. Was ihn schmerzte, war der Hinweis, dass an einen Unterricht erst wieder nach der Hochzeit zu denken war, diese war für den 22. Oktober anberaumt. Es war erst Mitte August.

12

Als Gelo den Innenhof des Hôtels de Bourbon betrat, waren die Bankreihen bis auf den letzten Platz besetzt. Auf der unbestuhlten Erde dahinter standen die Leute dicht wie Kornähren. Gewandte hatten Mauervorsprünge bestiegen oder gar Wandnischen erklommen und sich dort Sitzplätze geschaffen.

Unverhofft am Hofe aufgehalten worden, hatte er nicht nur die musikalische Einleitung des Stücks verpasst, sondern auch den Prolog mit den üblichen Komplimenten an das Publikum und den Hintergründen über Ort und Handlung der Fabula.

In der letzten Reihe stand er und sah außer Rücken und Hinterköpfen nichts. Innerlich fluchte er über diese riesenhaften Gestalten, in deren körperlicher Größe er keinen Verdienst sah, sondern Auswüchse der Ungerechtigkeit und Willkür Gottes. Wie hatte dieser nur die natürlichen Gaben so geringschätzig zu Gelos Leidwesen vergeben können? Müßig, sich erneut in Gedanken darüber zu versuchen und am Ende wieder zum mildtätigen Fürsprecher dessen Eigenmächtigkeit zu schrumpfen; letztlich ließe sich – so hatte Rufino ihn belehrt – in diesem Manko der Grundstein erkennen für die Kraft und Disziplin, die Gelo aufgebracht hatte, um ein Luftspringer seines Formates zu werden.

Mit musternden Blicken durchmaß er den Hof und suchte nach verbliebenen Möglichkeiten an und in den Wänden, um ebenfalls erhöht über den Köpfen der Aufgeschossenen ein exponiertes Zuschauereckchen zu finden. Einige wenige machte er aus, jedoch würde er sich nicht anschicken, hinaufzusteigen. Technisch wäre es für ihn, der menschlichen Katze, ein Kinderspiel, selbst die unzugänglichsten Winkel zu erreichen. Es war ein anderer Grund, der ihn davon abhielt; seit seiner Laufbahn als Seilgeher war er es gewohnt, die Blicke auf sich gerichtet zu wissen und für seine außerordentliche Leistung beklatscht zu werden. Auch hier mochte er wohl Staunen und Beifall erheischen, mit der imposanten Kletterei. Jedoch war es nicht geboten, das Augenmerk des Publikums, dem Theater zugetan, selbigem wegzustehlen, sei es nur für die Dauer des Erklimmens, und sei es, dass die Truppe – als Improvisationskünstler, die sie zu sein sich rühmten – seine Aktion in ihr Schauspiel miteinzuflechten beherrschte. Es ging hier nicht um ihn.

Nach einer Zeit unbefriedigten Weilens hinter den großen Menschen, begleitet von Hin- und Herwippen oder erfolglosem Recken auf den Zehenspitzen, sollte er unverhofft einen freigewordenen Stehplatz auf einer kniehohen Mauerkante bekommen. Die Höhe war ideal, um über alle Köpfe hinwegzusehen und die ganze Bühne im Blickfeld zu haben.

»Um was geht's«, fragte er seinen Nachbarn zur Linken. Der verstand ihn nicht. »Qu'y a-t-il?«, wiederholte er es auf Französisch und deutete auf die Bühne. Der Einheimische sprach daraufhin ein paar Sätze, um von ihm zu erfahren: »Pardon, je n'ai rien compris. Je suis Italien.«

Der Nachbar des Nachbarn antwortete ihm in gebrochenem Italienisch: »Der alte Kaufmann Pantalone wird von seinem Sohn Oratio erniedrigt und enttäuscht. Die Zanni zetteln eine Intrige gegen Pantalone an, weil er sich gegen die Innamorati stellt und deren Heirat verhindern will.«

Maria, die Francescina, eine der Zanni, spielte, und Lidia, die sowohl Flaminia, die Tochter Pantalones gab, als auch

Isabella, die weibliche Figur der Innamorati, waren nicht nur die alleinigen weiblichen Darsteller, sondern auch die einzigen, deren Gesicht nicht durch die Halbmasken verdeckt waren. Das gefiel Gelo und er ertappte sich zuweilen, dass er, fixiert auf Maria, zeitweise gar nicht auf die anderen Schauspieler achtete.

Das Theaterspiel, noch in moderatem Gange, als er dazu gestoßen war, steigerte sich zusehends an Schauspieleraufgebot und Dramatik. Zuletzt agierten alle zehn Darsteller auf der Bühne, die von Flüstern bis Schreien, von Weinen bis Lachen jede erdenkliche Form menschlicher Verständigung durchspielten, und immer mehr und stärker die Gunst des Publikums gewannen. Angestachelt durch diese geballte Begeisterung, brannte es in Gelo nach draußen zu eilen, um sich einen Übungsplatz zu suchen – es galt die zwei Monate Invalidität so schnell wie möglich aufzuholen und dann: vor Publikum zu springen! So weit, so hoch, als käme es dem Fliegen gleich! Wie vermisste er es, gesehen und bewundert zu werden und hernach für seine Leistung belohnt mit klimpernden Münzen, vor allem mit Applaus.

Er blieb bis zum Ende.

Nach der Vorstellung entließ das Publikum die Truppe mit großem Beifall und drängte zum Ausgang. Auch Gelo wollte aufbrechen, zurück zum Schloss, als er beim letzten Blick zur Bühne Mayentracht und Kertész erkannte, angeregt einem eleganten Herrn zugewandt. Der hielt auf eigenartige Weise seine Hände hinter dem Rücken verschränkt, als ob es etwas zu verbergen galt.

Das Rätsel löste sich, als die Schauspieler hinter der Bühne hervorkamen und sich zu den wenigen Hochgestellten gesellten, die ihnen offenbar zur geglückten Premiere gratulierten. Der feine Herr zwischen Kertész und Mayentracht holte die Hände hinter dem Rücken hervor und hielt darin jeweils einen Margeritenstrauß, den er Maria und Lidia überreichte. Was sollte das denn? Ein feiner Herr überreichte Blumen an Frauen? Das hatte er noch nie gesehen. Lidia wie Maria bedankten sich mit zwei Küssen, jeweils einen auf die rechte und einen auf die linke Wange. War das nicht zu viel des Guten? Er fragte sich zudem, ob dieser herausgeputzte Gockel die Blumen wohl selbst gepflückt hatte. Das mochte ein Bild abgegeben haben; gebückt im Sonntagsstaat im Feld stehen und Blumen herausreißen wie eine Kuh. Und dann in der Öffentlichkeit austeilen. Wie weibisch. Gelo rieb sich das Kinn. Was war das für ein Kerl? Wie kam er zu den Schauspielern und was hatten Mayentracht und Kertész mit ihm zu schaffen, beziehungsweise er mit ihnen? Und Maria? Gefiel der Geck ihr etwa?

So schnell wie in Gelo der Gedanke hochstieg, sich kurzerhand der illustren Gesellschaft anzuschließen, so schnell versank er wieder ins Nichts. Was sollte er da? Als Gaukler war er weder den Hochgestellten wie Mayentracht und Kertéz zugehörig, schon gar nicht dem aufgeblasenen Fatzke in ihrer Mitte, noch den von ihnen umschmeichelten Schauspielern, die er für ihre Kunst bewunderte. Wenn er zu der elitären Runde stieße, beschwor er wohl unliebsame Verlegenheit herauf. Besser er verschwand, bevor er erkannt wurde und möglicherweise Anlass bot zu unangebrachten Spekulationen über ihn und sein Hiersein.

Er verließ den Hof ohne ein Wort. Hätte er sich verabschieden sollen, wenigstens von Marie als Zeichen seiner Zuneigung?

»François schreibt man mit Accent cedille, mein lieber Archange, sonst hieße es ja Frõnkwua.«

»Maître, tut mir einen Gefallen und nennt mich bei meinem richtigen Namen.«

»Mais pourquoi? Nous sommes en France. Wir müssen uns anpassen.«

Bonaldi wurde, wenn mit Vornamen, dann mit Lucien anstatt Luca angesprochen und Arcangelo mit Archange. Der Tanzmeister schien offenkundig Gefallen gefunden zu haben an diesen französischen Namensverpuschelungen. Gelo hingegen gefiel das überhaupt nicht. Archange – wie sich das anhörte. Es klang wie ›Georgs Hintern‹, nur rückwärts aufgezäumt und im Wiener Gossenton gesprochen.

Bonaldi stützte die altersbefleckten Hände auf den Schreibtisch und beugte sich über das Blatt. »Der Accent cedille, mein Lieber, schwebt nicht wie die anderen über den Buchstaben, sondern steckt direkt drin.« Bei ›direkt drin‹ schob er – unbewusst? – den Daumen zwischen Zeige- und Mittelfinger seiner geballten Faust, und in seinem weiß gepuderten Gesicht schimmerte etwas Roséartiges. Gelo wusste diese Geste auszulegen, sie war allseits bekannt, doch zog er es vor, Bonaldis eindeutige Anspielungen zu ignorieren.

»Dieser Accent gleicht einer kleinen 5 ohne Oberstrich«, erklärte Bonaldi und zeichnete mit dem Silberstift eine ebensolche in die untere Mitte des falschen c, das Gelo geschrieben hatte.

Bei diesem Französischunterricht, wenige Tage nach dem Theaterbesuch, befragte Gelo Bonaldi über die hiesige Commedia degli Zanni. Er habe auf seinen Reisen öfters Schauspieler gesehen, und erfahren, dass auch in Paris eine Truppe ansässig sei, die mit einem neuen Stück aufwarte; er wollte wissen, wie es darum bestellt sei, und ob Bonaldi ihm Auskunft geben könne? Sein Lehrer gab sich gesprächig. Gelo spürte, wie es Bonaldi gefiel, vor ihm mit seinem Wissen zu glänzen; wer etwas zu berichten hatte, was andere nicht kannten, war stets, und nicht nur bei Hofe, in der wichtigeren Position.

»Der Prinzessin engste Vertraute und auch ich waren zur Premiere geladen. Jedoch zeigten sich lediglich Kertész und Mayentracht abkömmlich. Busbecq, Mercuriale und ich hatten Ihre Exzellenz in den Pariser Louvre zu begleiten – eine Audienz bei der Königinmutter ...«

»Haben die beiden denn etwas vom Theater erzählt?«

»Sie sagten, es habe ihnen sehr gut gefallen. Man könne bisweilen an einen weiteren Besuch denken, so ein neues Stück auf dem Plan stehe.«

»Mehr nicht?«

»Die Commedia degli Zanni ist eher etwas für das gemeine Volk.«

»Warum wurdet Ihr dann geladen?«

»Solche Veranstaltungen sind ein angenehmer Zeitvertreib. Sie dienen der seelischen Belebung. Wenngleich wir hier selbst zur Genüge davon haben, wir also derenthalben den Weg zum Pöbel nicht anzutreten brauchten. Der Grund ist Renommee und Reputation. Das Theater brüstet sich von Hochgestellten besucht zu werden und hofft von diesen Empfehlungen ausgesprochen zu bekommen. Die Hochgestellten wiederum fühlen sich angetan von der eitlen Bauchpinselei, können sie doch sich und ihren Sonntagsstaat herauskehren – bei Hofe sind sie Pfauen unter Pfauen, unter dem Plebs sind sie Pfauen unter Hühnervieh.«

»Ich dachte, wahres Theater sei anspruchsvoll und ernst, geschaffen zur geistigen Erbauung.«

»Ihr sprecht von der Commedia erudita, wie wir sie aus dem alten Griechenland oder Rom kennen. Jenes Theater spielt schwere Dramen von Plautus, Seneca oder Terenz. Sie werden in Latein gesprochen und nur an den Höfen gegeben.«

»Und außerhalb dieser Commedia erudita? Gibt es da nichts? Nicht jeder ist von Adel und möchte sich dennoch geistig bereichern.«

»Ich verstehe Euch, mein lieber Archange …«

»Maître, bitte …«

»… mein lieber Tuccaro. Ich weiß, Ihr zählt Euch zu diesen, und ich kann Euch beruhigen: Außerhalb der Höfe gibt es genügend andere Möglichkeiten der geistigen Bereicherung.«

»Und welche?«

»Vorträge und Gelehrtendiskurse über die Septem artes liberales.«

»Die sieben freien Künste – Grammatik, Rhetorik, Dialektik, Arithmetik, Geometrie, Musik und Astronomie – ich weiß über sie Bescheid. Mein Mentor in Italien hat mich über sie unterwiesen.«

»Über sie oder in ihnen? Da ist ein Unterschied.«

»Beides.«

»Mercuriale zum Beispiel hält Vorträge an der Sorbonne, der renommierten Pariser Universität.«

»Das geht nur Mediziner an. Wisst Ihr nicht etwas für die Feingeister?«

»Natürlich. Unsereins geht zur Academie et compagnie de poésie et de musique. Hier vereint sich, wie der Name sagt, die Musik mit der Poesie zu einem harmonischen Ganzen. Man trifft sich dort in geselliger und gelehrter Runde. Es gibt Vorträge, Diskussionen und natürlich Musik.«

Bonaldi klopfte mit dem Stift auf seine Lippen. Er dachte nach.

»Der Dichter Baïf hat die Akademie gegründet, zusammen mit dem Komponisten Courville und dem Poeten Ronsard. Das alles unter der Schirmherrschaft des Regenten.«

»Jetzt kehrt Ihr Euer Wissen ganz schön heraus.«

»Et alors? Das ist doch nur menschlich. Wir alle tun das. Ihr protzt mit Eurer Kraft. Ich lasse Euch wenigstens teilhaben. Das tut Ihr mit Euren Muskeln nicht.«

»Ich gebe Euch auch Unterricht.«

»Und korrigiert schlecht …«

»Dürfen dort nur Ausgesuchte hin, ich meine an diese Akademie?«

»Ich bin erst einmal dort gewesen. Man solle Freunde mitbringen, sofern aufrichtiges Interesse an Musik und Poesie bestünde, hatte Baïf letztes Mal gesagt.«

»Hm, ich wäre so ein Freund.«

»Ihr? Musik und Poesie? Wo Ihr dem Tanz so abgeneigt seid.«

»Man kann Musik genießen, auch ohne sich in Tanzschritten zu verstolpern. Die Poesie gilt dem Zauber der Sprache. Auch sie kann den Tanz entbehren.«

»Sehr eloquent. Verfügt Ihr über adäquates Kleid?«

»Ich bin Luftspringer und kein Attaché. Meine Staffage ist bestimmt nicht die vornehmste.«

»Ich werde in der Hofschneiderei veranlassen, dass man Euch etwas Standesgemäßes anfertigt. Es wird sich häufen, dass man Euch in bessere Kreise lädt, schließlich seid Ihr ein Saltarin du Roi, da braucht es passables Gewand. Werdet morgen dort vorstellig zwecks Anmessens.«

»Ein nobler Zug, Bonaldi, dafür danke ich Euch.«

»Ich sagte es bereits in Wien, ich bin ein Menschenfreund.«

Es sollte nur eine Woche vergehen, bis Gelos erster Besuch an besagter Akademie anstand. Wie schon bei der Theateraufführung verspätete er sich. Dieses Mal lag es an dem Hofschreiber, einem Mann namens Bourdeille, der auf sich warten ließ, weil er sich mit dem Abfassen eines Aufsatzes für die dortige Podiumsdiskussion verschätzt hatte.

Unter dem Arm eine Mappe, aus der lose Seiten herausquollen, hetzte Bourdeille zum Wagen, in dem Bonaldi und Gelo ungeduldig auf ihn warteten, gewandet in feinstem Tuch, Bonaldi zusätzlich mit überschminktem Gesicht – wie stets.

Sie fuhren nach Saint Marceau, einem Vorort von Paris. Dort stand Baïfs Haus, in dem sich auch die Akademie befand und die Veranstaltung stattfinden sollte. Die Fahrt gestaltete sich kurzweilig – Bourdeille sprach fließend italienisch und gab unterhaltsame Anekdoten zum Besten.

Gut drei Dutzend Männer hatten im großen Salon Platz gefunden. Die Mehrheit davon betagt und weißbärtig, der Rest etwa in Gelos Alter. Bonaldi, bereits mit ein paar Wenigen der letzten Podiumsrunde bekannt, unternahm alle Anstrengungen, Gelo in den erlauchten Kreis einzuführen. Er stellte ihn mit »Archange Tuccaro, Saltarin du Roi!« vor, wobei er sehr bemüht schien, Titel und Namen durch die französische Aussprache, die Tuccaro zu Tüccarô werden ließ, etwas Würdevolles zu verleihen. Gelos Amt wurde mit honorigem Kopfnicken begrüßt, beeindruckte jedoch keinen dergestalt, dass es erkennbaren Respekt hervorgebracht hätte. Das schmerzte ihn.

Außer den von Bonaldi eingetrichterten Phrasen wie »Réjouit beaucoup« und »Ça me réjouit faire votre connaissance« brachte Gelo nichts weiter hervor, was einem fruchtenden Diskurs dienlich gewesen wäre. Es war eher so, dass das Gegenüber wegen der akzentfreien Aussprache der Begrüßungsformeln zu parlieren begann, und Gelo den Redefluss unterbrechen musste, sich entschuldigend, erst noch ein Anfänger der Sprache zu sein.

Nach mehrmaligem Bekanntmachen begriff auch Bonaldi die Unsinnigkeit des Ansinnens und ließ davon ab. Gelo dankte seinem Bemühen mit dem Hinweis, ihm sei Genüge getan, die Atmosphäre der erhabenen Runde aufzunehmen und sich davon inspirieren zu lassen.

Auf dem Podium standen vier leere Stühle für Baïf, Bourdeille und zwei Gelo noch unbekannte Gelehrte. Zu Beginn, während der Pausen und nach der Diskussion sollte ein Quartett aufspielen. Dies war Bonaldis eigentlicher Grund, der Diskussion beizuwohnen, wie er Gelo eingestand. Sicher, er hatte etwas für die Poesie übrig und sprach häufig selbst elaboriert, doch als Tanzmeister sah er sich der Musik weit mehr zugetan. »Die ist ja letztlich auch Poesie. Poesie in Noten.«

Die Instrumentierung des Quartetts bestand aus Tenor-Bombarde, Viola da gamba, Viola da braccio und Rebec. Das einstudierte Repertoire, das Bonaldi bei den Musikern erfragte, begrenzte sich auf ausgesuchte Stücke des flämischen Komponisten Turnhout. Der, Bonaldi gänzlich unbekannt, ließ ihn nach seinem italienischen Favoriten Gabrieli fragen, und die Musiker behelligen: »Gabrieli, ein Schüler Willærts, hat mich höchstpersönlich in die Magie der Dur- und Mollharmonik eingeweiht.«

Am Ende der Diskussion durfte sich das Auditorium zu Wort melden oder Fragen an die Gelehrten stellen.

Als der letzte Zuhörer, den Willkommenstrunk abgestellt, Platz genommen hatte und das allgemeine Gemurmel verstummt war, trat Baïf aufs Podium, begrüßte mit ausgesucht höflichen Worten die Gäste und stellte sich und seinen Gründungscompagnon vor, den er als den »größten Lyriker Frankreichs« bezeichnete. Gelo erbat von Bonaldi möglichst prompte und lückenlose Übersetzung. Er hatte recht schnell erkannt, dass er mit den wenigen Phrasen und Vokabeln, die seinen bescheidenen Wortschatz ausmachten, vollkommen ins Hintertreffen geriet. Es war wohl eine schlechte Idee gewesen, Bonaldi auf einen gemeinsamen Besuch der Akademie angesprochen zu haben.

Bonaldi übersetzte: »Monsieur Pierre de Ronsard ... für alle diejenigen, die den Weg zur Akademie gefunden haben ... zum ersten Mal ... und weniger vertraut sind ... mit der hohen Kunst der Poesie ... hat sich zurückgezogen ... seit, äh, *vor* vier Jahren in sein Priorat Saint-Cosme ... nahe Tours. Dort ... arbeitet er an seinem großen Werk ›La Franciade‹. Es befasst sich mit den Abenteuern des trojanischen Prinzen ... und ist dem König gewidmet.«

Das Auditorium applaudierte. Auch Gelo stimmte mit ein, wenn auch nur reserviert – die Wertschätzung dieser Arbeit erschloss sich ihm nicht.

Als Dritten im Bunde nannte Baïf Seigneur de Bourdeille. Er erzählte über den Vertreter einer Adelsfamilie aus Périgord, dass dieser, bevor er königlicher Soldat und Hofschreiber wurde, Italien, Schottland, Spanien und Portugal bereist hatte. Heute sei er anwesend, um über das Leben als Hofschreiber zu sprechen und die Diskussion mit seinem ihm eigenen Witz und Esprit zu bereichern. Der jetzige Applaus war gedämpfter.

Zuletzt verwies Baïf auf den vierten Gelehrten, just aus einem Nebenzimmer herausgetreten, Bücher und dicke Mappen in den Händen. Gelo stutzte. Den hatte er bereits gesehen und dessen Attitüde als weibisch empfunden. Was wollte der denn hier? Im ganzen Raum gab es keine einzige Frau, der er Margeriten hätte überreichen können.

Baïf stellte den Blumenschenker mit »Seigneur Michel de Montaigne« vor. Der einstige Rat am Parlament von Bordeaux, dem obersten Gerichtshof der Provinz Guyenne, sei Philosoph, Übersetzer und Herausgeber. Als dieser habe er letztes Jahr die kommentierte Übersetzung der Theologia naturalis vollendet, das Werk des Katalanen Sibiuda, besser bekannt als Sabundus. Montaigne habe heute eine Sammlung von französischen und lateinischen Gedichten seines vor sieben Jahren verstorbenen Freundes Boétie dabei, die er noch diesjährig in Paris in Druck geben wolle.

Gelo verschränkte die Arme und stöhnte. Der Margaritenschnösel wurde ihm mit jeder weiteren Aufzählung seiner Referenzen unsympathischer.

Nach Begrüßungsapplaus und musikalischer Darbietung lasen die Gelehrten ausgesuchte Passagen ihrer mitgebrachten Werke vor.

Gelos anfängliches loderndes Interesse über das enorme geistige Potenzial, das sich hier zusammengefunden hatte, war bereits nach den ersten Minuten stillen Zuhörens nur noch als Glut in ihm präsent, und verkam kurz danach zu kalter Asche. Vor der fremdsprachlichen Textflut kapitulierend, entband er Bonaldi, der sich redlich zu übersetzen mühte, von seiner Aufgabe.

Montaigne kam an die Reihe. Dem sollte es gelingen, neue Aufmerksamkeit bei Gelo zu entfachen; sie war der Neugier erwachsen, was für ein Mensch sich hinter den ungezählten Worten verbergen mochte, die ihm als endlos scheinender Lautstrom aus dem Munde sprudelten. Äußerlich bot der Vielsprecher mit der hohen Stirn und dem akkurat rasierten Bart außer seiner extravaganten Gewandung nichts Imposantes. Sein Haupt schmückte nicht wie bei Gelo volles Haar und auch war er nicht von jenem stattlichen Maß, das einen zu ihm aufblicken hätte lassen. Mit seiner schmächtigen Erscheinung wirkte er eben wie jemand, der sein Leben mit Federkiel und Tuscheglas über Papierbögen zubringt.

Im Wissen um die Vergeblichkeit konzentrierten Zuhörens nahm Gelo nur noch Tonmelodien wahr und beobachtete indes aufmerksam das Gebaren der Zuhörerschaft. Die Varianten an Gestik und Körperhaltung reichten von wohlwollend seitlich geneigten Häuptern oder auf abgeknickten Handrücken abgelegte Doppelkinne, bis zu ins Genick gefallenen Köpfen Eingeschläferter, die Beine unter den Stuhl des Vorderen gestreckt. Die anmutig Lauschenden saßen zurückgelehnt im Stuhl, mit vor der Brust verschränkten Armen oder aufrecht, die Hände im Schoß gefaltet.

Bis in die Nacht dauerte die eingangs gemächliche, später angeregte bis teilweise sogar hitzige Diskussion. Mehrmals verließ Gelo währenddessen den Salon, ging hinaus in den Hof und auf die Gassen. Er suchte sich Bäume zum Erklimmen, setzte sich auf deren Äste und hielt Ausschau nach seinen felligen, grünäugigen Freunden. Er bestieg Hauswände, machte Handstand auf stillen Balkonen, hockte sich auf Dachfirste und blickte über die Stadt, in der aus den Fenstern vereinzelter Häuser Kerzen leuchteten, die das Schwarz der Nacht mit flackernden Lichtpunkten tupften.

Er saß über den Dächern und war doch auf der Erde mit seinen Gedanken im Salon der Gelehrten. Dort unten, nur wenige Klafter von ihm entfernt, redeten sich drei Dutzend Männer die Köpfe heiß und die Münder trocken. Gelehrte, auf Bühnen gesetzt oder an Stehpulte gestellt, wurden bewundert und beklatscht für ihre Geistesgüter, die sie sorgsam in Sätze, Absätze, Seiten, gar in ganze Bücher kleideten. Was waren Worte? Sie waren etwas und nichts. Von den fünf Sinnen erschloss sich ihnen nur das Gehör. Man konnte sie nicht sehen und anfassen wie die Abertausend Dinge, die auf der Welt bestanden. Man konnte sie nicht riechen wie frisch gemähtes Korn. Nicht schmecken wie Honig oder Salz. Man konnte sich nicht mit ihnen wie mit Kleidung schützen vor glühender Sonne oder Eis und Schnee, und sie wärmten einen nicht wie das Feuer im Ofen. Und dennoch waren sie da. Laut wie leise. Wenig wie viel. Groß wie klein. Immerzu. Und überall. Außer man schwieg. Dann lagen sie brach wie unbestelltes Feld. Selbst wenn man den Mund geschlossen hielt, war der Kopf voll von ihnen und je mehr Worte man kannte, umso mehr spukten sie als Gedanken umher und ließen einen oft keinen Frieden finden. Natürlich gab es Momente ohne Worte. Er wusste von den Musikern, die, vom Klang der eigenen Töne betört, ohne Worte waren; von den Malern, die, an der Leinwand in Farben und Motiv versunken, ohne Worte waren; von den Kindern, die, im Spiel glückverloren, ohne Worte waren.

Und er wusste von sich, dass er, wenn er sprang, ohne Worte war.

Nur, seinen Sprüngen – so schön sie waren, so hoch er sie ansetzte, so majestätisch er sie ausführte – haftete allen ein fatalistischer Makel an: Sie waren der Vergänglichkeit anheimgegeben. Momente nur waren sie. Weilten gerade einmal für die Dauer von Wimpern- und Lidschlägen. Und selbst wenn man zehn, zwanzig, ja dreißig Figuren hintereinander vollführte, wie es das Radschlagen erlaubte, bedeutete dies lediglich eine vergebliche Verzögerung der Vergänglichkeit. Die Figur war im Grunde nur eines: Bloßes, flüchtiges Menschenwerk.

Das Wort jedoch – wenn es geschrieben stand – weilte.

Wie viele Worte hatte allein Rufino in seinem Wagen aufgehoben? Wie viele Worte standen als Bücher und Schriftstücke in den Bibliotheken der Universitäten und Residenzen und überdauerten deren Dekane und Fürsten?

Als bloßer Springer hatte er wenig Glück auf die von ihm ersehnte Reputation. Er musste etwas zu Papier bringen! Wie die Gelehrten dort unten. Wie Montaigne, Ronsard, Boétie und wie sie alle hießen. Der großen Namen war kein Ende.

Er hatte ja bereits begonnen, etwas zu Papier zu bringen; Rufino hatte ihn seinerzeit angetrieben, über seine Kunst zu schreiben. »Wenn Mercuriale ein Buch über die Gymnastik schreiben konnte, wo er niemals in ihr zu Hause war, wie ungleich mehr kannst du eines über die Springerkunst verfassen?« Gelo hatte damals nur halbherzig genickt, ein paar Bogen hergenommen und begonnen. Nur zwanzig Seiten waren es geworden; er hatte sie allesamt ins Feuer geworfen im Wissen um ihre Mangelhaftigkeit, die letztlich nichts als die Offenbarung der seinigen war. Er war viel zu schlecht gewesen. Viel zu unbelesen. Viel zu klein und zu mager in Bildung und Niveau. Was sollte er niederschreiben, das auf großes Interesse stoßen mochte?

Das waren alte Gedanken gewesen. Alte Maßstäbe und Werturteile. Hier über den Dächern von Saint Marceau waren sie nicht mehr gültig. In dieser Nacht erfasste ihn eine neue Erkenntnis: Er konnte sehr wohl etwas über seine Kunst schreiben. Etwas, das größer war als Mercuriales Artis gymnasticae. Und einzigartiger als Montaignes Werk – wenngleich er noch nicht über dessen Qualität und Tragweite urteilen konnte. Etwas Besonderes wäre ein Buch über die Springerkunst, gar einzigartig, ein Buch über den Sprung der Sprünge.

Ein Buch über den Salto mortale würde er verfassen! Er und nur er. Er war der einzige Springer, der sowohl über die körperliche Fähigkeit verfügte, den Todessprung zu vollbringen, als auch über die nötige Bildung, etwas über ihn niederzuschreiben; in den fünf Jahren unter Rufinos Gelehrtenfittichen hatten er sich das nötige Wissen und die Sprachgewandtheit einverleibt. Jetzt konnte er bewältigen, was ihm bislang unmöglich schien.

Morgen schon würde er sich Papier, Federkiele und Tinte besorgen und alles niederschreiben, was er über das Springen wusste. Als Muster würde ihm Mercuriales Gymnastikbuch dienen, dessen Struktur er übernehmen würde, verbessern, und mit ureigenen Gedanken bereichern. Mercuriale würde stolz auf ihn sein – hatte er nicht nur seinen Fuß geheilt, dürfte er jetzt auch noch sein Mentor werden. Das brächte ihm noch ein bedeutendes Mehr an Reputation ein und ließ womöglich den Adelstitel – Bonaldi hatte ihm davon geflüstert – in greifbare Nähe rücken. Vor allem würde es Gelo Reputation einbringen, ganz im Sinne von Bonaldis Worten: »Reputation und Renommee – das braucht Ihr, wenn Ihr im Leben vorankommen und von Hoch- und Höchstgestellten anerkannt werden wollt.«

Was das anlangte, war Gelo weiter gekommen als alle anderen Gaukler, die er kannte. Er war bereits Lehrer der angehenden Königin von Frankreich. Der nächste Schritt wäre Erster Springer am hiesigen Hof zu werden und der Lehrer des Gefolges, möglicherweise sogar von Charles, dem Regenten?

In Gelo brannte es. Am liebsten hätte er sofort mit der Niederschrift begonnen, nur saß er auf einem Dachfirst auf einem Haus in Saint Marceau. Er musste zurück. Ins Schloss. Und schreiben!

Er kletterte vom Dach hinunter über den angrenzenden Baum, hinab zur Straße und begab sich in den Salon.

Inzwischen waren die meisten gegangen. Nur noch eine Handvoll sprach untereinander. Bonaldi war eingenickt. Zusammengesunken in einem Stuhl in der Ecke gab er ab und an ein Röcheln von sich. Bourdeille unterhielt sich angeregt mit Montaigne. Gelo zögerte. Sollte er die Gelehrten tatsächlich stören? Durfte er es sich getrauen, in ihren eitlen Diskurs einzutreten und sie aus ihren womöglich schicksalsträchtigen Gedanken zu reißen? Natürlich! Er war nicht nur ein Saltarin du Roi, er war ebenfalls ein Gelehrter! Ohne Studium freilich, ohne Magister, gar Doktor, dennoch war er ein Wissender. Er beherrschte ebenfalls Wort und Schrift. Er sprach zwei Sprachen fließend; das Französische würde er in Kürze zur Gänze lernen. Ab morgen musste ihn Bonaldi täglich unterweisen – Gelo wollte wissen, was Montaigne an

Kopfgeburten zu Papier gebracht hatte, und er wollte sich mit ihm unterhalten, wie es Bourdeille tat.

»Pardon, die werten Herren. Ich bin untröstlich, stören zu müssen. Die Sorge um unseren Tanzmeister nötigt mich, Euch um ein Ende des Diskurses zu bitten.« Gelo wandte sich direkt an Bourdeille. »Lasst uns zurück an den Hof fahren. Es ist bereits fortgeschrittene Stunde.« Er gab sich Mühe, sein bestes Sonntagsitalienisch aufzusetzen. Seine Hoffnung, das kleine Intermezzo möge seine Wirkung nicht verfehlen, sollte belohnt werden – Bourdeille machte ihn mit Montaigne bekannt. Gelo grüßte mit akzentfreiem »Réjouit beaucoup!« und sprach sogleich auf Italienisch weiter, um nicht von Montaigne bloßgestellt zu werden, sollte dieser ihn in dessen Muttersprache zuschwallen wollen.

»Seid Ihr des Italienischen mächtig?«, ging er gegenüber Montaigne in die Offensive.

»Comment?«

»Entschuldigung, ich sage es einfacher: Sprechen du meine Sprache Italienisch?«

Gelo wusste, dass er ihm mit dieser rhetorischen Finte den Wind aus den Segeln nehmen würde.

»Je ne vous comprends pas, malheureusement«, antwortete Montaigne. »Mais, n'oubliez pas, nous sommes ici en France. C'était meilleur, vous parleriez notre langue.«

Gelo schoss die Hitze in den Kopf. Wenngleich er nicht exakt den Wortlaut übersetzen konnte, verstand er, dass Montaigne ihn gerade wie einen Schulbuben gemaßregelt hatte. »Alors, je vais essayer d'améliorer mon français.«

Gelo hoffte den Satz korrekt wiedergegeben zu haben. Er musste sein Französisch verbessern. Montaigne nickte und antwortete nichts darauf. Gelo wusste, dass ihm in diesem

Moment trotz des Standesunterschieds und des Tadels, eine Annäherung gelungen war, zu jenem Mann, dessen gesellschaftliche Stellung es erlaubte, unbehelligt einer für beide wohl nicht unwichtig scheinenden Schauspielerin einen Margeritenstrauß zu überreichen. Das erfüllte ihn mit Stolz.

Gelo bat Montaigne um Nachsicht, er müsse sich um den Tanzmeister kümmern. Mit den üblichen Floskeln, die ihm Bonaldi eingepaukt hatte – »Es war mir eine Ehre …«, et cetera blabla – verabschiedete er sich. Montaigne erwiderte dergleichen, fügte sogar an, er freue sich auf ein Wiedersehen, zumindest glaubte Gelo es so verstanden zu haben, was ihn im ersten Moment schmeichelte, er sich jedoch im zweiten nach dessen Ernsthaftigkeit fragte und im dritten Montaignes Freude allein darin begründet wusste, dass dieser in ihm nur einen weiteren Gast sah, der sein Auditorium vergrößerte.

Gelo rüttelte Bonaldi an der Schulter und drängte zum Gehen. Bonaldi schnarchte auf und entschuldigte sich für sein Einschlummern mit einem für ihn recht überraschenden Idiom. »Verzeiht, ich war wohl weggebraten.«

Kurz darauf verließen sie nach diversen Empfehlungen das Haus und bestiegen den Reisewagen. Die Rückfahrt zeitigte sich für Gelo noch erklecklicher als die Hinfahrt. Bonaldi war wieder eingeschlafen und röchelte wie gehabt in seinen von Schminke verschmierten Pfeifenkragen. Bourdeille jedoch, der eine angebrochene Flasche Wein und zwei Gläser mitgenommen hatte, zeigte sich in ungezügelter Parlierlaune. Das kam Gelo bestens zupass; erfuhr er endlich etwas über den beredten Blumenpoet.

»Was soll ich groß über Montaigne erzählen? Er ist ein Ehrgeizling. Immer schon gewesen. Ich kannte ihn bereits, da nannte alle Welt den Kaufmannssohn nur bei seinem Familiennamen.«

Sie prosteten einander zu und tranken.

»Montaigne ist nicht sein richtiger Name?«

»Es ist der Name des Schlosses, in dem er geboren wurde und das er bewohnt. Er hat es vor zwei Jahren geerbt. Seinen richtigen Namen Eyquem lässt er seitdem geflissentlich weg. Er nennt sich nur noch de Montaigne, um seinen Adelsstand herauszukehren.«

»Weshalb so abfällig? Ihr seid auch von Adel.«

»Ich mache mir aber nichts daraus. Ich wurde gleich ihm in diesen Stand hineingeboren. Das ist kein Verdienst; und deswegen mache ich kein Aufhebens davon. Ihr hört es an meiner Ausdrucksweise.«

»Ihr meint, weil Ihr von Euch selbst nicht in der dritten Person sprecht.«

»Man kann auch für besondere Dienste geadelt werden. Das erringt meine Achtung. Sofern Ihr das anzustreben trachtet, strengt Euch an …«

»Und Montaignes Schriften? Ich meine dessen Gehalt … Mein Französisch ist noch nicht so weit fortgeschritten, dass ich groß etwas verstanden hätte.«

»Seit er allen Ämtern entsagt hat und sich aufs Schloss zurückgezogen, ist er quasi nur noch dabei, seine Betrachtungen über das Leben zu elaborieren.«

»Tut Ihr dergleichen?«

»Gott behüte. Ich muss mich nicht ständig in meinem eigenen Besinnungssumpf suhlen wie des Bauern Schweine im Morast. Es gibt Erquicklicheres, worüber man schreiben kann.«

»Ah, ja? Und was?«

»Konkret darf ich es Euch nicht verraten, zu pikant. Es ist in Arbeit.« Bourdeille grinste verschmitzt. »Nur so viel, aber behaltet es für Euch, es geht um Höfisches ... Da geschehen ja allerlei ... ich möchte mal sagen ... tumultöse Popanziaden.«

Bourdeille trank den Rest Wein aus der Flasche und warf sie aus dem Fenster. »Und Ihr, Monsieur Tuccaro, Ihr schreibt wohl auch, hm?«

»Oh, ja! Es wird etwas ganz Außergewöhnliches!«

»Ach? Ihr macht mich neugierig. Sagt an!«

»Ein Werk über meine Springerkunst, genauer über deren Krone, den Sprung der Sprünge.«

»Ui, ›den Sprung der Sprünge‹ ... das klingt ... na, ja, ... interessant. Welcher soll das sein? Sackhüpfen ist es nicht, oder?«

Bourdeille prustete.

»Hah, hah, sehr witzig ... Lacht Ihr immer über Eure eigenen schlechten Scherze? Wenn Ihr vom Schreiben ebenso wenig versteht, möchte ich besser nichts von Euch lesen.«

»Excusez-moi, ich wollte nicht respektlos sein. Ich weiß wirklich nicht, welcher der Sprung der Sprünge sein soll. Es gibt derer viele, was man so auf den Festen sieht.«

»Natürlich gibt es derer viele. Ich beherrsche allein zwanzig Sprungfiguren! Es gibt aber nur eine, die alle überragt an Schwierigkeit und Imposanz. Sie ist die Majestät unter den Sprüngen. Ich weiß keinen zweiten Springer, der sich gleich mir an sie herangewagt hätte und: sie bewältigt!«

Es gelang Gelo mit seinen entflammten Worten tatsächlich, Bourdeille zu erstaunen.

»Wie weit seid Ihr mit Eurem Werk, Maître Tuccaro?«

»Fast fertig. Es bedarf noch der Überarbeitung. Ihr wisst ja, wie es in Schreiberkreisen lautet: ›Der erste Entwurf ist immer schlecht.‹«

»Wenn es gedruckt ist, überreicht mir ein Exemplar. Ich werde im Gegenzug Euch eines des meinigen zukommen lassen.«

Am Schloss angekommen, schlich Gelo in den Saal, legte sich lautlos auf die Pritsche und fand wieder einmal keinen Schlaf. Er wusste, er musste schlafen, er brauchte die Kraft für morgen früh, für die Übungen. Worte. Was sollte er tun? Da waren sie wieder. Die stillen Worte, die sich als Gedanken in seinem Kopf breitmachten.

Gab es denn zeitlebens der Worte kein Ende?

Er wollte sich zum Einschlafen zwingen, um sich erneut bestätigt zu wissen, dass das nicht möglich war – der Engel Schlaf ließ sich nicht nötigen. Stets und nur in Frieden breitete er seine Schwingen über einen aus. Im Wissen darum entschied Gelo sich selbst gedanklich zu leeren. Alle Gedanken quasi aufzudenken, bis keiner mehr übrig bleiben sollte. Dann würde er entschlummern.

Er dachte nicht an Mercuriale oder Bonaldi, auch nicht mehr an Montaigne. Bourdeille hatte er wie die anderen Gelehrten des Abends ebenfalls abgehakt. Was blieb? Was kreiste falkengleich in seinem Hirn und spähte? Da war Ihre Exzellenz Prinzessin Elisabeth. Immer noch. Er hatte sie nicht vergessen. Sie war nur in die Ferne gerückt. Dennoch verging kein Tag, an dem er sich nicht wenigstens für einen Moment fragte, wie es ihr ergehen mochte. Dann sann er nach, weshalb sie überhaupt und immer noch in seinem Kopf einherschritt, und wurde eins mit sich, ihr niemals zu vergessen, wie sie sich für ihn eingesetzt hatte, verfügt, dass er – ein Gaukler – ihr Unterricht erteilen durfte; ein Privileg, das, wie er von Mercuriale und auch von Bonaldi erfahren hatte, noch keinem seines niederen Standes je zuteil geworden war. Überdies hatte sie Freude empfunden an seinen Sprüngen wie niemand zuvor – nein, das stimmte nicht, die kleine Celina, das Mädchen aus Giulianova, war von noch mehr Freude ergriffen gewesen. Sie hatte ihn gefragt, ob er ein Olandese sei, seines ›rostigen‹ Haares wegen, und er hatte ihr in nur drei Tagen das Radschlagen beigebracht. Prinzessin Elisabeth hatte ihn vor den Fängen Gräfin Sibyllas bewahrt und ihn nach Paris mitgenommen, trotz seines Fußes. Er hoffte sehr, dass er sich bald für ihre Hilfe erkenntlich zeigen konnte und den Unterricht wieder aufnehmen, früher als Mayentracht es in Aussicht gestellt hatte, ihrer vielen Reisen wegen. Dass die Vermählung mit Charles erst gegen Ende Oktober anstand, hatte ihn anfangs gegrämt, jetzt erkannte er den großen Vorteil – er konnte sich intensiv darauf vorbereiten, vor allem die große Herausforderung annehmen: Den Sprung der Sprünge, den Salto mortale, wahrhaftig beherrschen. Obgleich es ihm stets zusetzte, wenn er an ihn dachte. Wenn er den Gedanken an diesen fatalen Sprung nicht Einhalt gebot, geriet seine Seele in Aufruhr und die Lawine der Erinnerungen brach los. Sie ließ ihn den Sturz im Wäldchen vor Mercuriale wieder und wieder erleben, und das darauffolgende Desaster im Fuggerpalast. Gräfin Sibylla. Ihr blutroter Fächer, zusammengeklappt am Handgelenk baumelnd oder auseinandergespreizt, ihren mit Rouge betupften Wangen Luft zufächelnd. Auseinandergespreizt wie ihre entblößten, milchweißen Schenkel. Ein schmatzender Männerkopf darin vergraben. Und dann das Geheiß »Los, ihm nach!« mitsamt Gerenne und Flucht durch die langen Gänge des Fuggerpalasts. Der Gräfin Besuch am Morgen im Lager. Ihr Angebot, ihn bei sich aufzunehmen. Zuletzt die überspielte Enttäuschung über die ausgeschlagene Offerte. Seitdem immer wieder diese Bilder im Kopf und dazu, gefordert an den Liebhaber, der Auslöschungsbefehl »Er muss weg!«, dessen Vollzug bis zum heutigen Tag nicht stattgefunden hatte – was ihm keine Sicherheit versprach. Hegte Gelo die ersten Tage in Speyer noch täglich Gedanken daran, waren sie seit Saint-Germain-en-Laye fast gänzlich verflogen. Lediglich in traumschweren Nächten gellte der Gräfin Kommando ihm in den Ohren. Es war wohl der Lethargie – oder dem Scharfsinn? – des Ehebrechers zu verdanken, dass er ihm nicht nachgeeilt war, um ihn im Augsburger Stadtpalast aufzuspüren und zur Strecke zu bringen. Das hätte einen Skandal sondergleichen heraufbeschworen.

Um diese schreckliche Bilderkette nicht mehr in sich aufreihen zu lassen, verbot Gelo sich jeden Gedanken an den Todessprung, was jedoch wiederum die Erinnerung an die Prinzessin verwischte, für die allein er letztlich den Salto mortale geübt und riskiert hatte. Das konnte nicht die richtige Strategie sein. Dachte er nicht an sie, dachte er nicht an den Salto, und wiederholte täglich aufs Neue nur sein Standardrepertoire.

Seit diesem Abend war er einer Möglichkeit einsichtig geworden, an den Todessprung zu denken und dabei die unvermeidlich scheinenden Assoziationen an die Prinzessin und an die Gräfin auszublenden. Das hehre Ziel seiner Niederschrift über den Salto mortale würde von nun an vorherrschen. Vor seinem geistigen Auge sollte das Buch, gedruckt auf feinstem Pariser Papier und in Leder gebunden, alles überstrahlen. Kein Gedanke mehr an die Prinzessin. Kein Gedanke mehr an die Gräfin. An ihren Liebhaber. An die Morddrohung. Nur noch der Salto mortale und nur noch das Werk. Sprung um Sprung, Buchstabe um Buchstabe, Seite um Seite.

Er hatte zu Ende gedacht. Der Schlaf durfte kommen. Oder hatte er einen Gedanken übersehen?

Tatsächlich. Einen hatte er noch aufgespürt und damit eine weitere Kette von Bildern: Maria. Montaigne interessierte ihn nicht allein seines Edelmuts wegen; da war diese disziplinlose Schauspielerin, deren Einladung er gefolgt war, und es nicht fertig gebracht hatte, sich ihr zu zeigen. Das grämte ihn immer wieder aufs Neue, obwohl er sich gut zusprach, er könnte ja jederzeit einer weiteren Vorstellung beiwohnen – es war nichts verloren – und ihr ebenfalls einen Strauß Margeriten überreichen. Wenn er denn Zeit dazu fände, jetzt, da es galt, das Werk zu verfassen und alle Kraft auf den Salto mortale zu konzentrieren in Wort und Tat. Für die Zeit, bis das Buch geschrieben war und der Sprung der Sprünge tatsächlich beherrscht, würde er einem Theaterbesuch wohl entsagen müssen.

Erst als Gelo losgelassen hatte, wurden auch die Gedanken müde und weniger, bis sie irgendwann ganz ausblieben.

Er schlief ein, im Wissen, morgen die ersten Seiten seines großen Wurfes zu schreiben.

13

»Seht Ihr, Doktor, die Feder muss so leicht und geschmeidig über das Blatt gleiten, wie die Zunge levantinischer Konkubinen über unsere Wänste.«

Kertész zog mit geradezu meditativ anmutender Hingabe einen kerzengeraden Strich über das Papier. »Ich habe es immer gesagt, die Kiele von Wildgänsen sind um ein Vielfaches besser als die der Hausgänse.«

»Dafür sind sie auch dreimal so teuer.«

»Es sind die besten Kiele, die Ihr in Paris bekommen könnt.« Monsieur Brioche, der pausbackige Ladenbesitzer des einzigen *Magasin pour des Auteurs, Secrétaires et Copistes* der Seinestadt, wie das Ladenschild preisgab, zeigte sich stolz. »Unsere bekanntesten Poeten – Montaigne, Ronsard, Bourdeille – verlangen danach.«

»Bourdeille, ein Poet?«, Girolamo sah auf, »ist er nicht eher ein höfischer Schmierenschreiber?«

»Nach allem, was Busbecq so über ihn erzählt …«, kam es nur halblaut, doch bestätigend von Kertész hervor, versunken im Zeichnen geometrischer Figuren – Trapeze, Rauten, Vielecke.

Girolamo schrieb den Titel seines neu begonnen Werkes auf das Probeblatt.

De morbis cutaneis et omnibus corporis humani excrementis tractatus locupletissimi.

»Tatsächlich, ein Spitzenkiel.«

»Bitte vergesst nicht, werte Messieurs clients, obzwar der Federkiel wesentlich ist für die Manifestation Eurer Gedankenwelt, fällt jenem Medium, das die Schrift als Überbringer der Botschaft empfängt, keine geringere Bedeutung zu. Es ist das Segelboot, gar das -schiff, wenn es sich um gewaltige Werke handelt, das die Geistesgüter mit geblähtem Tuch sicher an die Ufer der Beflissenen bringt. Boot ist nicht gleich Boot, Schiff nicht gleich Schiff. Es ist die Machart und Beschaffenheit, die es auszeichnet«, rief Monsieur Brioche ins Gedächtnis und verschwand mit einem »Un moment, je reviens« hinter dem Vorhang ins Lager.

»Es muss nicht immer nur das grobe Papier à la cuve, also ein Büttenpapier sein, werte Herren«, kam er belehrend mit einem in Leinen umwickelten faustdicken Paket in den Händen zurück, »wer wahrhaft Kapitän eines exquisiten Schiffes sein will, greift zu diesem hier.«

Monsieur Brioche legte das Paket auf den Tresen und löste die Schleife. Der freigelegte Stoff enthüllte, wie nicht anders zu erwarten, einen Stapel Blätter. Er entnahm zwei Bögen und legte sie fein säuberlich auf dem Tresen aus. Einen dritten hielt er fasziniert gegen das Sonnenlicht, das zur frühen Mittagsstunde durch die matten Fenster schien.

»Mann nennt es Carta bombycina. Bombyzinpapier. Es kommt aus dem Morgenland und wird aus Baumwolle und Seide gemacht. Fühlt, werte Messieurs, fühlt.«

Kertész und Girolamo nahmen jeweils einen Bogen in die Hand und rieben ihn zwischen den Fingern.

»Viel weicher als das normale Papier«, bemerkte Girolamo.

»Es knittert nicht.« Kertész war begeistert. »Ist es mir gestattet, eine Strichprobe anzustellen?«

»Mais, bien sûr! Dafür müsste ich Euch allerdings eine Kleinigkeit berechnen, Monsieur … Monsieur …?«

»Kertész, Géza Kertész.«

»… denn dieses Papier ist bei Gott keine Dutzendware, Monsieur Kortész.«

»Kertész«, korrigierte er und griff zur Geldkatze.

»Ich möchte ebenfalls, Monsieur Brioche.« Girolamo schob ihm eine Münze mit dem Zeigefinger über den Ladentisch.

Kertész, bislang nur zweidimensionale Figuren gezeichnet, konstruierte jetzt perspektivisch korrekt einen Flaschenzug. Girolamo übte sich in der Verschnörkelung seiner Unterschrift, wobei er besonderen Wert legte auf die extravaganten Auf- und Abschwünge der Initialen G und M.

»Die Krönung der Schrift- und Zeichenkunst, meine werten Herren Kunden, ist nicht der Federkiel. Nicht das Papier. Es ist …? Ihr wisst es natürlich … jener Mittler zwischen diesen beiden materiellen Medien und den immateriellen wie den Worten, die es gilt, für die Ewigkeit zu bannen. Es ist das mirakulöse dunkle Wasser, das es uns erlaubt, unsere unsichtbaren Gedanken sichtbar zu machen.«

Brioche sah sie erwartungsvoll an.

Girolamo erwiderte seinen Blick. »Ich wusste nicht, dass Ladenverkäufer derart firm in der Allegorik sind. Fürwahr, Monsieur Brioche, Ihr versteht es, Gebrauchsmitteln, die wir alltäglich in Händen halten, einen gewissen Zauber zu verleihen. Ich komme mir gar nicht mehr als bloßer, schreibender Arzt vor, vielmehr als ein gottähnlicher Schöpfer. Einer, der mit Goldpapier und Edelsteinkiel sein Genie der Mit- und Nachwelt offenbart.«

»Genauso ist es, Monsieur …?

»Mercuriale. Doktor Girolamo Mercuriale, Leibarzt Ihrer Exzellenz Princesse Isabel d'Autriche, der zukünftigen Königin Frankreichs.«

»Oh, tatsächlich? Meinen allerhöchsten Respekt, Monsieur Morcuriale.« Brioche verneigte sich.

»M*e*rcuriale. Neben mir steht, sich Euch bereits selbst vorgestellt, nicht weniger wichtig, Monsieur Kertész, Kaiserlicher Festivitätsinitiator und Konstrukteur. Er erfindet neuartige Bühnenmaschinen für das Theater.«

»Monsieur Kortész, es ist mir eine Ehre.«

»K*e*rtész.«

Auch bei Kertész verneigte sich der Kaufmann, um hernach aus dem Kammerschrank ein Kistchen mit in Holzwolle gestellte Tintenfläschchen hervorzuholen.

»Für Euch, die Ihr das Gute zu schätzen wisst, tut es eine gemeine Eisengallustinte nicht. Auch rate ich von der gebräuchlichen Schlehendorntinte ab. Was Ihr braucht ist erstklassiger Bister. Nicht den der Rotbuche, sondern den der Traubeneiche.«

Brioche öffnete ein Fläschchen mit der schwarzbraunen Tinte und hielt es Girolamo hin. »Probiert, Monsieur Mircuriale.«

Girolamo zog die Brauen nach oben – Brioche schien etwas an den Ohren zu haben –, tunkte die Feder ein und schrieb erneut seinen Namen, wobei er diesmal beim *e* von Mercuriale besonders viel Druck auf den Kiel gab, in der Hoffnung, Brioche möge es bemerken.

»Sagenhaft! Es schreibt sich geradezu wie von magischer Hand geführt. Kertész, allein mit diesen ausgesuchten Schreibmaterialien bringen wir unsere Schöpferkraft wie nie zur Geltung.«

Girolamos Euphorie sollte durch das Klingen des Ladenglöckchens gestört werden. Ein klein gewachsener Mann trat durch die Tür. Girolamo hatte ihn nur aus dem Augenwinkel erblickt, immer noch vertieft in seine selten so gut geschwunglungenen Auf- und Abstriche.

Monsieur Brioche schritt freudig an die neue Kundschaft heran. »Noch ein frisches Gesicht. Soyez les bienvenus! Was führt Euch zu mir?«

»Ich komme auf Empfehlung Monsieurs Bourdeilles. Er sagte, alles was ich an Material brauchte, um mein Werk zu schreiben, finde ich bei Euch.«

Girolamos feinem Hörsinn entging nicht, dass der zweite Satz, der korrekten Sprachlehre verpflichtet, nicht im Indikativ sondern ebenfalls im Konjunktiv hätte formuliert werden müssen, und hatte sogleich den Grund für dieses Manko eruiert; er kannte die Stimme und wusste, dass deren Hüter der französischen Sprach-, geschweige denn der Grammatikkenntnisse wenig bis gar nicht mächtig war. Was ihn aufhorchen machte, war nicht, einen Gaukler in einem Schreibwarenladen vorzufinden – einem Ort, an dem man jenen Stand generell nicht antraf –, sondern der Anlass seines Besuches. Da hatten ganz deutlich vier Worte herausgeblitzt wie silberne Löffel, von der Sonne bestrahlt, aus einem Elsternnest: ›mein Werk zu schreiben.‹ Damit war ein Botengang ausgeschlossen, es sei denn, der Mann log und wollte sich wichtigmachen. So schätzte er den Springer allerdings nicht ein, dazu kannte er ihn zu gut.

Girolamo wandte sich ihm zu. »Tuccaro! Welche Überraschung! Und dieser Staat … So elegant habe ich Euch ja noch nie gesehen.«

»Doktor Mercuriale! Das ist ein Zufall. Und Meister Kertész, Ihr seid auch hier.«

»Solltet Ihr nicht bei Hofe sein und Eurer Profession nachgehen?«

»Das möchte auch für Euch gelten, Dottore.«

»Alles zu seiner Zeit. Ich weile hier im Dienste der Wissenschaft – mein neues Werk … Da bedarf es besten Materials.«

Monsieur Brioche nickte. »Absolument, Monsieur Macurole.«

»Und Ihr, Tuccaro? Was führt Euch in ein Ladengeschäft, in dem man einen Vertreter Eures Standes bestimmt nicht erwartet?«

»Einen gewöhnlichen Gaukler nicht, aber einen Saltarin du Roi wohl. Auch ich bin hier im Dienste der Wissenschaft.«

»Der … was? Übt Ihr Euch in der Schelmerei?

»Weshalb?«

»Ihr seid kein Gelehrter. Und ›Wissenschaft‹ ist kein Allerweltswort. Sie steht seit Platons Academia in einer langen und ehrbaren Tradition. Bitte klärt mich auf, um welche ›Wissenschaft‹ es sich hier handeln sollte.«

»Die Wissenschaft von den Übungen des Springens und Wendens in der Luft.«

»Oha! Und seit wann existiert diese … Luftikuswissenschaft? Ich habe bislang noch nichts von ihr gehört. An welcher Universität wird sie gelehrt? Welcher Dekan hat den Lehrstuhl inne?«

»Sie wird nirgends gelehrt. Ich habe sie begründet. Das heißt, ich bin gerade dabei es zu tun.«

Girolamo schoss die Hitze in den Kopf. Er suchte Kertész' Blick, doch der schien sich beim Erstellen einer Zeichnung gänzlich verloren zu haben.

»Und nun deckt Ihr Euch mit Material ein, um das Curriculum niederzulegen, oder wie darf ich Euer Hiersein verstehen?«

»Ich führe meine Studien über die Springerkunst weiter, die ich bereits vor fünf Jahren begonnen habe.«

Girolamo rieb sich den Hals. Es kam ihm mit einem Mal sehr warm vor. »Tuccaro, Ihr erstaunt mich ein ums andre Mal! Ein gelehrter Gaukler, der seine Studien über die Springerkunst niederschreibt – Rispetto, Rispetto! Wie weit ist Eure Arbeit gediehen?«

»Ich ... hmh ... nehme sie gerade erst auf. Heute möchte ich die ersten Sätze verfassen.«

»Sagtet Ihr nicht gerade eben, Ihr habet bereits begonnen.«

»Wohl, aber das war alles unausgegoren und schlecht zu Papier gebracht. Ich werde alles neu schreiben.«

»Wisst Ihr denn um wissenschaftliches Arbeiten? Es ist ja nicht so, dass es da nichts zu beachten gäbe, wenn es wahrlich von Güte zeugen soll. Da kann man nicht einfach drauflos schreiben.«

»Wo denkt Ihr hin? Ich werde es natürlich in der Tradition publizierter Werke tun. Ich dachte dabei an Euer artis gymnasticae. Es soll mir als Muster dienen.« Tuccaros Augen blitzten. Eine körperliche Regung, die Bände sprach. »Wollt Ihr mir die Ehre erweisen, werter Doktor, und mein Mentor sein?«

Girolamo tat einen kaum merklichen Seufzer und fasste sich an die Lippen. »Oh, ich fürchte ... nein! Nein, das geht auf keinen Fall. Ich betreue Magister der Medizin bei ihrer Dissertation, vielleicht noch Studenten bei ihren Magisterarbeiten, wenn sie sich meiner als würdig erweisen. Nun soll ich Amme sein bei einem wohl doch sehr ausgefallenen Vorhaben eines Mannes, der ein sehr großes Manko aufweist: Er hat noch nie eine Universität von innen gesehen.

Ich darf Euch gar nicht helfen, das stünde dem Universitätskodex und dem festgelegten Habitus entgegen: Einschreibung, Zulassung, Studium, Magister, Doktor. Nicht einmal der niederste Status ist bei Euch angezeigt.«

Kertész meldete sich überraschend zu Wort – »Ihr könntet Euch an der Sorbonne um Aufnahme bewerben« –, um im gleichen Atemzug Monsieur Brioche um das Lineal aus Ebenholz zu bitten, dass dort in einem Köcher bei der Verkaufsware stand.

»Selbstverständlich, Monsieur Kerisch.«

»Ein Studium an der Sorbonne? Wie stellt Ihr Euch das vor? Ich stehe in höfischen Diensten. Zudem ist mein Französisch viel zu schlecht.«

»Gut genug, um sich mit Bourdeille zu unterhalten und eine Empfehlung von ihm ausgesprochen zu bekommen, wie wir vorhin erfahren durften. Was habt Ihr überhaupt mit dem zu schaffen? Der schnüffelt nur alles und jeden aus, um es für sein Klatschwerk zu verwursten. Über uns hat er sich auch erkundigt.«

»Ich musste mich nicht auf Französisch mit ihm unterhalten, Doktor. Bourdeille spricht fließend unsere Sprache.«

»Ach? Mit uns hat er sich nur in Französisch verständigt, der ...« Girolamo hätte am liebsten »franzmännische Hund« gesagt, hielt sich im letzten Moment aber im Zaum. »Zum Glück haben wir nichts Kompromittierendes gesagt ... aber, das tun wir ohnehin nicht. Wir sind Edelmänner, nicht wahr, Kertész?«

Der reagierte nicht, dermaßen von seiner Konstruktion in Beschlag genommen, dass er nicht mehr am Tresen stehend in gebückter Haltung zeichnen wollte. »Monsieur Brioche, habt Ihr wohl einen Stuhl für mich? Mein Kreuz ...«

»Auch das kann Euch erfüllt werden, Monsieur Kehrwisch.«

»Meine Arbeit werde ich natürlich in meiner Muttersprache verfassen. Mir ging es lediglich darum, ein gutes Lektorat zu haben. Wenn Ihr nicht wollt … Es wird Leute geben, die von dieser meiner Arbeit überzeugt sein werden und gerne …«

»Tuccaro, versteht mich nicht falsch. Ich schätze Euch. Ihr habt es in Wien zum Ersten Hofspringer gebracht, kaum dass Ihr dagewesen seid. Wie ich Euch einschätze, schafft Ihr das hier ebenso. Ihr seid ein ehrgeiziger Kerl. Das gefällt mir.«

Tuccaro nickte dankend.

»Ich mache Euch einen Vorschlag zur Güte. Wenn Ihr die ersten zehn Seiten abgefasst habt, lasst sie mir zukommen und ich sehe sie mir an.«

»Das würdet Ihr für mich tun? Trotz meines universitären Mankos?«

»Habe ich nicht schon mehr für Euch getan? Denkt einmal zurück … Seit Augsburg scheint ein besonderes Band zwischen uns zu bestehen. Wohl zum Dank Ihrer Exzellenz Isabelle.«

»Nennt Ihr sie auch schon beim französischen Namen?«

»Sie selbst will es so haben. Dann ist es für mich Pflicht und Gewinn.«

Tuccaro deutete auf Brioche, der, die Arme vor der Brust, auf Order wartete. »Verzeiht, Doktor, mir rennt die Zeit. Ich muss meine Einkäufe erledigen.«

Der ehrgeizige Springer – oder Saltarin du Roi, wie er sich aufzuwerten suchte – erwarb einen Stoß Ausschusspapier, sechs Hausgänsekiele zweiter Wahl und ein mittelgroßes Fläschchen Eisengallustinte. Er verstaute es sorgsam in seinem Umhängebeutel und strebte zum Ausgang. Die Hand an der Tür, bestärkte ihn Girolamo noch einmal. »Lasst mir baldigst die zehn Seiten zukommen, Messer Tuccaro! Ich bin sehr gespannt!«

Nachdem Tuccaro den Laden verlassen hatte, sagte Kertész etwas, dass an Girolamo vorbeiging, noch ganz in Gedanken an des Springers Ambitionen.

»Doktor! Ich sagte: Ein genialer Entwurf! Findet Ihr nicht auch?« Kertész hielt ihm die Zeichnung vors Gesicht. »Und?«

»Ich verstehe mich nicht auf Flaschenzüge. Wozu braucht Ihr den überhaupt?«

»Für meinen neuen Schwenkkran. Mit diesem kann ich über die Ekkyklema den Drachen von außen auf die Bühne hieven.«

Girolamo zahlte seine Ware und rundete sogar noch um zwei Deniers auf, was Brioche mit Hochachtung honorierte. »Ihr seid ein wahrer Gentilhomme, Monsieur Minestrone.«

Kertész erstand nicht nur zwei Dutzend Bogen des sündhaft teuren Bombyzinpapiers, acht ausgesuchte Wildgänsekiele und ein extravagantes Schneidmesser mit ziselierter Klinge zum Anspitzen der Federn, sondern noch das Ebenholzlineal, zwei mittelgroße Fläschchen des Bisters und eine Kupferbüchse Schreibsand, zum Trocknen seiner Zeichnungen, signiert mit den Initialen G und K, die an Verschnörkelung denen Girolamos nicht viel nachstanden.

Während Brioche pfiffelnd die Posten auflistete, nahm Kertész Girolamo zur Seite und flüsterte ihm zu. »Doktor, könnt Ihr mir noch etwas leihen? Ich habe mich etwas verschätzt … Qualität hat seinen Preis.«

»Nein, Kertész. Beim besten Willen nicht mehr. Eure Schulden bei mir häufen sich. Ich selbst komme in Bedrängnis. In Bälde soll ich die Kräuter aus dem Morgenland erhalten. Da brauche ich jeden einzelnen Denier.«

Kertész gelang es, die Ware gegen seine Kette mit der silbernen Kornblume als Pfand ausgehändigt zu bekommen.

»Die Kette? Das wollt Ihr tatsächlich tun, Kertész?«

»Ruhig Blut, Doktor. Schon dreimal habe ich das Schmuckstück aus der Hand gegeben und immer wieder zurückerhalten.«

»Normalerweise mache ich das nur bei angestammten Kunden, Monsieur Ko…, Kä…, äh … Monsieur«, gab Brioche Bescheid, »ich denke, Ihr seid im Begriff, einer von Ihnen zu werden.«

Brioche befürwortete im Gegenzug eine Lancierung seiner Dienste bei Hofe durch den ehrenwerten Konstrukteur. Zudem regte er die Überlegung an, ihn nebst Ehegattin mit Einladungen zu versorgen für die nächste Theateraufführung, bei der ja sicherlich seine neuartige Maschine zum Einsatz komme.

Kertész sagte zu. Sie besiegelten per Handschlag.

»Das geht nicht an!«

»Wenn ich es sage. Heute Vormittag. Kertész war dabei.«

Busbecq stand am Fenster, legte die Handflächen wie zum Gebet an die Lippen und sah hinaus in die frühe Abendsonne. »Was denkt der sich dabei?« Er stützte die Hände auf den Sims. »Denkt der überhaupt etwas?«

»Womöglich mehr, als wir ihm zutrauen.«

»Ein gemeiner Springer als Begründer ›Der Wissenschaft von den Übungen des Springens und Wendens in der Luft‹ … Ist der Mann dem totalen Größenwahn anheimgefallen?«

»Wir können ihm nicht verbieten, etwas zu Papier zu bringen. Vielleicht ist ja wahrhaftig etwas Erkleckliches dabei.«

»Mercuriale! Jetzt fangt nicht wieder an, Eure gute Seele herauszukehren. Ihr wisst um den schlechten Status des Gauklertums, insbesondere der Springerei. Ihr selbst mögt dem Gehopse ambivalent gegenüberstehen, und bei Hofe wird es nur als reines Gaudium betrachtet, doch der Klerus … Der steht ihm mehr als feindlich gegenüber. Er betrachtet das Springen als heidnische Tat, verurteilt es als häretisch und infam. Kardinal Bourbon, der Isabelle trauen wird, hat das bei der Besprechung klar zum Ausdruck gebracht. ›Die kubistischen Bewegungen und Sprünge sind satanische Werke‹, hat er gesagt. ›Sie tragen das Böse in sich und werden von übernatürlichen und diabolischen Kräften gelenkt‹, lauteten seine Worte, als er die Liste der Gaukeleien für die Feierlichkeiten eingesehen hatte. Er sprach sich für eine Streichung aus. ›Gesang und Tanz genügen vollkommen‹, meinte er, wobei er beim Tanz auch die Nase rümpfte.«

»Die Vermählung und die Festlichkeiten sind ein anders Thema, Busbecq. Wir sollten jetzt die Frage nach dem wissenschaftlichen Eifer unseres Springers klären.«

»Ihr hattet ihm zugesagt, die ersten Texte zu lesen. Tut das. Wir werden sie dem Kardinal vorlegen. Er wird die geeigneten Maßnahmen einleiten.«

»Der Kardinal in Ehren. Was machen wir gegen den weltlichen Beistand? Tuccaro genießt die Protektion der Prinzessin und künftig wohl noch des Regenten. Ihre Exzellenz hat mir erst vor Tagen Post vom Schloss Fontainebleau zukommen lassen. Sie wünscht, dass nicht nur sie weiterhin Unterricht von Tuccaro erhält, sondern auch ihr zukünftiger Gemahl. Und das im Einvernehmen mit der Königinmutter. Isabelle schreibt, diese sei besorgt um die schwächliche Gesundheit ihres Sohnes und befürworte Leibesübungen zur Stärkung.«

»Ich weiß Bescheid. Die de' Medici hat Mayentracht aufgetragen, Tuccaro nächste Woche in den Louvre vorzuladen. Sie will den Springer in Augenschein nehmen, auf den die Prinzessin so große Stücke hält und der womöglich der Lehrer ihres Sohnes werden könnte. Wenngleich ich bei ihr nicht aufrichtige Anteilnahme an unserer Prinzessin sehe, sondern allein die Gier nach Macht und Manipulation. Wie schreibt Machiavelli in seinen Discorsi? ›Je besser du deinen Feind kennst, umso leichter kannst du ihm beikommen.‹«

»Die Prinzessin und ihr knirpsiger Springer – Feinde der Königinmutter? Geht Ihr da nicht zu weit, Busbecq?«

»Unterschätzt nicht meine Menschenkenntnis und meine Fähigkeit im Durchschauen von Zusammenhängen. Was denkt Ihr, wie habe ich damals die Waffenruhen bei Süleyman herausgeschlagen? Nicht, indem ich ihm bis in die entlegensten Winkel seines Reichs hinterhergereist bin, sondern weil ich mir in den Jahren in Konstantinopel durch diese meine Gaben sein Vertrauen erwarb.«

»Ich verkenne Eure Begabungen bestimmt nicht, Busbecq, im Gegenteil, ich höre auf Eure Worte, sie sind von Weitsicht getragen. Auch ich weiß um die politischen Hintergründe der Heirat. Es ist doch offensichtlich, dass die Königinmutter Isabelle nicht zu ihrer Feindin haben will, sondern sie zum Gegenteil gewinnen. Mit ihr verbündet, kann sie noch stärker auf den Regenten einwirken.«

»Caterina de' Medici braucht keine halb erwachsene Schwiegertochter, um auf Charles einzuwirken. Dazu bedarf es anderer. Sie fürchtet die Einflussnahme Colignys auf den Regenten. Charles soll den Admiral sogar als ›Mon père‹ bezeichnen, wie mir Bourdeille zugetragen hat.«

»Ihr bezieht Informationen von diesem Schmierenschreiber?«

»Ich beziehe Informationen von überall, wo sie mir nützlich sind. Auf den Leumund der Herkunft kann ich da nicht Rücksicht nehmen. Ihre Exzellenz Isabelle hat mich zum Hofmarschall auserkoren, weil ich um die Eigentümlichkeiten der Macht und ihrer Hüter weiß. Hättet Ihr Agricolas Werk *De re metallica* gelesen, verstündet Ihr das Bild von der Mechanik der Macht im politischen Räderwerk. Wir alle sind nur Zahnräder darin und als Mann in meiner Position sollte ich wissen, welche wie ineinandergreifen. Ihr selbst tut nicht anders, auch wenn Ihr sagt, Politik interessiere Euch nicht. So wie ich hier am Hofe und im Louvre zugegen bin, seid Ihr ständig an der Sorbonne und knüpft einen Kontakt nach dem anderen. Was ich im Übrigen gutheiße. Ihr wisst warum …«

Girolamo nickte und rieb demonstrativ Daumen und Zeigefinger gegeneinander.

»Richtig, Doktor. Deshalb mein Beschwören, seid erfolgreich! Ich kann Euch nicht mehr lange Aufschub gewähren. Ich selbst habe einem guten Freund eine größere Summe Geldes zugesagt. Die Zeit drängt.«

»Euer werter Freund lässt mich warten, obwohl ich ihm mehrmals Briefe nach Arras gesandt habe.«

»Clusius hat mit seinen Pflanzen aus Portugal und Spanien mächtig zu tun. Außerdem kränkelt er oft.«

»Ich habe Interessenten, die meine Erfindung in die höchsten Kreise tragen werden. Dann bekommt Ihr mit Zins und Zinseszins alles zurück. Doch ohne l'Écluses' Zutun kann ich das Elixier nicht herstellen.«

Es klopfte. Busbecq bat herein. Ein Bote überreichte mit Bückling eine Mappe.

»Für Monsieur le Docteur Mercuriale mit Empfehlung des Monsieurs le Saltarin du Roi.«

»Was? Jetzt schon? Gib her!«

Girolamo entriss dem Boten die Mappe und eilte damit zum Tisch. Fiebrig nestelte er die Kordel auf und öffnete den Deckel. Ein kleiner Zettel – *Für Doktor Mercuriale zur geschätzten Prüfung* – lag auf ein paar beschriebenen Blättern. Er nahm das oberste und las.

VON DER WISSENSCHAFT
VON DER MAGIE DES SPRINGENS
UND
WENDENS IN DER LUFT
UNTER BESONDERER BERÜCKSICHTIGUNG
DES SALTO MORTALE

Eine Niederschrift des Königlichen Hofspringers
Seigneur Arcangelo Tuccaro

Zugeeignet Ihrer Exzellenz Prinzessin Elisabeth von Österreich
Saint-Germain-en-Laye, im Sommer 1570

EINLEITUNG

Weder von den griechischen noch lateinischen Autoren hat

diese Springerkunst die Würde und die Ehre bekommen, die von Herrn Arcangelo Tuccaro hier geschmückt und verschönert werden soll, auf dass sie für die Ewigkeit Bestand habe. Ziel und Sinn dieser meiner Niederschrift ist es, den Beweis anzutreten, dass das Kubistische Springen als die höchste aller Gauklerkünste gelten mag und als solche ihren Verdienst im Sinne der Wissenschaft von den Übungen des …

Girolamo las nicht mehr weiter. Er senkte das Blatt und schwieg.

Busbecq trat heran. Er nahm es ihm aus der Hand, las, und schmetterte es, kaum die Einleitung überflogen, auf den Tisch.

»Größenwahnsinniger Hund, gottverdammter!« Er wischte durch die wenigen Blätter in der Mappe, zog wahllos eines hervor und rezitierte laut:

»Der Sprung ist weder Machwerk noch bloßes Kunstwerk. Der Springer ist nicht nur Handwerker. Nicht nur Künstler. Er ist nicht gleich dem Maler, der mit Pinsel und Farbe Sünder und Heilige, gar Mord und Totschlag auf die Leinwand bringt. Nicht gleich dem Cembalisten, der seine Hände in die Obhut der Tasten und Saiten gibt.

Ob Maler, Bildhauer, Musiker, sie alle sind getrennt von ihrem Kunstwerk, können niemals bis zur Gänze mit ihm verschmelzen. Man kann es ihnen entreißen wie das Kind der Mutter.

Was ist der begnadetste Musiker ohne sein Instrument? Was der fähigste Bildhauer ohne Marmor und Meißel? Nur der Springer ist Kunstwerk und Künstler in einem. So ist die Springerkunst die höchste Kunst. Doch keine Kunst erwächst aus sich selbst. Wer nicht bereit oder fähig ist, die Tetratät Körper, Geist, Herz und Seele zu einem Ganzen zu einen, wird es in dieser Kunst nicht zur wahren Meisterschaft bringen.«

»›Tetratät‹ …« Busbecq schüttelte angewidert den Kopf. »Diesen Begriff kennt die Lehre gar nicht. Allein seines Klanges wegen ist er ein Hirngespinst. Tetratät. Wie sich das anhört … wie tête à tête oder noch schlimmer wie das tonmalerische Schallwort der Posaune.«

Von einem anderen Blatt las er vor:

»Feind. Der Salto mortale ist mir zum Feind geworden. Hart und unerbittlich ist er. Jesus der Christus sagt, wie wir bei Matthäus 5,44 lesen: »Liebet eure Feinde«. Ich werde ihn lieben lernen. Er ist mir Führer und Pilgerstab.

Schweiß. Aus dem Wasser gestiegen, ohne in es getaucht worden zu sein, das bedeutet wahrhaftig geübt zu haben. Meine Schüler hier am französischen Hof glauben schon etwas zu leisten, wenn sie die ersten Schweißperlen auf der Stirn spüren. Jedem von ihnen, der sich diesen abwischen will, weil er meint, es schickt sich nicht, vor höfischer Gesellschaft mit benetzter Stirn zu erscheinen, gehören Ohrfeigen erteilt für diese Schmähung unserer Kunst.

Tränen. Es steht keinem Springer an, nach dem tausendsten misslungenen Versuch zu weinen, wie man es noch als Kind getan hat. Niemand weiß, ob es nicht tausendundeines Versuches bedarf, um den Sprung zu meistern.«

Busbecq warf das Blatt zu den anderen und rieb sich mit beiden Händen über das Gesicht, als gelte es Müdigkeit hinfortzuwischen. Er lehnte sich mit dem Gesäß gegen den Tisch und verschränkte die Arme.

»Was, Mercuriale, sagtet Ihr von ›möglicherweise sei etwas Erkleckliches dabei‹?«

»Es ist erstaunlich beredsam. Und es entbehrt tatsächlich nicht eines gewissen Tiefsinns.«

»Ach? Tut es das? Das ist genau das, was wir nicht wollen – Gauklergeschmeiß, das sich als Schöpfer von tiefsinnigem Freidenkergesülz entlarvt! Haben wir hier nicht Plagen genug? Täglich liegt mir die Königinmutter mit dem Hugenottenproblem in den Ohren. Jetzt kommt auch noch unser Emporkömmling daher und droht uns mit seiner exaltierten Schrift zusätzliche Komplikationen zu bereiten. ›Die Wissenschaft von der *Magie* …‹ Er macht sich nicht nur der Unbotmäßigkeit gegenüber dem Gelehrtenstand schuldig, sondern der Dokumentation häretischen Gedankenguts. Dieser Emporkömmling wähnt sich in alchimistischen Höhen.«

»Was gedenkt Ihr zu tun?«

Busbecq rieb sich den Bart. »Das weiß ich noch nicht …« Er klopfte mit dem Daumennagel auf die Zähne. »… aber irgendetwas muss mit diesem Menschen geschehen.«

14

Von Monsieur Brioches Ladengeschäft ging Gelo direkt zum Hôtel de Bourbon, dem Auftrittsort der Comici Confidenti. Durch Mercuriale in seinen Autorenambitionen bestärkt, fühlte er jetzt die rechte Zeit gekommen, Maria endlich ein Kompliment auszusprechen. Viel zu lange hatte er gezögert.

Der Innenhof war menschenleer. Auch auf der Bühne regte sich kein Leben – probten sie wieder an der Seine?

»Die Truppe spielt eine Zeit lang auswärts«, erfuhr er von der Patronne. »Mademoiselle Malloni allerdings ist krank und hütet das Bett.«

Als er den Hof auf der Rückseite des Hôtel de Cluny betrat, saß Maria auf einer Holzbank in der Sonne – ihr schien es schon wieder besser zu gehen –, eine Mappe mit Blättern auf dem Tisch. Zwei Katzen rekelten sich vor ihren Füßen. Ein Schmetterling zickzackte wie trunken durch die Luft und setzte sich auf ihr schwarzes Haar – wie genässt glänzte es im gleißenden Licht.

Vertieft ins Geschriebene, hatte sie sein Kommen nicht bemerkt. Er klopfte mit dem Knöchel auf die Lehne. Sie sah hoch und ihn an.

»Oh, der Herr Springer! Welche Überraschung!« Sie krächzte.

»Ist das freudig oder spöttisch gemeint?«

»Nach was klingt es?«

»Eher spöttisch. Aber dein Blick spricht anders.«

»Du kannst in den Augen lesen? Die können trügen wie alles im Leben.«

Sie legte die Mappe beiseite und sah auffällig weg. »Du hast dein Versprechen nicht eingehalten. Das ist schäbig.«

»Das stimmt nicht. Ich war da.«

»Lügen tut der Herr obendrein. Das ist noch schäbiger.«

»Ich lüge nicht. Ich bin da gewesen. Ehrenwort!«

Gelo erzählte nüchtern von den widrigen Umständen seines Zuspätkommens und seinem schlechten Platz in der letzten Reihe, um in eher linkischen Worten die Hinderung seiner Gratulation durch Montaigne und Konsorten zu rechtfertigen. Das verstand sie nicht. Wie konnte er sich selbst so schlecht machen und die anderen emporheben? Auch billigte sie die Kritik an Montaignes Geste nicht. »Was hast du gegen Margeriten? Sie sind wunderschön. Und warum sollte ein Mann einer Frau keine Blumen schenken dürfen? Nur weil du das noch nie gesehen hast? Montaigne ist seiner Zeit eben voraus. Es wird der Tag kommen, da wird es schicklich sein, einer Frau Blumen zu überreichen und jeder, der es versäumt, macht sich eines Fauxpas' schuldig.«

Ihre Stimme klang so heiser, dass es ihm schwerfiel, sie zu verstehen.

»Ich war tagelang stumm gewesen. Eine Katastrophe. Ausgerechnet jetzt, wo Bernardino uns noblere Engagements außerhalb von Paris verschafft hat. Die anderen mussten ohne mich los und werden noch eine Weile fort sein. Ich nutze die Zeit und lese die Scenari.«

»Darf ich?« Gelo setzte sich neben sie, kam auf die Vorstellung zurück und holte den Glückwunsch nach. Sie gab sich zurückhaltend, freute sich dennoch darüber.

Er fragte sie, ob sie Lust habe, sich mit ihm Paris anzusehen, die kommenden Tage. Er selbst kenne außer dem Theater, dieser Herberge und einem neu entdeckten Schreibwarenladen mit einem etwas eigentümlichen Inhaber nichts in dieser Stadt.

»Was suchst du in einem Schreibwarenladen?«

»Da staunst du, hm? Ich verfasse ein Werk über meine Kunst!«

Er zeigte ihr seine erstandenen Utensilien.

»Ein schreibender Springer. Respekt!«

Sie wies auf die Mappe. »Alle großen Meister haben etwas geschrieben. Das hier sind Flaminios erste Stücke. Er hat sie mir gegeben, bevor er uns verlassen hat. Es steht alles drin, was die Commedia dell'arte ausmacht: Tirate, Dialoghi amorosi, Bravure und Lazzi.«

Sie klappte die Mappe zu. »Eigentlich müsste ich die Scenari auswendig kennen, so oft, wie ich sie gelesen und gespielt habe. Ich bin nicht gut im Merken. Es ist grauenhaft. Eine Schauspielerin, die ständig ihre Texte vergisst … tz.«

»Ich dachte, ihr improvisiert alles.«

»Nein. Vieles. Zum Glück. Ich bin sehr gut im Improvisieren. Aber es gibt etliche Vorgaben, an die man sich halten muss«, sie wies erneut auf die Mappe, »nur habe ich wenig Lust dazu. Bernadino schimpft mich deswegen ständig. Einmal eine Sekunde zu lange überlegt oder die Pointe falsch gesetzt, fängt er an zu kochen.«

»Das Publikum ist anspruchsvoll und ihr seid Berufsschauspieler. Da kann er erwarten, dass es gut ist.«

»Gut ja, aber nicht perfekt.«

»Ich liebe die Perfektion! Ohne sie wären meine Sprünge nicht das was sie sind: Vollkommen!«

»Das nennt man glaube ich Logik, oder? Und wenn es nicht so wäre? Wen juckte es?«

»Das Publikum.«

»Das weiß nichts von Perfektion. Da kennt keiner den Unterschied zwischen einer ›vollendeten‹ Darbietung und einer ›nur‹ guten.«

»Ich will es fehlerfrei und tadellos haben. Perfektion ist die Krönung der Kunst. Das habe ich von meinem Vater gelernt.«

»Ich will es nicht so. Perfekt sein zu wollen ist eine Geißel.«

»Zu wollen vielleicht, zu sein aber nicht. Wenn es so wäre, würde sich keiner mehr anstrengen. Was wäre das Resultat? Nur noch Durchschnittliches würde geboten oder noch schlimmer, wir wären von lauter Nichtskönnern umgeben.«

»Was hat meine Unlust, fremde Texte auswendig zu lernen, mit Nichtskönnern zu tun? Hältst du mich etwa dafür? Du hast mich doch auf der Bühne gesehen; habe ich keinen Applaus bekommen? Und die Blumen? Denkst du, Montaigne hat keine Ahnung von der Commedia?«

Wieder Montaigne. Was hielt sie nur von diesem Speichellecker? Der hatte Maria doch nur seiner Eitelkeit wegen die Margeriten geschenkt, und aus Berechnung …

»Ich will auf der Bühne keine fremden Texte wiederkäuen, sondern meine eigenen Gedanken aussprechen. Ich will auf der Bühne leben, und sie damit *be*leben, verstehst du? Mit dem auswendigen Herunterleiern von einstudierten Worten ist das nicht getan.«

»Schön und gut. Trotzdem muss man üben, üben und nochmals üben. Wenn ich nicht ständig übte, verlöre ich meine Fertigkeiten. Ich bin den steinernen Weg angetreten, um für eine Gauklerkunst zu werben, die leider nicht von jedermann bestaunt wird. Im Gegenteil, von Bildung und Klerus wird sie mit Argwohn bedacht. Um dem entgegenzuwirken, brauche ich die Perfektion. Und um diese zu erreichen, brauche ich wiederum eisenharte Disziplin. Ohne die geht es nicht. Glaubst du, die Spartiaten wären ohne ihre Agoge so gute Krieger gewesen?«

»Darüber weiß ich nichts.« Maria rieb sich den Hals und sah gelangweilt umher. »Lass uns das Thema wechseln.«

»Weshalb? Weil du nicht diszipliniert bist?«

»Sag mal, was geht dich das an? Ich allein entscheide, wann und wo ich wie diszipliniert sein will. Da hat mir ein Springer in seinem … seinem Perfektionswahn nicht dreinzureden!«

Gelo zauderte kurz. Hatte ihn sein erster Eindruck nicht getäuscht. Maria war undiszipliniert und das genaue Gegenteil von ihm. Dabei hatte sie doch großartig erzählt, sie wolle eine berühmte Schauspielerin werden, bekannter noch als diese Vittoria Pissimi. Wie sollte das zusammengehen? Überhaupt nicht.

»Tut mir leid, Maria. Ich wollte dir nicht zu nahe treten.«

»Bist du aber.« Sie wiegte den Kopf. »Na gut, vergessen.«

»Was du über das Publikum sagst, mag im Großen stimmen, aber es stimmt nicht für die Künste auf höchster Ebene.«

»Was meinst du damit?«

»Den Sprung der Sprünge. Wenn ich ihn nicht perfekt ausführe, sondern an ihm scheitere, hat das schlimmere Folgen als eine verpatzte Pointe. Dann bin ich tot. Oder zeitlebens ein Krüppel.«

»Sehr dramatisch. Übertreibst du da nicht?«

»Weshalb sollte ich?«

»Hm, um mir zu imponieren …?«

»Habe ich das nötig?«

Maria zuckte mit den Schultern. »Was soll der Sprung der Sprünge überhaupt sein?«

»Der Salto mortale, der Todessprung.«

»Davon hast du mir noch nichts erzählt. Und überhaupt, ich warte schon lange darauf, dass du mir mal was zeigst. Wirst du?«

»Sehr gerne.«

»Auch diesen ominösen Salto?«

»Natürlich. Ich bin ihn bereits vor der Prinzessin gesprungen. Bei ihrer Hochzeit im Oktober werde ich es wieder tun.«

»So lange wirst du mich wohl nicht warten lassen wollen, oder?«

»Ich kann ihn dir jederzeit zeigen.«

Gelo spürte, wie ihm blitzartig der Schweiß ausbrach. So große Töne hätte er besser nicht gespuckt.

»Verdammt heiß hier in der Sonne.« Er wischte sich mit dem Ärmel über die Stirn und stellte sich in den Schatten. »Mein Fuß ist nur noch nicht ganz verheilt«, log er. »Es wird wohl noch zehn, zwölf Tage dauern, bis ich mich dir präsentieren kann.«

»Und dann wirst du sie mir vorführen, deine Sprünge?«

»Ja.«

»Alle?«

»Wenn ich es sage.«

»Auch den Salto mortale?«

»Auch den.«

»Wahrhaftig versprochen?«

Sie reichte ihm die Hand. Er schlug ein.

»Zwölf Tage, Arcangelo …«

»Zwölf Tage, Maria.«

Er wusste nur zu gut um die Schwere dieses Versprechens. Bereits einmal hatte er mit seinem feigen Davonschleichen Maria das Nichteinhalten eines Beteuerns glauben gemacht. Das hatte nicht nur ihn gegrämt. Ein zweites Mal durfte es nicht geben.

Täglich besuchte Gelo Maria. Bereits am dritten Tag kam er zu Pferde. Des jeweils vierstündigen Fußmarschs müde, hatte er sich vom Sohn des höfischen Stallmeisters innerhalb zweier Tage mehr schlecht als recht das Reiten beibringen lassen. Im Gegenzug lehrte er dem Jungen das Radschlagen.

Als Gelo in den Hof einritt, schritt sie ihm entgegen und begrüßte die Überraschung. »Ich kann auch reiten und habe die Erlaubnis, einen der vier Rappen zu nehmen. Dann werden wir beizeiten mal gemeinsam ausreiten.«

Stundenlang promenierten sie an der Seine und saßen am Ufer in der Sonne. An den heißesten Tagen schwammen sie im Fluss und tauchten nach Kieseln. Niemals zuvor hatte er das mit einer Frau getan. Vor vielen Jahren hatte er mit seinen Schwestern im Aterno geplantscht, zu Hause in L'Aquila. Hier war er mit einer der schönsten Frauen zusammen im Wasser und hatte Mühe, sich nicht völlig in ihrem Erscheinungsbild zu verlieren – ihr Haar, seidenes Flies, die Tropfen auf ihrer Haut, schimmernd wie ihre Perlmuttohrhänger, ihre Augen, geschliffener Hämatit.

In der Kathedrale Notre Dame auf der Île de la Cité bestaunten sie die Altäre und ließen sich vom Orgelspiel bezaubern. Sie streiften durch die Märkte, setzten sich auf Treppenstufen und beobachteten die Leute; wenn die sich sonderlich gaben, ahmte sie Maria nach, was Gelo bezauberte.

Im Tuileriengarten aßen sie heiße Maroni und sahen den Katzen zu, wie sie den Vögeln nachjagten. »Die kann jetzt ich nachahmen.« Gelo zeigte Maria die typischen Bewegungen seiner heimlichen Freunde. Das imponierte ihr.

Marias Stimme war zurückgekehrt. Sie erzählte viel. Das gefiel ihm und ließ auch ihn redseliger werden. Sie scheuten sich nicht, ihre Gedanken auszusprechen oder einander mehr von sich preiszugeben. Mit jedem gemeinsamen Erlebnis wuchs das Vertrauen.

»Du hattest wenigstens einen Vater, auch wenn er streng war, und Geschwister. Das hatte ich nicht.«

»Hattest du nicht erzählt, dein Vater sei Korse gewesen und deine Mutter Neapolitanerin?«

»Ich habe eine dunkle Hautfarbe und mein Haar ist rabenschwarz. Es liegt nahe, dass es so war. Ebenso könnte ich das Kind eines spanischen Matrosen und einer korsischen Hure sein. Ich habe viele Varianten durchgespielt. Irgendwann war ich es leid und habe mich auf die Neapel-Korsika-Geschichte eingeschossen.«

»Du bist gar keine echte Neapolitanerin?«

»Zumindest bin ich dort geboren und aufgewachsen; meine Heimat waren die Gassen und Hinterhöfe. Dort lebte meine Familie – die Diebe waren meine Brüder, die Huren meine Schwestern.«

»Und das Theaterspielen?«

»Das habe ich auf der Straße gelernt. Es ist eine harte Schule, wenn du dich als Mädchen hergeben musst für ein Stück Speck. Meine Bühne waren die Märkte, die Piazzi und der Hafen. Meine Texte waren das Schöntun wie das Murren und Mäkeln. Ich kenne das Leben, das gute und das schlechte. Meistens war es schlecht. Erst seit den letzten Jahren ist es gut geworden, seit ich den Comici Confidenti angehöre. Flaminio hat mir das Lesen und Schreiben beigebracht, und wie man welche Worte richtig setzt. Ihm habe ich viel zu verdanken. Und er hat viel von mir zurückbekommen.«

Maria verstummte und stierte ins Leere.

»Und trotzdem hat er dich verlassen.«

»Ich habe es nicht wie Vittoria und Silvia verstanden, ihm den Kopf zu verdrehen.«

»Wer?«

»Vittoria Pissimi und Silvia Roncagli. Sie gehörten zur Truppe, und haben Flaminio nicht nur den Bauch gepinselt ... Flaminio hat die Compagnia dei Comici Gelosi gegründet; mit der wollte er hoch hinaus, was ihm gelungen scheint, wie ich hörte – er spielt bereits an den Höfen von Fürsten. So weit haben wir es noch nicht gebracht, aber immerhin haben wir im Hôtel de Bourbon ein festes Domizil für die nächste Zeit.«

Je mehr Maria von sich offenbarte, umso mehr zog sie ihn an. Die Verurteilung ihrer Disziplinlosigkeit schien seiner Billigung gewichen, zumindest spürte er keinen inneren Widerstand mehr. Es war eher so, dass in schwachen Momenten, in denen er sich erlaubte, ein Stück weit von seiner Disziplin abzulassen, er sich wünschte, ein bisschen wie sie zu sein, etwas von ihrer Lebenslust zu haben und nicht ständig an seinen hohen Anspruch zu denken. Aber er konnte nicht heraus aus seiner Haut; letztlich war er Arcangelo Tuccaro, Sohn des großen Andrea Tuccaro, des berühmten Seilgehers. Allein Leistung hatte ihn zu einem der besten Seilgeher werden lassen, der blind jedes Seil in jeder Länge und in jeder Höhe begehen konnte. Allein Disziplin hatten es ihm ermöglicht, dem Seil den Rücken kehren zu können und zu einem Luftspringer zu werden. Und nichts als Leistung und Disziplin hülfen ihm, sich Maria als wahren Meister des Springens zu beweisen und mit seinen Sprüngen – vor allem dem Salto mortale – zu zeigen, was er zu tun imstande war. Einzig für sie würde er es wagen, einzig ihr zeigen, dass nicht nur sie das Leben kannte und meisterte. Er beherrschte es ebenso. Und: Er wollte keinen mehr anlügen. Nicht sich selbst noch andere. Er hatte Maria sein Versprechen gegeben. Er würde ihr den Salto mortale vorspringen, fehlerfrei und tadellos. Ohne das Gespenst im Kopf.

Gelo zählte die Tage bis zum versprochenen Dutzend. Ständig die Tragweite seines Versprechens vor Augen, übte er doppelt so oft wie üblich das gesamte Repertoire. Vor und zurück. Der Fuß antwortete wie erwartet mit Schmerzen. Darauf durfte er keine Rücksicht nehmen. Wozu gab es Bandagen? Das Brennen in den Muskeln und Sehnen im ganzen Körper ignorierte er ebenfalls, wie seinen unruhigen Schlaf und schlechten Appetit. In wenigen Tagen würde er sein Versprechen einlösen. Nichts anderes zählte.

Er beherrschte alle Sprünge in Perfektion. Da war es wieder – das Zauberwort und was es in sich barg: Die Perfektion als Heilsbringer. Einzig die Perfektion war das Gegengift zum Gespenst im Kopf. Einzig Perfektion verhinderte ein Scheitern.

Alle Sprünge?

Alle perfekt?

Ja! Und doch nicht! Er beherrschte alle Sprünge, die er tatsächlich sprang. Einen Sprung übte er immer noch nicht, obwohl er es sich am ersten Abend nach dem Ehrenwort fest vorgenommen hatte. Er musste den Salto besiegen, wie die Schlange – das Seil, hoch oben zwischen den Häusern –, in deren Bann er einst gestanden hatte. Er trug seine eigene, ganz persönliche Fehde aus mit dieser Sprungfigur. Niemand würde und niemand konnte das für ihn übernehmen. Das war so unmöglich, wie in eine fremde Haut zu schlüpfen und das Leben eines anderen zu leben.

Statt seine Niederschrift voranzutreiben, missbrauchte er Brioches Papier, um Skizzen anzufertigen – er zeichnete Bäume mit Seilen verspannt, an denen er, festgebunden, die Drehung in der Luft vollführen könnte. Das schien ihm noch die beste Möglichkeit, der Anatomie des Kreisens in der Luft nachzuspüren. Auch diese Idee verwarf er, wie zahlreiche andere zuvor; an Seilen hängend wäre er von der wahren Natur des Saltos, seiner spezifischen Bewegung und seiner Dynamik meilenweit entfernt. Eine komplexe Figur wie der Todessprung konnte nicht in Teilen, sondern einzig und allein im Ganzen geübt und erfahren werden.

Was war es, was ihn den Salto mortale nicht angehen ließ?

Er nahm ein neues Blatt zur Hand. Warum sollte er nur Technisches über den Sprung schreiben? Interessierte die angehenden Springer und jene, die wiederum ihren Blick auf deren Gesinnung richteten, nicht viel mehr, welche Gefühle und Gedanken der Salto mortale hervorbrachte?

Er tunkte die Feder ins Glas und schrieb:

Ich zermartere mir das Hirn ob dieses verdammten Sprungs. Wie möchte es mir gelingen, den eigentümlichen Diabolismus zu besiegen, der ihm innewohnt und der mich zu zerstören droht? Was schreckt mich an dieser Figur? Welche Bewegung oder nur welcher Teil der Bewegung ist es, was mich sie nicht üben lässt? Ist es die fehlende Sprungkraft? Die besitze ich. Das fehlende Drehmoment? Auch die Drehung beherrsche ich. Ist es die fehlende Kontrolle über das körpereigene Lot?

Auch das ist es nicht.

Letztlich kam er nach unsäglich vielen Gedanken auf die Lösung.

Es ist die Landung.

Sie allein ist es, die das Gespenst im Kopf erweckt und mich am Fliegen hindert. Die dritte und letzte Phase – Absprung – Drehung – Landung – des kubistischen Sprungs. Sie gibt dem Sprung als Ganzem die Vollkommenheit. Die Perfektion des Sprunges besteht letztlich darin, mit der vollendeten 360-Grad-Drehung um die Querachse des Körpers auf dem Boden mit exakt geschlossenen Beinen zu landen. Gleichermaßen aufrecht und erhaben, dem Himmel und Gott zugewandt und zugleich mit gekrönter Grazia und Sprezzatura. So will es die höfische Gesellschaft. So hat es mir Bonaldi vorgelesen aus Castigliones Werk ›Libro del cortegiano‹, das hier jeder Höfling als Pflichtlektüre auf dem Nachttisch liegen hat.

Es ist die Landung, die, zwei Mal misslungen, mir die ganze Sprungfigur vergällt, mich bannt und niederhält. Mein ganzes Augenmerk gilt von nun an ihr.

Mitten in der Nacht wachte er auf. Die Lösung des sicheren Landens war ihm im Traum erschienen. Im Schlaf war sie herangenaht wie ein schwebender Engel, sanftmütig und rein.

Er stieg aus dem Bett und achtsam in die Kleider, bandagierte den Knöchel und strebte durch die Parks hinunter zur Seine.

Am Ufer reckte und streckte er sich. Machte Atemübungen. Bekreuzigte sich. Und nahm Anlauf.

Er sprang.

Er stieg.

Er drehte sich.

Er landete sicher auf zwei Beinen.

Im Wasser.

Das war die Lösung. Das Wasser war das einzige Medium, das eine missglückte Landung ohne Verletzung zuließ. Keine Strohmatte der Welt konnte das leisten. Kein noch so weicher Sandboden.

Er würde so lange den Salto ins Wasser springen, bis ihm seine innere Stimme die Erlaubnis erteilte, die Landung auf festem Boden zu riskieren. Gelo sprang unermüdlich. Er versuchte sich in verschiedenen Anläufen, in bewussten Abweichungen der Körperhaltung, und in verschiedenen Positionen der Arme. Nach jeweils einem Dutzend Sprünge machte er eine Pause. Dann sprang er von Neuem.

Herausschreien mögen hätte er sein Glück bei den gelungensten Sprüngen, doch er wollte niemanden aufschrecken. Er gab der Kraft der Euphorie nach, indem er mit geballten Fäusten ins Wasser schlug, dass es klafterhoch aufspritzte.

Als der Morgen graute, kehrte er zurück zum Schloss, wechselte die nassen Kleider, aß mit den anderen, behielt seinen grandiosen Erfolg für sich und übte wie stets das Standardprogramm. Er war am Ende seiner Kräfte und fühlte sich königlich.

Am elften Tag lud er Maria feierlich zur Präsentation seiner Sprünge ein. Eine Meile entfernt vom Hof hatte er gegenüber der Seine-Insel Île Corbière ein verstecktes Plätzchen entdeckt. Mit heißem Kopf überreichte er ihr einen liebevoll angefertigten Lageplan, mit einer roten Kordel verschnürt, gezeichnet auf dem letzten Bogen von Brioches Papier, beschrieben mit

Liebe Maria,
es ist so weit. Ich bin stolz, dir zum morgigen Abend alle meine Sprünge zu präsentieren.
Ich freue mich auf Dein Kommen.

In Freundschaft, Arcangelo, Saltarin du Roi

Maria umarmte ihn. Das hatte sie zum ersten Mal getan. Gelo wurde flau und sofort stand ihm wieder der Schweiß im Genick. Er bekam eine Umarmung geschenkt von jener Frau, die ihm mit jedem Tag mehr ans Herz wuchs, und die ihm bislang gerade mal die Schulter gedrückt hatte. Dieser Frau hätte er nur zu gerne seine tiefsten Gefühle erwidert. Das brachte er nicht zuwege. Er wusste nicht warum.

Sie hatten eine Stunde vor Sonnenuntergang ausgemacht.

»Ich werde da sein, Arcangelo.«

Maria versprach, einen Korb mit Wein und Essen mitzubringen, um anschließend die Vorstellung gebührend zu feiern. »Bis tief in die Sternennacht!«

Als sie das sagte, spürte er sein Herz schlagen.

Schon am Morgen des großen Tags fühlte er ein leises Zittern am ganzen Körper. Er fieberte dem Mittag, dem Nachmittag und schließlich dem frühen Abend entgegen. Um sich abzulenken, übte er an entlegenen Plätzen des großen Parks und wechselte stets den Ort, wenn ihm zu viele Menschen erschienen.

Eine Stunde vor der ausgemachten Zeit schlüpfte er in sein Auftrittsgewand und wollte den Schlafsaal verlassen, als er zwei ihm bekannte Stimmen hörte, die sich vom Gang her näherten. Geduckt lugte er aus dem menschenleeren Saal in den ebenso leeren Korridor. Nur wenige Klafter entfernt kamen ihm Mayentracht und Kertész entgegen, im Gespräch vertieft.

»Kertész, anstatt mich um neue Münze anzugehen, solltet Ihr endlich anfangen, Eure Schulden bei mir abzuzahlen. Ich brauche das Geld! Treibt es bei! Wie ist mir egal.«

»Die Theatermaschine ist fast fertig, aber ohne weitere Mittel kann ich die Arbeit nicht abschließen.«

»Warum bekommt Ihr kein Geld mehr vom Hof?«

»Verdammte französische Bürokratie! Die Anträge sind längst gestellt. ›Es wird geprüft, Monsieur. Geduldet Euch‹, muss ich mir ständig von diesem Birague anhören.«

»Es heißt, Ihr habet weit über die bewilligten Mittel hinausgewirtschaftet. Deswegen gibt Euch der Surintendant des Finances nichts mehr.«

»In Wien hat mich der Kaiser unterstützt. Und wenn's mal weniger spendabel war, hat die Prinzessin lanciert.«

»Elisabeth hatte für uns alle ein großes Herz. Für Busbecq und Mercuriale, für Euch und für mich. Zuletzt sogar für diesen Springer.«

»Apropos Springer, Mayentracht, solltet Ihr nicht längst

mit ihm im Louvre gewesen sein?« Kertész schüttelte den Kopf; das sah verächtlich aus – der gönnte Gelo wohl seinen Erfolg nicht. »Da werden einem Mann von niedersten Diensten Ehren zuteil, von dem unsereins nur träumen kann. Ist diese Welt denn noch gerecht?«

Gelo richtete sich auf. Er mit Mayentracht in den Louvre? Dem großen Schloss, zu dem ihm bis jetzt der Eintritt verwehrt geblieben war? Eine Audienz? Protektion durch die Prinzessin? Stand etwa die Beförderung zum Ersten Springer ins Haus? War Prinzessin Elisabeth zugegen und erwartete ihn? Dann musste er sein Manuskript mitnehmen! Letztlich hatte er es ihr zugeeignet.

Gelo trat aus der Tür hervor. »Guten Abend, die werten Messieurs.«

»Tuccaro! Zum Teufel ... Euch suche ich!«

»Jetzt habt Ihr mich gefunden. Was liegt an?«

»Eine Audienz bei der Königinmutter. Eilt Euch!«

»Wie meinen?«

»Der Reisewagen wartet! Wir sind für heute Abend zum Dîner vorgeladen.«

»Aber ...«

»Kein aber! Versteht Ihr nicht? Wir fahren zur Königinmutter, der höchsten Frau im Staate! Nur Ihr und ich.«

Mayentracht musterte ihn. »Habt Ihr kein festlicheres Gewand?«

»Wohl, nur ... ich wollte ...«

»Rasch!« Mayentracht hakte sich bei ihm ein und zog ihn zum Umziehen in den Schlafsaal.

Kurze Zeit später saßen Gelo in Samt und Mayentracht in Seide im Reisewagen nach Paris. Während Mayentracht ständig aus dem Fenster schaute und nach seine geistlosen Kornblumen Ausschau hielt, stierte Gelo, das zusammengelegte Auftrittsgewand auf den Knien, ins Wageninnere und stöhnte in sich hinein.

Den Käse, die Wurst, das Brot, die hart gekochten Eier. Alles lässt sie unberührt, nach dem kurzen Schwimmen im Fluss – die Kleider abgelegt, die Halskette aus Ebenholz, die Ohrhänger aus Perlmutt, ist sie in die Seine gestiegen. Nur wenige Minuten im Wasser, verging ihr die Lust; die Seine war nicht der Grund ihres Hierseins. Wieder angezogen, die Halskette umgelegt, trinkt sie lediglich vom Wein, erst singend, dann fluchend. Zuletzt schweigend.

Als auch die zweite Kerze bis auf den Stumpf abgebrannt ist, steigt sie aufs Pferd und reitet zurück.

Diesen Ort, schwört sie sich, wird sie niemals mehr besuchen.

15

Es DÄMMERTE BEREITS, als sie in den Hof des Palais du Louvre einfuhren. Mayentracht kaute wie jedes Mal vor wichtigen Gesprächen Pfefferminzblättchen, strich sich über das Wams und kontrollierte den Sitz von Gelos Gewand.

»Und denkt dran, Tuccaro: Caterina de' Medici ist der heimliche Regent! Seid zurückhaltend und redet nur, wenn es angezeigt ist.«

»Das hört sich sehr politisch an. Ich bin nur Springer.«

»Ja und nein. Mit der heutigen Audienz seid Ihr ein wenig mehr. Also gebt Euch diplomatisch. Wir sind alle von ihrer Gunst abhängig.«

»Ist es nicht Ihre Exzellenz Elisabeth, die für uns sorgt?«

»Das ist Wiener Geschichte. Hier in Paris stehen die Dinge anders, doch das soll Eure Sorge nicht sein.«

Kaum dass der Wagen zum Halten kam, huschten zwei Diener herbei, öffneten den Verschlag und führten sie über den Hof in den Palast, mehrere Gänge entlang, in ein kleines Audienzzimmer. Dort hieß man sie auf die Königinmutter warten.

Caterina de' Medici kam allein. Ohne Sohn. Ohne Schwiegertochter. Nicht einmal ein Berater war zugegen, was die Geringfügigkeit der Zusammenkunft anzeigte. Da hatte der Wiener Kammerherr wohl zu dick aufgetragen.

Mayentracht machte einander bekannt. Gelo zeigte seine Ehrerbietung durch einen Kniefall, wie von Bonaldi gelernt. Die Königinmutter machte einen verhärmten Eindruck, und geradezu maskenhaft ließ die hohe Stirn ihr Gesicht erscheinen. Nachdem sie Platz angeboten hatte, setzten sich alle an einen schweren Tisch aus dunklem Holz. Dieser stand bis auf einen Köcher mit drei Silberstiften, einer Schale Früchte und einer Karaffe Wasser mit vier Gläsern leer – hatte Mayentracht nicht etwas von einem Dîner gesagt?

»Springer Tuccaro, ist Er im Bilde, was Sein Hiersein angeht?« Sie sprach mit starkem Florentiner Akzent.

»Nein, eigentlich nicht, Eure Majestät.«

»Mayentracht, habt Ihr ihm nicht erzählt, dass er Leiberzieher Unseres Sohnes werden soll?«

»Eure Majestät, ich wollte nicht Spekulationen das Wort reden. Ich dachte, die heutige Einnahme eines Augenscheines seiner Person und seiner Kunst sollten Euch zuvorderst überzeugen.«

»Ihr habt recht gedacht. Ich wünschte mir mehr Untergebene aus Eurem Holze.«

Sie wandte sich Gelo zu. »Nun denn, der Springer. Zeige Er etwas von Seinem Können!«

»Mit Verlaub, Eure Majestät, gebt mir eine Viertelstunde, um mich umzuziehen und mich zu erwärmen.«

»Nur zu, erwärme Er sich. Was den Musikern zugestanden ist, soll einem Springer nicht verwehrt sein. Wir werden Uns solange mit Mayentracht unterhalten. Melde Er Sich, wenn Er bereit ist.«

Gelos Erwartung, einen gesonderten Raum zum Kleiderwechsel zugewiesen zu bekommen, blieb unerfüllt. In einer Nische, nur ein paar Klafter entfernt, schlüpfte er in sein Auftrittsgewand und begann mit den Erwärmungsübungen, während die Königinmutter und Mayentracht politisierten und dabei Wasser tranken. Von den Früchten zu nehmen bot sie ihm ebenso wenig an wie selbst welche davon zu verzehren.

Noch vor der Viertelstunde war Gelo mit dem Erwärmen fertig. Er erbat sich einen größeren Raum für die Vorführung der Sprünge. Oder man ginge nach draußen in den Hof, schlug er vor, was mit einer nur kurzen, kaum merklichen Geste abgelehnt wurde.

Sie suchten die Galerie des umgebauten Südflügels auf, einen weitläufigen, vor Bildern strotzenden Saal mit gut drei Klafter hoher Decke. Gelo entschied spontan nur ein Drittel seines Programms vorzuführen. Das musste genügen, um die Regentin zu überzeugen. Nach den Grundübungen wie Brücke und Schwebestütz folgten Kopfstandkreisel und einarmiger Handstand.

Die Bodenkür beendete er mit zehn aneinandergereihten Rädern. Die Sprungfiguren schloss er nach Hecht- und Flugrollen mit dem obligatorischen Spagatsprung ab.

Den Salto mortale unterschlug er geflissentlich.

Caterina de' Medici klatschte dreimal seicht in ihre bleichen Hände. »Bravo!«

Sie musterte ihn eindringlich. »Er ist zwar klein, doch Er verfügt über erstaunlich viel Kraft. Er hat Uns überzeugt.«

Gelo verneigte sich. »Ich danke Euch, Eure Majestät.«

»Morgen Vormittag wird sich zeigen, ob Er das auch anderweitig kann. Er hat um elf Uhr erneut zu erscheinen. Diesmal ohne Euch, Mayentracht. Wir gestehen dem Springer dieses Maß an Eigenständigkeit zu. Die Audienz ist damit beendet.«

Mayentracht blickte auf; das ging ihm wohl zu rasch. Gelo sah dies als glücklichen Umstand an. Er wäre schneller zurück und konnte hinunter an die Seine. Wenngleich es fraglich schien, ob Maria so lange seiner würde ausgeharrt haben.

Mit »Sehr wohl, Eure Majestät« und Bückling verließen sie die Galerie.

Die Diener brachten sie zurück zum Wagen.

Kaum aus dem Hof gefahren sprachen sie über die Audienz.

»Messer Mayentracht, was mochte die Königinmutter mit ›anderweitig‹ gemeint haben?«

»Hättet Ihr der Regentin nicht entsprochen, wäre es Eure letzte Audienz gewesen. Es liegt auf der Hand, dass Ihr Morgen vor der Königlichen Familie Eure Kunst wiederholen müsst. Der Regent selbst mit der Prinzessin sowie seine drei Geschwister werden zugegen sein. Ihr habt damit königliche Konstellation zum Publikum, Tuccaro. Das wird nicht jedem …«

»Ja, ich weiß … ›zuteil‹. Nicht, dass ich das schmälern möchte, Messer Mayentracht, ich bin schon vor kaiserlichen Konstellationen gesprungen …«

Eine geschlagene Stunde später, als von Gelo erhofft, mehr noch ersehnt, erreichten sie das heimatliche Schloss. Die Chance, Maria noch anzutreffen, sank damit ins geradezu Unwahrscheinliche. Mayentracht hatte, seinem knurrenden Magen verpflichtet, an einer Taverne anhalten lassen – angesichts des angekündigten Dîners hatte er zuvor nichts gegessen. Gelo war es ebenso ergangen in Erwartung des Rendezvous, doch eingedenk des verpatzten Treffens verspürte er keinen Appetit.

Sich zur Ruhe mahnend – er wäre sogleich losgerannt – wünschte er Mayentracht eine gute Nacht, wartete bis dieser aus dem Sichtfeld entschwunden war und rannte hinunter zum vereinbarten Platz.

Außer zwei abgebrannten Kerzenstümpfen fand er nichts vor.

Die Nacht wälzte Gelo sich im Halbschlaf hin und her. Zum einen gingen ihm die Audienz und die schaurig anmutende Dominanz der Königinmutter durch den Kopf, viel schlimmer noch grämte ihn das verpatzte Treffen mit Maria. Er hatte das Versprechen wider alle guten Vorsätze nicht eingehalten – eine unsägliche Verfehlung. Konnte er das jemals wieder gutmachen?

Mit Augenrändern wie gerußt stieg er am nächsten Morgen aus dem Bett, zog sich das Festtagsgewand über, faltete sich die Springerkleidung zurecht und ging zum Kutschplatz bei den Stallungen. Er hatte noch in der gestrigen Nacht Jaspard, den Wagenlenker, geweckt und ihn angewiesen, eine Stunde früher als nötig nach Paris zu fahren. Gelo musste sich unbedingt noch vor der Audienz bei Maria entschuldigen. Er wusste, er würde beim Vorspringen kläglich versagen, in Gedanken an Maria und daran, nicht wieder alles ins Reine gebracht zu haben. Letztlich waren es immer wieder die Gedanken, die als störende Bilder im Kopf in den entscheidenden Momenten seine Springerkunst vereitelten.

Vor der Abfahrt hatte er im höfischen Park einen großen Strauß Margeriten gepflückt – größer noch als Montaignes.

Den Strauß in Händen eilte er zum Wagen, um auf halber Strecke dorthin von Bonaldi aufgehalten zu werden. Der strebte fahrig auf ihn zu. Gelo verbarg rasch den Strauß hinter dem Rücken, der Dichter schoss ihm dabei widerwillig in den Kopf.

»Messer Archan… Tuccaro, endlich treffe ich Euch! Seit Tagen bekomme ich Euch nicht mehr zu Gesicht. Wie geht das an?«

»Maestro! Es tut mir …«

»Zum einen mag das an mir liegen, ich habe Großes zu tun; dazu später. Jetzt erst zu Euch. Wo steckt Ihr denn die ganze Zeit? Was ist mit unserem Unterricht?«

»... leid, dass ich mich nicht bei Euch entschuldigt habe. Ich bin zurzeit viel unterwegs. Auch jetzt muss ich eiligst nach Paris.«

»Ich weiß. Bitte, leiht mir für ein paar Sekunden Euer Gehör.«

»Maestro, ich habe eine Audienz bei der Königinmutter!«

»Ja, doch, ich bin im Bilde.«

»Wer hat Euch ... wenn ich fragen darf?«

»Na, wer wohl? Mayentracht natürlich, aber das tut nichts zur Sache. Ihr seid ohnehin viel zu früh – bei Hofe wird unsereins von Höheren immer warten gelassen. Dennoch schickt es sich, stets pünktlich zu sein. Und niemals unpünktlich. Andererseits ist es unschicklich eine Stunde vorher zu erscheinen. Das wirft ein schlechtes Licht auf Euch, denn es zeigt an, dass Ihr die Zeit nicht zu bemessen wisst.«

Gelo stöhnte, doch eingedenk Bonaldis Engagement für ihn in Wien und jetzt auch in Paris – der Sonntagsstaat, der Besuch bei Baïf, zuletzt der Französischunterricht – konnte er ihn nicht so einfach abweisen.

»Bonaldi, bitte, fasst Euch kurz!«

»Messer Tuccaro. Ich habe Großes mit Euch vor! Ein Tanzstück erster Güte. Ihr sollt mit von der Partie sein!«

»Wie bitte?«

»Mit Euren akrobatischen Künsten. Ein Handstand, ein Rad. Dazwischen ein paar Tanzschritte.«

»Nein!«

»Aber ...?«

»Maître, ich hatte Euch bereits in Wien gesagt, Tanzen ist nicht mein Metier. Was die Akrobatik angeht, erfülle ich Euch gerne diesen Wunsch, nur Tanzen? Jamais.«

»Zwei, drei Schrittchen über die Bühne … Ich bitte Euch. Das ist nichts.«

»Nein, Bonaldi.«

»Aber, Meister aller Sprünge …«

Wie hatte er ihn betitelt? Gelo schoss die noch ausstehende Präsentation für Maria in den Kopf. »Maître, ich muss los!«

»Tuccaro, sagt zu!«

Gelo sprang in den Wagen. Er lugte aus dem offenen Fenster heraus. »Ich überlege es mir. Versprechen kann ich nichts.«

Der Wagenlenker peitschte die Rösser an. Jede Minute zählte.

Im Hôtel de Cluny rannte Gelo über den Hof zu den Zimmern. Den Strauß in Händen. Maria war nicht zugegen. Auch die Patronne wusste nichts.

Auch im Hôtel de Bourbon hielt er vergebens.

Die Pferde standen im Stall, ausgeritten war sie demnach nicht. Sie mochte an der Seine sein. Er kannte ihren Lieblingsplatz.

Die Zeit drängte, er hatte nur noch wenige Minuten. Die würden reichen, um ihr wenigstens die Margeriten zu geben. Sich erklären konnte er dann später immer noch.

Gut eine Meile fuhren sie das Seineufer ab. Maria war nirgends zu sehen. Ihm fielen noch die Tuileriengärten und die Île de la Cité ein. Dazu war nicht mehr die Zeit.

»Jaspard! Zum Louvre!«

Beim Gongschlag elf Uhr fuhren sie in den Hof. Die Prozedur des Abholens und Bringens durch die Diener wiederholte sich haargleich. Auch hatte er wieder im selben Zimmer auf die Königinmutter zu warten. Die Karaffe auf dem Tisch war diesmal leer, dafür häuften sich in der Fruchtschale süße Anis- und Marzipantörtchen. Die Silberstifte, drei an der Zahl, standen nach wie vor im Köcher. Durch die matten Scheiben kämpfte sich das Sonnenlicht herein.

Was sollte er tun? Platz nehmen? Niemals! Wie sähe es aus, wenn die hohe Gesellschaft plötzlich einträte und er säße bereits am Tisch, womöglich sich eines der süßen Stückchen bemächtigt, die Kautaschen ausgebeult.

Er würde die Zeit nutzen und sich erwärmen. Das wäre unverfänglich. Sollte die Königinmutter samt familiärem Gefolge eintreten, würde er damit sein Engagement zeigen.

Er zog sich um und begann mit den Aufwärmübungen.

Gut eine halbe Stunde mochte vergangen sein. Inzwischen hatte er zweimal das komplette Erwärmungsprogramm absolviert. Der Raum blieb leer und dennoch beschlich ihn das Gefühl, er werde beobachtet. Von Bonaldi wusste er bereits, dass in zahllosen Gemächern versteckte Gucklöcher angebracht waren; zum einen, um voyeuristischen Lüsten zu genügen, zum anderen der Spionage wegen. Dass es hier, in einem Audienzzimmer, mit Sicherheit ein oder wohl mehrere solcher Spählöcher geben musste, schien außer Frage. Und wenn schon? Er hatte nichts zu verbergen. Sollten sie ihn seinethalben im Verborgenen studieren.

Gelo stand im handständischen Spagat als sich die Tür öffnete. Er schickte sich an, die Position zu verlassen, als ihn die Königinmutter mit einem »Halt! Nicht bewegen!« verharren ließ.

Sie kam wieder allein, wie er, kopfüber stehend, daran erkennen konnte, dass nur zwei Füße den Raum betraten. Die Königinmutter befühlte seine muskulösen Arme, fuhr mit den Händen über die ausladenden Schultern und strich ihm von den Waden ab über die gespreizten Oberschenkel. Zuletzt rieb sie ihm … über den Schritt.

Er schloss die Beine, verließ die Position, stellte sich aufrecht und begrüßte sie so nüchtern wie möglich.

»Eure Majestät.«

Einen Bückling unterließ er, eingedenk der Anstößigkeit, die gerade geschehen war.

Sie setzte sich, bot ihm aber keinen Platz an.

»Mayentracht hat Uns von Ihm erzählt. Er ist kein gewöhnlicher Gaukler. Er hat es am Wiener Hof zum Ersten Hofspringer gebracht. In dieser Position wurde es Ihm vergönnt, der kaiserlichen Tochter Lehrer zu sein. Jetzt ist Er hier am französischen Königshof, ganz allein mit der höchsten Frau im Staat. Weiß Er diese Gunst zu ermessen?«

»Sehr wohl, Eure Majestät.«

»Er besitzt demnach politische Kenntnis und weiß um noble Hierarchien und deren Hintergründe?«

»Das weniger, Eure Majestät. Politik war nie dominanter Gegenstand meiner Neigungen.«

»Dafür ist Er aufrichtig und weiß Sich gewählt auszudrücken. Er sei sogar gelehrt, trug Uns Mayentracht zu. Ist das wahr?«

»Es war mir nie vergönnt, eine Schule oder gar eine Universität besuchen zu dürfen. Ich hatte für fünf Jahre einen deutschen Privatlehrer. Von diesem durfte ich einiges an Bildung erfahren.«

»Hält Er Cunnilingus für einen römischen Gelehrten?«

»Von den alten römischen Gelehrten weiß ich über Aurelius und Boëthius Bescheid. Und natürlich über Seneca. Ein Cunnilingus ist mir unbekannt.«

»Dann hat Er auch noch nie etwas von Ovidius Naso gelesen?«

»Ich bin des Lateinischen nicht mächtig. Mein Lehrer aber hat mir von ihm zitiert.«

»Uns scheint, bei Ihm liegt dahin gehend einiges im Argen. Besitzt Er keine Frau?«

»Mit Verlaub, Eure Majestät, wenngleich ich nicht in der gesellschaftlichen Position bin – und auch nicht sein möchte –, um einen Menschen zu ›besitzen‹, tue ich das auch nicht mit einer Frau.«

»Also ist Er Sich selbst genug und darbt.«

»Ist das nicht widersprüchlich? Wenn ich mir selbst genüge, brauche ich dann zu darben?«

»Stell Er Sich nicht dümmer als Er ist! Er weiß, was Wir meinen.«

»›Wissen‹ ist zu viel, allenfalls erahnen.«

»Rechte Ahnung ist mehr wert als falsche Kenntnis. Wir unterstellen Ihm, dass Er recht ahnt und sagen Ihm jetzt Folgendes: Wir können Seine Karriere bei Hofe fördern wie niemand sonst auf der Welt. Wäre das in Seinem Sinn?«

»Eure Majestät, wenn Ihr mich und meine edle Springerkunst fördert, wüsste ich das sehr wohl zu schätzen.«

»Mit Wertschätzung allein ist niemals etwas getan. Er wird Sich dafür erkenntlich zeigen! Komme Er morgen wieder. Zum selben Ort, nur zwei Stunden früher.«

Die Regentin reichte ihm ein Marzipantörtchen. »Als Vorgeschmack. Er kann jetzt gehen!«

»Und die Vorführung, Eure Hoheit?«

»Die hat Er bereits gehabt. Komme Er Morgen wieder. Wir erwarten Ihn pünktlich um neun Uhr in diesem Zimmer. Sei Er ausgeruht und halte Zähne wie Zunge reinlich, den Bart gestutzt. Macht Er Seine Sache gut, wird sich alles Weitere ergeben.«

Konsterniert bestieg Gelo den Wagen; doch nicht dermaßen verwirrt, dass er die Order, ein zweites Mal die beiden Herbergen abzufahren, vergessen mochte.

Maria war nirgends.

Die Margeriten, bereits etwas mitgenommen, stellte er in einen mit Wasser gefüllten Tonkrug auf einen Tisch im Hof des Hôtels de Cluny. Er ging enttäuschter Dinge.

Die ganze Fahrt über fühlte er sich seltsam matt. Ihm war, als verlöre er, was er sich erhofft hatte. Maria, jene Frau, von der er glaubte, es könne sich etwas wie Liebe entspinnen, war nicht aufzufinden, stattdessen machte ihm die Königinmutter eindeutige Avancen. Womöglich täuschte er sich auch, missdeutete alles. Vielleicht hatte er nur deren mütterliche Instinkte angerührt – er könnte ihr Sohn sein. Die leiblichen Söhne, hieß es, seien kränkelnd, der mittlere, Henri, gar dem männlichen Geschlecht zugetan. Er, Gelo, strotzte dagegen vor Kraft und Gesundheit. Deswegen eignete sich wohl niemand besser, um des Regenten Leiberzieher zu werden.

Die Mattigkeit, die ihm seit der Früh in den Knochen steckte, war trotz aller Versuche, sie zu ignorieren, immer noch präsent, zudem stellte Hunger sich ein – er hatte den ganzen Tag bis auf das Marzipantörtchen noch nichts gegessen. Sobald sie beim Schloss angelangt wären, würde er hinunter an die Seine eilen, an seinen geheimen Ort, mit einem Korb bestem Proviant aus der Hofküche. Dort würde er zur Ruhe kommen und endlich essen und trinken können, während er auf die Seine schaute und über sich und Maria sinnierte. Hernach würde er sich im Wasser erquicken; er wusste um dessen heilsame, ja magische Wirkung – schon einmal hatte es eine Art Wunder an ihm geschehen lassen. Und es war nicht auszuschließen, dass es nicht noch ein zweites Mal geschehen mochte.

Er steht am Fenster seines Arbeitszimmers. In den Händen hält er einen Brief, den er, vor Tagen per Kurier überreicht bekommen, jetzt zum vierten Male liest.

Augsburg, August AD 1570

Mein Geliebter,

das Unsägliche ist eingetreten! Die Ereignisse überstürzen sich. Ich weiß nicht, wo mir der Kopf steht und wie anfangen.

Ich beginne wohl mit dem Schlimmsten: Marx weiß um unsere Liebschaft! Er hat die Briefe entdeckt und ich habe gestanden. Aber ich habe das Geheimnis um deinen Namen nicht preisgegeben. Lediglich habe ich ihm verraten, dass Du in Paris weilst.

Marx hat sich wutentbrannt mit Geld und Degen aufgemacht, um Dich, beziehungsweise G zu suchen und Satisfaktion zu verlangen. Ich dachte für mich, wenn wir beide bis ins Grab verschweigen, wer sich hinter dem Buchstaben verbirgt, wird auch Marx es seinen Lebtag nicht auf-

klären können. Nur gibt es einen, der um das Geheimnis weiß, weil er Dich sah. Du weißt, wen ich meine. Er ist eine Gefahr.

Du verstehst meine Gedanken und weißt am besten, dem Problem beizukommen.

Pater Canisius weiß von nichts. Er drängt mich, das versprochene Geld bis Ende dieses Monats zu zahlen. Ich habe keine Wahl.

Ich flehe dich an, finde eine Lösung!

Wie immer und nicht weniger
in sehnsüchtiger und verborgener Liebe

Deine Sibylla

Er faltet den Brief zusammen und steckt ihn zurück in die Innentasche seines Wamses. Er weiß, dass ihm nicht mehr viel Zeit bleibt; bald wird der Hahnrei am Hof eintreffen. ›Geld und Degen‹ führt der Fugger nicht nur der Form wegen mit sich – er wird Ermittlungen anstellen, eine Belohnung aussetzen und nicht ruhen, bis er ihn ausfindig gemacht hat und der gerechten Strafe zugeführt. Sibylla spricht wahr, Tuccaro ist der einzige Zeuge. Wenn Marx auf ihn stößt, wird er aussagen. Der Springer muss weg. Das ist die einzige Lösung. Er hätte es von Anfang an sollen. Nur wann und wie? Diese Frage zu verdrängen, war bislang gelungen. Heute jedoch scheint der Tag zu sein, es wahr zu machen; dabei ist die Frage nach dem Wann und Wie nicht weniger brisant. Es muss gut vonstattengehen, kein Rechercheur darf den Mörder des Springers herausfinden.

Die Hände auf das Fenstersims gestützt, sieht er Tuccaro aus dem Gebäude gehen. Der Springer trägt einen Korb in Händen und strebt in Richtung Seine.

Tief atmet er durch und geht aus dem Zimmer.

Auf dem Platz am Ufer der Seine vor der Île Corbière zeigte sich entgegen Gelos innigstem Wunsch niemand. Er setzte sich auf den bemoosten Baumstumpf, sah lange aufs Wasser und trank vom Wein, während er das Essen nicht anrührte. Er verspürte keinen Appetit, obwohl er welchen hätte haben sollen. Es war wohl besser, erst ins Wasser zu gehen.

Er schwamm ans andere Ufer und legte sich ins Gras.

Ihm wurde schummrig. Hatte er zu viel Sonne abbekommen? Er war Sonne gewohnt. Wieder stieg er in die Seine, um dem finsteren Gefühl entgegenzuwirken.

Mit beiden Händen schaufelte er sich Wasser ins Gesicht. Helfen wollte das nicht; das flaue Gefühl verstärkte sich eher noch, und zunehmend sah er die Welt wie durch einen bläulichen Schleier. Der trübte nicht nur mehr die Augen, sondern machte auch die Ohren taub, schien sich in, um, sogar durch seinen Kopf zu winden. Der wurde schwer wie Blei und ließ sich kaum mehr aufrecht auf den Schultern tragen.

Gelo musste Land gewinnen. Er schwamm zurück zum Platz. Inmitten des Flusses spürte er, wie ihm das Bewusstsein schwand.

Er hörte jemanden seinen Namen rufen. Sein Geist war wirr. War das Vaters Stimme?

Steinschwer sackte er in sich zusammen und tauchte

unters Wasser. Das schloss sich über ihm wie eine große Muschel.

Er sank auf den Grund. Er sah ihn auf sich zukommen. Das Wasser so klar. Der Grund ein sandiges Bett.

War das das Ende?

Er hatte springen wollen! So hoch, dass es dem Fliegen gliche! Jetzt suchte ihn hier auf die schlimmste Art und Weise das Gegenteil heim – die Glieder zu Blei geworden, war er nicht dem Himmel sondern der Erde so nah.

War das der Tod?

Womit hatte er das verdient?

Wie jämmerlich.

Was hatte er falsch gemacht? Wofür wollte ihn Gott bestrafen?

Wie grausam.

Gab es einen Gott? Womit nahm er sich das Recht heraus, über ihn zu richten? Würde er eine Antwort erhalten? Von wem? Wann? Und wo?

Wie unverhofft.

Bislang wusste Gelo vom Tod nur durch Worte. Jetzt wurde er selbst zu dessen Opfer.

Ihm schwanden die Worte.

Ihm schwanden die Bilder.

Es wurde zusehends grau und dunkler.

Er schloss die Augen.

Schwärze.

16

»Arcangelo!«

Maria springt vom Pferd herab und stürzt ins Wasser. Mit gehetztem Rudern, die Hände wie große Löffel, eilt sie an die Stelle, wo sie ihn zuvor hat treiben sehen. Sie verliert den Grund unter den Füßen und muss schwimmen.

Tief holt sie Luft und taucht ihm nach. Sie sieht seinen Körper – die Arme und Beine leblose Tentakel, schwebend in der scheinbaren Schwerelosigkeit –, unaufhaltsam zu Boden treiben.

Als Arcangelo wie eine eiserne Puppe auf dem sandigen Grund aufsetzt, bekommt sie ihn zu fassen. Sie umklammert beide Arme, stößt sich mit den Füßen vom Grund ab und versucht mit kraftvollen Beinschlägen an die Oberfläche zu gelangen.

Sie spürt ihre Lungen.

Sie spürt ihren Herzschlag.

Sie spürt die Beine, die Arme und Hände schwach werden. Bis in die Fingerspitzen spürt sie den Schmerz. Sie darf ihn nicht loslassen. Tut sie es, hat sie nicht alles gegeben. Das hier ist kein Schauspiel. Keine Bühne.

Sie schreit innerlich, um sich Kraft zu geben. So viel Kraft, dass sie Stück für Stück nach oben gelangt.

Nur noch wenig fehlt, dann hat sie die Oberfläche erreicht, mit ihm in ihren Armen.

Luft. Sie ist mit dem Kopf aus dem Wasser. Sie hustet und keucht, doch sie kann atmen. Mit einem Ruck zieht sie ihn an sich und schlägt weiter unaufhörlich die Beine gegen das Wasser.

Nur noch wenige Klafter, dann wird sie stehen können und Arcangelo an Land schleppen.

Sie spürt den Grund. Sie kann sich gehend ans Ufer bewegen.

Rückwärts im Sand staksend zieht sie ihn an Land.

Am Ufer abgelegt, packt sie ihn bei den Schultern.

»Arcangelo!«

Er rührt sich nicht.

»Arcangelo!«

Leblos und schwer wie ein gewässertes Bündel Stoff liegt er da.

»Komm zu dir!«

Sie ohrfeigt ihn.

»Arcangelo!«

Keine Regung. Die mit dem Daumen hochgeschobenen Lider entblößen weiße, leere Augäpfel. Ist er schon tot?

»Arcangelo! Komm zurück!«

Sie steckt ihm den Finger in den Hals.

Er erbricht sich, röchelt und bebt am ganzen Körper.

Sie rennt nach der Pferdedecke, streift ihm die nassen Kleider ab und reibt ihn trocken. Sie zieht ihn in die Sonne und deckt ihn zu.

Er lebt.

Sie sitzt auf dem Boden, Haar, Haut und Kleider tropfnass. Er liegt vor ihr, eingewickelt wie eine Mumie, sein Kopf auf ihrem Schoß.

Maria flößt ihm Wasser ein.

Mit jedem Schluck wird es besser.

Wie viel Zeit mag vergangen sein, bis Arcangelos Bewusstsein zurückgekehrt ist? Sie weiß es nicht. Sie sieht nur, dass die Sonne recht weit ihre Bahn gezogen hat.

Arcangelo sitzt aufrecht.

Es geht ihm besser. Er kann reden und erzählt Maria vom bläulichen Schleier, der ihn überwältigte und ihm das Leben nehmen wollte.

»Da war einer an deinen Sachen.«

»Wie?«

»Ich habe ihn nur von Weitem gesehen. Als ich kam, war er fort.

»Was wollte der?«

»Was weiß ich? Dich vergiften, wie es aussieht.«

»Vergiften? Mich?«

»Hast du hier Feinde?«

»Wieso sollte ich? Ich bin kaum hier und will niemandem etwas Böses.«

»Aber jemand dir. Denk nach. Du hast etwas, das ein anderer will.«

»Ich besitze nichts.«

»Weißt du vielleicht was über deine Prinzessin Elisabeth, das niemand erfahren darf?«

»Nein. Was sollte ich wissen? Außerdem, es ist nicht ›meine‹ Prinzessin.«

»Dein Buch! Sagtest du nicht, der Klerus verdammt die Springerei?«

»Wenn ein hoher Gelehrter wie Doktor Mercuriale mir sogar Hilfe anbietet, kann es nicht so schlimm sein mit der Verdammnis.«

»Soldino und Laro! Denen warst du von Anfang an ein Dorn im Auge.«

»Die sind mittlerweile nach Spanien gegangen.«

Maria stützt das Kinn auf den Handballen und schweigt nachdenklich.

Arcangelo erhebt sich und zieht sich an. »Das Essen habe ich nicht angerührt.« Er riecht am Wein. »Ich lasse ihn von einem Alchemisten prüfen.«

»Das kann man?«

»Mit spagyrischen Verfahren. Rufino hat mir davon erzählt. Genaues weiß ich nicht. Die Spagyrik ist ein Mysterium.«

Maria nimmt Arcangelo mit aufs Pferd nach Paris. In der Rue de la Poterie kennt sie einen Apotheker. Der könnte sich des Weines annehmen.

»Kommt in vierundzwanzig Stunden wieder, dann kann ich Euch die Zusammensetzung verraten.«

Maria setzt Arcangelo beim Hôtel de Bourbon ab. »Es ist wohl besser, wenn du heute Abend nicht mehr zum Schloss zurückkehrst«, rät sie ihm, »wer weiß, was dich da erwartet. Hinter der Bühne gibt es eine Strohmatte, auf der kannst du schlafen. Heute ist noch Gelegenheit. Morgen kommen alle zurück für die abendliche Aufführung.«

»Das neue Stück, von dem du mir erzählt hast?«

»Und dir angeboten, mitzuspielen. Nur einen Satz Text, dafür Akrobatik. Aber du willst ja nicht. Du willst immer perfekt sein.«

Er zuckt mit den Schultern und sieht sie an.

Sie schweigen.

Er nimmt ihre Hände. »Du hast mir das Leben gerettet. Dafür stehe ich ewig in deiner Schuld.«

»Niemand soll in meiner Schuld stehen. Es geht darum, Versprechen einzuhalten. Das scheint dir wohl unmöglich.«

»Du bist ein zweites Mal an den Platz gekommen.«

Sie löst sich und reibt mit den Fingern an beiden Ohrhängern. »Sie sind mir heilig. Ich habe sie liegen lassen. Das war dein Glück.«

Sie verabschiedet sich kühl und hat mehr Mühe dabei, als ihr lieb ist.

Soll sie von ihm loslassen?

Oder noch hoffen?

17

Noch bevor das Ensemble eintraf, suchte Gelo am nächsten Morgen den Apotheker auf. Der wedelte mit einem Zettel in der Luft.

»Die Rektifikation brachte eindeutige Ingredienzen hervor, Monsieur. Ich habe sieben Giftstoffe entdeckt, wenngleich ich ihre Dosierungen nicht exakt bestimmen konnte. Seid dennoch sicher, Ihr seid dem Tode entronnen. Seht, was ich aufgelistet habe:

Gift-Lattich (Lactuca virosa, La. Vi.)
Tollkirsche (Atropa belladonna A.B.)
Stechapfel (Datura, D.)
Bilsenkraut (Hyoscyamus, Hyo.)
Schierling (Conium maculatum, Co.Mac.)
Bittersüß (Solanum dulcamara, So.Dul.)
Sturmhut (Aconitum napellus, Ac.Nap.)«

Gelo zahlte dem Apotheker die anderthalb Deniers Lohn und steckte die Liste ein. Die Uhr schlug acht. In einer Stunde sollte er im Louvre sein, im besten Gewand und rasiert. Sein jetziger Zustand war das Gegenteil. Er hatte keine Zeit mehr, sich herzurichten und umzuziehen, wie von der Königinmutter befohlen.

Er setzte sich auf eine Kaimauer und sah in die Seine. »›Alles fließt‹«, zitierte er leise und stellte sich vor, wie einst Heraklit und andere große Denker an den Wassern gesessen und diese sie zu weittragenden Aphorismen geführt hatten.

Ihm, Gelo, war dieses Element sowohl Heiler als beinahe Begleiter ins Jenseits gewesen. Den Blick erhoben, sah er hinüber ans Ufer, dort kreisten ein paar Krähen über den Dächern, und wenige Wolkenfetzen trieben kaum merklich über den Himmel.

Je länger er am Fluss saß und versuchte, den Wust sich durch seinen Kopf schlängelnder Gedanken zu ordnen, umso stärker schwand die Bereitschaft, die Königinmutter aufzusuchen. Ihre mehr oder weniger verschlüsselte Botschaft hatte er verstanden. Wollte er Protektion unter solchen Bedingungen erheischen? In seinem Sinn stand das nicht. Er hatte etwas ganz anderes zu tun. Einzig galt es, sich Maria zu erklären. Sie hatte sein Leben gerettet. Er hatte sie zwei Mal enttäuscht. Wenn er jetzt nicht alles ins Reine brachte, konnte es für immer zu spät sein.

Caterina ist bester Dinge. Doppelt so lange wie sonst hat sie im Waschzuber gesessen und üppiger vom teuersten Parfüm angelegt. Auf den Schmuck will sie verzichten. Heute Morgen wird sie Lust empfinden wie lange nicht mehr. Alle politischen Angelegenheiten hat sie auf den Nachmittag verlegt. Nur noch eine Stunde. Die geht schnell vorüber und doch reicht die Zeit für die Zofe, ihr das Haar besonders hübsch zurechtzumachen. Zeitig wird sie sie aus ihren Gemächern schicken – was der Königinmutter Begierde ist, geht einzig sie selbst an.

Während die Zofe ihr das Haar kämmt, klopft es. Es ist d'Anjou, ihr Lieblingssohn.

»Frau Mutter, Wir müssen Euch sprechen!«

»Liebling, Wir haben dir gestern bereits mitteilen lassen, dass Wir heute früh nicht empfangen.«

»Alençon, le faux-cul! Ich schlag ihn windelweich!«

»Warum so aufgebracht?«

»Sagt meinem kleinen Bruder, er soll mit seinen Verunglimpfungen und Verleumdungen aufhören!«

Alençon hat über Caterinas Versuche, d'Anjou mit Königin Elisabeth von England zu vermählen, gelästert. Die Maiden Queen, wie sie in ihrer Heimat genannt wird, ist nicht nur fast doppelt so alt wie er – d'Anjou zählt 19, sie 37 Lenze –, sondern zu allem Übel noch Protestantin. Caterina ist es leid, diese ständigen Querelen zwischen ihren Kindern zu ertragen.

»Wann schickt Ihr ihn endlich fort nach Mantes oder Le Perche, dass er erwachsen werde?«

»Solange Wir für dich noch keine Lösung wegen Polen gefunden haben, solange hat auch François-Hercules das Recht, hier zu sein.«

Sie diskutieren. Die Zeit schreitet voran und Caterina wird ungehalten. Als die Zofe sich beim Kämmen in einer verfilzten Strähne verfängt, erteilt sie ihr eine Ohrfeige. »Dummes Stück! Kann Sie nicht aufpassen?«

Caterina will D'Anjou fortschicken. Der setzt sich zu ihren Füßen und hält ihre Hand. »Frau Mutter, sagt, dass es nicht schlimm ist, wenn ich das weibliche Geschlecht nicht begehre.«

Caterina blutet das Herz. Sie weiß nicht, ob sie Trauer oder Wut empfinden soll für ihren Lieblingssohn.

»Ihr wisst, dass es wahre Freundschaft nur unter Männern gibt. Darum ist mir Robert der beste Gefährte.«

Caterina stöhnt. Robert du Guast, ein gascognischer Heerführer. Sie beschwichtigt ihren Sohn und bittet ihn zu gehen. Sie habe Kopfschmerzen, lügt sie ihn an. D'Anjou springt auf und schenkt ihr ein Glas Wasser ein. »Trinkt, Frau Mutter, trinkt!«

»Nein, Henri, Wir haben keinen Durst.«

»Es soll Euch gut gehen! Trinkt!« Er hält ihr das Glas hin wie einem Hund den Knochen.

»Nein, zum Donner, habe ich gesagt! Nimm das Glas weg!«

D'Anjou hat es tatsächlich geschafft, dass sie die Form verliert und den Pluralis Majestatis tilgt. D'Anjou ist beleidigt, setzt sich neben sie und sieht sie an.

»Was glotzt du so?«

»Ich glotze nicht.«

»Du glotzt mich an wie eine stiere Kuh den Bullen!«

»Frau Mutter, Ihr beleidigt mich.«

»Dann sieh weg und lass Uns in Frieden!«

Es kostet Caterina Mühe, d'Anjou endlich aus dem Zimmer zu bekommen. Die Zofe ist fertig. Es ist Viertel nach neun. Der Springer soll, ja muss warten, so will es die Etikette. Vor halb zehn wird sie ihn nicht empfangen und in ihre Gemächer führen.

Beim Glockenschlag halb zehn betritt sie das Zimmer; länger kann sie es nicht aushalten.

Der Springer ist nicht zugegen. Wie kann das angehen? Er ist ein loyaler Mann, der um seine Pflichten weiß. Ihre Eröffnung an ihn hatte an Deutlichkeit nicht fehlen lassen. Er hatte sie verstanden und bestätigt.

Sie atmet tief und geht unruhig steif im Zimmer umher. Ihre knochige Hand greift nach einem Marzipanstückchen und will es zum Munde führen; statt es zu essen, presst sie die Lippen zusammen und wirft es gegen die Wand.

Es schlägt drei viertel zehn. Caterina ist immer noch allein. Sie ballt die Fäuste. Weiß ragen die Knöchel hervor. Dieses verkommene Subjekt! Wie kann er es wagen?

Sie greift die drei Silberstifte aus dem Köcher und ruft nach den Dienern.

»Der Springer hat das Königshaus bestohlen!« Sie lässt zwei Häscher ausschicken, ihn aufzuspüren und unverzüglich herbeizuschaffen.

Über die passenden Worte grübelnd, strebte Gelo nach dem Hôtel de Cluny. Mit jedem Schritt in Richtung Maria fieberte er mehr. Er malte sich aus, wie es wäre, wenn er sie umarmte und sie sich küssten. Das hätte er längst tun sollen – wenn er sich nur getraut hätte.

Vor dem Tor der Herberge hielt er inne, strich sich das Wams glatt und fuhr sich durch die Haare. Glück, ich komme!

Noch bevor er durchs Tor ging und Maria sehen konnte, hörte er ihr bezauberndes Lachen. Hatte die Patronne wieder einen ihrer Scherze gemacht? Den wollte er auch gerne hören und miteinstimmen.

Sein Blick fiel in den Hof. Am Tisch saß Maria, ein Glas Wein in der Hand, und stieß mit einem Mann an. Gelo wich zurück. Er stellte sich hinter den Torrahmen und spähte. Montaigne. Der nippte weltmännisch und parlierte charmant mit Maria, die an seinen Lippen hing. Neben der Weinflasche stand die Tonvase mit den Margeriten. Gelo wurde es flau. Wie gelähmt stand er da und stierte auf Marias Gesicht, auf ihr Lachen, das Montaigne galt und nicht ihm, der anstatt dort zu sitzen, wo nun der Dichter saß, sich spitzelnd verborgen hielt.

Von einem Moment auf den anderen geschah das Unverhoffte – Maria, gerade noch mit lachendem Mund und Augen auf Montaigne, sah ihn. Jäh verstummt, erhob sie sich. Gelo wich zurück, rannte vom Hof und über die Gassen.

Er überquerte die Petit Pont zur Île de la Cité und rannte, bis er sich weit genug von Maria und dem Schmerz dort im Hof entfernt fühlte.

Ziellos hatschte er in Richtung Notre Dame übers steinerne Pflaster, im Kopf die Bilder der letzten Stunde.

Vor der Kathedrale wurde er von zwei Männern in Uniform aufgehalten. »Monsieur Tuccaro, Springer in königlichen Diensten?«

»Sehr wohl. Was liegt an?«

»Er wird des Diebstahls höfischen Guts bezichtigt. Wir sind hier, um Ihn festzunehmen.«

»Ich habe nichts gestohlen.«

»Das wird sich weisen, wenn Er einsitzt.«

Einer der Häscher griff nach ihm, während der andere einen Lederstrick aus dem Gürtelbund zog. »Komm her, du Hund!«

Gelo schlug den Arm fort, traf den Häscher mit einem Nasenstüber und wollte den zweiten mit einem Fußtritt zu Boden strecken. Der war flink und umklammerte mit einem Arm das nach ihm tretende Bein. Gelo sprang mit dem Standbein hoch und traf ihn am Kopf. Der Häscher ließ los und Gelo landete sicher auf beiden Füßen. Der erste, vom Schlag erholt, wollte sich auf seine Beine stürzen, doch Gelo brachte sich mit einem Flickflack aus dessen Reichweite und rannte in Richtung Rue de Lutèce.

Beide Häscher hinterher. An einer schmiedeeisernen Einfriedung schwang sich Gelo über die schmalen Stangen. Er querte einen Hof und lief geradewegs auf eine Mauer zu. Noch im Rennen suchte er etwas – einen Absatz, einen Bretterstapel, eine Truhe, woran er sich abstützend hochschnellen konnte, um die Mauer zu überwinden. Da war nichts vorzufinden. Die Häscher nahten. Er sprang direkt vom Boden ab und erreichte gerade noch mit den Fingerspitzen den Fries. Die Ellbogen auf der Mauerkante, suchte er sich hochzuziehen. Ein Häscher fasste das linke Bein. Gelo versuchte ihn abzuschütteln – wenn jetzt noch der zweite käme, wäre kein Entrinnen mehr möglich. Ihm gelang es, ihn mit dem rechten Fuß im Genick zu treffen. Er ließ ab. Gelo zog beide Beine die Mauer hoch, noch bevor sie ihn erneut packen konnten. Keuchend stand er auf der Mauer, sah sich um und sprang auf der anderen Seite hinunter. Er hatte die beiden im wahrsten Sinn des Wortes abgeschüttelt, doch brauchten sie nur um das Grundstück herumzulaufen und wären ihm wieder auf den Fersen. Einzig nach oben auf die Dächer hatte er zu flüchten, um ihnen endgültig zu entkommen. Er fand ein Backsteingebäude, an dessen Mauerfugen er hochkletterte. Über mehrere Dachgrate und Dachfirste hinwegbalanciert, kam er zwischen zwei Kaminen zu einer Verschnaufpause.

Eine gute Weile saß er unter dem zunehmend grauen Himmel über der Île de la Cité, sinnierte über das Geschehene und hielt Ausschau nach seinen pelzigen Freunden. Es wollte sich keiner finden lassen.

Hier oben schien er der Welt entrückt, mehr als ihm wirklich lieb gewesen wäre. Hätte ihn die Frau seines Herzens nicht gerettet, wäre er bereits in der Seine der letzten und endgültigen Weltentrückung anheimgefallen. Das war es nicht, was er wollte. Das Gegenteil hatte er im Sinn. Nicht abkehren wollte er sich, sondern mitten im Leben sein. Mit seiner Kunst. Mit seiner Liebe zu ihr. Und nicht nur zu ihr. Zu Maria. Zu den Menschen. Alles schien sich gegen ihn verschworen zu haben. Die Königinmutter schickte ihm ihre Schergen auf den Hals. Man suchte ihn zu vergiften. Und das Herz der Frau, der er seine Liebe offenbaren wollte, schlug für einen Dichter.

Wie sollte es mit ihm weitergehen, dem Springer, der so große, so hehre Ziele hegte und nichts davon erreichte? Den Sprung der Sprünge glaubte er beherrscht zu haben. Das war eine Lüge. Einen Salto mortale ins Wasser zu springen, vermochte jeder zweitklassige Soldino, jeder drittklassige Laro. Sein Werk? Das würde er wohl niemals mehr verfassen – wie und weshalb über etwas schreiben, worüber man sich ängstigte? Wäre es besser gewesen, er wäre ertrunken? Oder sollte er einen theatralischeren Tod sterben? Durch Fasten aus Liebeskummer? Oder in Eisen gelegt im Kerker, durch den Hass der Königinmutter, verschmähter Begierde wegen?

Nach einem langen Moment jener Gedankenleere, nach der er sich in Augsburg vor dem Sprung gesehnt hatte, folgte ein Umdenken: War es recht, sich klein, schwach und hilflos zu machen? War er nicht ein Luftspringer? Beherrschte er nicht eine Kunst, wie nur wenige auf der Welt? Hatte er sich nicht in die Herzen der Menschen gesprungen?

Warum noch länger hier oben sitzen? Der Häscher wegen? Die waren längst aus dem Feld geschlagen und würden es erneut werden. Des Kummers und des Trübsals wegen? Wem war geholfen, wenn er sich in Sorgen krümmte wie ein Aal?

Er entschloss sich, aus jedem Nein ein Ja zu machen. Das Werk war noch nicht geschrieben. Er würde es schreiben!

Der Salto mortale war noch nicht beherrscht. Er würde ihn beherrschen!

Maria hatte er nicht seine Liebe offenbart. Er würde ihr sie offenbaren!

»Ich will! Ich kann! Ich werde!«, schrie er in den grauen Himmel hinaus und schickte sich an vom Dach hinunterzusteigen. Er würde mit dem letzten Vorsatz beginnen. Maria.

Während er noch die Backsteinwand hinunterkletterte, trafen ihn die ersten Regentropfen ins Genick. Er freute sich an ihnen, reckte ihnen gar die Stirn entgegen unten auf der Straße, um den erfrischenden Tropfen noch näher zu sein; sein Kopf war ihm heiß geworden beim Denken, es verlangte nach Abkühlung.

Er wollte zum Hôtel de Bourbon. Er wusste, dass das Ensemble zugegen sein würde. Er würde der Vorstellung beiwohnen und danach seinen Vorsatz wahr machen. Egal, ob es da einen Montaigne geben mochte oder nicht.

Unterwegs sah er spielende Kinder, die, gleich ihm, sich nicht vom Regen abhalten ließen. Zerbrochenes Spielzeug in Händen und in Eintracht gewogen, spiegelte sich Glück in ihren nassen Gesichtern. Unter den Arkaden eines lang gezogenen Baus saßen Fahrende, die, wie einst er selbst in L'Aquila, Quartier dort bezogen hatten. Sie musizierten gemeinsam oder aßen zusammen. Er hörte falsche Töne heraus und eine Stimme, die über versalzenes Fleisch mäkelte.

Unvollkommenheit gab es allerorten. Ob zerbrochenes Spielzeug, Disharmonien in der Musik oder mangelhafte Kochkünste. Was machte das aus im Leben?

Wieder und wieder bestätigten sich Marias Worte. Er hatte von seiner Perfektion loszulassen! Seinen Sprüngen mit Liebe zu begegnen statt mit übertriebenem Ehrgeiz. Die Liebe existierte der Vollkommenheit zum Trotz.

Sollte es nicht auch ihm gelingen, unperfekt zu sein und dennoch alle Sprünge – auch den Salto mortale – zu beherrschen?

Es regnet in Strömen, als Marx Fugger in den Hof des Louvre einreitet. Durchnässt führt er sein Pferd in die Stallungen, übergibt es dem Knecht und heißt in rauem Ton einen Bediensteten, ihn zum Hofmarschall Ihrer Exzellenz Elisabeth von Österreich, Monsieur Ogier Ghislain de Busbecq zu führen.

Er habe Glück, heißt es, Hofmarschall de Busbecq befinde sich im Hause. Ansonsten geruhe er im Château de Saint-Germain-en-Laye seinen Diensten nachzugehen.

Marx wird in das Arbeitszimmer des Hofmarschalls geführt. Das Angebot, trockene Kleider zum Wechseln zu bekommen, lehnt er ab, selbst ein Tuch zum Abtrocknen des tropfnassen Haars schlägt er aus. Ungefragt nimmt er Platz – ein Fugger wartet nicht, bis er welchen angeboten bekommt, schon gar nicht in dieser Lage.

Als der Hofmarschall eintritt, hat sich durch die nassen Kleider eine Wasserlache auf dem edlen Holzboden gebildet, in der des Kaufmanns Füße, gesteckt in durchweichten Langschäftern, unruhig mit den genagelten Absätzen klopfen.

Den Hofmarschall kümmert das nasse Parkett nicht. Er heißt Marx willkommen und reicht ihm die Hand. Marx erhebt sich – so viel Anstand geziemt sich auch in mörderischer Vergeltungslaune – und erklärt ihm den Grund seines Kommens.

»Lest«, fordert er den Hofmarschall auf und wirft den Brief auf den Tisch.

Wien, 22. Mai AD 1570

Werte Sibylla,

seid bedankt für Eure Zeilen.

Es schmerzt mich, Euch in der monetären Verpflichtung Pater Canisius' zu wissen, da dieser Umstand mich in arge Bedrängnis wirft.

Wie Ihr wisst, benötigen meine Experimente gewisse Summen, die ich selbst aufzubringen habe. Ich hoffe auf baldige Früchte meiner Arbeit.

Nichtsdestotrotz werde ich alles in meiner Macht Stehende tun, um meine Schulden an Euch bei Eurem Fest im Juni in Augsburg zurückzuzahlen.

M.v.H.I.e.D.

G

Marx stützt seine Hände auf den Degenknauf, bis der Hofmarschall zu Ende gelesen hat, und wartet auf dessen Vermutung, welcher abgefeimte, geile, in Geldnöten befindliche Experimentierer sich hinter dem mysteriösen G verbergen möge. Marx grenzt die möglichen Ehebrecher nicht nur durch den gemeinsamen Anfangsbuchstaben des Vornamens ein, sondern noch durch deren hohe Ämter und der daraus resultierenden Gelegenheit, überhaupt im Stadtpalast Residenz zu erhalten und dadurch Kontakt zu seiner Gemahlin zu pflegen. Obendrein kann es nur einer aus dem kaiserlichen Gefolge sein, der jüngst zum Fest anlässlich der Prinzessin zugegen gewesen ist, wie nicht nur durch den Brief ersichtlich, sondern zudem durch seine Gemahlin bestätigt wurde.

Der Hofmarschall bekräftigt die drei von Marx genannten Möglichkeiten des Verdachts: Géza Kertész, Gregorius Mayentracht und Girolamo Mercuriale.

»Alle drei Personen kommen infrage«, sagt Busbecq und antwortet mit »für keinen«, als Marx von ihm wissen möchte, für wen er die Hand ins Feuer lege.

»Alle drei sind verschuldet, denn ...« Der Hofmarschall schreitet zum Kammerschrank, entnimmt eine Mappe und zeigt Marx mehrere Schuldscheine und Schriftstücke, jeweils von den Verdächtigen gezeichnet.

»... alle drei experimentieren.«

»Mayentracht bittet in diesem Schrieb um Mittel für die Errichtung eines botanischen Gartens.« Er zieht einen weiteren Bogen hervor. »Kertész ersucht finanzielle Hilfe zum Bau seiner Theatermaschinen.« Und einen dritten. »Mercuriale braucht Geld für seltene Pflanzen aus dem Orient.«

»Warum haben sie Euch beliehen? Die finanzielle Unterstützung ist Angelegenheit der höfischen Kasse.«

»Wohl. Aber auch die kennt Grenzen. Die kaiserlichen Gelder flossen nur schleppend oder gar nicht, weil es galt – und weiterhin gilt – kriegerischen Belangen Tribut zu zollen.« Der Hofmarschall schließt die Mappe. »Meister Fugger, die Dringlichkeit lässt mich vom Gebot der Verschwiegenheit absehen. Doktor Mercuriale experimentiert an einem speziellen Stimulans aus erlesenen exotischen Kräutern, das Frauen willig machen und Männern lange Kraft geben soll. Er hat es bei Eurer Gemahlin angewandt, um sie zu verführen und das Geld für seine Kräuter von ihr zu erschleichen.«

Marx umschließt mit beiden Händen das Säbelheft. Säße der Ehebrecher jetzt hier, würde er ihn wohl auf der Stelle köpfen. »Wisst Ihr das sicher?«

»Erstes ja, zweites ergibt sich zweifelsfrei aus den Indizien.«

Marx nickt. Das ist die Lösung. Er zeigt Busbecq die gepresste Kornblumenblüte, die er, eingepackt in zwei Stück Leder, in der Wamstasche mitgeführt hat. Er fragt den Hofmarschall, ob er wüsste, was es damit auf sich habe.

»Mit Blumen habe ich seit Süleyman nichts mehr zu schaffen. Der hatte mir Tulpenzwiebeln und Fliederpflänzchen überreicht, die ich meinem guten Freund l'Écluse mitbrachte. Das war 1555 …«

»Wo finde ich Mercuriale, die Drecksau?«

»Wenn er sich nicht an der Sorbonne aufhält, weilt er im Schloss Saint-Germain-en-Laye, circa zwei Stunden zu Pferd. Bei der Witterung braucht Ihr wohl doppelt so lange.«

»Dann zur Sorbonne. Sie liegt nur unweit von hier auf der anderen Seite der Seine.«

»Ihr kennt Euch aus in Paris?«

»Ich bin nicht das erste Mal hier. Ich danke Euch, Hofmarshall. Ihr habt mir sehr geholfen.«

Marx reicht ihm die Hand und verlässt das Zimmer.

Gelo trieb es durch den Regen in Richtung Hôtel de Bourbon, als er auf halber Höhe der Petit Pont angehalten wurde.

»Tuccaro!«

»Ihr? Bei dem Wetter?«

»Gleich dir. Bei dem Dreckswetter sind nur noch räudige Hunde wie du und ich draußen.«

»Ihr scheint mir reichlich derangiert.«

»Du und dein Klugscheißermaul. Ein Emporkömmling! Ein Gaukler, der Gelehrter sein will!«

»Was?«

»Ein Mann von der Gosse, der das Herz der Prinzessin zu erobern trachtet mit seiner vermeintlichen Kunst, die er jetzt noch zur Wissenschaft erheben will!«

»Ihr habt getrunken und seit nicht bei Euch selbst!«

»Ja, fürwahr, ich habe getrunken! Ich trinke oft und gern, doch nicht dermaßen, dass ich dir nicht die Wahrheit zu sagen vermöchte. Du darfst sie erfahren, denn es ist das Letzte, was du noch mit ins Grab nimmst.«

»Geht nach Hause und schlaft Euren Rausch aus. Wir sprechen uns morgen.«

Gelo wendete sich ab und schritt weiter in Richtung Theater.

»Hiergeblieben, Hundsfott! Jetzt wird gesprochen!« Er hielt Gelo an seiner Schulter fest; der wandte sich um und sah auf ein gezogenes Messer.

»Das kann wohl mehr und endgültig ausrichten, was Gift nicht bei dir leisten will. Vielleicht stehst du ja mit dem Teufel im Bund? Anders ist es nicht zu erklären, wieso dich meine Mixturen nicht umbringen – schon in Augsburg haben sie es nicht; da mochten wohl Dosis und Zusammensetzung zu gering gewesen sein. An der Seine habe ich noch vier weitere Gifte beigemengt, und dennoch … Du magst zwei Leben besitzen, ein drittes nicht, und unser Geheimnis wirst du niemandem verraten!«

Er stach zu. Gelo, die Bewegung im Ansatz wahrgenommen, gelang es auszuweichen und den Messerarm zu fassen. Er versuchte, ihm den blanken Stahl zu entreißen. Doch der Griff saß fest in der geballten Faust.

Gerangel und Gestoße. Alles drehte sich um die Hand mit dem Messer. Obwohl Gelo ihm körperlich überlegen war, hatte er große Schwierigkeiten, gegen die hassgeführte Gewalt anzukommen.

Niemand war da, der ihm helfen konnte. Die Brücke stand vollkommen leer. Alle schienen sie geflüchtet vor dem strömenden Regen.

Gelo konnte dem trunkenen Angreifer das Messer aus der Hand schlagen; mit dumpfem, metallischem Klang traf es auf dem Pflaster auf. Er bekam ihn an beiden Armen zu fassen und warf ihn über die Brüstung in die Seine, wo er mit den Armen rudernd davontrieb.

»Zum Ausnüchtern!«, rief Gelo und warf das Messer dazu. Schwer atmend sah er dem Säufer hinterher, wie er in die Ferne driftend zur Größe einer Ratte schrumpfte.

Gelo strebte weiter. Er musste zum Hôtel, egal, was gerade vorgefallen war.

Er mühte sich, nicht in Selbstgespräche zu verfallen, die heftigen Erlebnisse der jüngsten Stunden nicht in einem unendlichen Wortstrom nachzuerzählen, sondern sich einzig auf Maria zu konzentrieren. Immer wieder sagte er sich ihren Namen vor, bei jedem Schritt: Maria. Maria. Maria …

Als er den Hof des Hôtels betrat, fand er die gleiche Szenerie vor wie damals bei seinem ersten Besuch. Der Hof war gesteckt voll mit Leuten – der Regen hatte sie nicht abgehalten. Diesmal würde er nicht in der hintersten Reihe verweilen. Er zwängte sich durch die dicht gedrängten Zuschauer und kam direkt an der Seite der Bühne zu stehen. Von den vorderen Plätzen für die Oberen war nur ein einziger besetzt – natürlich war es Montaigne, der es sich nicht nehmen ließ, trotz des Wolkenbruchs da zu sein.

Gelo kümmerte das nicht. Er stand am Bühnenrand, wollte Maria erleben und hoffte dabei, sie möge ihn sehen und ihm einen tieferen Blick zuwerfen als Montaigne oder irgendjemand anderem. Er wollte sich einnehmen lassen von jedem ihrer Worte und jeder ihrer Gesten.

Maria hatte öfters in seine Richtung gesehen; in ihrer Rolle als Isabella vertieft, schien sie ihn nicht wahrzunehmen. Sie sprach ihre Texte, verhaspelte sich, brachte Lacher hervor und improvisierte. Während sie dort oben ihre Rolle darbot, erzählte sie unvermittelt von einem befreundeten Künstler, der seine Kunst in der Luft vollführe. »Er ist ein Luftspringer, und das macht mir Freude! Leider gibt es etwas, was mich traurig sein lässt.«

»Ja? Was ist es, was ist es?«, fragte Pantalone und forderte sie auf: »Erzähl, erzähl!«

»Er hat mir einen ganz besonderen Sprung versprochen. Das Versprechen hat er bis heute noch nicht eingelöst. Das macht mich traurig.«

»Ist er denn zugegen, dein Luftspringer?«, wollte Pantalone wissen.

Isabella nickte und zeigte auf Gelo.

Pantalone ging auf ihn zu und neigte sich zu ihm hinab. »Dann auf, Springersmann. Löse das Versprechen ein. Einen besseren Zeitpunkt wird es nicht mehr geben!«

Gelo, perplex, schüttelte verneinend den Kopf. Pantalone bat ihn inständig. Gelo ließ sich nicht bewegen.

Pantalone wandte sich an die Zuschauer. »Wollt Ihr, wertes Publikum, dass Isabellas Leiden ein Ende hat? Und wollt Ihr dem Luftspringer helfen, dass er sein Versprechen endlich einlöst?«

Ein einhelliges »Ja!« kam als Antwort aus dem Publikum.

»Nenn mir deinen Namen!«

»Arcangelo.«

»Arcangelo! Was für ein Name! Nomen est omen! Komm herauf zu uns! Auf die Bühne mit dir!«

Pantalone bat das Publikum ihn anzufeuern. Es rief seinen Namen und klatschte dabei rhythmisch in die Hände. Gelo zögerte. Das Klatschen wurde lauter. Schrilles Pfeifen. Maria strebte auf ihn zu und reichte ihm die Hand. Gelo stieg auf die Bühne. Deplatziert fühlte er sich, obwohl er Publikum gewohnt war, es sich geradezu ersehnte. Dieses war nicht sein Publikum. Oder doch? Sollte er wirklich springen? Den Sprung der Sprünge hier und jetzt vor aller Menschen Augen wagen? In diesem strömenden Regen? Maria trat an ihn heran, küsste ihn auf die Wange und nickte. Das war nicht irgendein Nicken. Es war ein starkes, aufrechtes, von ganzem Herzen kommendes. Allein dieses Nicken und allein die Frau, die es tat, gaben ihm die Gewissheit: Jetzt! Jetzt war die Zeit. Hier und jetzt! Jetzt oder niemals mehr! Klatschen. ›Arcangelo!‹-Rufe. Ein Toben ging durch die Menge und hüllte ihn in einen Rausch wie in jener heilenden Sternennacht in der Seine. Nur war es jetzt nicht die Stille, die herrschte. Es war das Leben.

Gelo nahm sich den längsten Kerl aus dem Publikum, einen baumgroßen Hünen, und postierte ihn auf der Bühne.

»Maria, ich liebe dich!«, schrie er ihr ungehemmt und laut gegen das Jubeln der Zuschauermenge entgegen, und nahm Anlauf, begleitet vom Klatschen, hart und schallend wie Hammerschläge. Mit Schritten, größer und schneller als jemals in seinem Leben, lief er auf den Riesen zu.

Er sprang.

Höher als je zuvor.

Das Klatschen war mit einem Mal verstummt.

Stille.

Er drehte sich.

Er flog.

…

Epilog

… Er flog den Salto mortale.

Wie beim nächtlichen Treiben in der Seine, als sei die Zeit ein sanftes Dahinfließen, sah er die Welt. Er drehte sich um sie. Sie drehte sich um ihn.

Er sah Maria.

Die Schauspieler.

Die Bühne.

Er landete sicher auf zwei Beinen.

Es gab kein Wackeln.

Kein Zittern.

Kein schmerzender Fuß.

Aufrecht und kerzengerade stand er auf der Bühne.

Immer noch absolute Stille.

Maria eilte herbei.

Sie umarmten sich.

Einem einsamen Klatschen irgendwo aus der Menge folgte ein zweites. Ein Drittes. In wenigen Momenten klatschten alle Menschen im Hof. Auch die Schauspieler stimmten mit ein.

Jubel.

Gelo wusste nicht, ob er perfekt gesprungen war.

Doch er wusste, er hatte losgelassen.

Und er wusste wofür.

Saint-Germain-en-Laye, August AD 1570

Geliebte Sibylla,

noch am selben Abend, als Marx den Louvre verließ, um Mercuriale ausfindig zu machen, zogen sie den Doktor ertrunken aus der Seine. Marx kam zurück in den Louvre, berichtete mir davon und zeigte mir den silbernen Kornblumenanhänger, den Girolamo um den Hals trug. Damit war für ihn die Überführung geklärt.

Auf dass unser beider Geheimnis für immer gewahrt bleiben möge.

In Liebe

G

Ogier gibt etwas Schreibsand über die Tinte und lässt das Geschriebene trocknen, während er aus dem Fenster seines Arbeitszimmers hinaus in den Park sieht.

Obwohl er es anfangs ihrer Liebschaft nicht mochte, von Sibylla stets mit seinem zweiten Vornamen angeredet zu werden, zeigte es sich in diesem Fall von Vorteil.

Er fährt sich unter den Hemdkragen und spürt nach seinem Anhänger, einer versilberten Kornblumenblüte – aus dem einstigen Triumvirat Busbecq-Kertész-Mercuriale sind nur mehr zwei zurückgeblieben.

Anmerkungen und Dank

Mit *Der Luftspringer* schließt nach *Das Duell der Astronomen* und *Die Versuchung des Elias Holl* die Romantrilogie um drei besondere, voneinander unabhängige Personen der Frühen Neuzeit.

Während Darius Degenhardt im ersten Roman eine rein fiktive Figur darstellt, handelt es sich bei Elias Holl und Arcangelo Tuccaro um historische Personen. Allen drei Figuren gemein ist jedoch, dass sie sich – selbst Kinder ihrer Zeit und damit in ihr verwoben – gegen verknöcherte Strukturen auflehnen, um Neues zu wagen.

Grundlegende Inspiration für diesen Roman gab die authentische Person des Springers Arcangelo Tuccaro (1535–1602), beziehungsweise dessen Werk *Trois dialogues de l'exercice de sauter, et voltiger en l'air* – ›Drei Dialoge über die Übung des Springens und Wendens in der Luft‹, das er 1599 in Paris publiziert und damit als Erster ein wissenschaftliches Buch über den sogenannten *Salto mortale* verfasst.

Zu dieser Zeit – ausgehendes Mittelalter an der Schwelle zur Frühen Neuzeit – herrschen in Frankreich die Konfessionskriege zwischen Hugenotten und Katholiken. Die Macht der Königshäuser ist stark mit der Darstellung in der Kunst und in kulturellen Aktivitäten verflochten. Das höfische Zeremoniell verfeinert sich und die Festpraxis am Hof erlangt als ein Mittel der Kommunikation wachsende Bedeutung.

Tuccaros Werk ist der gelungene Versuch, das Springen,

zu seiner Zeit von der höfischen Gesellschaft zwiespältig gesehen, vom Klerus gar als häretisch gebrandmarkt, zu etablieren und zu nobilitieren.

Dramaturgischen Strukturen verpflichtet, habe ich einige wenige Fakten verändert und authentisch, beziehungsweise geschichtlich anmutende Bezüge fiktiv erschaffen. Um nicht von Krimispezialisten und historisch Interessierten fälschlicherweise der Unkenntnis dieser Fakten bezichtigt zu werden, möchte ich hier die korrekten Bezüge preisgeben.

Mercuriales Werk *Artis gymnasticae apud antiquos celeberrimae, nostris temporis ignoratae, libri sex* erscheint erst 1569. Tuccaro kann demnach noch nicht in L'Aquila daraus gelernt haben.

Die Weihe der Hauskapelle Sankt Sebastian durch Weihbischof Dornvogel im Fuggerhaus findet nicht am 12. Mai statt, sondern am 21. November.

Tuccaro gehört bereits seit 1564 einem Springerensemble am Wiener Hof unter Kaiser Maximilian II. an. Er steht demnach bereits sechs Jahre in den höfischen Diensten, ehe er 1570 die Kaisertochter nach Frankreich begleitet.

Kaiser Maximilian II. bricht nicht von Wien über Augsburg, sondern von Prag zum Reichstag nach Speyer auf. Die Zwischenstation in Augsburg ist fiktiv. Der sich daraus ergebende Ehebruch zwischen Gräfin Sibylla und Busbecq (oder Mercuriale, wer weiß es genau …?) ist es demnach ebenso – zumindest ist nichts dergleichen überliefert …

Arcangelos transzendentes Treiben im Fluss nach Paris in Kapitel 11 ist nicht möglich. Die Seine entspringt in Burgund und fließt von Osten nach Westen. Saint-Germain-en-Laye liegt jedoch westlich von Paris.

Brantômes Angebot, Tuccaro ein Exemplar über die ›tumultösen Popanziaden‹ bei Hofe zukommen zu lassen, wird sich niemals erfüllen können – sein Hauptwerk *Vies des dames galantes et des dames illustres* (›Das Leben der galanten Damen‹) erscheint erst Jahre nach deren beider Tod, 1665.

Mein Dank für diesen Roman gebührt auch hier wieder meinem Lektor René Stein und der Programmchefin des Gmeiner-Verlags Claudia Senghaas sowie meiner Cousine Myriam für die Übersetzung zahlreicher altfranzösischer Zitate aus Tuccaros Werk, von denen leider nur zwei Verwendung fanden.

Axel Gora, im Winter 2012/13

Weitere historische Romane finden Sie auf den folgenden Seiten und im Internet: www.gmeiner-verlag.de

Monika Küble / Henry Gerlach
In Nomine Diaboli
978-3-8392-1465-7

»Ein Roman über den größten Kongress des Mittelalters, so spannend und bunt wie das Leben zu jener Zeit.«

Oktober 1414. Kaum ist der junge Bäcker Cunrat Wolgemut in Konstanz eingetroffen, um während des Konzils sein Glück zu finden, gerät er auch schon in Schwierigkeiten: Er wird in eine Schlägerei verwickelt, seine heiratswütige Base stellt ihm nach und sein Freund wird tot aufgefunden. Bald gibt es weitere Tote und Cunrat wird klar, dass ein Serienmörder sein Unwesen treibt. Gemeinsam mit dem Bäcker Giovanni Rossi und dem Humanisten Poggio Bracciolini macht er sich auf, das Geheimnis um die Toten zu lüften …

GMEINER

Wir machen's spannend

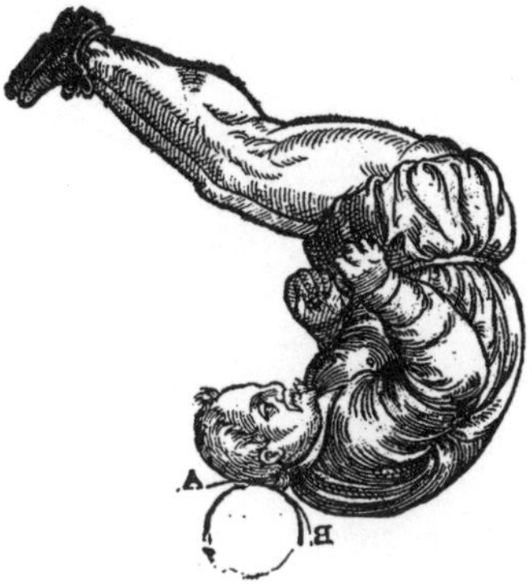
A
B